grafit

Dieses Buch erscheint zeitgleich im Niederländischen unter dem Titel *Het hoogste bod* bei De Geus, Breda.

Chemnitzer Str. 31, 44139 Dortmund
Internet: http://www.grafit.de
E-Mail: info@grafit.de

Umschlagfoto: ›Business flight‹ © René Mansi,
Vetta stock photo, istockphoto.com
Druck und Bindearbeiten: GGP Media GmbH, Pößneck
ISBN 978-3-89425-394-3
1. 2. 3. 4. 5. / 2014 2013 2012

Thomas Hoeps / Jac. Toes

Höchstgebot

Kriminalroman

Niederländischer Teil des Romans
übersetzt von Stefanie Schäfer

grafit

Die Autoren

Thomas Hoeps, geb. 1966, ist promovierter Germanist. 1994 veröffentlichte er sein erstes Buch. Für seine Romane und Erzählungen wurde er mit dem Literaturförderpreis der Stadt Düsseldorf sowie dem Nettetaler Literaturpreis ausgezeichnet. Thomas Hoeps lebt und arbeitet in Krefeld und Mönchengladbach, wo er seit 2004 das Kulturbüro leitet.

www.hoeps.wordpress.com

Jac. Toes, geb. 1950 in Den Haag, lebt heute als Autor, Drehbuchautor und Journalist in Arnheim. Bei Grafit erschienen bisher sechs seiner Bücher, darunter der Roman *Fotofinish,* der mit dem niederländischen Krimipreis ausgezeichnet wurde. 2007 erhielt Toes den Œuvrepreis der Stadt Herzogenrath.

www.jactoes.nl

Für ihren ersten gemeinsamen Krimi um Robert Patati und Micky Spijker, *Nach allen Regeln der Kunst,* wurden die Autoren für den niederländischen Krimipreis ›Gouden Strop‹ nominiert. Nach *Das Lügenarchiv* im Jahr 2009 erscheint nun mit *Höchstgebot* der dritte Fall für das grenzüberschreitende Ermittlerduo.

1

Auf einen Schlag war es in der alten Kölner Kirche ganz still geworden. Schon das vierte Los hatte ein kleines hektisches Bietergefecht ausgelöst und das Publikum Witterung aufnehmen lassen. An diesem Abend würde sicher noch einiges gehen.

Auch Robert Patati wurde von der nervösen Spannung erfasst. Welche Verlockung! Er müsste nur spontan den Arm heben und alles wäre gut. Zumal dort vorne ein Werk von Max Ernst zur Versteigerung stand, einem seiner großen Malerhelden. Am leicht ironischen Lächeln des Auktionators war doch abzulesen, was dies hier vor allem war: ein leichtes und lustvolles Spiel.

Ein Spiel, dem sich sehr leidenschaftliche Menschen nur auf eine Weise erfolgreich zu verweigern vermochten: Sie ließen sich erst gar keine Bieterkarte ausfertigen. Auch Robert hatte sich daran gehalten. Aus Selbstschutz, aber auch um der Peinlichkeit zu entgehen, bei der Frage nach einer Bankgarantie traurig abwinken zu müssen.

Inzwischen bemühten sich nur noch drei Bieter um das angebotene Werk. Der eine saß in der ersten Reihe, ein weiterer stand weiter hinten und der dritte steigerte über das Telefon mit.

»Siebzigtausend? Seventy thousand – sitzt. Fünfundsiebzig – steht, quatre-vingt mille am Telefon, achtzig gegen Sie. Neunzig? Ninety thousand – sitzt. Einhunderttausend – steht. Einhunderttausend? Zum Zweiten? One hundred thousand? Last chance? Zum Zweiten. One hundred and ten. Thank you, Sir. Einhundertzwanzig? Nein? Einhundertzehntausend sitzend zum Zweiten. It's yours for one hundred and ten thousand euros.«

Der durch die Muttersprachen seiner Kundschaft wandernde Auktionator ließ den kleinen weißen Holzhammer auf das Pult fallen und zeigte auf einen älteren Herrn in karierter Hose und Cowboystiefeln aus Schlangenleder. Der Zuschlag für das postkartenkleine Gemälde war erteilt, der Schätzpreis um das Zweifache überboten.

Zwei kleinere Lithografien von Picasso fanden jetzt für portokassenhafte vier- bis fünftausend Euro schnell und unkompliziert ihre Liebhaber und spendierten dem Publikum eine kurze Erholungsphase.

Dann wurden die ersten Hauptstücke der Auktion aufgerufen, Konstruktives von Kandinsky und eine frühe Landschaft von Jawlensky.

Der Aufbau einer Versteigerung war eine Kunst für sich. Und dieser Auktionator beherrschte die Dramaturgie der richtigen Losfolge ganz vorzüglich. Erst sprang der Kandinsky leichtfüßig über die 400.000-Euro-Grenze, dann wurde der Jawlensky von vier Kunden, die ihre Gebote per Telefon abgaben, auf 850.000 Euro hochgetrieben. Beide Male waren die Schätzwerte erneut deutlich überschritten worden.

Und wieder sorgten einige kleinere Arbeiten größerer Künstler für ein wenig Entspannung. Es galt, ein letztes Mal tief Luft zu holen, ehe der steile Aufstieg zum Gipfel beginnen würde, auf dem jenes Werk thronte, das auch Robert in diese Kirche geführt hatte.

Scheherazade, ein hundert mal achtzig Zentimeter großes Ölgemälde von René Magritte war das Highlight der Auktion. Robert hatte das Werk erst eine Woche zuvor dank eines Expertiseauftrags ausführlich begutachten können. Magritte hatte seine Prinzessin aus 1001 Nacht, die dem Tod nur dank ihrer großen Erzählkunst entkam, auf das reduziert, was sie unbedingt zum Erzählen benötigte: Mund und Augen. Das übrige Gesicht war zwar dank eines darüberliegenden Perlenschmucks zu erahnen, schien aber eigentlich nicht zu existieren. Denn dort, wo Wangen und Kinn hätten sein sollen, sah man die unverstellten Dinge im Hintergrund – einen Vorhang und eine Landschaft mit einem düsteren Höhleneingang. Ein faszinierendes Widerspiel von Sicht- und Unsichtbarem.

Wie von vielen anderen Werken Magrittes gab es auch von der *Scheherazade* mehrere Versionen. Von dieser hier, der jüngsten und vielleicht schönsten, hatte beinahe niemand etwas gewusst – bis das Kölner Auktionshaus *Von Dornberg* in großformatigen Anzeigen für zwei Vorbesichtigungen in Köln und Brüssel warb und eine Abendauktion in einer ausgesegneten Kirche ankündigte. Schnelle Verdächtigungen, es könne sich um eine Fälschung handeln, scheiterten ebenso schnell an der einwandfrei dokumentierten Herkunft, denn das Werk war direkt vom Künstler an die angesehene Aachener Industriellenfamilie Roeder verkauft worden.

Jetzt war es so weit. Ein Foto der *Scheherazade* wurde auf die große Leinwand über dem Auktionator projiziert. Zwei weiß behandschuhte Herren trugen das Bild behutsam in den Altarraum und stellten es auf eine Staffelei. Die Leute reckten die Hälse.

Rechts vor dem Publikum saßen wie in einem zweireihigen Chorgestühl sechzehn Telefonisten, allesamt Kunstexperten des Hauses, die spezielle Kunden betreuten. Zwölf von ihnen hatten den Hörer am Ohr, als der Auktionator Lot sechzehn aufrief. Er schaute in seine Unterlagen und vermeldete als schriftliches Vorgebot für den *Magritte* 2,8 Millionen Euro.

Erwartungsvolle Stille legte sich über das Kirchenschiff. Doch nichts geschah.

Zehn Sekunden verstrichen, dann weitere zehn.

Der Auktionator wiederholte das Erstgebot. Das Publikum begann, unruhig zu werden. Robert amüsierte sich: Das übliche Pokerspiel, keiner wollte gleich die Karten auf den Tisch legen und sein Interesse offenbaren.

Dann, wie auf ein Signal hin, hoben sich die Arme der

Vermittler am Telefon und trieben den Preis in kürzester Zeit auf 4,4 Millionen Euro. Angeregt von der Dynamik der schnellen Gebote sah der Auktionator seine Mitarbeiter erwartungsvoll an. Doch die schauten nur konzentriert in die Ferne oder auf den Tisch vor sich. Er ließ den Blick weiter über das Publikum und dann langsam wieder zurück zu den Telefonisten streifen. Der Rhythmus des Wettbewerbs geriet ins Stocken.

4,4 Millionen Euro. Das war gut, aber es konnte noch nicht das Ende sein. Der Schätzpreis hatte bei drei bis dreieinhalb Millionen Euro gelegen. Doch jedem hier war klar, dass er nur so niedrig angesetzt worden war, um einen leichten Einstieg zu gewähren und die Fantasie der Bieter anzuregen. Zumal eine eskalierende Finanzmarktkrise derzeit Rekordpreise für die besten Werke international gesuchter Künstler produzierte, wie immer, wenn die Investoren den klassischen Anlagen misstrauten und nicht wussten, wohin mit ihrem Geld.

Und dieses Gemälde hier war ohne jeden Zweifel ein solcher *Bluechip*. Wegen seiner herausragenden Qualität, weil nur drei aller anderen *Scheherazade*-Versionen in Öl gemalt waren und weil es das war, was die Auktionatoren mit leuchtenden Augen ›jungfräulich‹ nannten – ein Bild, das niemals wirklich auf dem Markt zu haben gewesen war.

Obendrein befand es sich in einem ziemlich guten Zustand, wie Robert in seinem Bericht dokumentiert hatte. Ein paar kuriose, aber nur kleine unfachmännische Farbrestaurierungen in den dunklen Partien, leichteste Verschmutzungen, das war schon alles. Das Bild hatte sich in der Familie Roeder großer Wertschätzung erfreut und war entsprechend behandelt worden.

Bis die Auktion wieder in Gang kam, ließ Robert seinen Blick auf dem sehr charmanten Rückendekolleté einer hübschen Endzwanzigerin ruhen, die keinen halben Meter vor ihm saß. Sieben der zwölf Telefonbieter hatten sich bisher beteiligt. Als sich der Preis der 5-Millionen-Marke näherte, stiegen vier von ihnen aus. Die übrigen drei wechselten sich mit ihren Geboten ab, bis die Versteigerung bei 5,6 Millionen wieder aus dem Rhythmus geriet. Eine der Mitarbeiterinnen schüttelte den Kopf, ihr Kollege in der zweiten Telefonreihe besprach sich lange mit seinem Kunden. Der Auktionator sah ihn fragend an.

Robert verließ die Stuhlreihe und lehnte sich im Seitengang an einen Pfeiler. Im Publikum entdeckte er eine Handvoll Leute mit Telefon am Ohr. Vermutlich waren es Händler, die Kunden vertraten, deren Namen nicht einmal dem Auktionshaus bekannt werden sollten. Dann vibrierte sein eigenes Handy in der Jacketttasche. Er zog es heraus und schaute auf das Display. Carsten Roeder.

»Wie sieht's aus?«, erkundigte sich Roberts Studienfreund.

»5,6«, antwortete Robert leise. »Sie pokern gerade wieder. Hoffe ich jedenfalls. Willst du dranbleiben?«

»Nein. Ruf mich an, wenn es gelaufen ist.«

»Okay.« Robert drückte die Austaste.

Carsten Roeders Idee, die *Scheherazade* von ihm begutachten zu lassen, hatte Robert aus einem üblen finanziellen Engpass gerettet. Erst vor anderthalb Jahren hatte er seinen sicheren Job als Restaurator für zeitgenössische Kunst im Mönchengladbacher Museum Abteiberg gekündigt. Zu viel war geschehen, um dort weiter vor sich hin zu werkeln. Zusammen mit seiner damaligen Freundin, der Arnheimer Polizeiprofilerin Micky Spijker, hatte er einen Serienmörder zur Strecke gebracht, der seine Opfer in deutschen und niederländischen Museen zu Kunst verarbeitete. Beinahe wäre Robert selbst dabei draufgegangen. Dass bald danach in Amsterdam sein bester Freund direkt vor seinen Augen ermordet wurde, hatte sein Leben erneut erschüttert und ihm klargemacht, dass er in einer Sackgasse steckte. Darum war er das Wagnis eingegangen, sich als Restaurator und Kunstermittler selbstständig zu machen. Denn dass ein erfahrener Restaurator immer auch Detektivarbeit leisten musste, bedurfte für ihn nach diesen beiden Erlebnissen keines weiteren Beweises mehr.

Doch dann kam die Bankenkrise. All die Schaumschläger, die ihre schicken Lofts und monströsen Hummer-Gondeln mit Leerverkäufen und Immobilienblasen finanziert hatten, legten ihre Schulden dem Staat vor die Tür und verdrückten sich mit einem unschuldigen Pfeifen auf den Lippen. Und Papa Staat rannte treusorgend zu einer anderen Abteilung der Finanzmafia und lieh sich die nötigen Milliarden, um die taumelnden Geldhäuser zu retten. So profitierten die Finanzmagnaten von ihrer eigenen Krise und fuhren neue Gewinne ein, während Länder und Städte noch tiefer ins Minus gerieten. Ganz am Ende dieser Kette stand Robert. Und neben ihm viele andere.

Vier sicher geglaubte Restaurierungsaufträge platzten kurz hintereinander, weil den Museen die Gelder gestrichen wurden. Seine Ersparnisse schmolzen dahin wie eine Schokoladenskulptur in der Sonne. Dass Herr Patati einen persönlichen Bankberater hatte, erfuhr er erst, als der ihn freundlich, aber bestimmt an seinen Schreibtisch einlud. Man wolle sich gern über seine mittlere Liquiditätserwartung austauschen, zumal ja auch sein Häuschen noch nicht abbezahlt sei. Robert hatte sich nur schlecht konzentrieren können, er meinte zu hören, wie das aufdringliche Aftershave des Bankers seine Lungenbläschen zum Platzen brachte.

Die leichte Handbewegung eines Bieters aus dem Publikum führte Roberts Aufmerksamkeit wieder in die Kirche zurück. Es war ein Mann in einem sehr feinen, dezenten grauen Anzug und ohne Handy am Ohr. Entweder hatte er klare und unveränderliche Anweisungen, oder er gab sein eigenes Geld aus. Aber welcher millionenschwere Sammler würde sich so auf dem Präsentierteller darstellen?

»Neuer Bieter«, gab der Auktionator freudig bekannt und erhöhte bei 6 Millionen die Steigerungsstufe auf 300.000 Euro.

Saal- und Telefonbieter verhakten sich ineinander wie zwei Hirschbullen im Revierkampf. Es brauchte keine zwei Minuten, bis sie bei 7,8 Millionen angelangt waren.

Dann zögerte der Telefonbieter und in diese Lücke stieß einer der bisher nicht beteiligten Telefonisten mit einem Gebot, das gleich zwei Stufen übersprang: 8,4 Millionen. Hier wollte jemand zeigen, dass es sinnlos war, gegen ihn anzutreten.

Der Saalbieter ging auf die Provokation ein und erhöhte seinerseits direkt auf 9 Millionen. Die 10 Millionen kamen im direkten Gegenzug. Der Auktionator wollte weiter unter der üblichen zehnprozentigen Steigerung bleiben, um das Geschehen im Fluss zu halten, und hob die Steigerungsstufe nur auf 500.000 Euro an. Aber der Saalbieter ignorierte diese Vorgabe. 11 Millionen!

Bei 13 Millionen stieg ein Raunen zum Kreuzgewölbe der alten Kirche empor. Fast ein Jahrzehnt lang, seit einer Versteigerung von *Christie's* im New Yorker *Rockefeller Plaza*, hatte der Rekordpreis für ein Gemälde von Magritte felsenfest bei 12,5 Millionen Euro gelegen.

Jetzt war man Zeuge eines vorläufig historischen Ereignisses: In diesen Sekunden wurde der teuerste *Magritte* aller Zeiten gemacht. Sicher würde das Auktionshaus gerade seine Kundin Ingrid Roeder über das freudige Ereignis informieren. Dann sollte Carsten es ebenfalls erfahren, dachte Robert, missachtete dessen Anweisung und rief ihn an. Er nahm nicht ab.

Und die Schlacht war ja noch längst nicht entschieden. Selbst der distinguierte Auktionator konnte seine Irritation darüber, wie die Bieter das Verfahren an sich rissen, nicht ganz verbergen. Die beiden Kontrahenten folgten ihren eigenen Regeln und boten weiter in 1-Million-Schritten. 16, 17, 18. Sie erschienen Robert wie Generäle, die gleichgültig gegenüber den blutigen Verlusten immer weitere Bataillone nach vorne schickten.

In Roberts Gedanken mischten sich Faszination und Widerwille. Die Frage, was er und all die anderen Experten nicht erkannt haben mochten, führte hier nicht weiter. Dies war der Kunstmarkt. Und auf dem Kunstmarkt wurden die Gesetze auf Basis von Angebot und Nachfrage durch unterschiedlichste Faktoren immer wieder neu bestimmt: Ob es Veränderungen ästhetischer Vorlieben waren, bis aufs Blut geführte Konkurrenzkämpfe zwischen mächtigen Sammlern oder die Aufmischung des Marktes durch Galeristen und Anleger, die mit hochspekulativen Risikokäufen Trends setzen wollten oder die Chance zu schnellen Gewinnmitnahmen nutzten.

Was immer diesmal dahinterstecken mochte: Inzwischen hatten Saal- und Telefonbieter den Preis auf 24 Millionen Euro klettern lassen.

Erneut versuchte Robert, Carsten zu erreichen. Wieder vergeblich. Wollte er sich die erwarteteNachricht vom Verkauf noch eine Weile vom Leib halten? Vielleicht litt er doch mehr unter dem Verlust des Bildes, als er zugeben wollte.

Ingrid Roeder, seine jüngere Schwester, hatte die *Scheherazade* fünf Jahre zuvor von ihrem Vater geerbt. Dabei besaß sie, anders als ihr Bruder, keinen Bezug zu diesem Bild.

Doch nach dem Willen der Eltern sollte Carsten noch vor der Mutter, die nur ein Viertel der Anteile behielt, Hauptaktionär der *Roeder AG* sein, um das Unternehmen alleinverantwortlich zu leiten.

Ingrid hingegen wurde testamentarisch nur die Leitung der Forschungsabteilung auf Lebenszeit zugesprochen. Der *Magritte* diente neben einigen Immobilien und zehn Prozent der Aktien als finanzieller Ausgleich. Diese Erbschaftsregelung hatte das ohnehin nicht sehr harmonische Verhältnis zwischen den Geschwistern noch weiter verschlechtert. Carsten hatte den Verkauf des Gemäldes als Racheakt seiner Schwester bezeichnet, die sich benachteiligt fühlte.

Wenigstens hatte er Ingrid davon überzeugen können, einen externen Gutachter einzuschalten, der eine Expertise über den Zustand des Gemäldes erstellen und ihr bei den Gesprächen mit dem Auktionshaus zur Seite stehen sollte. Und er vermittelte ihr Robert, mit dem er knapp fünfundzwanzig Jahre zuvor Kunstgeschichte in Westberlin studiert hatte. Zumindest vier Semester lang, ehe Carsten auf Betriebswirtschaft umsattelte.

Roberts Telefon vibrierte. Endlich.

»Carsten, hier ist der Wahnsinn ausgebrochen. Wir sind bei 31 Millionen.«

»Wiederhol das bitte.«

»Wir sind bei – jetzt schon bei 32 Millionen.«

»Mir ist wirklich nicht nach Witzen zumute«, sagte Roeder säuerlich.

»Es ist kein Witz. 33 Millionen. Einer am Telefon und einer im Saal. Eiskalt der Typ hier. Hebt die Hand, als verscheuche er eine lästige Fliege.«

Robert sah jetzt wohl selbst wie ein Händler aus, während er Carsten die neuen Höchststände durchsagte. Die Zeiträume zwischen den Geboten wurden allmählich größer, so als würden die Bieter ganz allmählich aus ihrem Rausch erwachen. Und doch konnte sich wohl niemand mehr vorstellen, dass dieser Schlagabtausch jemals ein Ende finden würde.

Aber schließlich war es so weit. Als der Bieter im Saal 43 Millionen Euro anmeldete, schüttelte der Mitarbeiter am Telefon nach kurzer Rücksprache den Kopf.

Der Auktionator nannte mit fragendem Blick die Summe, wiederholte sie, schaute zur Sicherheit noch einmal über das Publikum und die Telefonisten hinweg: »43 Millionen zum Zweiten, forty three million, nobody more? For this wonderful *Magritte*? Zum Zweiten? Zum Zweiten und zum Dritten! Für 43 Millionen Euro verkauft an den Herrn mit der Bieternummer 317.«

Der Hammer fiel auf den Tisch und Magritte schoss in

der Liste der Auktionsweltrekorde um zwanzig Plätze nach oben auf Rang 9, gleich hinter Cézanne.

Die Anspannung des Publikums entlud sich in einem lang anhaltenden Applaus.

2

Wake up and live. Nach und nach wurde Gabi von der erbärmlich verzerrten Stimme Bob Marleys geweckt, die aus dem Lautsprecher eines Handys krächzte. Sie griff nach dem Apparat auf dem Nachtschränkchen und drückte ihn ihrem Freund Raik in die Hand.

»Hier, für dich«, brummelte sie.

Raik öffnete die Augen und starrte auf die kleinen Buchstaben des Displays. Gabi zog sich die Bettdecke über den Kopf, während Bob Marley weitersang: *And don't complicate your mind ...*

»Beim nächsten Mal gehst du aber dran, wenn es der Chef ist«, meckerte Raik.

Sie hatten denselben Arbeitgeber, das *Aachener Schutz- und Schließunternehmen*, eine Firma, die sich auf Unternehmensbewachung spezialisiert hatte.

Raik hörte still zu, versprach, dass die Sache in Ordnung ginge und unterbrach seufzend die Verbindung.

»Es regnet Krankmeldungen«, sagte er zu Gabi. »Heino und Freddy sind mal wieder ausgefallen. Einer von uns muss heute Abend ihren Dienst in *Roeder West* übernehmen. Aber solo. Der andere muss nämlich zu *Roeder Ost*, da fehlt auch jemand. Wir dürfen uns selbst aussuchen, wer die Arschkarte kriegt.«

Gabi schmiegte den Kopf in Raiks Schulterbeuge. »Mist«, murmelte sie schläfrig.

Roeder West lag an der Weststraße in einem kleinen Aachener Industriegebiet zehn Kilometer von der niederländischen Grenze entfernt, *Roeder Ost*, der Hauptsitz, am anderen Ende der Stadt.

»Übernimm du *West*«, sagte Gabi. »Bitte, bitte …«

Ein Solodienst bei *Roeder West* bedeutete eine langweilige, einsame Nacht. Einmal pro Stunde eine zehnminütige Runde durch das Labor und um das Gebäude, dann fünfzig Minuten auf die Bildschirme starren. Der Vorteil war, dass man beim nahe gelegenen Italiener eine Pizza bestellen konnte, die noch warm geliefert wurde.

»Wir losen«, schlug er vor, schob mit einer Hand Gabis Kopf beiseite und kramte mit der anderen eine Münze aus seinem Portemonnaie auf dem Nachtschränkchen.

»Kopf oder Zahl? Der Gewinner verwöhnt den Verlierer.«

Sehr böse war Raik nicht, als er verlor. Vor allem, als Gabi mit der Zunge in Höhe seines Nabels mit der Entschädigung begann. Und dass ein Solodienst ihm alle Freiheiten bot, ungestört einen Joint durchzuziehen, war ein weiterer Vorteil, den er Gabi jedoch verschwieg.

Um 19.27 Uhr meldete sich Raik am Empfangsschalter im Foyer der Niederlassung *Roeder West*, wie später aus den Eincheckdaten des digitalen Logbuchs hervorging.

In zwei Büros im ersten Stock brannte noch Licht. Vermutlich waren Ingrid Roeder und Jens Hinrichs noch da. Es war üblich, dass Frau Roeder bis spätabends durcharbeitete. Sie war die Leiterin dieser Niederlassung und Mitglied der Generaldirektion, ließ sich aber selten bei *Roeder Ost* blicken. Die Abteilung *Forschung und Entwicklung* war ihr eigenes Reich innerhalb der Firma Roeder und Jens Hinrichs war ihr Vizekönig.

Raik unterhielt sich kurz mit den beiden *ASSU*-Mitarbeitern, die er ablöste. Diese machten Raik darauf aufmerksam, dass vor dem Tor des Auslieferungsraums ein großer Stapel Verpackungsmaterial lag.

»Irgendein Apparat ist angekommen. Steht schon vor dem

Serverraum. Bisher hatte aber niemand Zeit, die Verpackung wegzuräumen. Fall nicht drüber.«

Die Kollegen checkten aus und räumten für Raik ihre Plätze hinter dem breiten Schalter.

Raik packte seine Tasche aus und vermerkte, dass er um 19.35 Uhr mit seiner ersten Runde begann. Ingrid Roeders Büro war hell erleuchtet, er hörte klar und deutlich ihre Stimme. Sie führte offenbar ein Telefongespräch.

Er klopfte an die Scheibe und steckte kurz den Kopf durch den Türspalt, um sich bemerkbar zu machen. Ingrid Roeder unterbrach das Gespräch nicht, winkte ihm aber freundlich zu. Jens Hinrichs saß ihr gegenüber am Schreibtisch und grüßte flüchtig, wobei er kaum von einer Mappe mit Papieren aufsah.

Eine Dreiviertelstunde später begann Raik mit seiner zweiten Runde. Er inspizierte den Auslieferungsraum auf der Rückseite des Gebäudes. Dort lagen in der Tat ein Stapel Holz, einige Paletten, ein Berg Pappe und Styropor. Er griff nach einem Stück Papier, auf dem die Ladung beschrieben wurde. Demnach war es ein Kernspintomograph.

Ihm fiel auf, dass das große Zugangstor zwar geschlossen, aber die beiden Nachtschlösser noch nicht verriegelt waren. Den Schlüssel dafür musste er aus dem Kasten in der Pförtnerloge holen.

Später sollte er der Polizei gegenüber versuchen, die Schuld dem Hausmeister in die Schuhe zu schieben. Unsinn, würde dessen angemessene Antwort lauten. Abzuschließen sei die Aufgabe der Wachleute. Das zweite ›S‹ in *ASSU* stehe doch wohl für ›Schließen‹! Er nahm sich vor, das Tor bei seiner nächsten Runde zu sichern.

Dann patrouillierte er weiter durch das Gebäude, prüfte die Notausgangstüren zur Feuertreppe.

Frau Roeder war immer noch da, stellte er fest, nachdem er an die halb geöffnete Tür ihres Büros geklopft hatte. Ihre Tasche stand noch neben dem Schreibtisch. Die Chefin musste im Labor sein. Er hörte von dort ihre Stimme, immer noch oder wieder telefonierend.

Zurück auf seinem Posten notierte er, dass ihm bei seiner zweiten Runde keine Besonderheiten aufgefallen waren. Zwanzig Minuten lang unterhielt er sich mit dem Überprüfen der Kameras. Er testete den Zoombereich und probierte aus, wie schnell er zwischen den Innen- und Außenkameras hin- und herschalten konnte. Dann widmete er sich ausführlich der Überlegung, ob er die kleine Unregelmäßigkeit mit den Nachtschlössern notieren und so den Hausmeister in Misskredit bringen sollte. Dabei wurde er von Jens Hinrichs gestört, der sich um 21.34 Uhr mit seinem persönlichen Code abmeldete.

Er fragte Raik, wann sein Dienst ende.

Er würde morgens um sieben wieder nach Hause gehen, antwortete dieser.

»Um die Zeit bin ich schon wieder seit zweieinhalb Stunden auf«, lautete Hinrichs Antwort.

Normalerweise beschränkte sich Hinrichs beim Ein- und Auschecken auf einen knappen Gruß. Aber diesmal blieb er stehen und machte Anstalten, ein Gespräch mit dem Wachmann zu beginnen.

Hinrichs erzählte ihm, er sei ein Morgenmensch und habe dadurch in den frühen Stunden Zeit für sein Hobby.

»Was machen Sie denn?«, erkundigte sich Raik höflich.

Hinrichs antwortete, er male, was ein Missverständnis verursachte, bis ihm Hinrichs erklärte, dass er sich künstlerisch betätige.

Um 21.50 Uhr begann Raik mit seiner dritten Runde. Auf dem Parkplatz stand jetzt nur noch ein Auto, der schwarze Audi A8 von Ingrid Roeder. Und sein Fahrrad natürlich. Kurz nach 22 Uhr saß er wieder vor den Monitoren am Empfang. Solange Ingrid Roeder noch im Hause war, schaltete er lieber nicht auf einen Fernsehsender um, vom Anzünden eines Joints ganz zu schweigen.

Um 22.25 Uhr verließ auch Ingrid Roeder das Gebäude durch den Haupteingang. Sie wünschte Raik eine angenehme Nacht und ging hinaus zum Parkplatz hinter dem Haus. Raik folgte ihr mit der Außenkamera, bis sie in ihren Wagen stieg und wegfuhr.

Sofort schloss er die gläsernen Eingangstüren ab, drehte die Rückenlehne seines Bürostuhls so weit nach hinten wie möglich und schaltete einen der Fernseher auf MTV. Er wartete eine weitere Minute, öffnete per Knopfdruck den Schlagbaum und sah den Audi Ingrid Roeders nach links in die Weststraße abbiegen. Ins Digilogbuch trug er ein: *22.39 Uhr, Gebäude frei von Besuchern und Personal.*

Er holte die drei Joints aus der Innentasche seiner Uniformjacke und ordnete sie fein säuberlich in einer Reihe auf dem Tisch vor sich an. Dass er noch die Nachtschlösser des Auslieferungstors absperren musste, hatte er bereits vergessen.

Nach seinem ersten Joint bekam er Appetit auf etwas Herzhaftes und zugleich Süßes. Er beschloss, sich eine Pizza Tropical und eine Fanta zu gönnen, und rief beim Italiener um die Ecke an.

Obwohl der Pizzabote nur einen halben Kilometer zurücklegen musste, erschien er erst eine halbe Stunde nach der Bestellung. Raik eilte zu den Eingangstüren, um die Lieferung in Empfang zu nehmen. Eigentlich hätte er bereits mit seiner vierten Runde beginnen müssen, aber die musste eben verschoben werden, wenn sein Essen nicht kalt werden sollte.

Der Pizzabote sagte später aus, er habe Raik auf den Brandgeruch aufmerksam gemacht. Der Joint hatte Raik träge gemacht und er wollte so schnell wie möglich zurück in seinen bequemen Stuhl. Er witzelte, der Kurier habe wohl den Geruch des Holzofens in der Pizzeria noch in der Nase, bezahlte und vertilgte die Pizza.

Danach setzte er die Mütze ab und schlummerte ein.

Ein Heulen riss Raik aus dem Schlaf. Ein paar Sekunden lang saß er orientierungslos da, bis er realisierte, dass das markerschütternde Jaulen von den Rauchmeldern stammte. Er griff zum Telefon und wählte die 112.

Während er der Feuerwehr die Adresse durchgab, schaute er auf die Monitore. Im ersten Stock gaben alle Kameras ein schwarzes Bild wieder, obwohl die grün leuchtenden LED-Anzeigen verrieten, dass sie durchaus noch funktionierten. Er zoomte vor und zurück, doch der Bildschirm blieb schwarz. Rauch, das musste Rauch sein! Er schaltete um auf das Erdgeschoss. Die Innenkameras dort übermittelten keine Bilder und alle LEDs standen auf Rot. Die hatten also den Geist aufgegeben ... Er betätigte die Taste für die Außenkamera auf dem Parkplatz. Wenigstens die zeigte noch ein normales Bild. Mit einer Hand richtete er das Objektiv auf die Rückseite des Gebäudes und sah ein Kaleidoskop von feurigen Zungen und Rauchwolken auf dem Bildschirm. Fasziniert beobachtete er, wie über die ganze Breite der Fassade hinweg Flammen aus dem Gebäude schlugen.

Das war Alarmstufe Rot, ein Horrorfilm, dessen Story sich rasend schnell entwickelte. Und er, Raik Fost, spielte die Hauptrolle, nein, er war im Grunde der einzige Akteur ...

Erst die drängenden Fragen der Frau am anderen Ende der Leitung rissen ihn aus seinen Gedanken: »Herr Fost! Hallo! Hallo! Sind Sie noch da?«

»Raik Fost am Apparat«, antwortete er mechanisch.

»Herr Fost, befinden sich außer Ihnen noch andere Personen im Gebäude?«

»Das Gebäude ist leer«, sagte er. »Nur ich ...« Er begann zu zittern.

»Wie groß ist der Brand?«, fragte die Telefonistin.

Raik wischte sich über die Stirn und blickte auf den Monitor. Die Flammen klommen an der Fassade empor zum Dachgeschoss.

»Sie müssen sich beeilen!«, rief er. »Die ganze Bude brennt!« Den letzten Satz wiederholte er ein paar Mal.

»Unsere Löschzüge sind bereits ausgerückt«, antwortete die Telefonistin jedes Mal ruhig.

Raik zoomte auf die Rückseite des Hauses. Das Tor war aufgesprungen und der Auslieferungsraum dahinter glühte wie ein Schmelzofen.

»Wo sind Sie jetzt?«, fragte die Telefonistin.

Raik richtete sich auf. »Auf meinem Posten!«, brachte er heraus.

»Gehen Sie jetzt nach draußen«, redete ihm die Telefonistin gut zu. »Ich höre gerade, dass die Kollegen eingetroffen sind.«

Zwei Scheinwerfer bogen in die Auffahrt ein und hielten vor den Schlagbäumen inne. Die Sirene verhallte und nur die Blaulichter rotierten. Raik betätigte den Schalter, der die Schlagbäume öffnete, doch sie blieben reglos liegen. Ein Kurzschluss hatte sein Bedienungspanel unbrauchbar gemacht! Für solche Fälle gab es einen Notknopf, der alle Zugänge gleichzeitig öffnete. Er schlug ein paar Mal mit der Faust darauf, aber nichts geschah. Verzweifelt sprang er hinter seinem Tresen im Foyer auf, um die Aufmerksamkeit des Fahrers im Löschzug auf sich zu lenken. Endlich flog die Beifahrertür auf und zwei Feuerwehrleute stürmten durch die aufsurrenden Glastüren auf ihn zu. Er hämmerte weiter mit den Fäusten auf den Notknopf, bis sie ihn unter den Achseln griffen und hinausschleppten.

Dort lehnten sie ihn an eine Mauer und hielten ihn fest, während sich ein Rüstwagen an die Spitze des Löschzugs setzte und kurzerhand die Schlagbäume durchbrach.

»Ist noch jemand drinnen?«, fragte einer der Feuerwehrleute.

Raik schüttelte den Kopf.

»Ganz sicher?«

»Da ist niemand«, erklärte er.

Er wollte noch hinzufügen, dass Frau Roeder als Letzte das Gebäude verlassen hatte, doch die zwei Männer ließen ihn bereits los und eilten ihren Kollegen hinterher.

Während Raik ihnen zum Parkplatz folgte, schoss eine Kolonne von Streifenwagen auf das Gelände. Im selben Moment löste sich unter lautem Knallen die Dachverschalung und zerschellte an der Außenmauer. Die Bruchstücke landeten unter einem Funkenregen in den Blumenbeeten.

Um 02.17 Uhr kam die Meldung ›Brand unter Kontrolle‹.

Raik erfuhr es über das Funkgerät eines Polizeitransporters. Er saß auf einer Bank im hinteren Teil und drehte einen Kaffeebecher in den Händen. Schon drei Mal hatte er verschiedenen Polizeibeamten dieselbe Geschichte erzählt. Während seiner ersten Aussage war Ingrid Roeder an dem Kleinbus vorbeigegangen, gefolgt von Jens Hinrichs.

»Sie wurden also durch die Alarmanlage auf den Brand aufmerksam gemacht«, fasste der letzte Polizist seine Aussage zusammen. »Danach haben Sie die Rettungskräfte alarmiert. Und Sie haben nichts Verdächtiges gesehen oder gehört?«

Er klang ungläubig, aber Raik nickte nur. Es gehe ihm miserabel, erklärte er, er wolle jetzt nach Hause.

Die Polizisten erwiderten, sie würden ihn im Laufe der Nacht noch brauchen und gaben ihm einen nach Schmieröl stinkenden Overall. Seine eigene Kleidung musste er in eine Plastiktüte stopfen, die ein Ermittler mitnahm.

»Mögliches Beweismaterial«, erklärte man ihm.

Eine Stunde später erschien ein Feuerwehrmann an der Seitenscheibe der Beifahrertür und flüsterte dem Polizisten etwas zu. Gleich darauf hörte Raik, dass über Funk ein zusätzliches Team der Spurensicherung angefordert wurde, das gleich nach Ankunft im Auslieferungsraum verschwand.

Kurz vor sechs Uhr bog ein Leichenwagen auf den Parkplatz ein. Raik erschrak und presste das Gesicht gegen die

Heckscheibe. Er konnte aber nur erkennen, dass ein Sarg in den Auslieferungsraum gebracht wurde. Schließlich trugen vier Männer den Sarg wieder hinaus und schoben ihn in den Leichenwagen.

»Da lag jemand im Gebäude. Haben Sie eine Idee, wer das sein könnte?«, fragte der Polizist am Steuer. Er hatte Raiks Reaktionen die ganze Zeit scharf beobachtet.

Raik schüttelte den Kopf und richtete den Blick zur aufgehenden Sonne. Es versprach, ein schöner, warmer Tag zu werden, doch er rechnete nicht damit, dass er allzu viel davon mitbekommen würde.

Tatsächlich quetschten sie ihn den ganzen Tag über zu jeder Einzelheit seiner kurzen Schicht aus. Mittags legten sie dann zwei durchweichte Joints und eine Kippe vor ihn auf den Tisch.

»Die sind von mir«, antwortete er ehrlich.

Er blieb bei seiner ursprünglichen Aussage, auch nachdem bekannt wurde, dass das Feuer im Auslieferungsraum gelegt worden war. Nein, er hatte nichts Auffälliges gesehen oder gehört. Wieder musste er die ungläubigen Blicke der Beamten aushalten, die ihn verhörten. Er verriet aber nicht, dass er eingeschlafen war.

Erst nachdem in der verkohlten Hand der Leiche der Schlüssel zum Auslieferungsraum gefunden wurde, ließ man Raik abends nach Hause gehen. Es hatte ganz den Anschein, als sei ein Brandstifter bei der Ausübung seiner Tat umgekommen.

Auf Raiks Frage, wer denn da nun umgekommen sei, erhielt er keine Antwort. Und auch seine Uniform erhielt der Wachmann nicht zurück.

Doch noch am selben Abend wurde deutlich, dass er sie sowieso nicht mehr brauchen würde, als sein Handy wieder den Bob-Marley-Hit dudelte und er die Nummer seines Chefs erkannte.

Diesmal war der Anruf ausschließlich für ihn bestimmt.

Raik erwartete ein paar aufmunternde Worte, und die bekam er auch zu hören. Aber Drogenkonsum während der Arbeit plus ernsthafte Pflichtverletzung, tja … das waren nun mal zwei Gründe, von denen bereits jeder einzelne zur fristlosen Kündigung führte.

»Der Joint hatte nichts damit zu tun«, betonte Raik später am Abend seiner Freundin Gabi gegenüber. »Gezielte Brandstiftung, da machst du nichts.«

Doch ihr grimmiger Blick zeigte ihm, dass sie ganz anders darüber dachte.

3

Micky Spijker war in ihrer Zeit bei der Polizei oft mit erwachsenen Männern und Frauen konfrontiert gewesen, die ihre Unschuld auf das Grab von Vater, Mutter, Kind beschworen. Für gewöhnlich nahm sie diese Beteuerungen als das, was sie waren: ein Zeichen von Schwäche. In neun von zehn Fällen stellte sich nämlich heraus, dass die lieben Verwandten noch lebten. Und wenn nicht, machte es einen Verdächtigen nicht glaubwürdiger, in Ermangelung lebendiger Zeugen Tote zu Hilfe zu rufen.

Oft folgte ein Wutausbruch, wenn sich herausstellte, dass Schwüre nicht halfen. Meist ließ Micky ihr Gegenüber dann ein paar Minuten Dampf ablassen, bevor sie mit der nächsten Frage weitermachte. Wenn die betreffende Person völlig durchdrehte, reichte ein Druck auf den Notrufknopf. Innerhalb weniger Sekunden stürmten die Kollegen von der Wache herein, warfen den Randalierer gekonnt zu Boden, legten ihm Handschellen an und brachten ihn in seine Zelle.

Auch der Mann, den Micky nun bereits seit über zwei Stunden ohne Pause einem Verhör unterzog, hatte seine Zuflucht bei einem solch heiligen Eid gesucht. Er hieß Hans Auber und war Leiter der Buchhaltung im Arnheimer Unternehmen *Mondifra bv*. Er schwor auf das Grab seiner Frau, dass er nichts mit dem groß angelegten Diebstahl zu tun habe, der *Mondifra* – und insbesondere dem Direktor und Hauptaktionär Atte Borgsteel – einen Verlust von mehreren Hunderttausend Euro beschert hatte. Da Micky in der Personalakte von Hans Auber gelesen hatte, dass er vor acht Monaten Witwer geworden war, setzte sie eine mitleidige Miene auf.

Dann spielte sie einen neuen Trumpf aus: die schriftlichen Beweise, dass Hans Auber seine Gewinne aus dem Diebstahl auf einem Auslandskonto deponiert hatte. Auber war nicht besonders professionell vorgegangen. Geradezu stümperhaft sogar. Aber so etwas kam in den besten Kriminellenkreisen vor, wie sie im Laufe ihrer Polizeikarriere immer wieder festgestellt hatte. Die Damen und Herren leugneten dann nicht nur aus juristischen Gründen, sondern schon allein aus Scham über die Dummheit, dank derer sie aufgeflogen waren. Und weil Scham viel mühsamer zu überwinden war als ein Schuldgefühl, ergab es wenig Sinn, den Verdächtigen in dieser Phase des Verhörs hart anzufassen.

Hans Auber schien eine Ausnahme zu sein. Beim Anblick der kopierten Kontoauszüge brach er in Tränen aus. Ein solcher Weinkrampf leitete meist die totale Kapitulation ein.

»Diese Auszüge tragen Ihren Namen«, sagte sie streng, während Auber ein Taschentuch aus der Hosentasche fischte.

Sie wartete einen Moment, bis er wieder aufblickte. »Als Adresse haben Sie das Postfach der *Mondifra bv* angegeben. Ich rede hier von dem Konto bei der Volksbank in Kranenburg, einem Institut, das nur fünfhundert Meter von der Grenze entfernt liegt und übrigens nicht mehr an das Bankgeheimnis gebunden ist …«

Hans Auber tupfte sich das feuchte Gesicht ab. Das Guthaben auf dem letzten Auszug war hoch genug, um sich eine hübsche Villa anzuschaffen, wenn auch in Deutschland, wo die Immobilienpreise bedeutend niedriger lagen, aber vielleicht wollte Hans gern in seine alte Heimat zurück. In seiner Personalakte hatte Micky eine Kopie seines deutschen Passes gefunden.

»Die Einzahlungen und Abhebungen wurden alle in bar vorgenommen«, fuhr sie fort. »Hast du das getan?« Sie duzte ihn jetzt ganz bewusst, ein taktischer Schachzug, um anzudeuten, dass sie das Problem zusammen in aller Vertraulichkeit lösen konnten.

Hans Auber drehte jedoch den Kopf weg und blickte durch die großen Fensterscheiben, die Aussicht auf die Lagerhallen und den Parkplatz der *Mondifra bv* boten.

Micky schlug ein paar Seiten in ihrem Ordner um. »Hier habe ich die entsprechenden Quittungen und Belege.« Alle diese Unterlagen hatte Micky in einer wasserdichten Mappe in der Vertiefung des Reservereifens von Aubers Leasingfahrzeug gefunden.

Hans Auber hob das Gesicht zu dem Designkronleuchter über dem Konferenztisch.

»Die Beträge sind ganz unterschiedlich, aber sie stimmen jedes Mal mit dem Wert der gestohlenen Ladungen überein«, fuhr sie fort. »Auf dem Schwarzmarkt, wohlgemerkt.«

Auber schloss die Augen und kniff sie fest zusammen. Fluchtverhalten, konstatierte Micky. Er akzeptierte noch immer nicht, dass ihm das Wasser bis zum Hals stand. Sie klopfte mit dem Stift gegen den Rücken des Ordners, um seine Aufmerksamkeit wiederzuerlangen.

»Das sind doch deine Unterschriften, oder?«, fragte sie mit Nachdruck.

Auber schüttelte heftig den Kopf, als könne er Mickys Anschuldigungen nicht verkraften.

»Wirklich nicht?«, fragte sie. »Du kannst es mir ruhig sagen!« Sie ließ jetzt absichtlich ihre Ungeduld durchschimmern. Auber stand kurz vor einem Geständnis. Er machte sich nicht mehr die Mühe, offen zu leugnen. Früher hätte sie nun einen zweiten Befrager eingeschaltet, um dem Verdächtigen mit sanften Worten den letzten Anstoß zu geben. Diesmal musste sie diese Aufgabe selbst übernehmen.

»Ich weiß, dass es schwer ist, Hans«, sagte sie und hoffte, sie klang ausreichend verständnisvoll. »Wir müssen nur noch ein bisschen weitermachen, dann haben wir es hinter uns und du kannst noch einmal neu ...«

»Das ist eine Riesensauerei!«, unterbrach Auber sie fast schreiend. »Erkennst du das denn nicht? Ich würde das niemals so aufziehen!«

Er zog sich die Krawatte vom Hals und warf sie zusammengeknüllt beiseite. Dann sprang er auf, packte den Bürostuhl und hob ihn über den Kopf.

»Meneer Auber! Das bringt doch nichts!«, versuchte Micky, ihn zu bremsen.

Ihr Verdächtiger stieß einen Schrei aus und begann, sich im Kreis zu drehen, wobei er den Stuhl keuchend vor Wut in Augenhöhe mit sich schleuderte.

»Ganz ruhig!«, rief sie. »Du machst alles nur noch schlimmer ...«

Aubers Keuchen ging in einen lang gezogenen, heiseren Schrei über, während er mit dem Bürostuhl durch das Zimmer wirbelte. Jeden Augenblick konnte er ihn loslassen. Micky stieß ihren Bürostuhl zurück und hechtete unter den Konferenztisch. Es ging nicht anders, sie musste ihre alten Kollegen zu Hilfe rufen. Wo war ihr Handy? Sie zog ihre Handtasche heran, die neben einem Stuhlbein stand, und kippte sie aus, während ein Bein des Bürostuhls den Designkronleuchter streifte und einige der Glasanhänger klirrend auf dem Tisch zersprangen.

Micky wühlte ihr Handy aus dem Wust des Tascheninhalts heraus. Im selben Moment schallte ein tiefer, alles übertönender Summton durch den Konferenzraum. Das Pausensignal.

Auber stieß einen Fluch aus und warf den Stuhl so von sich weg, dass er unter den Tisch rutschte und erst vor

Mickys Nase stoppte. Kurz darauf tauchte auch Aubers gequältes Gesicht in Mickys Blickfeld auf. Er kroch auf sie zu. Sie wich zurück, aber er packte sie am Handgelenk und zerrte sie zu sich hin.

»Der Chef«, flüsterte er heiser und starrte sie eindringlich an.

Sie bog sich nach hinten weg. Auber ließ sie los, zog sich zurück und stand auf. Noch während sie sich an der Tischkante hochzog, knallte er die Tür zu. Ihr war schwindelig. Sie schob eines der Fenster auf und holte tief Luft. Draußen gingen die Mitarbeiter bereits über den Hof zur Kantine.

Als ihr die Ironie bewusst wurde, dass sie schon gleich bei ihrem ersten Auftrag ihre früheren Kollegen um Hilfe hatte rufen wollen, erschien Auber unten in ihrem Blickfeld. Entschlossen ging er auf die Lagerhallen jenseits des Hofs zu.

Mondifra war ein Familienunternehmen, das von der Montage und dem Vertrieb von Spezialmaschinen für den Straßenbau lebte. Ein Familienunternehmen deshalb, weil der alte Borgsteel seinen Sohn Jelmer in die Direktion aufgenommen hatte und sich Sohnemann seitdem um die Auftragsbeschaffung kümmerte.

Bei *Mondifra* kauften seit jeher Unternehmen aus den ehemaligen Ostblockstaaten; heutzutage kamen die meisten Bestellungen jedoch aus afrikanischen Ländern. Dorthin exportierte *Mondifra* Kettensägen, Crusher zum Zertrümmern von Schutt und Gestein, fluoreszierende Pylone, kurzum: alles Nötige, um einen Dschungelpfad in eine Autobahn zu verwandeln.

Im vergangenen halben Jahr waren zwei Container aus der Auslieferungsabteilung gestohlen worden, beide Male in der Nacht, in der die bereitstehenden Sattelschlepper sie zum Rotterdamer Hafen transportieren sollten. Das Timing konnte kein Zufall sein. Wie der Dieb oder die Diebe sich Zugang verschafften, war ein Rätsel. Niemals waren Einbruchsspuren gefunden worden. Allerdings zeigten die Überwachungskameras, auf welchem Weg die Eindringlinge entkommen waren. Sie bahnten sich einfach mit dem Sattelschlepper einen Weg durch das Tor der Lagerhalle, walzten den Drahtzaun um das Gelände nieder und verschwanden über die Ausfallstraße zur nahe gelegenen Autobahn. Innerhalb einer Viertelstunde hatten sie die Grenze nach Deutschland überquert. Das Bewachungsschema musste den Dieben bekannt sein: Aus den Rundgangsdaten ging hervor, dass die beiden Wachposten während der Raubzüge jedes Mal auf der anderen Seite des Betriebsgeländes beschäftigt gewesen waren.

Atte Borgsteel, Direktor von *Mondifra*, schloss nach dem zweiten Mal, dass es ein Informationsleck innerhalb der Firma gab. Da die Ermittlungen der Polizei Gelderland-Mitte nicht wirklich vorankamen, beschloss er, jemanden aus der Privatbranche zu engagieren, um den Maulwurf aufzuspüren. In der *Heineken Heaven* genannten Presselounge des Arnheimer Fußballklubs *Vitesse*, wo für die Arnheimer Polizeispitze eine halbe Loge reserviert war, erkundigte er sich nach einem passenden Kandidaten.

»Jemand, der dezent vorgeht, aber hieb- und stichfeste Resultate präsentiert«, erklärte Borgsteel dem Commissaris Jan Duut, der ihm, ohne zu zögern, Micky Spijker empfahl.

Micky hatte ein paar Wochen zuvor ihr eigenes Büro für Sicherheitsberatung eröffnet. Als gut ausgebildete Polizeipsychologin war sie bis dahin stets die stille Kraft im Hintergrund gewesen, die mithilfe ihrer Menschenkenntnis und modernen Verhörtechniken auf diskrete Weise alle nötigen Informationen beschafft hatte.

Duut hatte es nicht gern gesehen, dass sie das Arnheimer Polizeikorps verließ, doch da er sich noch immer als ihr väterlicher Freund betrachtete, hatte er ihr den Auftrag bei *Mondifra* zugeschanzt.

Dies war Mickys erster Einsatz als freiberufliche Ermittlerin und ihr war klar, dass sie damit ihren Ruf begründen würde. Ein paar Tage lang ackerte sie die Personalakten aller einhundertachtundsiebzig Mitarbeiter durch und stellte fest, wer überhaupt von den Transporten wissen konnte. Dann erhielt sie einen anonymen Brief, in dem Hans Auber als Drahtzieher bezichtigt wurde.

Borgsteel wies diesen Verdacht strikt von sich: »Hans? Ich kenne ihn seit über dreißig Jahren, wir haben gemeinsam angefangen. Er würde keinerlei Nutzen daraus ziehen, er ist der zweite Mann im Unternehmen und wird Geschäftsführer, wenn ich mich zurückziehe …«, eine gewisse Unsicherheit schlich sich in seinen Tonfall, »… bis Jelmer in der Lage ist, die Firma zu übernehmen.«

Nach einer Reihe von Vernehmungen legte Micky eine Liste von zehn Personen an, über die sie nähere Ermittlungen anstellen wollte, und gab sie der Geschäftsführung. Hans Auber war nicht darunter, aber ein zweiter anonymer Hinweis ließ sie ihre Pläne revidieren. Ihr wurden Kopien von zwei Hotelreservierungen zugespielt, auffälligerweise jeweils an dem Wochenende vor und nach den Diebstählen. Beide Male war ein Zimmer auf Aubers Namen gebucht worden, in einem Hotel etwas außerhalb der Stadt.

»Callgirls«, vermutete Borgsteel. »Hans hat keine Frau mehr.«

Micky hatte bei der Polizei gelernt, dass es sinnlos war, in der über sie hereinbrechenden Sturzflut von anonymen Hinweisen immer wieder nach den Quellen zu suchen. Es war besser, die Angaben einfach zu prüfen und unter Umständen einen Vorteil daraus zu ziehen.

Ein Anruf bei dem Hotel ergab, dass die Reservierungen einen Konferenzraum vom Typ V betrafen. Ohne Übernachtung. Als Micky die Hotelmanager um nähere Hinweise bat, prallte sie an den Datenschutzbestimmungen ab, doch die Cateringrechnungen durfte sie immerhin einsehen. Ihnen entnahm Micky, dass der Zimmerservice an den Wochenenden vor den Diebstählen hauptsächlich Kaffee und belegte Brote serviert hatte, an den Wochenenden danach Hochprozentiges. Typ V war der kleinste Konferenzraum, geeignet für höchstens fünf Gäste. Die Unterlagen verrieten Micky außerdem, dass nie mehr als drei Personen da gewesen waren.

Der dritte Tipp bestand aus einem verschlossenen Umschlag von der Volksbank in Kranenburg, der an Hans Auber bei *Mondifra* adressiert war, mit Unterlagen über ein Bankguthaben, das nicht zu den monatlichen Einkünften Aubers passte.

Borgsteel reagierte erschüttert auf all diese belastenden Indizien. Er erteilte Micky die Erlaubnis, die Ermittlungen auf Auber zu konzentrieren, legte ihr jedoch ans Herz, unauffällig vorzugehen. Der Ruf seines designierten Nachfolgers durfte unter keinen Umständen durch Gerüchte beschädigt werden.

Unter dem Motto *Follow the Money* brauchte Micky lediglich noch einen weiteren Tag, um überzeugendes Beweismaterial gegen Auber zu finden. Genug für ein gründliches Verdächtigenverhör. Aber Borgsteel bestand darauf, dass sie lediglich ein informatives Gespräch mit seinem Mitarbeiter führte, »der vielleicht vom rechten Wege abgekommen war«.

Das Ganze war dann doch zu einem richtigen Verhör ausgeartet. Aubers hartnäckiges Leugnen sowie der Wutanfall, als die Fragen allmählich schmerzlich für ihn wurden, passten genau zu dem belastenden Material, das Micky vorlag. Der Unterschied zu ihren früheren Kunden lag darin, dass Auber einfach mitten im Verhör davonspazieren konnte, wenn ihm danach war.

Und genau das tat er jetzt. Micky sah ihm nach, während er eine der verlassenen Lagerhallen betrat. Sie schloss nicht aus, dass Auber selbst die anonymen Hinweise verschickt hatte, weil er nichts lieber wollte, als demaskiert zu werden. Auber war kein erfahrener Ganove, sondern höchstens ein Mann, der einen Fehltritt begangen hatte und danach immer weiter abgerutscht war. Jetzt hatte er die Grenze erreicht – der Druck war zu stark geworden, aber um einen Schlussstrich unter die Betrügereien zu ziehen, hatte er andererseits nicht den Mut. Deshalb wählte er diesen Umweg. Sie blätterte noch einmal die Akte durch. Auf keine einzige Frage hatte Auber eine zufriedenstellende Antwort gegeben.

Das Hotel?

Kannte er nicht. War noch nie dort gewesen.

Das deutsche Konto?

Vielleicht das eines Namensvetters?

Verdammt, Auber hatte noch einiges zu erklären! Das Verhör war noch nicht beendet, höchstens aufgeschoben. Zeit zum Abkühlen sollte er haben, doch nach der Mittagspause würde sie ihn sich vorknöpfen, und wenn sie ihn hinter seinem Schreibtisch hervorzerren musste. Diesmal würde sie für Verstärkung sorgen – notfalls die Pförtner herbeirufen.

Eine Bewegung jenseits des Platzes zog ihre Aufmerksamkeit auf sich. Auber erschien im Tor der Halle. Er trug etwas in den Armen, ein Werkzeug mit Griffen, das einer großen Bohrmaschine ähnelte. Micky öffnete das Fenster, um ihn anzusprechen, sobald er in Hörweite war. Auber bog jedoch ab und marschierte geradewegs auf den Parkplatz links vom Tor zu. Micky fluchte. Mist, er wollte abhauen! Mit einem Knall schloss sie das Fenster und eilte hinaus.

Ungestört ging Auber an den geparkten Fahrzeugen entlang, als suche er sich eines aus, mit dem er wegfahren wollte. Bei einem Saab Estate hielt er inne und schaute durch das Beifahrerfenster hinein.

Jetzt musste sie schnell handeln! »Meneer Auber!«, rief sie.

Auber hob kurz den Blick, antwortete aber nicht. Er hielt die Maschine an den Griffen fest und setzte sie am Schloss der Fahrertür an.

»Warten Sie mal, ich habe …« Ein trockener Knall unterbrach sie. Ein Ruck ging durch das Auto. Auber öffnete die Tür und setzte sich auf den Fahrersitz. Micky lief schneller, getrieben von einer unguten Vorahnung. Ein zweiter Knall hallte über den Vorplatz. Micky spurtete los, wurde jedoch kurz vor Erreichen des Fahrzeugs langsamer. Auf der Heckscheibe klebte eine rosafarbene Masse, die nun zäh heruntertroff wie Obststücke im Mixer.

»Hans Auber!«, rief sie. »Steigen Sie aus dem Wagen aus!«

Es war sinnlos, begriff sie, als sie die Fahrertür öffnete. Auber hatte sich durch das rechte Auge geschossen und war schräg über die Mittelkonsole gesunken. Zwischen den Speichen des Lenkrads klemmte die Maschine, die er mitgeschleppt hatte. Micky berührte Aubers Bein.

»Meneer Auber!«, sagte sie drängend. »Können Sie mich verstehen?«

Auber regte sich nicht und gab auch keinen Laut von sich. Dennoch wählte sie den Notruf. Während sie erklärte, dass sie sowohl den Notarzt als auch die Polizei brauchte, strömten die Angestellten herbei.

»Verdammt, er hat eine Nagelpistole aus unserer Abteilung benutzt«, hörte sie. »In der Zuhälterkarre vom Chef.«

Sie reagierte nicht auf die Bemerkungen, doch eines konnte sie nicht ignorieren: den Blick des alten Borgsteel, der sich über Hans Auber beugte und danach sie ansah.

Du, klagte er sie wortlos an.

4

Den Kölner Ring im Rücken, begann der neue Job Spaß zu machen. Der Himmel täuschte einen nahenden Urlaub am Meer vor, und die Luft, die durch das leicht geöffnete Seitenfenster hereinströmte, war angenehm frisch. Während der geliehene Renault tapfer über die Autobahn Richtung niederländischer Grenze klapperte, schaltete Robert gut gelaunt die Musik an, die er speziell für diese Reise zusammengestellt hatte.

Als Auftakt hatte er Lalo Schifrins *On the way to San Mateo* ausgesucht, zu dem einst Steve McQueen in *Bullitt* durch die Landschaft rauschte. Gut, ein geliehener 89er Renault 5 mit einem halben Jahr Rest-TÜV kam natürlich nicht ganz an einen Ford Mustang heran, aber der Song hatte genau den richtigen Swing für diesen Tag. Think positive, Robert. Zu Hause stand sein geliebter alter Saab mit defektem Zylinderkopf und wartete auf eine ordentlich gefüllte Brieftasche. Ein paar von den Euros, die Robert bei diesem gut bezahlten Ausflug verdienen würde, waren ihm versprochen.

Noch schöner wäre es freilich gewesen, hätte Robert auf einen weiten Horizont zufahren können. Aber der Abstand zwischen ihm und dem mattgrauen Sprinter, in dem Magrittes *Scheherazade* gut verpackt zu ihrem neuen Herrn chauffiert wurde, durfte höchstens zehn Meter betragen. Denn was er dem Leihgeber des R5 wohlweislich verschwiegen hatte: Der Bodyguard für das Kunstwerk war eigentlich nicht Robert, sondern der Renault. Bei einem Auffahrunfall sollte der Wagen als Puffer dienen, damit das Kunstwerk nicht beschädigt würde. Es war eine übliche, wenn auch sehr selten wirklich nötige Vorsichtsmaßnahme beim Transport eines solch wertvollen Stücks.

Die Frage, die an diesem Morgen nicht nur Robert, sondern auch eine Menge Zeitungsleser beschäftigte, war und blieb die vom Vorabend: Welcher Verrückte gab so viel Geld für ein Gemälde aus? Aus der Lieferadresse hatte Robert keine Antworten ziehen können. *Limbs bv* war ein internationales Unternehmen mit Stammsitz in Maastricht, hatte das Internet verraten. Einer der Weltmarktführer im Bereich Robotik, mit einem zivilen und einem militärischen Zweig.

Limbs' Industrieroboter standen in Autofabriken am Band und schweißten Karosserien zusammen, während die Militärroboter dem entgegengesetzt alles atomisieren sollten, was sich ihnen in den Weg stellte. Allerdings hatte zwei

Jahre zuvor ein Nachrichtenmagazin von Rückschlägen in Afghanistan berichtet, bei denen der von der US Army eingesetzte *Limbs B103* seine Geschütze plötzlich gegen die eigenen Leute gerichtet hatte. Und auch ein Transportroboter mit Kuscheltiergesicht, der verletzte Soldaten retten sollte, hatte wohl nicht recht überzeugt. Dabei wurde der Inhaber als ingenieurtechnisches Genie gefeiert. Der ›Wernher von Braun der Robotik‹, hatte Robert auf einer Webseite gelesen.

Was wollte dieses Unternehmen mit einem *Magritte*? Die Mitarbeiter künstlerisch inspirieren? Oder die Roboter? Oder war dieser Fabrikant Kunstsammler und plünderte dafür die Firmenkonten?

Ein neuer Song, Robert drehte die Musik noch etwas lauter und summte mit. 43 Millionen Euro. Was könnte er mit nur einem Prozent davon tun. Zuallererst würde er seinen Bankberater heimsuchen und vor ihm ein Bündel schmutziger Scheine auf den akkurat organisierten Tisch fallen lassen. Das war zugegebenermaßen kindisch, würde aber Spaß machen. Sein Hinterhofhaus in der Krefelder Südstadt könnte er auf einen Schlag abbezahlen und dann endlich seinen Traum vom Kauf eines alten Hausboots wahr machen. Es bliebe sogar noch genug übrig, um sich vorerst nur noch die Jobs auszusuchen, auf die er Lust hatte.

Der Gedanke katapultierte Robert wieder in eine Gegenwart zurück, in der ihm leider nicht einmal Jobs angeboten wurden, auf die er *keine* Lust hatte.

Beunruhigt stellte er fest, dass er zu lange vor sich hingeträumt und den Anschluss an den Sprinter verloren hatte. Ein alter 7er-BMW zog gerade mit hohem Tempo an ihm vorbei, klemmte sich zwischen sie und begann, mit der Lichthupe Disco zu spielen. Der Fahrer des Sprinters fuhr immer langsamer, um den BMW zum Überholen zu animieren. Aber der fuhr stur und aggressiv immer weiter auf die Stoßstange vor ihm zu.

Robert betete, dass der *Scheherazade*-Chauffeur jetzt nicht scharf bremsen müsste. Was passierte hier gerade? Schweißperlen traten auf seine Stirn.

Plötzlich scherte der BMW wild hupend aus, zog auf den Standstreifen und überholte den Sprinter rechts. Eine Batterie von Steinsplittern wirbelte durch die Luft. Die Windschutzscheibe des Renaults knisterte gefährlich.

»Idiot«, brüllte Robert dem Fahrer hinterher, der sich in der Ausfahrt schon hinter den nächsten Wagen geklemmt hatte.

Konzentrier dich, Robert. Er durfte das hier auf keinen Fall verbaseln. Sein Handy klingelte. Der Sprinterfahrer. Robert drückte auf den Knopf seines Headsets.

»Wofür bezahlen wir dich eigentlich, Patati?«, schallte es gegen seine Gehörknöchelchen. »Du sollst direkt hinter uns bleiben, verdammte Scheiße.«

»Beruhig dich mal«, sagte Robert.

»Arschloch«, kam es zurück und er konnte das »Danke gleichfalls« noch eben so unterbringen, bevor der andere die Verbindung unterbrach.

Im Tandem überquerten sie die Grenze bei Vetschau und wechselten bei Heerlen die Autobahn, ließen das Touristenzentrum Valkenburg mit seinem Spielkasino rechts liegen und erreichten kurze Zeit später die wenig einladenden Randbezirke von Maastricht. Hinter grauen Betonwällen reihten sich Mietshäuser aneinander und verwandelten die vierspurige Straße in einen Schlauch, aus dem es kein Entrinnen zu geben schien.

Robert atmete auf, als ihn das Navi endlich aufforderte, links abzubiegen. Aber der Meisterfahrer vor ihm fuhr stur weiter geradeaus. Robert gelang es eben noch so, ihm zu folgen. Okay, Robert, locker bleiben. Vielleicht hatte der Routenplaner im Sprinter andere Einstellungen oder der Chefchauffeur kannte sich hier besser aus als Miss Tomtom, also immer brav hinterher.

Achthundert Meter weiter bog der Transporteur endlich ab. Sie waren jetzt kurz vor dem Ziel und fuhren auf einen Kreisverkehr zu. In seiner Mitte erinnerten fünfundzwanzig aufgeplusterte Aluminiumsternchen auf langen dürren Pfählen an die Gründung der Europäischen Union.

Als die Ampel am Kreisverkehr auf Gelb wechselte, bremste Robert langsam ab, der Sprinter aber gab Gas. Sofort beschleunigte auch Robert wieder, entdeckte jedoch in letzter Sekunde eine Polizeistreife hinter sich. Er fluchte, stieg gerade noch rechtzeitig in die Eisen und würgte dabei den Motor ab. Während er sich vergeblich bemühte, den Wagen wieder zu starten, bog der Sprinter in die Avenue Céramique ein. Hoffentlich würde er dort warten. Der Anlasser orgelte. Robert geriet allmählich in Panik. Die Ampel wechselte wieder auf Grün und hinter ihm setzte ein klassisches Hupkonzert ein. Einer der Polizisten begann, sich in aller Behäbigkeit abzuschnallen, um seinen gemütlichen Platz zu verlassen. Aber dann, einen Tropfen vor dem Absaufen, sprang der Motor des R5 doch wieder an. Robert machte, dass er davonkam.

Der Sprinter war nirgendwo zu sehen. Hatte der Fahrer dreihundert Meter vor dem Ziel auf die Eskorte gepfiffen? Um Robert einen reinzuwürgen? Er fuhr am Bonnefantenmuseum vorbei. Ihm gegenüber befand sich der große Gebäudekomplex, in dem die Hauptverwaltung von *Limbs bv* residierte.

Wegen des weitläufigen und erhöhten Vorplatzes sollte die Anlieferung über den Hintereingang erfolgen. Robert fuhr um den Block herum, durch eine stille Straße mit kleinen Häusern zu seiner Linken und den Rückseiten der Avenue-Hochhäuser zu seiner Rechten. Dort, wo sie scharf abknickte, öffnete sich geradeaus ein großer unbefestigter Parkplatz. Robert entdeckte den Sprinter, in zweiter Reihe geparkt und halb von einem Van verdeckt. Während Robert die Einfahrt ansteuerte, überlegte er sich ein paar Sätze für den Fahrer. Vorsichtig setzte er den Renault über eine Bodenschwelle. Im selben Augenblick schoss der Sprinter aus der Parklücke heraus und brach brutal über den Bürgersteig hinweg zur Straße durch.

Einen kurzen Moment starrte Robert ihm verdutzt hinterher, während er weiter auf die Parklücke zurollte. Er sah den Chauffeur und den begleitenden Wachmann bewusstlos auf dem Boden liegen, neben ihnen stand eine kleine Gasflasche mit Maskenaufsatz. Jetzt erst begriff Robert und trieb den Renault sofort zurück auf die Straße.

Der Sprinter hatte einen immensen Vorsprung und hätte leicht in einer der kleinen Seitenstraßen verschwinden können. Aber Robert blieb auf der Vorfahrtstraße. Mit einem 43-Millionen-*Magritte* würde man keine Zeit in einem Wohngebiet verlieren wollen.

Die Tachonadel kratzte an der Hundert. Robert betete, dass gerade alle Kinder hinter Schloss und Riegel von Schule oder Kindergarten saßen. Als hinter einer Kurve ein Discounter auftauchte, begriff er, dass er besser für die mündigen Konsumenten gebetet hätte. Humpelnd schob da eine Frau ihren Einkaufswagen quer über die Kreuzung. Robert hupte, die Frau blieb erschreckt stehen und starrte auf den herandröhnenden Renault. Halb schleudernd gelang es Robert, sie zu umfahren, aber er touchierte ihren Einkaufswagen so, dass der sich wie ein Geschoss in ein parkendes Auto hineinbohrte. Im Rückspiegel sah er, wie sich die Frau ans Herz fasste.

Nach einer lang gezogenen Kurve kam weit hinten am Ende der Straße der Sprinter wieder in Sicht. Irgendwo dort musste es zur Autobahn gehen. Robert drückte das Pedal durch, ließ es zurückspringen, um krachend den nächsten Gang einzulegen, pumpte wieder Sprit durch die Leitung. Doch kurz vor der Abbiegung zwang ihn ein Rudel Radfahrer, das er in letzter Sekunde in dem gewölbten Verkehrsspiegel vor sich entdeckt hatte, zu einer Vollbremsung.

»Fuck! Fuck! Fuck!«, schrie Robert und schlug auf das Lenkrad, während er wieder losfuhr. Vom Sprinter keine Spur! Rechts wieder Wohnhäuser, zwei Stichstraßen führten tiefer in das Viertel hinein. Links unterhalb der Böschung dehnte sich eine riesige Autowaschanlage aus, dahinter verrieten Oberleitungen eine Bahnlinie. Weiter vorne ging es Richtung Schnellstraße und Autobahnauffahrt. Dort hätte er den Transporter sehen müssen. War er doch in eine der Seitenstraßen abgebogen?

Robert wollte gerade anhalten, als er das grau lackierte Auto auf einem Park-&-Ride-Platz hinter der Waschstraße entdeckte. Im selben Moment schoss ein metallicgrüner Nissan Patrol aus der Ausfahrt. Zwei Männer saßen darin. Einer gestikulierte heftig und zeigte in seine Richtung.

Robert drückte erneut aufs Gas. Er musste sie rammen, wenn sie nicht entkommen sollten. Aber ein R5 war nun mal kein Sportwagen, und ehe er den Nissan erreichte, war der schon auf dem Weg zur Schnellstraße. Manchmal aber schaltet sich eine höhere Gerechtigkeit ein und bedient sich dabei sogar einer so unzuverlässigen Einrichtung wie der Bahn. Robert pries das aufblinkende Rotlicht, die grellen Alarmglocken und die zügig herabsinkenden Schranken am Bahnübergang direkt vor ihnen.

Und er fluchte ebenso leidenschaftlich, als er erkannte, wie albern kurz diese Schranken waren, sodass der Geländewagen heftig übersteuernd um sie herumkurven konnte. Immerhin kostete es ihn einige Zehntelsekunden, und weil Robert glatter durch den Slalom kam, klebte er dem Nissan jetzt an der Stoßstange. Nur: Einmal auf der Schnellstraße, wäre der Nissan uneinholbar.

Und mitten im hektischen Suchen nach einer guten Idee, knapp hinter dem Bahnübergang, auf den sich in einiger Entfernung ein Zug zubewegte, stieg der Nissan plötzlich in die Eisen. Metall krachte gegen Metall, Robert wurde in seinen Sitz gepresst, sein Schädel schlug heftig gegen die

Kopfstütze. Dann schalteten sich vor ihm die Rücklichter ein.

Wieso zum Teufel ...? Schon dockte der Nissan an den Renault an und schob ihn langsam zurück. Robert drückte das Gaspedal tief ins Blech. Qualmend drehten die Räder des R5 durch, der Motor heulte auf. Schon stand Roberts Wagen mit der Hinterachse auf den Schienen, und der Zug links von Robert wuchs unerbittlich zum gelben Koloss heran, Warnsignale ausstoßend wie ein Tanker auf Kollisionskurs.

Und das trommelfellzerreißende Kreischen der Notbremsen stieg in die Luft. Robert versuchte verzweifelt, den Rückwärtsgang einzulegen, aber da ging gar nichts mehr in diesem totalgeschrotteten Franzosen. Die Autos auf der Gegenspur hupten wild, als wollten auch sie ihren Beitrag zu diesem Katastrophenkonzert leisten. Leute schrien und gestikulierten, als hätte Robert die Todesfalle, in der er steckte, nicht bemerkt. Plötzlich seufzte die Karosserie des Renaults auf. Der Nissan hatte von ihm abgelassen und war ein paar Meter vorgefahren.

Aber nur, das begriffen Roberts Hände und Arme, die sich gegen das Lenkrad abstützten, früher als er selbst, um ihm mit aller Kraft einen letzten Stoß zu versetzen. Ein Aufprall, der ihn endgültig mitten auf die Schienen trieb und seinen Motor erschlug, ehe der Nissan mit durchdrehenden Reifen Richtung Autobahn davonjagte.

Verzweifelt versuchte Robert, den Wagen zu starten. Noch einmal. Verdammt, verdammt, verdammt! Das schrille Gellen der Zugbremsen raubte ihm den Gleichgewichtssinn und er dachte noch, wie wunderschön die blockierten Räder dieses Zuges aussahen. Stählerne funkensprühende Feuerringe, die sich über die Gleise unaufhaltbar auf ihn zuschoben. Aber nein, du Idiot, das ist doch kein Kunstvideo, das ist echt! Ganz grausam echt!

5

Der Zug gab nochmals ein lang gezogenes Warnsignal von sich, einen Verzweiflungsschrei, der alles andere übertönte. Die gelbe Lok donnerte auf Robert zu, die Scheinwerfer blendeten über den sprühenden Funken der Räder auf. Robert drehte den Kopf und erkannte den Lokführer, einen dunklen Fleck, der plötzlich abtauchte. Die Menschenmenge an den abgeknickten Schranken schaute reglos zu.

Robert stieß die Tür des Renaults auf und sprang raus, setzte zu einem Sprint an, glitt im Schotter aber aus. Halb stolpernd krabbelte er weg, runter von den Gleisen, auf die entsetzte Zuschauermenge zu, die erst zurückwich, als sie begriff, dass der Zusammenstoß unvermeidlich war.

Das Getöse der gewaltigen Aufprallenergie ging in ein Crescendo aus dem Schleifen des Stahls, dem Poltern der Waggons und der abreißenden Bahnschwellen über, begleitet vom sorglosen Scheppern der davonspringenden Radkappen des Renaults.

Die Lok verwandelte sich in einen taumelnden Trunkenbold, der eine unwillige Polonaise von Wagen hinter sich herzog. Robert kauerte sich noch kleiner zusammen, die Hände über den Kopf geschlagen, und wartete auf den Schlussakkord, der vom Bruch der Kupplungen zwischen den Waggons eingeläutet wurde und sich bis ins Fortissimo steigerte, als der erste Wagen am Pfeiler einer Unterführung entlangschrammte, kippte und mit einer Salve zerberstender Fenster zum Stillstand kam.

In der darauf eintretenden Stille hob Robert den Kopf und öffnete die Augen. Am Bahnübergang hatten einige Wartende die Hände vor den Mund geschlagen, die Augen ungläubig auf den entgleisten Zug gerichtet, als erwarteten sie, dass die Zeit zurückgedreht wurde und alles seinen vertrauten, unbeschädigten Anblick zurückerhielt. Robert nickte ihnen zu, zum Zeichen, dass er unversehrt war. Eine Frau deutete auf ihn und sagte etwas zu ihrer Nachbarin. Er hob die Hand, aber sie starrten reglos zurück, als sei er ein schwer verletztes Tier, das von seinem Leiden erlöst werden musste. Ihm wurde eiskalt bei dem Gedanken, dass er vielleicht tot und zu einer unsichtbaren Seele geworden war, deren Körper zerschmettert zwischen den Schienen lag.

Er setzte sich auf und wischte seine Hände an den Hosenbeinen ab. Niemand achtete mehr auf ihn. Die Menge am Bahnübergang hatte nur Augen für dieses gefällte Urvieh, das am Unterführungspfeiler klebte. Er erhob sich, klopfte den Staub von seiner Kleidung und ignorierte den schmerzhaften Stich, der ihm von den Nackenwirbeln aus zwischen die Schulterblätter fuhr.

Inzwischen war auch die Menge in Bewegung geraten. Einige Leute zückten ihre Telefone, andere rannten zum Zug. Die Türen der Waggons, die noch auf den Schienen standen, klappten auf und die ersten Passagiere kletterten hinaus. Sie liefen ziellos umher, bis auch sie ihre Handys hervorzogen und telefonierten. Einige Reisende machten Fotos oder Videoaufnahmen.

Robert griff ebenfalls nach dem Telefon in seiner Innentasche. Er musste die Polizei benachrichtigen! Der *Magritte!* Die Diebe waren bestimmt zur A2 unterwegs, dort konnte man sie noch abfangen ... Doch das Besetztzeichen zeigte an, dass der Notruf überlastet war.

Ein Streifenwagen fuhr mit jaulendem Martinshorn durch die Unterführung und plötzlich näherten sich die Sirenen von allen Seiten. Umso besser, dann konnte er sich gleich hier an die Polizei wenden. Und zweifellos gab es Zeugen, die gesehen hatten, wie er bei der Verfolgungsjagd auf die Gleise geschoben worden war. Ein erster Streifenwagen fuhr an ihm vorbei und hielt am Bahnübergang. Robert eilte zu dem aussteigenden Beamten.

»Ich muss einen Kunstraub melden!«, begann er, doch der Polizist sah an ihm vorbei und hielt den Zipfel seines Revers an den Mund.

»P11 an der Unglücksstelle eingetroffen!« Er wandte sich von Robert ab und setzte sich in den Wagen, wo er über Funk weiter über das Zugunglück Bericht erstattete.

Robert beugte sich nach vorn und klopfte an die Scheibe. Wieder fuhr ihm ein Stich durch den Nacken.

»Es geht um Millionen!«, betonte er nachdrücklich.

Der Beamte legte den Zeigefinger auf die Lippen und redete weiter.

»Katastrophe ... Verletzte ... möglicherweise Tote ...«, hörte Robert ihn sagen. »Ja, eine multiple Problemlage ... Sofort Alarmstufe drei auslösen ...«

Mist, es war zwecklos, niederländische Diskussionskultur. Er musste auf jeden Fall das Auktionshaus anrufen, oder besser *Limbs,* nein, doch lieber den Fahrer und den Wachmann, die waren inzwischen bestimmt aus ihrer Betäubung erwacht. Robert zog sein Handy hervor und fluchte. Die Telefonnummern hatte er in sein Notizbuch geschrieben, und das lag im Auto ...

Ungeduldig klopfte er auf das Dach des Polizeiwagens. Der Beamte telefonierte noch immer und bedeutete dem Störenfried mit einer Geste weiterzugehen.

Verzweifelt zuckte Robert mit den Schultern. Als ihn der Beamte noch einmal unwirsch wegwinkte, gehorchte er und ging langsam zu der Stelle, an der der erste Wagen umgestürzt war. Unterwegs kam er an den Waggons vorbei, die nicht entgleist waren. Aus der ersten Tür half man einem Mann im Rollstuhl heraus, weiter vorne redeten zwei junge Mädchen auf eine ältere Frau ein, die sich nicht traute herunterzuspringen. Hinter ihr drängte sich eine Reihe von Passagieren. Inzwischen trafen auf beiden Seiten des Bahndamms Krankenwagen ein und Tragen wurden zum Unglücksort gerollt. Auch ein Fernsehteam von *Limburg 1* stieg mit Kameras bewaffnet aus. Robert überquerte die Gleise. Wo war nur sein Renault?

Eine alte Frau kam ihm entgegen, gestützt von zwei Jugendlichen, die ihre Motorradhelme auf die Hinterköpfe geschoben hatten. Der Frau stand der Mund offen, ihre Augen waren geschlossen. Robert wurde von zwei Rettungsassistenten überholt, die die Frau in Empfang nahmen und sie auf das Gras zwischen zwei Gleisen legten. Erst jetzt dämmerte es Robert, dass er ungeschoren aus dieser Katastrophe davongekommen war. Bis auf die Schmerzstiche im Nacken, na ja, aber er lebte noch! Die Erleichterung durchzuckte ihn wie auflodierndes Schießpulver.

Er schlängelte sich zwischen Trümmerstücken aus Stahl nach vorn zur Lokomotive durch. Aus einem eingeschlagenen Fenster des entgleisten Waggons kletterten jetzt weitere Passagiere, manche hinkend, andere mit Blut im Gesicht. Rettungsassistenten nahmen sie in Empfang und führten sie weg.

Der Waggon lehnte gefährlich schräg am Pfeiler. Robert drängte sich zwischen den Gaffern und Passagieren nach vorn. Die linken Räder hatten sich in einen Haufen von Kies und Sand gegraben, während die rechten frei in der Luft hingen. Und dort, zwischen den Ringen der Federung, entdeckte er das erste Überbleibsel seines Renaults: eine zusammengefaltete Tür. Robert umrundete den Waggon und stieß auf einen Klumpen Stahl, der der Motorblock gewesen sein musste. Etwas weiter weg lagen die zerfetzten Reste der Motorhaube. Er bückte sich und sah die Renaultvignette lose auf dem Boden liegen. Jede weitere Suche war sinnlos. Wenn sein Notizbuch überhaupt noch existierte, konnte es überall auf diesem Riesenareal liegen. Er strich sich über den Kopf und merkte, dass er zitterte. Unsicher verschränkte er die Hände und drückte sie gegen die Brust.

»Fehlt Ihnen etwas? Sind Sie verletzt?«

Die Stimme kam hinter einem Kameraobjektiv hervor, das

auf ihn gerichtet war. Robert schnellte hoch und lächelte das kleine Fernsehteam an, das aus einem Mann mit Mikrofon und einem zweiten mit Kamera bestand.

»Brauchen Sie Hilfe?« Die Stimmte vibrierte vor Mitleid, ein Effekt, der durch den weichen Limburger Dialekt noch verstärkt wurde.

»Nein«, sagte Robert. »Aber der *Magritte* ist geraubt worden!«

»Haben Sie in diesem Zug gesessen?«, fragte die Stimme.

Robert schüttelte den Kopf und antwortete: »Nein, in diesem Kleinwagen. Ich habe die Kunsträuber verfolgt.«

»Sie hören, wie viele andere Opfer hier steht auch dieser Mann unter Schock und ist vollkommen verwirrt«, sprach der Reporter in sein Mikrofon. Ein Dröhnen erfüllte die Luft.

Der Kameramann schwenkte zu einem Rettungshubschrauber, der auf einem kleinen Feld neben der Unterführung landete.

Kopfschüttelnd kehrte Robert zum Bahnübergang zurück, wo er einen Moment zwischen den Gleisen stehen blieb. Inzwischen hatten die Polizisten eine Kette gebildet und drängten alle zurück, die nicht zu den Rettungsdiensten gehörten. »Aus dem Weg!«

Robert erschrak vor der Stimme aus dem Megafon. Ja, er sollte wirklich besser zurücklaufen, als Erstes zum Hauptsitz von *Limbs.* Er drehte sich um und ging in Richtung der Straße, die parallel an den Gleisen entlangführte, gefolgt von dem Kamerateam. Vor ihm waren in aller Eile zusammengetrommelte Straßenarbeiter dabei, Absperrgitter zu errichten, um die Gaffer auf Abstand zu halten. Robert wollte sich schnell durchschlängeln.

»Da! Er will abhauen!«

Robert blickte sich um. Bei den Polizisten stand ein Mann in dunkelblauer Uniform. Seine Jacke war aufgeknöpft und mit einem Arm zeigte er auf Robert.

»Der Lokführer«, flüsterte der Mann mit dem Mikro seinem Kollegen zu.

Wieder setzte einer der Beamten das Megafon an den Mund: »Sie da, stehen bleiben! Polizei!«

Die Straßenarbeiter unterbrachen ihre Tätigkeit. Robert hob fragend die Hände. Der Kameramann erkannte, dass die Geschichte eine interessante Wendung nahm und filmte abwechselnd Robert und die Polizisten, die Robert jetzt in einem Halbkreis umringten.

»Hinlegen!«, befahl die metallische Stimme.

Robert ließ sich auf die Knie sinken. Der verdammte Schmerz schoss ihm wieder zwischen die Schultern. Er fasste sich an den Rücken. Aus den Augenwinkeln heraus sah er, wie die Beamten ihre Waffen zogen. Die Menge hinter ihm stob auseinander.

»Hände über den Kopf!«

Robert streckte die Hände vor sich aus.

»Kamerateam, weg da!«

Das Duo wich nur wenige Zentimeter beiseite und zeichnete aus nächster Nähe auf, wie sich fünf Beamte auf Robert stürzten und ihm Handschellen anlegten. Obwohl er sich nicht muckste und das auch nicht vorhatte, hielt man ihn fest, als leistete er heftigen Widerstand. Er hörte, wie der Lokführer interviewt wurde. Hastig und mit empörter Fistelstimme erzählte er, was Robert seiner Meinung nach auf den Schienen getan hatte.

»Das war Absicht, so viel ist sicher«, behauptete er. »Wenn Sie mich fragen, ein lang geplanter Terroranschlag.«

Der Limburger Dialekt kam Robert jetzt entnervend kindlich vor, als sei er ein Garant für Ehrlichkeit. Gerne hätte er eine Erwiderung gebrüllt, wurde aber bereits in einen Streifenwagen bugsiert. Zwei Polizisten setzten sich nach vorne, zwei weitere quetschten sich zu ihm auf die Rückbank. Sofort fuhren sie mit heulender Sirene los. Sie kamen an dem Parkplatz vorbei, auf dem die Räuber den

Wagen gewechselt hatten. Verdammt, der Sprinter stand noch da! Robert drehte sich um.

»He, das Auto da müssen Sie sichern! Da war der *Magritte* drin.«

Statt einer Antwort stießen die Polizisten ihm den Kopf so fest auf die Knie, dass seine Nase zu bluten begann.

Auf der Fahrt zum Präsidium wurde er mit Fragen bombardiert, die ihn wütend machten, aber auch verängstigten.

»Wollten Sie einen Selbstmordanschlag verüben?«

»Warum haben Sie dafür Maastricht ausgewählt?«

»Wo sind Ihre Komplizen?«

Auf dem Präsidium brachte man Robert sofort zu einem Aufnahmeschalter für Verhaftete, ohne ihn von den Handschellen zu befreien. Portemonnaie, Handy, Taschentuch, Taschenmesser, Gürtel und Schuhe wurden ihm abgenommen. Unterdessen versuchte er, den wachhabenden Beamten zu überzeugen, *Limbs bv,* das Kölner Auktionshaus oder zur Not auch die *Roeder AG* anzurufen. Aber alle seine Bemühungen endeten in der lautstarken Anweisung, sofort die Klappe zu halten.

»Es gab einen Kunstraub, da sind Zeugen, die jetzt bewusstlos auf einem Parkplatz hinter der Avenue Céramique liegen!«, konnte er noch herausbringen, bevor ihn zwei kräftige Beamte davonschleppten.

Nachdem hinter ihm die Zellentür ins Schloss gefallen war, gehorchte er seinem ersten Impuls, über die Gegensprechanlage zu versuchen, seine Geschichte an den Mann zu bringen. Mit seiner schmerzenden Nase drückte er auf den Klingelknopf, um den Kontakt zur Wache draußen herzustellen. Auf die Frage, was los sei, antwortete er, er wolle den Raub eines Kunstwerks im Wert von 43 Millionen Euro anzeigen. Die Stimme erwiderte, er solle sich ruhig verhalten. Daraufhin sagte Robert, er müsse pinkeln. Die Stimme antwortete, er solle das Klo benutzen. Robert nahm an, dass die Stimme den runden Behälter in der Ecke der Zelle meinte, unter dem eine Schublade in der Wand eingelassen war. Mit den Händen auf dem Rücken gelang es ihm dank des fehlenden Gürtels, die Hose nach unten zu streifen.

Als er endlich saß, ließ die Stimme aus dem kleinen Metallgitter eine zufriedenes »Gut so!«, ertönen. Dadurch entdeckte Robert die Kamera, die über dem Toilettenbecken hing, und begriff, dass er in einer Zelle für Drogenkuriere saß.

Nicht lange danach erreichte Hoofdcommissaris Lucas ein Anruf vom Leiter des Regionalen Informationsdienstes. Er informierte ihn, dass auf einer zweiten Leitung Jean Debriek, der Hauptdirektor und Eigentümer der Firma *Limbs*, wartete. Lucas konnte sich nicht erinnern, jemals etwas mit diesem Debriek zu tun gehabt zu haben, und gab knapp zu verstehen, dass er nun wirklich gerade andere Probleme hätte. Immerhin würde er gleich höchstpersönlich das erste Verhör mit dem Verdächtigen des Zugattentats führen – ein etwas ungewöhnlicher Eingriff in die sonst üblichen Abläufe, aber bei dieser Riesensache wollte er das Heft selbst in der Hand behalten.

»Es ist dringend«, sagte der Dienstleiter.

»Ich geb dich an Molendorp weiter«, bestimmte Lucas. Er verband ihn mit dessen Durchwahlnummer und legte ohne weitere Erklärungen auf.

Dem Commissaris Molendorp konnte Jean Debriek dann berichten, vor wenigen Stunden Opfer eines Überfalls geworden zu sein, bei dem ein 43 Millionen teures Gemälde geraubt worden war. Seitdem habe man vergeblich versucht, die Polizei zu informieren, sei jedoch nicht durchgekommen.

Molendorp begriff den Ernst der Lage sofort und stellte eilig ein provisorisches Ermittlungsteam zusammen, das er zum Parkplatz hinter dem *Il-Fiore*-Komplex schickte.

Zehn Kilometer weiter wurde in einer Lagerhalle am Bahnübergang die erste Pressekonferenz zu dem Zugunglück abgehalten. Später würde die Veranstaltung bei Polizeiausbildungen als Lehrstück für ›verfrühte Berichterstattung‹ und ›übertriebenen Erfolgseifer‹ herhalten müssen.

Bei der Konferenz verkündete der Pressesprecher der Polizei Limburg Süd, man habe einen Verdächtigen festgenommen, den man für den ›Anschlag‹ verantwortlich mache.

»Der Verdächtige ist mit hoher Geschwindigkeit durch die Stadt gerast und hat auf dem Bloemenweg versucht, mehrere Fußgänger und Radfahrer zu erfassen. Als ihm das nicht gelang, fuhr er auf den Bahnübergang in Höhe des John F. Kennedysingels. Zuerst rammte er mit hohem Tempo seinen Vordermann, dann fuhr er rückwärts und blockierte die Schienen. In dem Moment, als die Katastrophe nicht mehr zu verhindern war, brachte sich der Verdächtige in Sicherheit. Nach dem Unglück mussten drei Personen schwer verletzt ins Krankenhaus transportiert werden, eine davon in besorgniserregendem Zustand. Achtundzwanzig Leichtverletzte wurden unmittelbar am Unglücksort behandelt.«

Nur ein Journalist stellte die kluge Frage, ob man den vermeintlichen Attentäter bereits vernommen habe.

»Jeder, der sachdienliche Hinweise hat, wird gebeten, sich mit uns in Verbindung zu setzen«, lautete die ausweichende Antwort.

Erst einige Zeit danach wurde Robert für ein erstes Verhör aus seiner Zelle in eine gesicherte Abteilung gebracht.

6

Verdammt. Da brannten sie vor Eifer, diese besserwisserischen Sesselfurzer, wenn sie glaubten, dir endlich zeigen zu können, wie naiv du gewesen bist, woran du mal lieber vorher hättest denken sollen, dass dir das als intelligentem Menschen doch sofort hätte klar sein müssen. Und sie hatten dich ja gewarnt! Natürlich hatten sie das. Denn wenn alles gut ging, waren ihre Verhinderungsattacken nichts als wohlgemeinte Ratschläge, die zum Erfolg beigetragen hatten. Ging etwas schief, hatten sie es immer schon gewusst. Und ihre ganze oberschlaue Bedenkenträgerei legte sich dann wie klebriger Mehltau über dich und alles, was sich zu bewegen wagte.

Oh, wie hasste Robert diese Leute. Und so kam es, wie es kommen musste. Der Hoofdcommissaris warf ihm vor, er hätte den Transporter nicht verfolgen, sondern die Polizei informieren sollen. »Genau diese Scheiße passiert, wenn sich Amateure wie du einmischen. Einunddreißig Verletzte, und zwei davon kämpfen jetzt auf der Intensivstation um ihr Leben, während du hier gemütlich deinen Kaffee schlürfst. Aber glaube ja nicht, du kämest uns ungeschoren davon, Patati.«

Da hatten zwei Typen einen Mordanschlag auf ihn verübt und dafür Dutzende Tote in Kauf genommen, aber er war schuld? Natürlich hätte es kein Unglück gegeben, wenn er direkt die Polizei gerufen hätte. Denn bis die mal vorbeigeschaut hätte, wären die Diebe längst über alle Berge inklusive dieses verdammten Bahnübergangs gewesen. Robert starrte stumm vor sich hin. Wieso verhörte ihn überhaupt ein Hoofdcommissaris? In den Niederlanden war das der Regionale Polizeipräsident höchstselbst. Wollte der an Robert üben, was er längst verlernt hatte?

Im Prinzip befand er sich jetzt aber schon im lockeren Teil des Verhörs. In der ersten Stunde hatte Robert sich noch wie in einem absurden Theaterstück über ein totalitäres System gefühlt. Nicht nur, dass sich dieser Hoofdcommissaris Lucas und sein Gehilfe geweigert hatten, seine Geschichte vom Raub überhaupt anzuhören, sie hatten auch ihre sadistische Ader ausgelebt. Er hatte sie über seine horrenden Kopfschmerzen informiert. Stiche, die sich vom

Nacken bis in die Schädeldecke bohrten. Seine Bitte, einen Arzt zu rufen, ignorierten sie. Und etwas später begann der Assi, hinter ihm auf und ab zu gehen und dabei wie zufällig immer wieder mit dem Ellenbogen gegen seinen Kopf zu stoßen. Die zusammengeschockten Sehnen in Roberts Nacken schienen jedes Mal zu reißen.

Sie feuerten eine Stalinorgel abstruser Fragen auf ihn ab. Fragen, auf die er nicht mal den Ansatz einer Antwort wusste. Erst nach und nach begriff er, dass sie ihn tatsächlich für einen Linksterroristen hielten. Einige Tage zuvor hatte Robert in einem Niederlande-Blog von einer Aktion gelesen, mit der Anhänger eines rechtsextremen Politikers Züge und Bahnhöfe zur kopftuchfreien Zone machen wollten. Sie hatten an Fahrgäste Formulare zur Beantragung einer Fahrpreiserstattung verteilt, weil sie ›gezwungen‹ waren, neben Frauen mit Kopftuch zu sitzen. Und gerade heute, an ihrem ›Aktionstag Freie Niederlande‹, hatten sie versucht, die Züge in Limburg, der Heimatprovinz des Politikers, ›rein niederländisch‹ zu besetzen. Dabei war ihnen Roberts Renault buchstäblich in die Quere gekommen.

»Ihr Deutschen seid die Letzten, die sich bei uns einzumischen haben«, schnappte der Polizist hinter ihm und stieß gegen seinen Rücken. »Bei uns läuft alles ganz demokratisch.«

»Bei Hitler lief am Anfang auch alles ganz demokratisch ab.« Warum konnte Robert eigentlich nicht einfach die Klappe halten? Weil er wütend war. Während die hier Staatsschutz-Spielchen spielten, hatten die Diebe Gelegenheit genug, ihre Beute abzuliefern und sich aus dem Staub zu machen.

Die Quittung kam sofort. Sein Kopf schlug zur Seite und Robert schrie vor Schmerz auf.

Bald darauf war ein uniformierter Kollege ohne zu klopfen eingetreten.

»Was ist denn, Molendorp?«, hatte Lucas ihn angeblafft.

Molendorp hatte Lucas einige Zettel vorgelegt und ihm etwas ins Ohr geflüstert, das dem Hoofdcommissaris nicht recht zu gefallen schien. Als sie wieder zu dritt waren und Lucas eine Weile aus dem Fenster gesehen hatte, überraschte er Robert mit einem neuen Ansatz: »Okay, lassen Sie noch mal Ihre Diebstahlgeschichte hören!«

Robert schluckte einen bösen Kommentar herunter und erzählte alles haarklein. Lucas hörte konzentriert zu. Aus seinen wenigen Nachfragen konnte Robert schließen, dass inzwischen Zeugenaussagen vorlagen, die seine Version bestätigten.

Der Ellenbogenschubser hatte den Vernehmungsraum verlassen und Lucas mit der dritten Phase seiner Patati-Behandlung begonnen, der Schimpfkanonade wegen des eigenmächtigen Handelns eines Amateurermittlers, das es den Maastrichter Einsatzkräften jetzt noch schwerer mache, die Täter zu verfolgen.

Er wollte Robert Angst machen. Und diese Angst sollte das groteske Terroristenverhör so weit überlagern, dass Robert gar nicht erst auf die Idee kommen würde, sich über die schlechte Behandlung zu beschweren. Jetzt, als er glaubte, ihn genug heruntergeputzt zu haben, verschwand der Hoofdcommissaris und kehrte nach einer Dreiviertelstunde mit einem Protokoll zurück.

Vor dem Eingangsportal des Polizeipräsidiums atmete Robert tief durch. Er schaute auf das Display seines Handys, das sie ihm eben erst zurückgegeben hatten. Zehn verpasste Anrufe. Egal, sein Kopf fühlte sich an wie eine überbeanspruchte Voodoopuppe und er brauchte dringend einen Arzt.

Während er behutsam die Treppe hinunterging, scherte ein schwarzes Mercedes-Coupé aus dem Parkstreifen vor dem Präsidium aus. Der Wagen hielt direkt vor ihm. Ein grau livrierter Fahrer stieg aus und öffnete die hintere rechte

Tür. »Mijnheer Debriek und Frau Roeder erwarten Sie schon«, sagte er.

Die Unternehmensleitung der *Limbs bv* residierte in einem der viergeschossigen Glastürme des *Il-Fiore*-Bürokomplexes auf der Avenue Céramique. Der großzügige Empfang in der obersten Etage war mit einem teuren Teppichboden ausgestattet, der jedes Geräusch verschluckte. Die Chefsekretärin hatte Robert zu einer Sitzecke mit Corbusier-Stahlrohrsesseln geführt und versprochen, ihn gleich abzuholen.

Das war vor einer guten Viertelstunde gewesen. Sie ließen ihn schmoren. Shit. Robert trat an die Glasfassade heran und versuchte vergeblich, sich mit ein paar Architekturgedanken zum Bonnefantenmuseum gegenüber abzulenken.

»Herr Patati, nehme ich an?«

Robert erschrak. Er drehte sich um. Drei Meter von ihm entfernt lächelte ihn ein Mann in einem schwarzen Maßanzug von schlichter Eleganz an. Er war Ende fünfzig. Sein silbernes Haar begann hinter viel Stirn und stieg dann zu einer ziemlich hohen Bürste gefönt auf, was ihm einen Hauch von kreativer Unkonventionalität verlieh.

»Danke, dass Sie unserer Bitte gleich gefolgt sind. Kommen Sie«, sagte er mit einer einladenden Handbewegung.

»Ich habe mich noch nicht vorgestellt«, fuhr er fort, als sie an den Büros der Vorstandsmitglieder vorbeigingen. »Mein Name ist Jean Debriek. Mir gehört dieses Unternehmen. Und ich bin der Käufer des wunderschönen *Magrittes.* Wir sind sozusagen beide Opfer dieses Raubüberfalls. Ich hoffe, Sie haben es gut überstanden?«

»Andere hat es leider deutlich schlimmer getroffen«, antwortete Robert.

»Ja, eine schreckliche Katastrophe.«

Sie betraten einen Konferenzraum, in dem Ingrid Roeder und ein Mann mit ungesund roter Gesichtsfarbe warteten.

Ingrid Roeders Züge dagegen waren noch maskenhafter, als Robert sie in Erinnerung hatte. Der voluminöse runde Bob, zu dem ihr dichtes schwarzes Haar geschnitten war, ließ es um so hagerer erscheinen. Energisch wie eine Profimarathonläuferin wirkte sie und streng mit ihren stahlblauen Augen und einem sehr schmalen, geraden Mund, den sie mit einem metallisch rosafarbenen Lippenstift nachgezogen hatte. Zorngesättigt, dachte Robert, während er ihrem Blick standhielt.

Er ging um den schweren Mahagonitisch herum, um sie zu begrüßen, aber sie wies nur auf den Stuhl gegenüber. »Setzen Sie sich bitte dorthin.«

Robert schwenkte seine zur Begrüßung schon ausgestreckte Hand in Richtung des Rotgesichts, nannte laut und deutlich seinen Namen und wartete, bis der Mann die peinliche Situation nicht mehr aushielt und ihm die Hand reichte.

»Kampmann von der *A.S.T.-Assekuranz.* Wir sind der Versicherer des Auktionshauses *Von Dornberg.* Wir müssen mit Ihnen über einige Merkwürdigkeiten ...«

Debriek, der inzwischen am Kopf des Tisches saß, unterbrach ihn. »Wir sollten Herrn Patati erst einmal Platz nehmen lassen und ihm Gelegenheit geben, den Raub aus seiner Perspektive zu schildern.«

Das Rotgesicht nickte gehorsam und Robert setzte sich. Er redete fast zehn Minuten lang. Einige Male wollten Kampmann oder Roeder ihn unterbrechen. Debriek hob dann nur leicht seine auf dem Tisch ruhende Hand und Robert konnte ungestört fortfahren.

»Und jetzt würde ich sehr gerne einen Arzt aufsuchen«, schloss er seinen Bericht.

»Das hängt allein davon ab, wie schnell und umfassend Sie unsere Fragen beantworten«, sagte Ingrid Roeder scharf.

»Es waren sieben Personen darüber informiert, wann das Bild nach Maastricht transferiert werden sollte«, übernahm Kampmann. »Wir drei, Herr von Dornberg, der Fahrer, der

Wachmann und Sie. Haben Sie mit jemandem über den Transport gesprochen?«

»Ich habe einen Vertrag mit Schweigeklausel unterschrieben.«

»Das ist keine Antwort auf meine Frage.«

»Ich habe noch nie einen Vertrag gebrochen.«

»Sie hatten auch noch nie die Gelegenheit, ein 43-Millionen-Gemälde zu rauben«, schaltete sich Ingrid Roeder ein.

»Glauben Sie? Dann erkundigen Sie sich mal in der Museumsszene über mich. Was wollen Sie mir unterstellen?«

»Keiner unterstellt Ihnen etwas. Wir versuchen nur, etwas Licht ins Dunkel zu bringen«, erklärte Debriek beruhigend. »Aber mit Herrn Roeder werden Sie doch sicher gesprochen haben? Immerhin hatte er Ihnen den Auftrag vermittelt.«

»Nein, habe ich nicht.« Robert sah ihn irritiert an. »Und was sollte er mit dem Raub zu tun haben?«

»Sie wissen genau, wie sehr mein Bruder an dem *Magritte* hängt«, fuhr Ingrid ihn scharf an.

»Sie glauben, Carsten hätte das Gemälde gestohlen?«

»Mein Bruder hat in seinem Leben schon einige fragwürdige Dinge getan.«

Robert schüttelte den Kopf. »Wie auch immer. Von mir hat niemand etwas erfahren. Bleiben der Chauffeur und der Wachmann. Und Sie selbst natürlich.«

»Machen Sie sich nicht lächerlich. Die beiden Herren werden bereits vom LKA in Düsseldorf überprüft. Sie sollen sich dort auch melden.« Sie schob Robert eine Visitenkarte über den Tisch.

»Dezernat 12 – Wirtschaftskriminalität, Sachgebiet Kunst/ Hehlerei, KOK Katja Hellriegel«, las er. Ein Lächeln huschte unvermittelt über sein Gesicht. Kampmann und Roeder sahen ihn erstaunt an. Nur Debriek schien nichts bemerkt zu haben.

»Herr Roeder steht für Sie also außerhalb jedes Verdachts?«, fragte er.

»Wir waren Studienfreunde. Das ist gut fünfundzwanzig Jahre her.« Robert hob die Schultern. »Nach meiner Einschätzung hat er sich mit dem Verkauf des Bildes abgefunden. Er wollte nur vermeiden, dass seine Schwester übers Ohr gehauen wird, darum hat er mich eingeschaltet.« Robert sah jetzt Ingrid Roeder an. »Offensichtlich mag er Sie mehr als Sie ihn.«

Nur an ihren Augenbrauen war abzulesen, welche Mühe es sie kostete, sich zu beherrschen. »Sie können jetzt gehen«, sagte sie. »Wir werden das LKA über unsere Einschätzung Ihrer Darstellung informieren. Es versteht sich von selbst, dass ich von jeder weiteren Honorarzahlung absehe, bis Ihre Rolle in diesem Raub geklärt ist.«

Ehe Robert nachfragen konnte, schloss sich Kampmann an. »Herr von Dornberg ist über die Mitteilung seiner Transporteure wenig erfreut gewesen, dass Sie den Konvoi in Maastricht aufgelöst und den Sprinter alleine haben vorfahren lassen. Wir werden prüfen, ob wir Sie in Regress nehmen können. Unabhängig davon betrachtet die Firma *Von Dornberg* den mit Ihnen geschlossenen Vertrag von Ihrer Seite aus als nicht erfüllt. Demzufolge besteht keinerlei Verpflichtung zu einer Honorierung Ihrer Dienste.«

Robert fühlte sich, als hätte der Ellenbogenkommissar wieder zugeschlagen. Als Jean Debriek seinen Stuhl zurückschob und aufstand, erhob Robert sich und folgte ihm wie in Trance.

»Es wird sich schon alles aufklären. Meine Menschenkenntnis hat mich selten getäuscht, Herr Patati. Sie wirken auf mich sehr vertrauenswürdig«, sagte der Unternehmer auf dem Flur.

Robert nickte. Wenigstens einer hatte heute offenbar nicht den Verstand verloren.

»Ich würde Ihnen gerne noch einen besonderen Raum zeigen.« Debriek bog in einen schmalen Gang ab, an dessen Ende sich eine code- und retinagesicherte Tür befand.

»Nur sehr wenige erhalten hier Zugang. Aber Sie sollen mich und meine Motive besser verstehen.« Debriek lächelte ihn wieder an und Robert drehte sich weg, ehe er darum gebeten wurde.

Er hörte, wie der Unternehmer den Code eintippte. Jetzt würde er wohl in die Kamera für die Augenerkennung schauen. Die Tür öffnete sich mit einem Summen.

»Treten Sie ein«, sagte Debriek und schaltete das Licht an. Robert stand in einem Saal mit abgedunkelten Fenstern. An den Wänden hingen etwa fünfzehn großformatige und ebenso viele kleinere Gemälde des zwanzigsten und einundzwanzigsten Jahrhunderts, während in der Mitte des Saals auf einer Phalanx von weißen Sockeln Skulpturen aufgestellt waren. Eine ziemlich exquisite Privatsammlung.

»Ich bin nicht wirklich ein Kunstexperte. Natürlich habe ich Berater, die mir dabei helfen, nur gute Qualität zu vernünftigen Preisen zu erwerben«, sagte Debriek. »Aber die Entscheidung, welche Werke gekauft werden, treffe ich ganz allein nach meinem persönlichen Erkenntnisinteresse.«

»Und das wäre?«, fragte Robert.

»Ich bin mit Leib und Seele Ingenieur. Ich habe jahrelang als Chefentwickler bei *Philips-Usfa* gearbeitet. Dann habe ich diese Firma hier aufgebaut, um endlich alle meine Ideen in der Robotik zu verwirklichen. Und seitdem frage ich mich, ob es einen Punkt gibt, an dem Mensch und Maschine miteinander verschmelzen. Entsteht dann etwas Neues? Ab welchem Anteil Maschine hört der Mensch auf, Mensch zu sein? Kann die Maschine menschlich werden oder gibt es eine unüberwindbare Grenze?«

»Faszinierend, dass Sie solche Fragen mithilfe der Kunst zu beantworten versuchen.«

»Oh, das ist nur eines von vielen Gebieten, auf denen ich mich damit beschäftige. Ein sehr schönes allerdings.«

»Darum hat Sie also der *Magritte* so gereizt. Man sieht so gut wie nichts von dem Gesicht der Scheherazade, aber es reicht doch aus, den Menschen zu erkennen. Und was sagen Ihre Berater zum Kaufpreis?«

»Das will ich gar nicht wissen. Es hat mich selbst schockiert, wie weit ich getrieben wurde. Ich wüsste allzu gerne, wer das war.«

»Den *Magritte* nicht zu bekommen, wäre für Sie eine unerträgliche Niederlage gewesen«, tippte Robert.

»Nein, auf diese Art muss ich mich nicht mehr beweisen. Ich bin nur eitel, was meine Erfindungen betrifft. Es ist viel einfacher. Die *Scheherazade* – c'est ma mère.«

Debriek wartete offenbar auf eine Reaktion Roberts. Aber nach diesem Tag wunderte ihn gar nichts mehr.

»Meine Mutter«, fuhr der Unternehmer fort, »hat Magritte 1947 Modell für die *Scheherazade* gestanden. Es war das wichtigste Ereignis in ihrem Leben. Sie erzählt heute noch davon. Bevor sie von uns geht, soll eines der Gemälde, die nach ihrem Vorbild geschaffen wurden, zu ihr zurückkehren. Und dafür, lieber Herr Patati, bin ich tatsächlich bereit, fast alles zu tun.«

Debriek brachte Robert bis zur Panzerglastür, die die Vorstandsetage vom Treppenhaus abschottete. Er reichte ihm die Hand und legte die andere tröstend auf Roberts Schulter. »Ich bin mir jetzt sehr sicher, dass Sie mir das nicht angetan haben.« Er machte eine kurze Pause, als müsste er über etwas nachdenken. »Aber vielleicht, Robert, vielleicht sind Sie benutzt worden. Das müssen wir herausfinden.«

7

Die Praxis lag im Erdgeschoss des Vorderhauses, direkt neben dem Durchgang zu Roberts Hinterhofhäuschen. Robert linste durch die Fensterscheibe. Das Wartezimmer war leer, aber es brannte noch Licht. Er klingelte. Kurze Zeit später öffnete Dr. Hohlstein höchstselbst die Tür.

»Ah, Robert. Mein Gott, siehst du furchtbar aus. Komm rein.«

Alex Hohlstein hatte das Haus vor zwei Jahren gekauft. Im ersten Stock wohnte er mit seiner Familie, im Erdgeschoss führte er eine allgemeinmedizinische Praxis. Seitdem hatte sich eine Freundschaft zwischen den Männern entwickelt, die allerdings nun auf eine erste Belastungsprobe gestellt würde.

»Der Wagen sprang dann einfach nicht mehr an und ich dafür in letzter Sekunde raus«, beendete Robert fünf Minuten später sein Geständnis, zu welchen Zwecken er den R5 geliehen hatte. Er atmete tief durch und griff nach dem Wasserglas, das Alex ihm hingestellt hatte.

»Und das Auto?«

»Liegt in Einzelteilen bei der Kriminaltechnik.«

Robert war auf heftige Vorwürfe gefasst. Aber Alex drehte sich nur leicht in seinem schwarzen Chefsessel hin und her.

»Da wird vermutlich keine Versicherung einspringen, was?«

Robert schüttelte den Kopf. »Diese Typen haben mir leider nicht ihre Versicherungskarte überreicht. Ich bezahl dir den Schaden natürlich. Aber um ehrlich zu sein, wird das ein bisschen dauern.«

»Mach mal den Oberkörper frei. Ich will dich untersuchen.«

Alex tastete vorsichtig Roberts Halswirbel und Nackenmuskulatur ab, fragte nach Schwindel und Übelkeit, wechselte mit Robert in den Röntgenraum und fertigte eine Aufnahme an.

»Exitus?«, fragte Robert, als sie wieder im Sprechzimmer saßen.

»Schleudertrauma, Robert, unzweifelhaft ein komplexes Schleudertrauma.« Er schwieg eine Weile, dann grinste er. »Ihr Patienten wollt ja immer einen Begriff hören, sonst glaubt ihr, der Arzt wäre ein unfähiger Depp. Darum haben wir uns so schöne Wörter wie ›Schleudertrauma‹ einfallen lassen. Darunter fällt dann alles, was als Unfallfolge im HWS-Bereich unspezifisch ist, aber massiv schmerzt. Ich würde sagen, du hast Glück gehabt. Ziemlich üble Verspannungen, aber keine Fraktur, soweit zu sehen ist. Um ganz sicherzugehen, solltest du morgen allerdings in der Klinik ein CT machen lassen.«

»Kannst du mir etwas gegen die Schmerzen geben?«

Alex ging an den Medikamentenschrank. »Ich gebe dir eine Packung *Tramadol* mit. Das ist das einzige Opioid, das nicht unter das Betäubungsmittelgesetz fällt. Nimm es trotzdem nicht zu lange, ja? Morgens und abends je eine Tablette. Und bei extrem heftigen Schmerzen nimmst du zusätzlich etwas von dem hier.« Er stellte eine Flasche vor Robert auf den Tisch.

»Was ist das?«, fragte Robert.

»Auch *Tramadol*, nur flüssig. Wirkt schneller. Aber halt dich an die Dosierung. Ich schreib sie dir auf die Verpackung.«

Als sie über den Flur zur Hintertür gingen, hielt Robert Alex die Hand hin. »Du kannst dich drauf verlassen, ich ersetze dir den Schaden.«

Alex winkte ab. »Vergiss es, der Wagen war eh am Ende. Aber Caro hat bald Führerscheinprüfung und ich hatte ihn ihr bis zum TÜV-Ende versprochen.« Er dachte nach. »Machen wir einen Deal: Du kommst für die Schäden auf, die ich erleide, wenn ich Töchterchen die schlechte Nachricht überbringe, okay?«

»Einverstanden, und wie?«

»Mit einem exquisiten Rotwein aus deinem Keller zum Beispiel.«

»Schön, dich zu kennen«, antwortete Robert und schluckte seine Rührung herunter.

»So ein Schleudertrauma macht immer etwas sentimental. Das geht vorüber. Jetzt hau dich ins Bett und vergiss morgen nicht, zum CT zu gehen.«

Cooler Cocktail. Robert hatte geschlafen wie ein Känguru-baby im Beutel. Zumindest so lange, bis die Wirkung nachgelassen und sich ihm ein langer Dorn durch den Nacken Richtung Auge gebohrt hatte.

Robert stieg nach einer Weile vorsichtig aus dem Bett und die Treppe herunter, schüttete in der Küche die letzten Bohnen in das Mahlwerk des Kaffeeautomaten, ging unter die Dusche und zog sich an.

Tag zwei der unangenehmen Aussprachen erwartete ihn. Er musste zu Carsten fahren, die unbeantworteten Anrufe abarbeiten und vor allem – sein Handy klingelte. Gedankenübertragung.

»Ich habe hier eine Vorladung für Herrn Robert Patati, Beruf Kunstrestaurator oder, Moment, war es nicht Unglücksmagnet?«

»Katja! Gerade dachte ich, dass man von dir auch nichts mehr hört.«

»Kommst du freiwillig oder muss ich dir einen Wagen schicken?«

»Ein Wagen wäre schön. Ich bin derzeit etwas immobil«, antwortete Robert in leiser Hoffnung auf die Bequemlichkeit des staatlichen Transportwesens.

»Genug gescherzt. Setz dich in den Zug und komm hierher. Völklinger Straße 49, zweiter Stock, Zimmer 203. Dein Termin ist um elf.«

Die Zeit reichte noch für einen Becher Kaffee und eine Scheibe Brot mit Marmelade, die Robert aus einem fast leeren Glas zusammengekratzt hatte. Er kaute lustlos, aber Alex hatte ihm eingeschärft, die Wunderpillen nicht auf leeren Magen einzuwerfen.

Katja Hellriegel. Er hatte sie vernachlässigt.

Die Ausrede, dass sie auch einmal hätte anrufen können, war so schal wie altes Pfützenwasser. Obwohl er immerhin ihr ungeweihter Patenonkel oder Ersatzvater war, hatte er nicht einmal mitbekommen, dass sie die Mönchengladbacher Kriminalpolizei verlassen hatte und zum LKA gewechselt war.

Jetzt stand er vor ihrem Büro und klopfte artig an.

Als er eintrat, stand sie auf und umarmte ihn freudig. Robert schrie auf. Gegen ihre handfeste deutsch-russische Herzlichkeit waren selbst Alex' Tabletten machtlos.

»Du steckst schon wieder in der Patsche, Tati«, sagte sie vorwurfsvoll.

Er nickte schuldbewusst.

»Eigentlich solltest du auf mich aufpassen, nicht andersherum.«

»Ach Katjachen, es ist zum Kotzen.« Er setzte sich vorsichtig auf einen Stuhl.

»Erzähl«, sagte sie und Robert berichtete zum vierten Mal. Er bemerkte, wie die Routine ihm inzwischen die Arbeit des Erinnerns abnahm.

»Das war ja soweit das, was du schon in Maastricht zu Protokoll gegeben hast«, sagte Katja und tippte auf einige Papierbögen, die vor ihr lagen.

»Hast du an deinem Niederländisch gearbeitet?«, fragte Robert.

»Ja, und ich habe es übersetzen lassen. Ist dir inzwischen noch was eingefallen? Oder würdest du deinem Katjachen etwas anvertrauen, was für andere Polizistenohren vielleicht eigenartig geklungen hätte?«

»Nein, ich habe alles gesagt.«

»Wie ist dein Verhältnis zu Carsten Roeder?«

»Wir waren vor fünfundzwanzig Jahren befreundet. Damals war er ein absolut korrekter Typ. Als ich ihn jetzt wiedertraf, hatte ich nicht das Gefühl, dass er sich seitdem verändert hätte.«

»Und du hast ihm nicht gesagt, wann der *Magritte* transportiert würde?«

»Nein.« Robert verdrehte die Augen.

»Tati? Sag die Wahrheit.«

»Mensch, Katja. Er war neugierig und wollte wissen, wer das Bild gekauft hat. Ich schickte ihm eine SMS, als ich es erfuhr. Er hat dann angerufen und mich zu einem Kaffee am nächsten Vormittag eingeladen. Da habe ich ihm gesagt, dass ich in Sachen *Magritte* einen Folgeauftrag bekommen hatte und erst nachmittags könnte.«

»Wann war das genau?« Katja machte sich eine Notiz.

»Gegen Mitternacht.«

»Und warum hast du das den Maastrichter Kollegen verschwiegen?«

»Weil es sie nur auf eine falsche Fährte gelockt hätte.«

»Sonst noch etwas, das ich besser wissen sollte?«

»Nein. Ehrlich nicht. Außer, dass es mir sehr leidtut, mich so lange nicht gemeldet zu haben. Dieses Freiberuflertum hat mich völlig vereinnahmt.«

»Ist schon okay. Falls dir noch was einfällt, rufst du mich an. Egal, wie unwichtig es dir erscheint, verstanden? Es ist dir vielleicht nicht ganz klar, aber du zählst noch zum Kreis der Verdächtigen. Wenn ich dich nicht so gut kennen würde, wäre das Gespräch hier ganz anders abgelaufen.«

»Danke, Katja. Also, ich muss dann mal langsam los. Das heißt, wenn ich darf.«

»Es ist Mittagszeit.«

»Ja, die Zeit rennt.«

»Und du lädst mich nicht zum Essen ein?« Katja sah ihn ehrlich überrascht an.

»Ich hätte ja sofort.« Robert druckste herum. »Aber ich habe peinlicherweise mein Portemonnaie zu Hause vergessen.«

»O Tati, was bist du manchmal kompliziert. Komm.«

Wenig später saßen sie bei einem kleinen Klischee-Italiener an einem Zweiertisch mit rot-weiß-karierter Tischdecke. Katja hatte ihn zu Tagliatelle al Salmone überreden wollen, aber Robert nahm nur ein wenig Bruschetta.

»Ich habe dir noch gar nicht zur Beförderung gratuliert. Kriminaloberkommissarin, toll!«, sagte er.

»Ich wäre schon früher dran gewesen. Aber ich habe in Gladbach einfach keinen Fuß auf den Boden bekommen.«

»Dein Chef, wie hieß er noch? Koik? Der konnte ja wohl nicht mit selbstbewussten Frauen. Bist du darum weg?«

»Na ja, auch, aber vor allem, weil sie mich in diese Migrantenecke gesteckt haben. Immer, wenn etwas mit Türken oder Osteuropäern war, hieß es, ›schickt die Hellriegel raus‹. Die netteren Kollegen haben mich ›die Ausländerbeauftragte‹ genannt.«

»Aber wolltest du nicht deswegen zur Polizei? Damit es da Beamte gibt, die vorurteilsfreier mit Leuten anderer Herkunft umgehen?«, erinnerte sich Robert.

Katja war fünf gewesen, als sie mit ihren Eltern von Kasachstan nach Deutschland gekommen war. Als sie zum ersten Mal in seinen Zeichenkurs im Gladbacher Museum Abteiberg kam, war sie zwölf und ihr Deutsch perfekt. So hatte Robert von ihren russischen Wurzeln erst später durch die Eltern erfahren. Katja trat frech und selbstbewusst auf, aber ihre Bilder waren Welten voller Traurigkeit. Als sie das Abi in der Tasche hatte, schickte sie ihre Mappe an die Kunstakademien in Berlin, München und Düsseldorf. Überall hätte man sie genommen. Doch dann bewarb sie sich, alle überraschend, bei der Polizei.

»Aber doch nicht, indem sie immer mich vorschieben«, antwortete Katja jetzt. »Ich wollte die Polizei von innen verändern. Die Kollegen sollten begreifen, dass nicht alle Türken Dealer oder alle Russen gewalttätige Trinker sind und dass Deutschsein mehr heißen kann, als in der zehnten Generation aus Giesenkirchen zu kommen.«

»Ja, das verstehe ich. Ist es hier denn jetzt besser?«

»Gott sei Dank. Eine riesige Chance. Die Abteilung ist gerade eingerichtet worden und wir bauen sie zu dritt auf. Mein Chef ist absolut super. Wiegand kommt aus Berlin, da hat er in der gleichen Abteilung als zweiter Mann gearbeitet. Wir sind immer noch Pioniere.«

»Und das, obwohl Kunstraub und -hehlerei die zweitältesten Gewerbe der Welt sind?«

»Und trotzdem sind wir erst das vierte LKA, das eine eigene Abteilung dafür eingerichtet hat.«

»Katjachen, so unglücklich die Umstände unseres Wiedersehens sind: Ich freue mich sehr, dass du wieder bei der Kunst gelandet bist, wenn auch auf einem Umweg. Auf dich!« Robert hob feierlich seinen Rotweinkelch.

Katja stieß mit ihrem Glas Pellegrino an.

Die Zugfahrt von Düsseldorf nach Aachen hatte ihn fast zwei Stunden und eine gehörige Dosis *Tramadol* gekostet. Mit dem Auto hätte er die Strecke in der Hälfte der Zeit geschafft.

Jetzt saß er endlich seinem alten Studienkollegen Carsten gegenüber, der ihn aus rot umrandeten, müden Augen ansah.

»Hast du mal diesen Film mit Eddie Murphy gesehen?«, fragte er.

»Ich hoffe nicht.«

»Ich meine den, wo zwei reiche, alte Säcke eine Wette darüber abschließen, ob man aus einem Penner innerhalb kürzester Zeit einen erfolgreichen Manager und umgekehrt machen kann?«

»Ja, ich fürchte, ich habe ihn doch gesehen. Warum?« Robert schaute ihn irritiert an.

»Ich fühle mich wie dieser Manager, den sie fertigmachen. Bei mir läuft nichts ohne genaue Planung. Ich rechne alles genau durch, wäge die Risiken ab, und dann«, Carsten schaute verzweifelt aus dem Fenster, »dann wird dir der Boden unter den Füßen weggezogen und du stürzt, immer tiefer, und weißt nicht, ob da in letzter Sekunde noch irgendetwas auftaucht, an dem du dich festklammern kannst.«

»Aber was hat das alles mit dem *Magritte* zu tun?«

»Wieso *Magritte?* Jemand hat gestern Nacht unser Forschungszentrum angezündet.«

»Das ist neu für mich, sorry. Schwerer Schaden?«

»Schwer? Es ist eine verdammte Katastrophe! Zwei Jahre Arbeit umsonst. Ich weiß nicht, wie ich das den Banken beibringen soll.«

»Aber ihr müsst doch Backups haben. Und externe Server.«

»Ja, müssten wir. Haben wir aber nicht. Zumindest nicht so, wie es für eine Rekonstruktion nötig wäre. Wir stecken gerade komplett im Umbruch, bekommen eine neue Server-Architektur. Alle älteren Entwicklungen haben wir schon hier in der Zeppelinstraße archiviert. Aber Ingrid arbeitet drüben in *Roeder West* an einer ganz neuen Produktlinie. Und *Roeder West* ist augenblicklich der einzige Standort mit perfekter Datensicherheit. Ingrid hat aus Angst vor Industriespionage kein einziges jämmerliches Bit rausgehen lassen. In ein paar Wochen wären wir endlich so weit gewesen, die Backups zu transferieren. Zu spät. Und die Prototypen sind auch alle verbrannt.«

»Das hört sich nach mehr als einer Katastrophe an«, sagte Robert betroffen. »Wahnsinn, deine Schwester hat sich das alles gestern in Maastricht nicht anmerken lassen. Ich dachte, sie wäre nur wegen des Raubs so aufgebracht gewesen. Aber dass ihre ganze Arbeit vernichtet wurde, wirklich irre.«

»›Irre‹ ist sicher übertrieben«, Carsten stand auf und ging zum Fenster, »aber meiner Meinung nach hat sie tatsächlich ein psychisches Problem. Ich wäre allerdings der Letzte, von dem sie sich helfen ließe.«

»Hast du mit ihr gesprochen?«

»Ich habe es versucht. Aber sie hat mich nur mit Vorwürfen überschüttet.«

»Weiß man denn schon, wer den Brand gelegt hat?«, fragte Robert.

»Man hat eine Leiche gefunden. Eine Frau. War nicht

mehr viel übrig von ihr. Die Polizei vermutet, dass sie den Brand gelegt hat.«

»Und wer war sie?«

»Das weiß man noch nicht.« Er kehrte wieder an den Schreibtisch zurück. »Und dann auch noch dieser Irrsinn mit dem *Magritte.*« In seine Stimme mischte sich Wut.

»Ingrid will mir den Raub in die Schuhe schieben.«

Robert nickte. »Sie hat es angedeutet. Der Versicherungstyp und der Käufer schienen nicht besonders überrascht.«

Carsten versank wieder in Schweigen.

»Und? Hast du?«, fragte Robert.

»Hab ich was?«

»Hast du etwas mit dem Raub zu tun?«

»Sag mal, spinnst du?«

»Du liebst dieses Bild.«

»Und was ist mit dir, Robert?«

»Okay, ich war's. Und dann habe ich mich von meinen Komplizen auf die Schienen stoßen lassen, um den Verdacht von mir abzulenken. Tot, aber glaubwürdig.«

Carsten beugte sich vor. »Robert, ich muss wissen, wer hinter der Brandstiftung steckt. Und warum. Die Polizei konzentriert sich vor allem darauf, mir einen Versicherungsbetrug nachzuweisen. Und jetzt haut mich auch noch meine Schwester wegen der *Magritte*-Sache in die Pfanne. Ich brauche Hilfe. Jemand, der Entlastungsmaterial für mich sammelt. Du hast mit so etwas Erfahrung.«

Robert dachte eine Weile nach. »Du brauchst jemanden, den hier keiner kennt.« Er zog einen Zettel aus einer Acrylglasbox und notierte einen Namen und eine Telefonnummer. »Grüß sie von mir.«

»Eine Holländerin?«

»Sie kommt aus Arnheim, das ist Gelderland. Also sag nicht ›Holländerin‹ zu ihr, du willst ja auch nicht ›Sachse‹ genannt werden. Übrigens spricht sie ziemlich perfekt Deutsch. Ich warne sie dann vor, okay?«

»Vielen Dank. Ach so, meine Schwester ließ mir gestern sagen, sie würde dir vorläufig keinen Cent zahlen?«

»Sie nicht und das Auktionshaus auch nicht.«

»Und du bist total pleite.«

»Schlimmer.«

»Ich strecke dir dein Honorar vor. Immerhin habe ich dich da ja reingezogen.«

Robert wunderte sich. »Solltest du dein Geld jetzt nicht zusammenhalten?«

Carsten zog ein Lederetui aus der Schublade und begann zu schreiben. »Ich gebe dir einen Barscheck. Es muss ja niemand wissen, dass ich dir aushelfe. Am Ende würde uns das nur noch verdächtiger machen.«

Auf dem Weg nach Hause dachte Robert an Micky Spijker. Vielleicht sollte er sie mal wieder zum Abendessen einladen, jetzt, wo er diesen Scheck in der Tasche hatte.

8

»Und nun die Kurznachrichten. In Elst hat ein Mann seiner Angebeteten einen außergewöhnlichen Heiratsantrag gemacht. Er ließ sich in einem Sarg bei ihr zu Hause abliefern und jagte ihr den Schreck ihres Lebens ein, als er plötzlich heraussprang. Er wollte damit sagen: bis dass der Tod uns scheidet. In einem Unternehmen im Industriegebiet Kleefse Waard hat die Polizei Gelderland-Mitte heute am frühen Morgen eine Razzia durchgeführt. Dabei wurden sämtliche Unterlagen aus der Buchhaltung beschlagnahmt. Ein vierunddreißigjähriger Geschäftsführer wurde festgenommen, gegen den nun wegen Versicherungsbetrugs und Diebstahls ermittelt wird. Entscheidend für die Aufklärung des Falls war ein tödlicher Unfall auf dem Betriebsgelände. Und nun zum Wetter ...«

Micky zappte den Moderator weg und schaltete auf die

Teletextseiten, in der Hoffnung, mehr über Jelmer Borgsteels Verhaftung zu erfahren, stellte aber fest, dass die Textnachricht exakt den gleichen Wortlaut hatte wie die Teleprompter-Ansage des Moderators.

Noch einmal fluchte sie herzhaft und warf die Fernbedienung auf die Bettdecke. Sie wählte die Nummer von Atte Borgsteel, doch er nahm nicht ab. Auch seine Sprachbox hatte er ausgeschaltet.

Wider besseres Wissen versuchte sie es über die Zentrale von *Mondifra,* aber die Empfangsdame schmetterte sie mit der Information ab, der Senior sei nicht erreichbar.

Commissaris Duut hingegen war für Micky telefonisch sofort erreichbar. Wie gewöhnlich verbarg er seine Gereiztheit hinter einem jovialen Gruß, doch seine erste Frage verriet sofort, was ihm quersaß.

»Was hast du eigentlich in den letzten zehn Jahren bei uns getrieben?«, fragte Duut. »Hast du denn gar nichts gelernt?«

»Willst du mich jetzt etwa auch für diesen Selbstmord verantwortlich machen?«, fragte sie.

»Im Leben nicht«, beantwortete er ihre Frage. »Wer Hand an sich selbst legt, macht sich zu seinem eigenen Richter.«

Micky war derselben Meinung, aber genau das warf sie sich auch vor.

»Ich habe unsere Wirtschaftsermittler zur Volksbank nach Kranenburg geschickt, um nachzuholen, was du versäumt hast«, fuhr er fort. »Sie reden mit den Bankangestellten, die die eingezahlten Beträge in Empfang genommen haben. Prüfen und nochmals überprüfen, bevor du die Handschellen zückst. Hast du dir auch mal die Überweisungen von dem deutschen Konto auf andere Konten angesehen? Und die Daten?«

»Warum sollte ich?«, fragte Micky. »Ich war auf der Suche nach der Herkunft des Geldes. Was Auber damit anstellen wollte, spielt doch keine Rolle.«

»Unsere Leute konnten auf Anhieb kein Muster darin

entdecken«, erklärte Duut unbeeindruckt von ihrem Einwand. »Aber sie haben sofort erkannt, dass ansehnliche Beträge auf Konten im Senegal, in Liberia und Nigeria überwiesen worden sind.«

»Na und?«

»Nun ja, die jüngste Nachricht lautet: Bei der Bank in Deutschland ist Hans Auber nicht bekannt, meine Männer haben Fotos von ihm vorgelegt. Die Nummer des Passes stimmt allerdings mit der von Aubers altem Ausweis überein. Unsere Nachbarn arbeiten überaus bereitwillig mit.«

Micky wunderte sich, warum Duut gerade seine Arbeitszeit an eine ehemalige Mitarbeiterin verschwendete.

»Das heißt gar nichts«, sagte sie kampfbereit. »Habt ihr die Videoaufnahmen von der Bank ausgewer...«

»Ich habe deine Berichte an deinen Auftraggeber mal quergelesen«, unterbrach er sie. »Die Sache stinkt, da sind wir uns einig. Aber woher der Gestank rührt ... Wusstest du zum Beispiel, dass Auber vor zwei Jahren eine Anzeige wegen Diebstahls aufgegeben hat? Bei einem Betriebsausflug wurde ihm das Portemonnaie gestohlen. Samt Ausweis und Führerschein. Genug Papiere, um ein Bankkonto zu eröffnen.«

»Nein, das wusste ich nicht«, gab Micky zu. »Ich habe leider keine Befugnis mehr, in euren Datenbanken herumzusurfen.«

»Du bist ja auch keine Ermittlerin«, entgegnete er spitz. »Und das bist du auch nie gewesen. Du warst unsere Verhörspezialistin und Profilerin.«

Duuts Botschaft war deutlich: Sie war eine Amateurschnüfflerin, die sich an dem Borgsteel-Auftrag verhoben hatte.

Ihre eigentlichen Qualitäten hatte sie nicht eingesetzt.

»Technisch gesehen könntest du recht haben«, gestand sie – eine Standardfloskel unter Machoermittlern, um ohne Gesichtsverlust einen Irrtum zuzugeben.

»Warum hat er eigentlich eine Nagelpistole benutzt?«,

fragte Duut. »Welche verdammte Symbolik sollen wir dahinter erkennen? Das ist dein Fachgebiet.«

Darüber hatte Micky in der Tat nachgedacht, hatte aber nur praktische Gründe finden können. Die Nagelpistole stammte aus einem Lieferauftrag für Nigeria. Da es dort kein Arbeitsschutzgesetz gibt, konnte man auf den hiesigen Sicherheitsmechanismus pfeifen. Für *Mondifra* bedeutete das noch einmal geringere Produktionskosten und für Auber die Möglichkeit, einfach den Abzug zu ziehen, ohne erst den Lauf massiv gegen den Kopf drücken zu müssen, wenn das überhaupt ausgereicht hätte.

»Und warum hat sich Auber im Wagen von Borgsteels Sohn erschossen? Was sagt die Psychologin hierzu?«

Micky blieb weiterhin stumm. In ihrem Kopf rotierte es. Dass es der Wagen von Borgsteels Sohn war, in dem er sich erschossen hatte, war ihr neu.

›In der Zuhälterkarre vom Chef …‹, erinnerte sie sich an die Worte der Mitarbeiter.

Auber hatte ihr in seiner Raserei ›der Chef‹ zugeflüstert. War es die Erwähnung von Jelmer Borgsteel gewesen, die Aubers Wutanfall auslöste?

Er hätte diesen Betrug ›niemals so durchgeführt‹, hatte Auber in der Vernehmung behauptet. Hatte er damit ›nicht so amateurhaft‹ oder ›nicht so unmoralisch‹ gemeint? Oder beides?

»Jelmer muss in die Betrügereien verwickelt sein«, sagte sie endlich.

»Junge, Junge, ein Licht geht auf! Na gut, wir haben gestern Abend also gehörig Überstunden produziert und mit dem alten Borgsteel die Hintergründe der Vorfälle rekonstruiert.«

»Sein Sohn war dabei?«

»Jelmer Borgsteel war dabei«, bestätigte er. »Wir wissen jetzt, dass Borgsteel junior die Diebstähle organisiert und den Gewinn auf dem Konto in Deutschland geparkt hat.«

»Und dafür benutzte er Aubers Personalien?«

»Hans Auber wurde das erst klar, als du ihn damit konfrontiert hast. Jelmer hat auf Aubers Namen übrigens auch die Hotels für die Mannschaft gebucht, die den Diebstahl ausführte.«

»Und wer waren die Diebe?« fragte Micky.

»Eine Gruppe polnischer Abenteurer. Sie kamen jeweils ein paar Tage vorher an und verschwanden anschließend mit der Beute nach Deutschland. Kurz hinter der Grenze wurde die Ware umgeladen und verkauft. Ein paar Tage später kehrten die Männer zurück und lieferten Jelmer das Geld ab, das der dann auf das angebliche Konto Aubers in Kranenburg einzahlte. Willst du wissen, was er mit dem Geld gemacht hat?«

»Ja«, sagte Micky matt.

»Er hat es als Schmiergeld benutzt, um Aufträge von afrikanischen Geschäftspartnern an Land zu ziehen. Das reicht ja eigentlich schon, aber das Gemeinste ist, dass der junge Borgsteel den guten alten Auber als Sündenbock geopfert hat. Er hatte sich gedacht, nach dreißig Jahren Diensttreue würde Auber zwar rausfliegen, aber ohne Anzeige davonkommen. Und in der Zwischenzeit konnte sich Sohnemann mit gut gefüllten Auftragsbüchern bei Papa beliebt machen. Leider hat Auber dieses Unrecht nicht verkraftet und sich anders als geplant davongemacht.«

»Was für ein mieses Spiel«, seufzte Micky.

»Vielleicht ist es sogar noch mieser«, antwortete Duut. »Jelmer haben wir zwar schon eingesackt, aber ich habe da so eine Theorie: Die Borgsteels machten am Ende gemeinsame Sache. Als Borgsteel senior dich engagierte, wurde Jelmer der Boden etwas zu heiß. Er hat Papa lieber alles gebeichtet, bevor er auffliegen konnte. Sie entschieden miteinander, die Sache Auber anzuhängen, sodass beide davonkommen würden.«

»Und worauf begründest du diese Theorie?«

»Weil alle anonym verschickten Dokumente, auf die du dich blind gestürzt hast, vom alten Borgsteel kamen.«

»Hat er das zugegeben?«, fragte Micky ungläubig.

»Schon mal was von Fingerabdrücken gehört?«

Ein kurzer Gruß, dann legte Duut auf.

Micky ließ den Kopf in die Kissen sinken.

Der klassische Fall des Reicheleutesöhnchens, das alles daransetzte, die hohen Leistungsansprüche des Vaters zu erfüllen. Jelmer wollte beweisen, dass er in der Geschäftswelt, der Welt seines Vaters, seinen Mann stehen konnte. Und dass er der Richtige war, um das Unternehmen weiterzuführen. Sie hätte Borgsteels Bemerkung über die Thronfolge beim Einstellungsgespräch als Warnsignal erkennen müssen.

Außerdem hatte sie die Familiensolidarität unterschätzt. Blut ist dicker als Wasser, Basiswissen aus der Familienpsychologie.

Micky schob die Bettdecke weg. Der Tag dehnte sich leer vor ihr aus. Sie konnte shoppen oder laufen gehen, einen Chinesischkurs belegen, das Wohnzimmer tapezieren, sich besaufen ... lass dir was einfallen, Spijker! Eine Weile lang blieb sie reglos liegen, in einer Stille, die sie nicht kannte, einer Stille, die sich weder von einem vorbeiplärrenden Moped noch vom Staubsauger des Nachbarn vertreiben ließ. Eine Stille des unausweichlichen Wartens auf den nächsten Auftrag. Eine Stille, die einen noch stilleren Gast mitbrachte, der verdächtig der Einsamkeit ähnelte. Und einen zweiten dazu, der den Pesthauch eines totalen Misserfolgs verbreitete.

Früher, vor noch nicht einmal einem Monat, hätte sie gleich den nächsten Fall in Angriff genommen. Im Präsidium hätte sie sich einen aussuchen können. Doch jetzt gab es nichts, auf das sie ihre Energie richten konnte, außer auf sich selbst und ihre kürzlich gegründete Einfraufirma *Spijker Advies & Veiligheid.*

»Komm schon«, sagte sie laut zu sich selbst. Nein, sie war nicht zur Untätigkeit verdammt, schließlich musste sie noch die Rechnung für *Mondifra* schreiben.

Und doch wurde sie erst am späten Nachmittag aktiv, als ihr Telefon klingelte.

»Du warst das? Mein Gott, Robert!«

Roberts Schilderung des Gemälderaubs, der Verfolgungsjagd und des Zugunglücks hatten sie aus ihrem mahlenden Gedankenstrom befreit.

»Du hattest die Hauptrolle in einem Actionfilm«, stellte sie fest.

»Nur, dass die echten Stars ein Double für die riskanten Szenen bekommen«, erwiderte Robert.

Micky merkte ihm an, wie erschöpft er war. Seine Stimme klang heiser, als habe er ein paar Nächte durchgemacht.

»Du und die niederländische Polizei«, bemerkte sie. »Das wird nie was.«

»Tja, dieser grenzüberschreitende Karriereversuch von mir gutmeinendem Deutschen brachte mich jedenfalls in Lebensgefahr.«

»Hättest du mal bloß auf deinen Opa gehört.«

Robert antwortete nur mit einem trockenen Hüsteln. Es war noch zu früh für ihre vertrauten Zweiter-Weltkrieg-Frotzeleien.

»Wie geht es dir denn jetzt?«, fragte sie.

»Ich hab ein Schleudertrauma und schlucke einen Medikamentencocktail, durch den ich wie ein Luftkissenboot durchs Leben schwebe. Ansonsten keine bleibenden Schäden. Nicht mal Schadensersatzforderungen von der Niederländischen Eisenbahn, vermute ich jedenfalls. Aber dass ich alles so optimistisch sehe, kann auch an der Medizin liegen.«

»Schön«, sagte sie. »Und sonst? Wie laufen die Geschäfte?«

»Die Ruhe nach dem Sturm, aber die kann ich gerade gut gebrauchen. Und bei dir?«

»Ich habe auch einen ätzenden Auftrag hinter mir. Aber die Rechnung ist hoch genug, um mir ein paar Tage Auszeit zu gönnen. Bist du in der Gegend? Dann könnten wir in der Stadt etwas essen gehen.«

»Nein, die Niederlande sind mir im Moment ein bisschen zu weit«, erwiderte er. »Aber ich habe ein anderes Problem, bei dem du mir helfen könntest.«

»Du weißt, dass ich nicht mehr bei der Polizei arbeite.«

»Eben darum«, antwortete er.

»Dann lass mal hören«, sagte sie und verlieh ihrer Stimme den weichen, warmen Klang von früher.

»Es hat nichts mit Sex zu tun!«, warnte er.

»Das klingt ja schon mal ganz gut.«

»Ein Freund von mir, Carsten, ist Vorstandsvorsitzender der *Roeder AG*, die Prothesen entwickelt und produziert. Es gibt zwei Niederlassungen in Aachen. Vorgestern hat ein Brand das Labor in Schutt und Asche gelegt, bei dem es auch einen Toten gegeben hat. Die Polizei ermittelt, aber Carsten sucht jemanden von außerhalb, der den Vorfall diskret untersucht. Er wird dich anrufen. Was hältst du davon?«

Micky schlug die Bettdecke weg und zog die Gardinen auf. Das Herz schlug ihr höher bei dieser Aussicht auf eine zweite Chance.

»Hängt davon ab, wie viel Zeit mich das kosten wird«, antwortete sie zurückhaltend, um nicht den Eindruck zu vermitteln, dass sie den Job dringend brauchte.

»Es ist ein heikler Fall«, warnte Robert. »Aber die Details soll Carsten dir am besten selbst erklären.«

»Jeder Fall ist kompliziert«, antwortete sie voller Überzeugung, was ihr nach dem *Mondifra*-Fiasko nicht weiter schwerfiel. »Also, wenn mich dein Carsten heute noch anruft, können wir einen Termin vereinbaren. Übrigens danke, dass du an mich gedacht hast.«

»Alte Liebe rostet nicht«, erwiderte er.

Ein Zuckergussklischee, aber sie war so erleichtert, dass sie versprach, ihm so schnell wie möglich einen Krankenbesuch abzustatten.

Bereits eine Stunde später meldete sich Carsten Roeder.

Am nächsten Tag bog sie um Viertel vor elf in die Zeppelinstraße ein und parkte ihr Auto auf dem Firmenparkplatz der Hauptniederlassung der *Roeder AG.*

Das u-förmige Gebäude war aus gelbem Backstein gebaut und hatte ein niedriges Dach, was der alten Fabrik aus dem neunzehnten Jahrhundert die Leichtigkeit eines toskanischen Gehöfts verlieh. Carsten Roeder erwartete sie am Eingang und brachte sie mit dem Aufzug hinauf in die oberste Etage.

Hätte Micky nicht gewusst, was die Firma produzierte, wäre es ihr spätestens durch die großformatigen Fotos klar geworden, die sich über die Wände in Carsten Roeders Büro zogen. Auf den Fine-Art-Prints waren glamouröse Models zu sehen, die ihre künstlichen Arme und Beine einem begeisterten Publikum präsentierten. Auf anderen Fotos griff eine lüsterne Männerhand nach dem glänzenden Fuß aus rostfreiem Stahl einer jungen Frau, die sich in einem Haute-Couture-Rock auf einem Sofa räkelte. Die Botschaft war deutlich: Eine Prothese war etwas, auf das man stolz sein konnte, ein trendy und sogar sexy Accessoire. Carsten Roeder ließ Micky ein paar Augenblicke Zeit, die Ausstellung zu betrachten und zeigte dann auf eine begrünte Dachterrasse, auf die man durch ein System großer Glasschiebetüren gelangte.

»Draußen oder drinnen?«, fragte er.

»Draußen«, antwortete Micky.

»Sie oder du?«

»Du.«

»Ha, die niederländische Version von Freiheit, Gleichheit und Brüderlichkeit«, sagte Carsten. »Ich passe mich gern an. Möchtest du etwas trinken? Kaffee, Tee, Wasser?«

»Kaffee und Wasser, bitte«, sagte Micky.

Carsten betätigte eine Fernbedienung und fast geräuschlos glitt die linke Hälfte der Wand auf.

Micky zog ihre Jacke aus und ließ sich draußen in die Kissen einer der Teakholzbänke sinken. Es duftete so intensiv nach Jasmin, dass Micky sich wie im Urlaub fühlte, wozu nicht zuletzt die üppigen, in voller Blüte stehenden Bougainvilleen, Oleanderbüsche und Geißblattranken beitrugen. Carsten stellte ein Tablett auf den niedrigen Tisch und setzte sich ihr gegenüber.

»Wie ich ja schon erzählte, hat die Polizei festgestellt, dass es Brandstiftung war«, begann er, während er ihr eine Tasse Kaffee einschenkte.

»Die Untersuchung läuft noch. Aber ich sehe große Probleme mit der Versicherung auf uns zukommen.«

»Wenn es um die Regulierung geht, sträuben die sich immer.«

»Stimmt. Versicherungen sind genau wie bei euch und überall nichts weiter als Beruhigungsmittel, die unsere Ängste in Bezug auf die unterschiedlichsten Gefahren beschwichtigen sollen. Mit Banken als mafiösen Komplizen, weil die eine Versicherung verlangen, bevor sie Kredite gewähren. Ich bereite mich auf hektische Zeiten vor. Nicht nur das Labor und die Nebenräume wurden vernichtet, sondern auch die Ergebnisse unserer Forschungs- und Entwicklungsabteilung. Für *Roeder* ist es von größter Wichtigkeit, herauszubekommen, was wirklich geschehen ist.«

»Und meine Untersuchung soll die Hintergründe der Brandstiftung aufklären?«

Roeder dachte einen Moment lang nach, ehe er antwortete. »Ja, ich brauche jemanden, der mit unabhängigem Blick hinschaut und nicht in festgefahrenen Mustern denkt. Das ist der offizielle Teil.«

»Klingt vage. Und reizvoll.«

»Ich halte den Auftrag absichtlich vage. Das lässt dir alle

Freiheiten, so vorzugehen, wie es dir richtig erscheint. Aber ich lasse dich nicht im Trüben fischen. Du beginnst mit deinen Untersuchungen bei der Abteilung, in der der Brand gewütet hat. Ich stelle dich als brandtechnische Expertin der, sagen wir, Nationalen Ermittlungsbehörde für Pyrotechnik vor. Voilà, dein Deckmantel. Du bist hierhergekommen, um einen unabhängigen Bericht zu verfassen.«

»Und der inoffizielle Teil?«

Roeder nippte an seinem Wasser und stellte das Glas bedächtig ab, exakt in die Mitte eines eingelegten Sterns auf dem Marmortischchen.

»Eine heikle Sache. Zweifellos hast du bereits gehört, dass meine Schwester Ingrid ein Gemälde von Magritte verkauft hat und es in Maastricht gestohlen wurde. Der Verkauf dieses Stücks ist mir zu Herzen gegangen, aber die Eigentumsrechte lagen nun einmal bei Ingrid. Ich habe allerdings so meine Zweifel, was den Raub angeht. Es wäre mir einiges wert, wenn du mir meine Befürchtungen nehmen könntest.«

»Befürchtungen … in welcher Hinsicht?«

»Dass meine Schwester Ingrid möglicherweise etwas mit dem Raub zu tun hat. Auf welche Weise auch immer.«

»Warum sollte sie?«

»Es ist nur so ein Gefühl. Jeder hier weiß, dass mein Vater das Gemälde für mich gekauft hatte. Man tuschelt jetzt schon hinter meinem Rücken. Ich fürchte, es würde Ingrid gut ins Konzept passen, wenn mein Ruf zerstört würde. Ach, ich weiß nicht. Vielleicht ist es auch die reine Paranoia. Was immer du herausfindest, kann mir nur helfen.«

»Und welche Legende gibt es für diesen Auftrag?«

»Davon wissen nur du und ich«, antwortete er mit getragener Stimme. Dann musste er laut lachen. »Früher habe ich Bücher mit solchen Sätzen geradezu verschlungen. Aber in diesem Fall meine ich es leider sehr ernst.«

9

Carstens Lachen war so ansteckend, dass Micky mit einfiel, obwohl ein paar ihrer inneren Alarmsysteme auf Rot sprangen. Sein Vorschlag lief auf eine Undercoveraktion hinaus, bei der sie vor einen Karren mit unbekanntem Inhalt gespannt wurde. In Carstens Lachen schwang Selbstironie über seine eigene Wichtigkeit mit, so schuf er eine verschwörerische Atmosphäre, die sie zum Anbeißen verleiten sollte. Eine Strategie, die er jedoch gar nicht erst vor ihr zu verbergen suchte, ganz anders als der alte Borgsteel.

Als er sich vornüber beugte, um Micky nachzuschenken, durchlief ein leichtes Zucken seine Schulter, als sei sein Jackett an der Stuhllehne festgeklebt und er müsse es erst losreißen. Roeder bemerkte ihren Blick und wurde sofort ernst.

»Schaffst du das?«, fragte er. »Ich bin zu klug – oder wenn du willst zu alt –, um mir etwas vorspielen zu lassen, also sag es mir lieber gleich: Sagt dir dieser Doppelauftrag zu?«

»Ich brauche mehr Informationen«, antwortete sie ausweichend.

Carsten hob fragend das Kinn.

»Hattest du schon Kontakt mit Ingrid?«, legte Micky los.

Carsten schüttelte verärgert den Kopf. »Ja, aber das lief völlig schief. Unser Austausch beschränkt sich sowieso auf das Allernotwendigste. Dass es in unserer Familie keinen engen Zusammenhalt gibt, dürftest du ja schon mitbekommen haben. Meistens dient Jens Hinrichs als eine Art Verbindungsoffizier zwischen *Roeder Ost* und *West*.«

»Woran wurde in der ausgebrannten Abteilung gearbeitet?«

Carsten nickte, als fände diese Frage seine Anerkennung. »Ich nehme an, du bist nicht in die Geheimnisse der Biomechanik eingeweiht. Nun ja, ich auch nicht, aber ich habe natürlich von Berufs wegen damit zu tun. Einfach ausgedrückt, läuft es darauf hinaus, dass in *Roeder West* Modelle für Prothesen entwickelt werden, die Gliedmaßen ersetzen. Wenn diese serienreif sind, werden sie von *Roeder Ost* produziert. So läuft es seit Jahrzehnten. Direkt hier unter uns ist das Werk.« Er vollführte mit beiden Zeigefingern eine kokette Drehbewegung, als schwenkte er Fähnchen, und zeigte nach unten.

Wieder fiel Micky auf, dass er bei dieser Geste verkappten Stolzes kurz ins Stocken geriet, als hätte er Mühe, Text und Bild miteinander zu verknüpfen.

»In den vergangenen Jahren haben wir ein neues Forschungsgebiet erschlossen«, fuhr er fort. »Revalidisierungsroboter. Das sind quasi selbst denkende, äußerliche Skelette, die der Patient, vereinfacht ausgedrückt, über seine behinderten Gliedmaßen streift. Diese sogenannten *Shells* unterstützen einen Rehabilitationsprozess, für den man ansonsten ein, zwei Physiotherapeuten braucht. Nach den Einzelheiten musst du Ingrid oder ihren Stellvertreter Hinrichs fragen. Wir leisten Pionierarbeit, aber in Kürze lancieren wir die erste Produktlinie, zumindest, wenn der Brand nicht unsere Pläne vereitelt.«

»Gibt es denn zu wenige Physiotherapeuten?«

»Nein, bei uns nicht, jedenfalls bis jetzt nicht. Aber durch die Alterung der Gesellschaft sehe ich eine erhebliche Zunahme von Patienten auf uns zukommen, die nach einem Schlaganfall wieder lernen müssen, zu laufen oder ihre Arme zu benutzen. Augenblicklich zielen wir aber vor allem auf Länder ab, in denen um jeden Physiotherapeuten gekämpft wird. Kambodscha, Afghanistan, Kolumbien, Irak und Sri Lanka … Länder, in denen es für Kriegsopfer kaum medizinische Nachsorge gibt.«

»*Roeder* ist also eine Art Rotes Kreuz?«

»Nein, wir machen natürlich Gewinn«, antwortete er mit einem so ehrlichen Blick, dass Micky ihn sofort als Ergebnis eines intensiven Medientrainings deutete. »Wir sind keine Wohltätigkeitsorganisation ... dafür gibt es die *FAL*, die Stiftung *Fight Against Landmines*, die die *Roeder AG* ins Leben gerufen hat, um sich unter anderem für ein vollständiges Verbot von Landminen einzusetzen.« Er schob einen Jackenärmel seines blauen Maßanzugs hoch und warf einen kurzen Blick auf seine Armbanduhr. Micky stellte fest, dass er sie am rechten Handgelenk trug. War das ein Symbol? Früher hatte sie ein bestimmtes Armband von links nach rechts gewechselt, wenn sie auf jemanden stand.

»Wir besichtigen gleich mal den Betrieb«, schlug er vor. »Dann kannst du selbst sehen, was wir produzieren. Aber lass uns erst die weiteren Einzelheiten besprechen.«

Er ging davon aus, dass sie sein Angebot annehmen würde. Richtig geraten. Natürlich würde sie den Job erledigen, so sicher wie das Amen in der Kirche. Nach dem *Mondifra*-Debakel war dieser Neustart ein Geschenk des Himmels.

»Wie lange werde ich deiner Einschätzung nach ungefähr bei euch beschäftigt sein?«, fragte sie.

»So lange es dauert – das hängt nur von dir ab. Auch bei der Vorgehensweise hast du freie Hand. Ich werde dir höchstens beratend zur Seite stehen, falls das nötig sein sollte. Ich werde dich in einem internen Memo allen Mitarbeitern vorstellen, erklären, welche Aufgabe du erfüllst, und den Auftrag erteilen, dich in jeder Hinsicht zu unterstützen. Hast du ein Passfoto dabei? Ja, natürlich, auch ihr Niederländer müsst ja inzwischen ständig einen Personalausweis bei euch tragen. Ich schicke das Foto gleich raus und lasse eine Zugangsgenehmigung ausstellen. Ich werde hier in Aachen ein Hotelzimmer für dich buchen. Was die Bezahlung angeht ... Du stellst eine Rechnung, erhältst aber den doppelten Betrag. Schließlich führst du zwei Aufträge aus.«

Er setzte ein charmantes Grinsen auf, gefolgt von einem leichten Zucken, das wiederum zu spät kam. Erst in diesem Augenblick begriff Micky, dass sein linker Arm eine Prothese war. Carsten Roeder sah ihren Blick und schob den Ärmel hoch. Hinter der perfekten Nachbildung einer Hand erschien ein hautfarbener Arm. Carsten drehte ihn hin und her.

»Ein Autounfall kurz nach meiner Geburt und ein Chirurg, der so ziemlich alles falsch machte, was man falsch machen kann. Eigenes Fabrikat. Nur für die Körpersprache müssen wir noch Sensoren entwickeln, dadurch verrate ich mich. Es hat einen Moment gedauert, bis du es erkannt hast, oder? Und da gehörst du noch zu den Schnellsten. Wir haben Mitarbeiter, die es immer noch nicht wissen. Was hältst du von meinem Angebot?«

»Es ist sehr großzügig«, antwortete Micky.

Carstens Aufmerksamkeit wurde von einem jungen Mann abgelenkt, der in der Tür zum Dachgarten erschien. »Herr Delgado?«

Der junge Mann winkte Carsten mit kaum verhohlener Nervosität zu. Hinter ihm erkannte Micky vage die Gestalten eines Mannes und einer Frau, die neugierig nach draußen traten und sich umsahen. Micky erkannte den Blick. Polizei.

»Entschuldigung«, sagte Carsten und stand auf. »Ich befürchte, es gibt Neues von der Westfront. Warte bitte kurz.«

»Wir haben eine unangenehme Nachricht für Sie«, verkündete die Frau. »Wir haben die Person, die bei dem Brand ums Leben gekommen ist, identifiziert. Es handelt sich um eine Mitarbeiterin Ihrer Firma ...« Sie wartete auf eine Reaktion von Carsten, doch seine Miene blieb unbewegt. »Frau Wenger.«

»Sybille? Aber wie ist das in Gottes Namen möglich?« Carsten drehte sich um und schlug beide Hände vor das Gesicht, so synchron, dass Micky kurz auf den Gedanken kam, er habe die Geste geübt. Delgado wurde sofort aktiv und lotste seinen Chef hinein. Micky folgte ihnen. Carsten hatte sich an seinen Schreibtisch gesetzt und starrte vor sich hin.

»Wie ist sie gestorben?«, fragte er schließlich heiser.

»Das Opfer ist wahrscheinlich durch das Einatmen giftiger Verbrennungsgase ums Leben gekommen«, lautete die Antwort. »Durch intensiven Kontakt mit dem Brandherd wurde es dann massiv entstellt. Deswegen hat die Identifizierung so lange gedauert.«

Carsten griff in seine Brusttasche, zog das Taschentuch heraus und rieb sich über die Augen.

Plötzlich spürte Micky die Hand von Delgado am Oberarm und er sagte: »Wir sollten Herrn Roeder jetzt mit den Herrschaften von der Kripo allein lassen.«

»Richten Sie ihm aus, dass ich den Auftrag annehme«, bat Micky.

Delgado nickte kurz. »Ich bin über alles informiert. Am besten gebe ich Ihnen erst einmal den Bericht der Feuerwehr. Folgen Sie mir.«

Micky warf noch einen letzten Blick auf Carsten, den die Ermittler nun mit Fragen bombardierten.

Die Vorderfront von *Roeder West* sah erstaunlich unversehrt aus, doch als Micky über das Absperrband stieg, erkannte sie, dass Wände, Boden und Möbel der Rezeption vollkommen durchweicht waren. Sie drückte gegen die gläsernen Eingangstüren, aber sie gaben nicht nach. Dann eben eine Runde um das Gebäude, beschloss sie. Sie stellte fest, dass der Brand auf der Rückseite des Gebäudes am schlimmsten gewütet hatte. Das Feuer hatte sich genau an die Regeln gehalten. Von den Fenstern im Erdgeschoss aus zog sich ein v-förmiges Rußmuster an den Außenwänden hoch, mit einer leichten Abweichung nach rechts, was wohl am Wind liegen mochte. Die Fenster waren bereits mit Holzplatten verschlossen worden, aber Micky konnte erkennen, dass die Rahmen an der Oberseite von den Flammen beschädigt worden waren. Und das dort musste der Auslieferungsraum sein, in dem der Brand ausgebrochen war. Es war ein niedriger Anbau mit großen Stahltüren, die schief in den Angeln hingen. Der Zugang wurde von Absperrbändern und einigen Brettern blockiert, die quer auf den Türrahmen genagelt worden waren. Micky sah sich die rückwärtige Fassade sorgfältig an. Das Feuer hatte sich erst durch das Dach des Auslieferungsraumes gefressen und sich dann außen an der Gebäudewand entlang weiter ausgebreitet.

Micky steckte den Kopf in den Raum. Der Geruch von nasser Asche schlug ihr entgegen. Direkt hinter dieser Tür hatte die Leiche gelegen. Micky zog das Absperrband beiseite und zwängte sich durch die Bretter hinein. An ein paar Drähten baumelten Neonlampen mit den Resten der zersprungenen Röhren darin. Die Wände waren dick mit Ruß bedeckt, was ein noch trostloserer Anblick gewesen wäre, wenn die Sonne nicht so hell durch die Stahlträger der Decke hineingeschienen hätte. Dem vorläufigen Bericht zufolge hatte hier ein Stapel Verpackungsmaterial Feuer gefangen. Gut möglich, denn der Betonboden unmittelbar hinter dem Tor war schwarz verkrustet und sogar zerbröckelt, und das erklärte auch, warum das Opfer teilweise verkohlt war. Wo der Körper gelegen hatte, war der Boden noch relativ hell. Die Polizei hätte sich eigentlich sparen können, den Umriss zusätzlich mit Kreide zu markieren.

Micky holte das Diktafon aus ihrer Tasche, sprach erst Zeit und Ort auf und fuhr dann fort: »Substanzen in Verpackungsmaterial im Auslieferungsraum sowie dazugehörige Verbrennungstemperaturen überprüfen.«

Zweifellos würden ihre deutschen Kollegen, oder besser gesagt Exkollegen, dasselbe tun, aber jedenfalls hatte sie nun einen Ausgangspunkt für ihre Ermittlungen. Sie drang weiter in den Raum vor. Auf dem Boden lagen durchweichte Reste der eingestürzten Deckenverschalung. An der hinteren Wand, neben dem Eingang zum Aufzug, standen ein kleiner Gabelstapler und eine schwarz verrußte Haushaltstrittleiter. In einer Ecke des Raumes lehnte eine halb verbrannte Tür an der Wand. Unmittelbar davor stand ein Koloss von Apparat. Micky warf einen Blick in den Lageplan des Berichts. Die Tür hatte den Eingang zum Serverraum verschlossen.

Micky trat ein und ließ ihren Augen Zeit, sich an die Dunkelheit zu gewöhnen. Auch hier hatte das Feuer schlimm gewütet. Die Stahljalousien hingen verformt vor den Fenstern. Ein paar Lichtstreifen fielen auf zwei Netzwerk- und Serverschränke, die mitten im Zimmer aufgestellt waren. Sie waren leer. Hier waren also die Firmendaten aufbewahrt worden. Vermutlich hatte man die Überreste der Server schon gesichert. Die Montageschienen, Kabelführungen und Lüftereinheiten waren geradezu zerbröselt. Kaum vorstellbar, dass diese Hitze nicht auch die auf den Servern gespeicherten Kronjuwelen des Labors selbst vernichtet hatte.

Micky kehrte in den Auslieferungsraum zurück. Sie stieg über zwei Schutzhelme hinweg, die zu einem doppelten Omelett verschmolzen waren. Eine Firmenuhr aus Kunststoff war nicht besser dran und einfach von der Wand getropft. Dalí, dachte Micky, die der Anblick an einen Ausstellungsbesuch mit Robert erinnerte.

In einer Ecke hingen zwei Stahlklapptüren in den Angeln. Micky drückte sie auf und stieg einige Stufen hinauf. Es war stockdunkel und sie schaltete die Taschenlampe an ihrem Schlüsselbund ein. Vor ihr erschien eine Stahltreppe.

Sie hielt einen Moment inne. Hier hatte sich offenbar keine große Hitze entwickelt, denn nirgends waren Materialien geschmolzen. Die Wände waren lediglich verrußt. Die Treppe sah schmutzig, aber ansonsten unversehrt aus. Sie setzte den Fuß auf die erste Stufe und ging vorsichtig hinauf.

Die obere Etage war nicht so schlimm zerstört, wie sie erwartet hatte. Das Feuer war weder von innen noch von außen bis hierher vorgedrungen. Alle Fensterscheiben waren nach innen zersprungen, was aber auch am Druck des Wassers aus den Feuerwehrschläuchen gelegen haben konnte. Sie lehnte sich aus einem der kaputten Fenster. Nur von außen waren die Rahmen geschwärzt.

Micky strich durch die Räume. Sie kam an einem Büro vorbei, aus dem sie die Computerbildschirme leer anstarrten. Im Testraum erschrak sie im ersten Moment vor einem menschlichen Skelett, an dem der Prototyp einer Prothese befestigt war. In den Büros der Mitarbeiter hatte nicht der Brand, sondern das Löschwasser die größten Schäden verursacht. Noch immer tropfte ein stinkender, braunschwarzer Cocktail von den Fensterbänken, den Deckenlampen, den Tischen und Stühlen.

Zurück im Erdgeschoss betrachtete sie erneut die Stelle, an der sich der Brandherd befunden haben musste. Es war ein Rätsel, warum sich die Brandstifterin nicht retten konnte. Sie hätte nur die Tür öffnen und hinausgehen müssen. Im Bericht stand, dass sie den Schlüssel noch in der Hand gehalten hatte. Hatte Sybille Wenger die Geschwindigkeit unterschätzt, mit der die Flammen um sich griffen? Oder hatte sie Selbstmord begangen? Micky hätte gerne die Tatortfotos gesehen, um zu prüfen, in welcher Körperhaltung die Leiche aufgefunden worden war. Ob Wenger nur das Verpackungsmaterial für den Brand verwendet hatte? Micky schob mit einem Fuß den Schutt beiseite. Zwischen den Glasscherben sah sie ein Stück Metall blinken. Sie hob es auf und hielt es gegen das Licht, das durch das offene Tor hereinfiel. Es sah aus wie ein Stück enger Maschendraht, der um einen geraden Draht gewickelt war. Sie blickte um sich und erkannte, dass der Draht zu einer Steckdose in der Wand führte. Sie hielt den Gegenstand hoch, sah jetzt auch die Reste einer Fassung und schloss daraus, dass es sich um eine zerstörte Arbeitslampe handeln musste. Sie legte die Drahtreste wieder hin und wischte andere Bruchstücke zur Seite. Ihr Fuß blieb am Rand eines Metallgitters hängen. Sie leuchtete mit der Taschenlampe in den Hohlraum darunter. Das Licht spiegelte sich in flachem Wasser wider. Ein Abfluss. Micky schob das Gitter beiseite, fuhr mit den Fingern über die jetzt freiliegenden Ränder und wischte dabei eine dicke Rußschicht weg. Auch unter dem Gitter hatte also der Brand gewütet, was bemerkenswert war. Der Schmutz hätte ja von den Tausenden Litern dreckigen Löschwassers stammen können, die hindurchgespült worden waren, aber die PVC-Verbindungsringe waren geschmolzen und schwarz. Das wies auf die Verwendung von Brandbeschleuniger hin, mit dem zusammen die Flammen heruntergeflossen waren. In diesem Fall musste auch der Siphon verformt sein ... sie bückte sich noch tiefer und tastete im Wasser herum.

»He, was machen Sie da?«

Eine hohe, aufgeregte Männerstimme dicht neben ihrem Ohr schreckte sie auf. Zugleich packten zwei Hände ihre Schultern und drückten ihren Kopf weiter hinunter. Sie stieß mit der Stirn gegen den Betonrand des Abflusses. Micky versuchte, auf den Knien wegzukriechen, aber der Griff war so stark, dass sie sich nicht einmal umdrehen konnte. Der Mann fasste sie mit einer Hand im Nacken und stemmte ihr das Knie in den Rücken.

»Mund halten!«, schnauzte er. »Sollten Sie versuchen zu fliehen, werde ich Gewalt anwenden.«

Der Mann drückte sie tiefer in den Abfluss hinein, bis ihr Gesicht fast die Wasseroberfläche berührte.

»Ist ja schon gut!«, rief sie.

Dann zerrte er sie an den Schulterpolstern ihrer Jacke hoch. Kaum stand sie, schlang er seine Arme in einem eisernen Griff um ihren Brustkorb, sodass sie kaum noch Luft bekam.

»Micky Spijker«, keuchte sie. »Ich bin im Auftrag von ...«

»Ruhe! Ich rufe jetzt die Polizei!«

Mit einer Hand tastete er in seiner Innentasche herum, mit der anderen klemmte er Micky fest. Er keuchte ihr in den Nacken. Sie roch seinen Atem, Tabak und Käse. Das war vollkommen verrückt, sie erledigte bloß ihre Arbeit und wurde von einem aggressiven Verrückten festgehalten.

Der Mann presste ihr noch immer einen Arm fest gegen den Körper, doch es gelang ihr, seine Hosenbeine zu fassen. Sie schob das Becken so weit wie möglich nach vorn, zog den Mann mit einem Ruck auf sich zu und stieß ihm zugleich den Hintern in den Schritt. Er stöhnte auf, ließ sie aber nicht los. Sie warf den Kopf nach hinten und traf ihren Peiniger mit voller Wucht im Gesicht. Er stieß einen Schrei aus und sein Griff lockerte sich ein wenig. Micky ballte die linke Hand zur Faust, umfasste diese mit der rechten und drehte sich blitzschnell um. Dann stieß sie den linken Ellbogen gegen den Kopf des Mannes. Sein Handy fiel klappernd zu Boden. Als Micky einen Schlag in sein Gesicht antäuschte, hob er abwehrend die Hände. Sofort trat sie einen Schritt beiseite und setzte den rechten Fuß in seine Kniekehle. Sie stemmte sich dagegen und der Mann sank nach hinten über, immer noch die Hände vors Gesicht geschlagen. Micky pflanzte ihm den Absatz ihres Schuhs in den Solarplexus.

»Carsten Roeder hat eine Rundmail verschickt«, keuchte sie. »Ich bin in seinem Auftrag hier, um den Brand zu untersuchen.«

»Sie sind eine Einbrecherin und ich habe Sie auf frischer Tat ertappt!«, jammerte der Mann hinter seinen Händen hervor.

Micky hob das Handy vom Boden auf. »Überzeugen Sie sich selbst.«

Der Mann nahm das Telefon an, tippte darauf herum und starrte mit zusammengekniffenen Augen auf das Display, das er dicht vor sein Gesicht hielt. Delgado hatte Mickys Passfoto mitgeschickt.

»Das bin ich«, sagte sie, zog ihren Fuß weg und der Mann richtete sich mühsam auf.

»Ich kann es nicht richtig erkennen«, gestand er. »Meine Brille ist soeben kaputtgegangen, aber ich glaube Ihnen.«

Micky ließ ihn nicht aus den Augen, während er sich aufrappelte.

Der Mann klopfte den Schmutz von seinem Jackett und streckte die Hand aus. »Ein Missverständnis also. Ich bin Dr. Jens Hinrichs, Abteilungsleiter von *Roeder – Forschung und Entwicklung*.«

10

Um halb acht klingelte ihn Katja aus dem Schlaf und gab ihm fünf Minuten Zeit. Dann stehe ein Streifenwagen draußen, Erklärung würde folgen.

Kurz darauf schlich Robert von der Sonne geblendet an einen silberblauen Passat heran, der in zweiter Reihe auf der Straße wartete. Der Polizist fragte ihn, ob er Robert Patati sei. Er konnte mit seinem pharmazeutisch watteweichen Kopf nur unter Vorbehalt nicken, die Schmerzen in seinem Nacken hatten ihm erst wenige Stunden zuvor erneut eine große Dosis *Tramadol* abgepresst.

Robert erfuhr, dass er an der Autobahnauffahrt Mönchengladbach-Neuwerk an die LKA-Kollegin Hellriegel übergeben würde, er brummte zustimmend und damit war das Gespräch mit der Staatsmacht beendet. Während er aus dem Fenster sah und neugierige Blicke der Passanten einfing, grub er sich mühsam ein Loch durch die Hirnwatte und dachte an sein Telefonat mit Micky zurück.

Sie schien es mit ihrer Selbstständigkeit deutlich besser getroffen zu haben als er. Sie hatte auf eine schon beinahe unfreundliche Art gezögert, als er ihr Carstens Angebot unterbreitet hatte. Wenn es bei ihr so gut lief, dann sollte er sich vielleicht eher von ihr zum Essen einladen lassen.

Vierzehn Kilometer weiter stieg Robert in einen dunkelblauen Ford Focus Turnier älteren Baujahrs um. »Gehört diese blechgewordene Spaßfreiheit etwa dir? Wo ist dein schöner Audi?«, fragte er missgelaunt und tippte abschätzig auf das graue Plastikarmaturenbrett.

Katja lachte, während sie auf die Autobahn zurückkehrte. »Ich fahre nie wieder mit meinem Audi und dir gemeinsam über eine Grenze. Das gibt nur Ärger«, erinnerte sie ihn grinsend an eine folgenreiche Fahrt mit dem grell orangefarbenen Oldtimer nach Venlo, als sie damals den Museumsmörder gesucht hatten.

»Dann ist ja noch nicht alles verloren«, grummelte Robert. »Also, warum diese Eile?«

»Die belgischen Kollegen haben kurz hinter der niederländischen Grenze einen grünen Nissan Patrol im Albert-Kanal gefunden.«

»War der *Magritte* noch drin?« Roberts Lebensgeister erwachten.

»Eher unwahrscheinlich. Der Wagen wurde gezielt versenkt. Aber er liegt noch auf dem Grund des Kanals.«

»Und woher wisst ihr, dass es genau dieser Nissan ist?«

»Wissen wir noch nicht. Es ist dein Job, ihn zu identifizieren.«

Etwa acht Kilometer hinter Maastricht näherte sich die A 2 langsam dem Prinz-Albert-Kanal an, um von da an seinen Windungen bis nach Lüttich zu folgen. Am gegenüberliegenden Ufer entdeckten sie bald ein großes Zementwerk.

»Da ist es«, sagte Katja und setzte den Blinker zur Ausfahrt nach Lixhe. Sie passierten den Kanal und bogen auf eine Schlaglochpiste ab, die sie in weitem Bogen zu der Fabrik führte. Auf halber Strecke polterte auf der Gegenspur ein Kranwagen heran. Katja musste den Ford ins Grün lenken, um ihn vorbeizulassen. Was er hier getan hatte, sahen sie, als sie das Firmengelände erreichten. Zwischen einem belgischen und zwei niederländischen Polizeiwagen stand ein grüner Nissan Patrol in einer riesigen Pfütze. Aus seinen Türritzen floss immer noch Wasser.

Katja und Robert gingen zu den Polizisten hinüber, die nahe dem Wagen zusammenstanden, und nannten ihre Namen. Ein Deutscher namens Weber übernahm die Vorstellung für die andere Seite. Es handelte sich um zwei Beamte der Lütticher Polizei, Inspekteur Melkamp und Hoofdinspekteur van Duin, einen Maastrichter Commissaris namens Molendorp, der erklärte, den *Magritte*-Fall soeben erst übernommen zu haben, sowie um Weber und zwei weitere Beamte vom EPICC aus Heerlen. Katja nickte und erzählte, vor Jahren im Euregionalen Polizei-Informations-Cooperations-Centrum hospitiert und erlebt zu haben, wie dort die Polizisten der drei Staaten zusammenarbeiteten, um schnelle grenzüberschreitende Aktionen zu ermöglichen.

»Na, dann soll der Zeuge doch mal bitte schauen«, meinte Molendorp schließlich.

»Es ist eindeutig das Fluchtfahrzeug der Täter«, bestätigte Robert nach einem schnellen Blick auf den Nissan. »Sehen Sie die Schäden am Heck und die roten Lackreste? Das kommt alles von dem Rückstoß gegen meinen Renault. Ich erkenne auch diese albernen Aufkleber wieder. Sehen wir nach, ob der *Magritte* noch da ist!« Er näherte sich der Autotür.

»Moment, mein Herr«, sagte van Duin.

»Wenn das Gemälde im Wasser lag, zählt jede Minute«, erklärte Robert und ging weiter.

»Stehen bleiben«, rief ihm jetzt Commissaris Molendorp scharf in den Rücken. Robert hob die Arme in die Höhe und drehte sich um. »Wenn Sie die Verantwortung dafür übernehmen.«

»Das brauchen wir nicht«, erklärte Weber trocken. »Wir haben sie schon.«

»Touché«, antwortete Robert.

»Darf ich Sie mal eben sprechen?«, fragte Molendorp Katja. Sie traten ein paar Schritte beiseite und Robert verfolgte, wie Katja nach einer kurzen Frage Molendorps ausführlich und mit vielen Gesten antwortete. Schließlich zuckte der Niederländer mit den Schultern und sie kehrten zu den anderen zurück.

»Wären Sie so nett, der Kollegin noch einmal die wichtigsten Fakten zusammenzufassen?«, bat er van Duin.

»Er darf zuhören?«, fragte der und wies auf Robert.

»Das nimmt die Kollegin auf ihre Kappe«, antwortete Molendorp kurz.

»Vorgestern Nachmittag meldete sich auf der Wache in Visé ein Angestellter der Zementfabrik. Er arbeitet da oben.« Der Belgier wies auf einen Kran, der im hinteren Teil des Geländes stand. »Er gab an, dass zwei Männer einen grünen Geländewagen in den Kanal geschoben hätten und dann mit einem älteren Mercedes S-Klasse, Farbe Mint metallic, davongefahren seien. Der Mercedes hätte schon am Tag vorher dort gestanden.«

»Warum wurde der Wagen erst heute geborgen?«, fragte Katja.

»Junge Frau, ich würde sagen ›schon heute‹. Der Kanal ist der Lieblingsparkplatz der belgischen Unterwelt mitsamt ihrer niederländischen und deutschen Freunde. Beim letzten Großreinemachen vor drei Jahren haben wir sechshundert Autos aus der Maas und dem Kanal rund um Lüttich heraufgeholt.«

»Außerdem ein halbes Dutzend Leichen und das Waffenarsenal eines Söldnerheers«, ergänzte sein Kollege. »Als aber gestern Abend die Nachricht des EPICC über den Gemälderaub an uns weitergeleitet wurde, haben wir das Verfahren beschleunigt. Wir fahnden auch nach dem Mercedes. Wird bestimmt nicht lange dauern. Der Kranführer hat immerhin das halbe Kennzeichen ablesen können.«

»Ziemlich gute Augen, der Mann«, meinte Katja.

»Und ein noch besseres Fernglas«, ergänzte van Duin.

»Was sagt er über die Täter?«

»Es waren zwei. Beide um die dreißig Jahre plus/minus

fünf. Der eine kurze, strubbelige, blonde Haare, der andere kurzes, eher dunkles, glattes Haar. Größe einsachtzig bis einsneunzig, beide schlank. Sie trugen schwarze Kleidung, vermutlich Jeans.«

»Naja, besser als gar nichts«, meinte Katja.

Robert räusperte sich. »Ich will ja die Ermittlungen nicht behindern. Aber vielleicht verrottet da drüben gerade ein 43-Millionen-Euro-Gemälde. Worauf warten wir? Dass der Wagen trocknet?«

»Auf die da warten wir«, gab der belgische Inspekteur unbeirrt freundlich zurück und zeigte auf einen Kleinbus, der gerade auf die Zubringerstraße zur Fabrik abgebogen war und fünf Männer und Frauen in weißen Overalls zum Fundort brachte. Die Spurensicherung.

»Und Sie gehen jetzt mal ein bisschen spazieren, Herr Patati«, ordnete Molendorp an. »Wenn wir etwas finden, rufen wir Sie.«

Katja nickte Robert begütigend zu. Der versenkte seine Hände tief in den Hosentaschen und wandte sich ab. Genervt schoss er einen Kiesel in den Kanal, ging ein paar Schritte, blieb unschlüssig stehen und schaute über die weite Betonfläche Richtung Lüttich. Der Wind fegte Sand von der Halde herüber.

Zwei Tage im Wasser. Ihn grauste vor dem Gedanken. Aber würde jemand so blöd sein, diese Beute den Fischen vorzuwerfen? Es sei denn, den Typen war die Sache nach der Zugkatastrophe plötzlich zu heiß geworden. Aus einem schweren Raub war immerhin Mordversuch und dutzendfach versuchter Totschlag geworden.

Robert setzte sich an das Ufer und schluckte ein paar Tropfen *Tramadol.*

Ein Tanker zog gemächlich an ihm vorüber. Der Himmel war wolkenlos. Es würde ein ziemlich schöner Tag werden, bestimmt gute vierundzwanzig Grad, wenn es so weiterging. Goldener Herbst. Indian Summer. Serengeti lebt. Robert begann zu schwitzen, aber das machte nichts. In der gegenüberliegenden Fahrrinne rauschte ein weiterer Tanker heran. Am Bug erkannte Robert eine gelb-grüne indische Gottheit, die ihre sechs Arme in harmonischem Gleichklang kreisen ließ. Das war schön. Wenn man genau hinhörte, spielte da auch jemand Bambusflöte. Und dieser weiße Elefant hinten am Heck, der so ruhig und sanft dastand, ein unglaublich friedliches Tier. Robert war sehr zufrieden und lächelte entspannt.

»Robert! Tatiiii! Robert? Was ist denn los mit dir?« Katja hatte sich zu ihm hinuntergebeugt. Sie sah ihn besorgt an.

»Mit mir? Wieso? Es ist nur ... dieses Schiff. Ach vergiss es.« Er fuhr sich schnell übers Gesicht.

»Du warst ja völlig weggetreten.«

»So'n Quatsch. Ich habe meditiert. Also, was ist jetzt? Habt ihr was gefunden?«

»Das Gemälde ist nicht da.«

»Gott sei Dank.«

»Den Rahmen haben sie allerdings zurückgelassen.«

Robert sprang so schnell auf, dass ihm schwindlig wurde. Katja griff nach seinem Arm und sah ihn fragend an. Er winkte ärgerlich ab und lief zum Wagen. Die Spurensicherer trugen den Rahmen gerade zu ihrem Transporter.

»Darf ich den mal sehen, bitte?«, rief Robert.

»Eine Begutachtung durch Herrn Patati könnte uns sehr nützlich sein«, unterstützte Katja ihn, während die Belgier und Molendorp einander unschlüssig ansahen.

»Okay, aber nicht anfassen.«

Sie legten den Rahmen vorsichtig auf einer Plane ab und traten zur Seite. Robert beugte sich darüber wie ein Arzt über einen Patienten.

»Mein Gott«, murmelte er, »so ein elender Mist.« Dann richtete er sich abrupt auf, drehte sich um und blaffte die umstehenden Polizisten an, als hätten sie die Kunsträuber angeheuert. »Was für Volltrottel waren das, bitteschön?« Er hätte vor lauter Wut am liebsten gegen den Transporter getreten.

»Ja, Tati, das ist eine sehr gute Frage. Wären denn auch ein paar fachliche Aussagen möglich?« Katja warf ihren Kollegen mit ironisch hochgezogenen Augenbrauen ein entschuldigendes Lächeln zu.

»Es waren absolute Dilettanten. Schaut euch das mal an. Wie sie das Bild aus dem Rahmen geschnitten haben. Jeder intelligente Kunstdieb geht da mit einem feinen Skalpell ran. Und zwar ganz vorsichtig, so weit wie möglich unter den Schmuckrahmen gedrückt und an den Spannrahmen heran. Aber diese hirnlosen Mutanten haben mit irgendeinem banalen Küchenmesser daran rumgeschnibbelt. Schief und krumm. Ich könnte sie erwürgen!«

»Wenn die Täter keine Experten waren, dann wäre ein Kunstsammler als Auftraggeber des Raubes auszuschließen?«, fragte Molendorp, in dessen Miene sich Skepsis und Belustigung über den zornigen Deutschen mischten.

»Bestimmt!«, erklärte Robert.

»Diese Art von besessenem Kunstsammler ist eh nur ein Hollywood-Mythos. Alle in den letzten Jahren aufgeklärten Kunstdiebstähle sind verübt worden, um Museen und Versicherungen zu erpressen. Oder die Gemälde dienten als Zahlungsmittel bei internationalen Drogengeschäften«, präsentierte Katja ihr Fachwissen.

»Na ja«, wandte Robert ein, »das war bei allen aufgeklärten Fällen so. Es gibt bestimmt auch Fanatiker, die alles für das fehlende Stück in ihrer Sammlung tun würden. Und die werden reich und clever genug sein, sich nicht erwischen zu lassen.«

»Du bist und bleibst eben ein verträumter Romantiker, mein Lieber.« Katja behandelte ihn ein bisschen von oben herab. Robert begriff, dass er gerade vor den Kollegen an ihrer Autorität gekratzt hatte, und leitete ihr zuliebe den Rückzug ein, obwohl er von seiner Theorie überzeugt war.

»Frau Hellriegel hat natürlich recht. Ich gehe immer von meiner eigenen Begeisterung für die Kunst aus«, nickte er und erschrak im selben Moment, »also, das heißt jetzt nicht, dass ich selbst … Aber Fakt ist: Hinter diesen Leuten kann wirklich niemand stecken, der die Kunst liebt.«

»Oder es war doch einer, der allerdings mehr Ahnung von Kunst als von Kriminellen hat und sich die falschen Helfer aussuchte«, überlegte Molendorp. »Na gut, wir werden es noch sehen. Ich fahre jetzt zurück nach Maastricht. Den Bericht der Spurensicherung schicken Sie bitte auch an Frau Hellriegel?«, fragte er die belgischen Polizisten.

Sie nickten. »Es wird allerdings noch etwas dauern, dieses Schlammvehikel zu durchdringen.«

»Dann fahren wir auch mal wieder. Und Ihnen vielen Dank für die Unterstützung«, sagte Katja zu den drei Beamten der EPICC, die den Fall im Hintergrund nun weiter begleiten würden, um die Ermittler vor den Fallstricken internationaler Rechtshilfeverfahren zu bewahren.

»Hey, Moment mal! Was passiert jetzt mit dem Rahmen?«, fragte Robert fassungslos.

»Den nehmen unsere Leute natürlich mit. Keine Sorge«, beschwichtigte van Duin.

»So geht das nicht! Diese Randstücke müssen unbedingt sofort behandelt werden«, wies Robert auf die Leinwandreste, die traurig im Rahmen hingen.

»Erst mal müssen wir den Rahmen untersuchen. Es könnten noch Reste von Fingerabdrücken oder Stofffasern darauf zu finden sein«, erwiderte der Teamleiter der Spurensicherer.

»Aber das betrifft doch nur den Schmuckrahmen. Den können wir abnehmen. Und Sie geben mir den Spannrahmen mit den Randstücken mit. Wenn wir sie nicht so schnell wie möglich trocknen, sind sie verloren. Die Versicherung wird toben.«

»Und warum ist dieser Schmuckrahmen für Sie unwichtig?«, schaltete sich Molendorp ein.

»Weil Magritte ihn nicht selbst angebracht hat. Er ist später von der Familie Roeder ausgesucht worden. Hören Sie«, Robert hoffte plötzlich, in dem Niederländer einen Verbündeten zu finden, »sehen Sie das dort? Die Farbe löst sich schon von der Leinwand. Jetzt wäre das alles vielleicht noch zu retten.«

Molendorp schien zu zögern, schüttelte dann aber den Kopf. »Es bleibt dabei. Können Sie zuerst den Rahmen untersuchen und ihn mir dann per Kurier schicken?«, bat er den Spurensicherer. »Soweit ich weiß, gibt es in Maastricht auch gute Restauratoren.«

»Einige der besten, aber die würden Ihnen jetzt genau ...« Bevor Robert seinen Satz zu Ende bringen konnte, hatte Katja ihre Hand auf seinen Arm gelegt.

»O Mann«, schnaubte Robert und ging, ohne sich zu verabschieden, zu Katjas Ford. Er lehnte sich an den Wagen und wartete.

Während er angestrengt den Blick auf die Brücke gerichtet hielt, hörte er plötzlich hektische Rufe, Schritte und das Schlagen von Autotüren. Er schaute zu den Einsatzwagen herüber und sah Katja auf sich zusprinten. Hinter ihm sprang die Türverriegelung mit einem Zwitschern auf.

»Der Mercedes«, rief sie ihm entgegen. »Sie haben ihn in Liège-Guillemins gefunden. Direkt am Bahnhof.«

11

Angeführt von den belgischen Blaulichtern schossen sie im Konvoi durch eine Industrielandschaft, die das glänzende Herbstlicht wie ein schwarzer Stern verschluckte. Robert beschlich das Gefühl, mit einer Zeitmaschine in die Sechzigerjahre des letzten Jahrhunderts zurückversetzt worden zu sein. Selbst als sie die Lütticher Vorstädte überwunden hatten, wurde es nicht wirklich besser. Sie rasten an schmutziggrauen Betonwänden und sanierungsreifen Hochhäusern vorbei, die wahllos in das enge Maastal hineingerammt schienen, an Abbruchhäusern und verrammelten Läden. Ein Schild fehlte am Ortseingang, dachte Robert, das durchschossene Holzschild einer Westernstadt: *Fremder, behaupte nie, wir hätten dich nicht gewarnt.*

Und doch hatte er hier Jahre zuvor einen charmanten Abend in einem recht idyllischen Viertel verbracht. Eine Kollegin hatte ihn eingeladen, Lüttich als Schönheit auf den zweiten oder dritten Blick zu erfahren. Und Robert hatte ihr tief in der Nacht recht gegeben, nachdem sie ihm den nackten Zeigefinger auf die Brust gesetzt hatte. Nicht nur, weil sie selbst eine Schönheit auf jeden seiner Blicke war.

Sie bogen in die Rue Paradis ein und umkurvten einen Parcours aus gelben Stadtbussen, ehe sie freie Sicht auf den Bahnhof hatten. Nie zuvor hatte Robert einen schöneren gesehen. Wie eine weit geöffnete, transparente Muschel, ein sich aufschwingendes Himmelszelt, wie federleichte gläserne Hügel, die sich in die dahinterliegende Landschaft schmiegten, und ein Versprechen auf schwereloses pfeilschnelles Dahingleiten – was für ein modernes Wunderwerk.

Robert vergaß für einen Augenblick alles andere um sich herum. »Wahnsinn«, flüsterte er. Katja, die gerade scharf abbremsen musste, um einem Fußgänger auszuweichen, nahm es als Kommentar zu ihrem Fahrstil. »Halt jetzt mal die Klappe, Robert.«

Er sah sie erstaunt an, während sie den beiden Polizeiwagen in eine Hinterhofeinfahrt folgte, an deren Ende zwei Streifenpolizisten neben einem alten, mintfarbenen Mercedes standen.

»Wie habt ihr ihn gefunden?«, fragte van Duin nach einer kurzen Begrüßung.

»Eine Straße weiter läuft eine Razzia gegen Menschenhandel. Wir haben die Hinterausgänge gesichert und voilá, da strahlte uns euer Mercedes an.«

»Und jetzt?«

»Der Parkplatz gehört zum Hotel *Beaumont*, aber da sind sie nicht abgestiegen. Wir haben die Hotels, die sowieso zur Razzia vorgesehen waren, gleich auch nach ihnen gecheckt. Der Portier im *Terminus* hat sich nach etwas Überzeugungsarbeit an die Typen erinnert. Zweiter Stock, Zimmer zweihundertelf.«

»Also nichts wie hin!«, meinte van Duin.

»Sorry, aber ihr müsst euch nicht beeilen. Sie sind weg.«

»Mist!«

»Aber ihre Sachen scheinen noch komplett da zu sein. Wir vermuten, dass sie das Hotel verlassen haben, kurz bevor die Razzia begann. Die Bude sieht jedenfalls so aus, als wären sie nur mal eben frühstücken gegangen. Ein Kollege sitzt eine halbe Treppe höher und passt auf.«

Die Rue des Guillemins war komplett abgesperrt. Ein halbes Dutzend Polizeitransporter blockierte die Straße. Überall sah man kleine Gruppen von Polizisten mit Kampfanzug, Barett und Stiefeln herumstehen oder Verhaftete abführen.

»Sieht nach einem Erfolg aus«, gratulierte van Duin dem Einsatzleiter.

»Kann man wohl sagen. Bis jetzt dreizehn Kosovaren, zwei Nigerianer und acht Belgier. Außerdem gut zwei Dutzend Mädchen ohne Papiere.«

»Klingt ja so, als wäre Lüttich ein Zentrum des Menschenhandels«, sagte Robert leise zu dem deutschen Beamten der EPICC.

»Plus Aachen und Heerlen. So ein Dreiländereck ist ein Traumgebiet für Sklavenhändler. Sie schieben ihre Opfer hin und her, wie es gerade passt. Meistens Frauen aus Afrika oder Osteuropa, die sie zur Prostitution zwingen.«

»Ihr hattet wahrscheinlich noch keine Zeit, euch um den Mercedes zu kümmern?«, fragte Molendorp den Einsatzleiter.

Der Mann griff nach einem Klemmbrett und blätterte ein paar Seiten um. »Also, der Wagen ist vor vier Tagen in Köln gestohlen worden. Das niederländische Kennzeichen stammt von einem Tojota Yaris aus Maastricht. Ist ebenfalls vor vier Tagen abhanden gekommen. Der Besitzer hatte es zwar noch nicht als gestohlen gemeldet, aber in Maastricht sagen sie, der Mann wäre sauber.«

»Irgendwelche Spuren?«

»Es ist gerade kein Team frei. Das nächste habe ich aber zum Hotel bestellt«, hob der Einsatzleiter bedauernd die Schultern.

»Danke für die Hilfe. Klasse Arbeit«, sagte Molendorp.

»Nicht gerade das, was ihr von uns Belgiern erwartet, was?«, grinste sein Gegenüber.

Ein Streifenpolizist führte sie zum Hotel *Terminus.* Das schmale, vierstöckige Haus hatte schon deutlich bessere Zeiten gesehen.

Hinter einem in die Ecke gequetschten roten Holztresen saß ein hagerer Mittfünfziger und starrte nach einem kurzen Blick auf die Polizeitruppe wieder in seinen Minifernseher.

Sie stiegen die steile Treppe hoch. Der Teppichboden auf der Etage war abgenutzt und voller Flecken. Plötzlich erschien ein Streifenpolizist mit gezogener Waffe am Treppenabsatz. Er erkannte van Duin und schob die Waffe zurück in das Holster. »Keine besonderen Vorkommnisse«, meldete er.

Sie betraten das Hotelzimmer. Die EPICC-Beamten warteten draußen. Die Kammer war schon mit vier Leuten überfüllt.

»Bonjour tristesse«, brummte Robert. Die beiden Kunsträuber hatten sich ein durchgelegenes Doppelbett teilen müssen, auf dem eine vergammelte Goldbrokat-Decke lag. Auf einem klapprigen schwarzen Tischchen stand ein verkalkter Wasserkocher, daneben ein Glas mit Instantkaffee, eine Packung Würfelzucker und eine Stange mit Plastikbechern. Ein paar Tüten des nahe gelegenen *Quick-Imbiss* quollen aus einem Papierkorb hervor.

Van Duin reichte Molendorp und Katja Einmalhandschuhe, die er sich aus dem Wagen des Einsatzleiters besorgt hatte, zog sich selbst welche über und fischte einen Koffer unter dem Bett hervor. Rund zehn T-Shirts, eine Jeans, Socken, Unterwäsche. Offensichtlich waren die Täter auf eine mehrtägige Reise vorbereitet.

Molendorp durchsuchte eine Jacke an der Garderobe, Katja eine Jeans, die unter zwei zusammengeknüllten T-Shirts über einem Stuhl lag. Sie fanden ein paar Euro, aber keine Papiere, von einem Handy gar nicht zu träumen. Auch der mit grünem Kunststoff furnierte Schrank, der in der Ecke des Zimmers stand, war leer.

»Katja.« Robert winkte ungeduldig nach ihr und rückte den Schrank ein wenig nach vorne. Etwas fiel zu Boden. Katja kniete sich hin und zog vorsichtig eine in Zeitungspapier eingeschlagene Rolle hervor.

»Bekomme ich jetzt auch endlich Handschuhe?«, fragte Robert. Molendorp nickte zustimmend.

»Würden Sie den Schrank bitte so auf den Boden legen, dass ich die Rückseite nutzen kann? Und vielleicht könnte jemand zwei frische, große Handtücher besorgen und sie darüberlegen.«

Robert entfernte vorsichtig das Zeitungspapier. Ein Stück der Perlenkette der *Scheherazade* wurde sichtbar. Sie hatten das geraubte Gemälde gefunden. Robert rollte die Leinwand ab, legte sie auf die Handtücher und beschwerte sie an den Seiten mit zwei hölzernen Nachttischlampen, unter die er zum Schutz ein zweites Paar Handschuhe gelegt hatte.

Niemand sagte ein Wort. Nach einer ganzen Weile, in der seine Augen wie ein Scanner über das Gemälde gelaufen waren, seufzte Robert schwer. Er sah auf und bemerkte erst jetzt, dass die Polizisten ihn wie gebannt anstarrten.

»Die gute Nachricht ist«, er räusperte sich, »dass die Idioten die Leinwand mit der Bildseite nach außen eingerollt haben. Der Farbauftrag wurde dadurch zwar gedehnt und es sind kleine Risse entstanden. Hätten sie sie aber nach innen gerollt, wäre die Farbe massiv gestaucht worden. Die Farbschollen wären dann so gegeneinandergepresst worden, dass sie zersplittert wären wie kollidierende Eisplatten in der Arktis.«

»Das werden sie ja sicher noch in einem Bericht festhalten«, unterbrach ihn Molendorp. »Sehen Sie denn auch etwas, das uns bei der Fahndung weiterhelfen könnte?«

»Nur, was wir schon wissen. Es waren Dilettanten. Die schlechte Nachricht ist nämlich, dass sie das Bild so grobschlächtig hinter den Schrank geschoben haben, dass die Leinwand geknickt wurde. Wenigstens scheinen sie beim Zusammenrollen Handschuhe benutzt zu haben. Sonst hätten sich durch diesen massiven Druck Spuren in die Farbschicht eingeprägt.«

»Tja, das wäre für uns eine ziemlich gute Nachricht gewesen«, befand van Duin.

»Ach, die Spurensicherung wird hier schon genug Fingerabdrücke finden. Und Haare und einen halben Liter Speichelreste«, sagte Molendorp und zeigte leicht angewidert auf die Fastfoodtüten im Papierkorb. Er zog sein Handy aus der Jackentasche und verschwand auf den Flur.

»Ob die noch mal zurückkommen?«, fragte van Duin.

»Wenn sie die Kollegen an ihrem Mercedes gesehen haben, sicher nicht mehr«, meinte Katja und bemühte sich, das nicht wie einen Vorwurf klingen zu lassen.

»Wenn sie mit dem Zug abgehauen sind, wird's schwer«, meinte van Duin. »Mit dem Thalys kommen sie im Nu nach Köln, Brüssel und Paris. Und es gibt noch die Züge nach Luxemburg und Charleroi.«

»Aber warum hängen sie überhaupt tagelang in dieser schäbigen Bude ab? Von Paris aus wären sie sofort im Süden. In Marseille bei der Drogenmafia. Oder in Monaco bei einem potenten Käufer«, wunderte sich Robert.

»Entweder wollten sie abwarten, bis der Fahndungsdruck abnimmt, oder sie waren hier verabredet«, spekulierte Katja.

Molendorp kehrte zurück.

»Was passiert jetzt mit dem Gemälde?«, fragte Robert ihn. »Die Restaurierung ist zwar nicht so dringend wie bei den Randstücken, aber falsche Behandlung und ungünstige klimatische Bedingungen würden den Zustand weiter verschlechtern.«

Van Duin seufzte. »Ich verstehe Sie ja. Sie machen Ihren Job. Aber wir machen unseren, und der hat Vorrang.«

»Das ist ja auch gut so. Ich meine nur, Sie sollten das Bild so schnell wie möglich freigeben, damit die Versicherung Sie nicht später für Folgeschäden haftbar macht.«

»Die Versicherung habe ich schon informiert. Herr Kampmann kommt gleich; er will sich selbst einen Eindruck verschaffen«, erklärte Molendorp. »Bis dahin sollten wir unten warten, ehe wir hier noch Spuren zerstören.«

Während die anderen das Zimmer verließen, kniete sich Robert neben den Schrank, als wollte er seinen Schuh schnüren. Als ihn niemand weiter beachtete, holte er schnell einen Zettel aus seiner Jackentasche und schob vorsichtig ein paar Farbsplitter vom Boden auf das Papier. Ehe sie diese empfindlichen Stücke auch noch beschlagnahmten und Pulver daraus machten, nahm er sie lieber mit. Er faltete das Papier zusammen und steckte es ein.

»Was ist denn, Herr Patati?«, Molendorp schob den Kopf durch die Tür. »Wollen Sie hier ein Nickerchen halten?«

Kampmanns Gesichtsfarbe hatte sich normalisiert, stellte Robert fest, als der Agent endlich den Frühstücksraum des Hotels betrat.

»Sie auch hier?«, fragte er überrascht, als er Robert entdeckte, der sich seinem Nacken zuliebe auf einer Bank ausgestreckt hatte und sich nun langsam aufrichtete wie Frankensteins Monster nach dem entscheidenden Stromschlag.

»Oberkommissarin Hellriegel vom LKA hat mich als Experten zu dieser Untersuchung herangezogen«, erklärte er kühl in Erwartung eines Protestes.

»Das ist sicher eine sehr gute Wahl«, antwortete Kampmann jedoch beinah unterwürfig, »zumal dem ja glücklicherweise nichts mehr entgegensteht.«

Robert starrte ihn überrascht an.

»Ich hoffe sehr auf Ihr Verständnis dafür, dass wir Sie nicht so schnell aus dem Kreis der Verdächtigen entlassen konnten«, fuhr Kampmann gewunden fort. »Aber nachdem die Polizei heute die Kuriere mit der Aussage einer Maastrichter Streifenwagenbesatzung konfrontiert hat und diese zugeben mussten, dass nicht Sie für die Aufhebung des Geleitschutzes verantwortlich waren, sondern der Fahrer selbst«, er sog schnell und heftig Luft ein wie der deutsche Fußballbundestrainer, »und nachdem wir die Amateurfilme von dem Zugunglück, die ja inzwischen vielfältigst im Internet kursieren, eingehend studiert haben und die Ernsthaftigkeit des Mordversuches gegen Sie unzweifelhaft zu erkennen ist«, wieder schnappte er theatralisch nach Luft, »haben wir keinerlei Grund, unser Misstrauen gegen Sie aufrechtzuerhalten.« Beim Reden hatte sein Gesicht nun doch wieder an Farbe gewonnen.

»Schwamm drüber«, erklärte Robert jovial und kämpfte gegen ein Grinsen an, weil er sofort einen großporigen gelben Schwamm vor Augen hatte, der über Kampmanns rote Stirn wischte wie über ein Autodach.

»Also, Abmarsch nach oben«, bestimmte Molendorp.

»Wir müssen noch warten«, bat Kampmann. »Es ist im Interesse der *A.S.T.-Assekuranz*, alle Schritte eng mit dem neuen Eigentümer des Gemäldes abzustimmen. *Limbs bv* hat einen Anwalt entsendet, der jetzt eigentlich auch schon hier sein sollte.« Kampmann sah sich suchend um, als hätte der Anwalt sich bisher vor ihm versteckt.

Molendorp seufzte. »Dann nutzen wir die Zeit und Sie

erklären mir, warum ein so wertvolles Gemälde nicht per Hochsicherheitstransport durch die Weltgeschichte gekarrt wird.«

»Na ja, es war immer ein Bewacher dabei«, wand sich Kampmann. »Natürlich wäre es uns am liebsten, es würden immer mehrere Sicherheitsbeamte mitfahren. Aber wenn Sie überlegen, wie viele Museen, Galerien und Auktionshäuser es gibt und wie viele Kunsttransporte jeden Tag mit Millionenwerten auf unseren Straßen unterwegs sind – das wäre ein ungeheurer Kostenfaktor für unsere Kunden.«

»Der sich hier bezahlt gemacht hätte.«

»Das ist wahr«, sagte Kampmann tieftraurig. »Andererseits ist es der erste Überfall auf einen Kunsttransport, seit ich bei der *A.S.T.* arbeite. Unterwegs ist die Kunst sicherer als in vielen Museen. Ziel, Route und Termin sind immer nur wenigen absolut zuverlässigen Führungskräften bekannt. Das war diesmal nicht anders.«

»Wieso sind Sie sich da so sicher?«, hakte Katja nach.

Kampmann hob hilflos die Schultern. »Wir arbeiten seit Jahren für diese Unternehmen.«

»Manchmal trübt das den Blick. Meine Kollegen nehmen sich die Beteiligten jedenfalls intensiv vor.«

Das Gespräch verstummte. Robert ließ sich wieder auf die Bank zurücksinken und schloss die Augen.

Der Anwalt sah aus, wie ein Anwalt aussehen sollte, der eine Firma zur Produktion militärischer Kampfroboter vertritt. Ein smart gescheitelter Tom Cruise, nur dreißig Zentimeter größer. Er bietet dir die Hand, er lächelt dich herzlich an und in deinem Postfach landet in derselben Sekunde eine Klageschrift, die dich durch die Hölle gehen lassen wird.

Einstweilen stiegen sie jedoch erst einmal in den zweiten Stock. Die inzwischen eingetroffene Spurensicherung legte eine kleine Pause ein, um ihnen einen Blick auf den *Magritte* zu ermöglichen.

Kampmann holte umständlich einen Fotoapparat aus seiner Aktentasche und machte ein paar Bilder.

Robert wies ihn auf die wichtigsten Schadstellen hin und vergaß auch nicht, die im Albert-Kanal zwischengelagerten Randstücke zu erwähnen, die nun im Lütticher Polizeipräsidium vor sich hin gammelten. Als er dem Versicherungsmann erklärte, wie die nächsten Schritte der Restaurierung aussehen müssten, unterbrach ihn der Anwalt.

»Was Sie da erzählen, ist sicherlich interessant, aber rein theoretischer Natur. *Limbs* wird einen eigenen Restaurator engagieren.«

Kampmann wirkte von dieser Aussage angegriffener als Robert. Vielleicht witterte er eine finanzielle Gefahr für sein Unternehmen oder es gab unumstößliche Direktiven, jedenfalls trat er dem Anwalt erstaunlich selbstbewusst entgegen.

»Herr Patati ist wohl derzeit der Restaurator, der am besten mit diesem Gemälde vertraut ist. Darüber hinaus haben wir seinen Leumund geprüft und nur die besten Referenzen erhalten. Insofern besitzt Herr Patati unser Vertrauen und wir sind zu der Überzeugung gelangt, ihm den Auftrag über die Restaurierung des Werkes zu erteilen.«

»Eigentümer des Objektes ist meines Wissens *Limbs bv*. Sie allein hat darum zu bestimmen, wer Hand an das Bild legen darf«, antwortete der Anwalt lächelnd.

»Ich darf Sie auf Paragraf siebzehn unserer Versicherungsbedingungen aufmerksam machen«, gab Kampmann diensteifrig zurück. »Demnach obliegt die Entscheidung, von wem ein während des Transports entstandener Schaden am Kunstwerk zu beheben ist, dem Versicherer.«

»Wenn ich einen entscheidenden Passus ergänzen darf, der Ihnen abhanden gekommen zu sein scheint: in einvernehmlicher Abstimmung mit dem Schadensopfer.«

»Natürlich, natürlich. Deswegen schlage ich zur Vermeidung langwieriger juristischer Auseinandersetzungen vor, dass Sie Ihrerseits einen Restaurator Ihres Vertrauens als

Gutachter benennen und Herr Patati nach Einvernehmen über das nötige Prozedere unter dessen Aufsicht die Restaurierung vornimmt.«

Im anwaltlichen Gesicht war keinerlei Gefühlsregung zu erkennen. »Wir verlangen, dass mit der Restaurierung erst in Gegenwart unseres Restaurators oder des Eigentümers ...«

»... begonnen wird. Einverstanden«, beendete Kampmann den Satz seines Gegners mit schlecht verborgenem Triumph in der Stimme.

»Schön, dass Sie sich so schnell geeinigt haben, meine Herren«, schaltete sich Molendorp ironisch ein, »aber man soll das Fell des *Magritte* nicht verteilen, bevor er nicht erlegt ist.« Er horchte seinen Worten nach, als müsste er sich selbst erst vergewissern, dass sie von ihm stammten und was sie eigentlich bedeuteten. Er hüstelte. »Soll heißen, das Gemälde geht mit allen Teilen, wo immer sie auch gefunden wurden, in die Kriminaltechnik des Lütticher Präsidiums. Und danach will ich es weiter unter Kontrolle behalten. Es kommt weder zu der Firma *Limbs*«, er zeigte auf den Anwalt, »noch in Ihre Werkstatt«, er wies auf Robert.

»Genau«, schaltete sich Robert ein und alle sahen ihn überrascht an. »Ich hatte vorhin die Gelegenheit, mit dem Teamleiter der Spurensicherung zu sprechen. Mit dem Rahmen sind sie schon fertig, das Gemälde schaffen sie in maximal zwei Stunden. Und für die Restaurierung, bei der jeder Schritt ausführlich dokumentiert wird, weiß ich einen Ort, mit dem Sie, Sie und Sie absolut zufrieden sein werden.«

12

Jens Hinrichs verfügte über ein bemerkenswertes Regenerationsvermögen. Micky hatte ihn mit voller Wucht im Gesicht getroffen, aber er schien von dem Bluterguss, der sich allmählich von seiner linken Schläfe bis zur Augenhöhle hin ausbreitete, sowie von der Beule über seiner Nase kaum etwas zu bemerken. Oder er tat nur so.

Nachdem er seinen Anzug abgeklopft und zurechtgezupft hatte, hob er die zwei Hälften seiner Brille auf und steckte eine davon in seine Brusttasche. Die andere nahm er am Bügel und hielt sie wie ein Monokel ans rechte Auge. Schnell las er Carsten Roeders interne Mail durch.

Micky musterte ihn derweil. Mit seinem kurzen Bürstenhaarschnitt und dem unbewegten Gesichtsausdruck ähnelte ihr Angreifer eher einem preußischen Offizier, der nach einer verlorenen Schlacht noch einmal die Generalstabskarte studierte, als dem Abteilungsleiter eines Prothetiklabors.

»Sie sind also Frau Spijker, Ermittlungsbeamtin der Nationalen Untersuchungsbehörde für Pyrotechnik«, sagte er. »Wo befindet sich diese Behörde?«

»In Arnheim, in den Niederlanden«, antwortete sie. »Für die Dauer der Ermittlungen bin ich in Aachen stationiert.«

Als Polizistin hatte sich Micky daran gewöhnt, Außenstehenden gegenüber so wenig wie möglich über ihren Beruf preiszugeben. Dabei war es ihr zur zweiten Natur geworden, mit den Fakten so dicht wie möglich an der Wahrheit zu bleiben. Auf einer Geburtstagsparty hatte sie so einmal behauptet, bei der Schädlingsbekämpfung zu arbeiten.

Jens Hinrichs entschuldigte sich noch einmal für den rauen Empfang und schlug Micky vor, sich draußen weiterzuunterhalten. »Ich bin durch den Brand ein wenig durcheinander«, erklärte er. »Ich habe Sie für eine Einbrecherin gehalten, die die Situation ausnutzen wollte. Herr Roeder hätte gut daran getan, mich persönlich zu informieren, dann hätte ich die Mitteilung in *Roeder West* verbreitet, wie ich es sonst auch immer tue.«

Im Sonnenlicht betrachtete Micky ihn genauer. Jens Hinrichs war Mitte fünfzig. Er wirkte untersetzt, aber sie hatte bei der unfreiwilligen Umarmung gespürt, dass hauptsächlich Muskeln zum Umfang seiner Gestalt beitrugen. Trotzdem war er mit seinen anthrazitfarbenen Cordhosen und den braunen Slippern, der beigefarbenen Freizeitjacke und dem Wollschal ein ziemlich unscheinbarer Typ.

»Sind Sie zum ersten Mal nach dem Brand wieder hier?«, fragte sie.

»Ja. Ich wollte wissen, ob die Polizei das Gebäude schon freigegeben hat.« Er wies mit dem Kinn auf die erste Etage. »Ich habe noch Privatsachen im Büro.«

Hinrichs war ihrer Frage ausgewichen und hatte sich in eine Ausrede geflüchtet, registrierte Micky. Ein Anruf bei der Kripo hätte genügt, um zu erfahren, ob er hineindurfte oder nicht. »Wann haben Sie von dem Feuer erfahren?«

»Frau Roeder hat mich noch während des Brandes benachrichtigt«, antwortete er. »Sie hat mich sofort abgeholt.«

»Sie sind zusammen mit ihr hergekommen?«

»Frau Roeder bezieht mich in alle wichtigen Dinge ein.«

Er erklärte das mit einer solchen Genugtuung, dass Micky nicht umhin konnte, nachzufragen, ob es andersherum auch so sei.

»Ja, natürlich«, sagte Hinrichs ohne einen Funken Ironie.

»Was passierte nach Ihrem Eintreffen?«

»Wir haben beobachtet, wie das Feuer gelöscht wurde. Und wir haben auch gesehen, wie eine Leiche hinausgetragen wurde.«

»Ja, das war Sybille Wenger. Tragisch. Haben Sie sie gut gekannt?«

Micky zückte ihr Notizbuch und setzte den Kuli auf einer leeren Seite an. Hinrichs antwortete nicht sofort, was ihr genügend Zeit ließ, sich Datum, Ort, Zeit und Hinrichs Namen zu notieren. Als die Antwort weiterhin ausblieb, blickte sie auf. Jens Hinrichs starrte an ihr vorbei, als warte er noch immer auf eine Frage. Sie nickte ihm zu. Hinrichs saugte die Wangen nach innen, bevor er antwortete.

»Sybille?«, fragte er. »Wir arbeiten hier mit einem kleinen Team. Wenn alle im Haus sind, sind wir nicht mehr als zwölf Mitarbeiterinnen und Mitarbeiter. Aber es gibt bei *Roeder West* zwei Abteilungen: die Entwicklungs- und die Testabteilung. Sybille hat die Prototypen getestet, die in meiner Abteilung entwickelt wurden. Formal gesehen lautet die Antwort also: nein.«

Micky schrieb auf: *ja.*

»Wer leitet die Abteilung, in der Sybille Wenger gearbeitet hat?«

»Frau Roeder, wiederum formal betrachtet. Da sie aber zugleich Direktorin von *Roeder West* ist, hat sie viele Aufgaben an Sybille übertragen.«

»Frau Wenger und Sie waren also praktisch gleichrangig. Welchen Eindruck hatten Sie von ihr?«

»Das muss ich korrigieren: Sie war stellvertretende Abteilungsleiterin, ich bin Abteilungsleiter. Bitte notieren Sie sich das.«

Micky schrieb: *Hinrichs legt Wert auf Hierarchie.*

Dann fragte sie noch einmal freundlich: »Welchen Eindruck hatten Sie von ihr?«

»Frau Dr. Wenger war eine hervorragende Wissenschaftlerin«, antwortete Hinrichs. »Sie war sehr streng in ihrem Urteil und die ersten Versionen unserer Testmodelle wurden uns jedes Mal mit einer langen Liste von Verbesserungswünschen zurückgeschickt.«

»Hat das zu Konflikten geführt?«

»Natürlich nicht«, erwiderte Hinrichs. »So funktioniert ein wissenschaftlicher Betrieb nicht. Erst nachdem unsere Modelle ihr Prüfsiegel erhalten hatten, konnte *Roeder Ost* guten Gewissens mit der Produktion beginnen.«

Das alles klang Micky ein wenig zu glatt. Es wurde Zeit, auf die Technik der Übertreibung zurückzugreifen. »Kurzum: Sie waren alle eine große Familie.«

Hinrichs wippte von einem Bein auf das andere. Er blickte einigen Dohlen nach, die sich auf dem geschwärzten Ast eines Ahorns niederließen.

»Beruflich gesehen schon«, antwortete Hinrichs schließlich.

»Sind Sie gelegentlich bei ihr zu Hause gewesen?«

Er sah sie derart verwundert an, als hätte sie ihn gefragt, ob er zuweilen einen Weltraumspaziergang unternahm.

»Nein, das wäre mir nicht eingefallen«, antwortete er.

»Aber warum hat diese geschätzte Kollegin wohl das Labor angezündet?«, fragte Micky. »Aus Rache oder Wahnsinn, Wut oder Neid?«

»Diese Art von Ermittlungen überlasse ich lieber den Behörden«, antwortete Hinrichs abweisend.

Sein Handy gab ein Sirenengeräusch von sich. Er holte die eine Brillenhälfte wieder hervor und las die Nachricht auf dem Display.

Er sagte: »Es war tatsächlich Sybille Wenger. Carsten Roeder hat es soeben offiziell bekannt gegeben.« Er drehte sich weg und neigte den Kopf zur Seite. Einige Sekunden lang blieb er so stehen, als hörte er einen seltenen Vogel singen.

»Sie haben erst durch mich erfahren, dass die Tote Sybille Wenger war?« Micky konnte nicht verhindern, dass in ihrer Stimme Verlegenheit und Ärger mitschwangen. Verlegenheit wegen der Beiläufigkeit, mit der sie Hinrichs erzählt hatte, dass seine Kollegin ums Leben gekommen war, und Ärger, weil sich Hinrichs keinerlei Erschütterung hatte anmerken lassen. War das die deutsche Art zu trauern? Oder hatte sie es hier mit dem Prototypen des soziopathischen Wissenschaftlers zu tun?

»Sie war offenbar Täterin und Opfer zugleich«, stellte Hinrichs mit einer Kopfbewegung zur verbrannten Fassade fest.

Micky wusste nicht recht, wie sie das Gespräch fortsetzen sollte.

Hinrichs nutzte ihr Zögern: »Pyrotechnische Untersuchungen gelten doch den praktischen Auswirkungen hoher Temperaturen? Aber Ihre Fragen waren bisher alle persönlicher Art.«

»Auch auf diesem Gebiet kann es heiß hergehen«, wich Micky aus. »Hatte Sybille Wenger Probleme, innerhalb oder außerhalb der Firma?«

»So gut kannte ich sie nicht«, erwiderte Hinrichs.

»Haben Sie denn eine Idee, warum sie den Brand gelegt haben könnte?«

Hinrichs sah sie regungslos an. »Wie ich schon sagte …«

»Und wie konnte sie hier unbemerkt hereinkommen?«

»Um eine solche Theorie durchzuspielen, benötige ich eine deutlich höhere Zahl von Parametern«, sagte Hinrichs. »Aber jetzt muss ich zu einer Sonderkonferenz der Konzernleitung.«

»Sie gehen nirgendwo hin!« Sofort verfluchte sie diesen Reflex ihres ehemaligen Berufs. Damals hatte niemand das Vernehmungszimmer verlassen, bevor sie es nicht erlaubt hatte. Hinrichs verzog das Gesicht, als hätte er eine Psychiatriepatientin mit Größenwahn vor sich. Er beschränkte sich jedoch auf ein verwundertes Nicken und verschwand mit kurzen Schritten um die Ecke. Micky blieb nichts anderes übrig, als eine Notiz hinzuzufügen: *JH leidet an Autismus oder einer verwandten Störung. Bauernschläue. Blinder Fleck für Emotionen.*

Schon wieder. Wieder hatte sie sich benommen wie eine Polizistin, die widerborstige Verdächtige eine Weile hinter verschlossener Tür abkühlen lassen konnte, wenn es ihr verhörtechnisch so passte. Sie war zur Weststraße gelaufen und spontan nach rechts abgebogen. Der gewalttätige Zwischenfall mit Hinrichs hätte im Präsidium zu mindestens einem gründlichen Briefing geführt. Um ihr bei der Verarbeitung zu helfen. Und um zu analysieren, welche Fehler sie gemacht hatte. Oder auch nicht.

Sie überquerte eine Straße und gelangte in einen Park. Im Grunde hätte sie ein paar Kilometer laufen müssen, um dabei auf andere Gedanken zu kommen. Plötzlich übertönte ein Akkordeonorchester mit einem schrillen Akkord die Stadtgeräusche, ein Alarmschrei, der in eine chaotische Notenabfolge überging, schließlich jedoch in einen ruhigen Walzer einmündete. Die Töne schallten ihr aus der offen stehenden Tür eines Wohnblocks entgegen. Micky lauschte, bis sich ihr Handy als einzige echte Dissonanz erwies. Widerwillig meldete sie sich. Es war Robert.

Micky fragte: »Hast du inzwischen alles unter Kontrolle?«

»Das wäre langweilig«, erwiderte Robert.

Micky hörte die unterdrückte Aufregung in seiner Stimme.

»Wo bist du?«, fragte sie.

»Ich befinde mich in einer Dritte-Welt-Region namens Lüttich. Und versuche gerade in einer Arena zu überleben, in der drei Polizeibehörden, eine Versicherungsgesellschaft und der Anwalt des Eigentümers um einen soeben wiedergefundenen, aber schwer beschädigten 43-Millionen-Euro-*Magritte* kämpfen.«

»Und du bist der kluge Hund, der sich mit dem Knochen davonschleicht?«

Robert stieß ein zufriedenes Lachen aus. »Ich hoffe, noch heute in die Zivilisation zurückzukehren, und zwar mit den Resten des Bildes. Und dann werde ich eine Weile alle Hände voll mit der Restaurierung dieses Millionenschätzchens zu tun haben. Wie sieht es denn in deinen Auftragsbüchern aus?«

»Ich werde die nächste Zeit in Aachen verbringen«, sagte Micky und spazierte weiter durch den Park. »Ich bin mit Carsten Roeder ins Geschäft gekommen. Vielen Dank noch mal! Dafür lade ich dich zum Essen ein.«

»Carsten wird dich dringend brauchen. Der Brand könnte für *Roeder* den Untergang bedeuten. Falls Ingrid Roeder ihre frisch erbeuteten Millionen nicht in den Betrieb investiert.«

»Warum sollte sie das nicht tun? Brüderchen und Schwesterchen haben doch ein gemeinsames Interesse an der Firma? Sind sie nicht beide Inhaber?«

»Ja, aber Carsten besitzt den Hauptanteil an den Aktien.«

»Also heißt es: *Roeder West* und *Roeder Ost and never the twain shall meet?*«

»Genau, aber daran muss sich jetzt natürlich etwas ändern, wo *Roeder West* in Schutt und Asche liegt und *Roeder Ost* am Rande des Konkurses steht.«

»Dann werde ich mich jetzt mal mit Ingrid Roeder unterhalten. Hast du sie schon darüber informiert, dass ihr Gemälde wiederaufgetaucht ist?«

»Nein, weder sie noch Carsten. Keine Zeit bisher. Mach du das doch, dann hast du gleich einen netten Aufhänger. Aber du weißt es nicht von mir. Ach, wann genau lädst du mich zum Essen ein?«

»Morgen. Und dabei musst du mir alles über den Dschungel erzählen, in dem du mich ausgesetzt hast.«

Die Nachricht, dass das Gemälde gefunden worden war, erwies sich tatsächlich als Schlüssel für den Zugang zu Ingrid Roeder. Micky tat so, als hätte sie die Informationen, die sie von Robert erhalten hatte, aus den niederländischen Nachrichten.

Im Gegenzug war Ingrid Roeder bereit, sich etwas Zeit für sie zu nehmen, obwohl sie sich kaum erst von der Mitteilung erholt hatte, dass ihre stellvertretende Abteilungsleiterin höchstwahrscheinlich für die Zerstörung ihres Laboratoriums verantwortlich war.

»Ich habe alle Hände voll mit der Bewältigung des Chaos zu tun, in dem ich hier stecke«, seufzte sie. »Dafür haben Sie sicher Verständnis.«

Natürlich hatte Micky das, deswegen eilte sie schnellstmöglich zu der Adresse in der Bismarckstraße, die Frau Roeder ihr genannt hatte. Die Straße befand sich mitten im schönen Gründerzeitviertel Frankenberg. Micky traf genau in dem Moment ein, als ein Polizeifahrzeug vor dem Haus wegfuhr.

Zu ihrer Überraschung erschien Jens Hinrichs in der Tür, der ihr Erstaunen als Frage nach dem Grund für den Polizeibesuch interpretierte.

»Das war die Kripo. Sie brauchte unsere Fingerabdrücke, um sie von der Liste der verdächtigen Spuren zu nehmen.«

»Ich hatte hier Frau Roeder erwartet«, sagte Micky.

»Das ist mein Haus. Frau Roeder erwartet Sie im Salon«, antwortete er und drehte sich augenblicklich um, um Micky in einen der hinteren Räume zu führen, auf dessen Stuckdecke eine arkadische Landschaft gemalt war.

An den Wänden darunter hingen dem bunten Treiben von oben entgegengesetzt dicht an dicht Bleistiftzeichnungen, die einer mathematischen Ordnung unterlagen. Die Muster waren äußerst fein ausgeführt, aber die zwanghafte Wiederholung ließ Micky vermuten, dass sich der Künstler von einer schweren Neurose inspirieren ließ.

Micky fragte sich, warum Ingrid Roeder sie im Haus ihres Angestellten empfing. Die Antwort erhielt sie gleich mit der Begrüßung.

»Bei meinem Haus wollen Sie sicher nicht gern gesehen werden«, sagte Roeder. »Vor der Tür lungern den ganzen Tag über mindestens fünf Reporter von der halbseriösen Klatschpresse herum. Und hinten im Gebüsch liegen die noch weniger anständigen Exemplare auf der Lauer. Angesichts Ihres Auftrags hielt ich es für besser, Sie nicht der Öffentlichkeit zu präsentieren.«

Ingrid Roeder musterte Micky mit durchdringenden blauen Augen. Wie Robert ihr erzählt hatte, war sie Carstens jüngere Schwester. Eine Nachzüglerin, vermutete Micky, oder Frau Roeder hatte sich einer Verjüngungskur unterzogen. Sie trug einen hellgrauen, seidigen Mantel. Die Botschaft war deutlich: Das Gespräch würde nicht lange dauern.

»Sehr aufmerksam von Ihnen«, antwortete Micky.

»Was können Sie mir noch über das Gemälde sagen? Ist es stark beschädigt worden?«, fragte Ingrid Roeder.

»Es soll einiges abbekommen haben. Aber mehr weiß ich auch nicht, tut mir leid. Die Polizei hat es wohl noch nicht freigegeben.«

»Mein Bruder hat Sie also engagiert«, wechselte Ingrid das Thema. »Jens hat mich bereits informiert. Sie sollen eine Gegenexpertise zu dem Unsinn erstellen, den er von der Versicherungsgesellschaft erwartet. Das war sehr vorausschauend von Carsten.« Sie warf einen Blick zu Jens Hinrichs hinüber, der neben einem antik aussehenden Rollschreibtisch Stellung bezogen hatte.

»Was möchten Sie wissen?«

Micky nahm ihr Notizbuch zur Hand. »Warum Ihre Mitarbeiterin Sybille Wenger den Brand in Ihrem Labor gelegt hat.«

»Ich habe nicht mal den Schimmer einer Vermutung.«

»War sie unzufrieden mit ihrer Arbeit oder ihrer Stellung? Herr Hinrichs hat mir erzählt, dass sie nur stellvertretende Abteilungsleiterin war.«

»Unmöglich.« Ingrid Roeder griff in ihre Aktentasche und stellte einen Laptop auf den Wohnzimmertisch. »Hier ... der Bericht der letzten Mitarbeiterversammlung. Sehen Sie sich einmal den ersten Punkt auf der Tagesordnung an.«

Sie hielt den Rechner auf Mickys Augenhöhe:

Ingrid Roeder eröffnet die Versammlung und teilt mit, dass Sybille Wenger ab dem ersten Januar offiziell die Position einer Abteilungsleiterin bekleiden wird. Glückwünsche folgen.

»War sie diesem Druck gewachsen? Konnte sie vielleicht mit dem Stress nicht umgehen?«

Ingrid Roeder klappte den Laptop zu. »In Deutschland begeht niemand so schnell Selbstmord wegen der Arbeitsbelastung«, erwiderte sie. »Wir sind hier nicht in Japan. Ich wage sogar zu behaupten, dass Sybille Wenger ein glückliches Leben führte.«

»Sie sagten vorhin, Sie seien von Chaos umgeben. Meinten Sie damit auch den Diebstahl des Gemäldes?«

»Ja, den Raub und den Brand.«

»Und die Identität der Toten natürlich«, ergänzte Micky.

»Wirklich schockierend«, sagte Hinrichs plötzlich aus seiner Ecke heraus.

Micky drehte sich um. Für einen Autisten wie Hinrichs war das eine überschwänglich gefühlvolle Bemerkung. Offenbar empfand er es in diesem Moment genauso, denn er schlug sofort die Augen nieder. Frau Roeder nutzte die Gelegenheit, um ihre Tasche zu packen.

»Der Schaden ist deswegen so groß«, sagte Micky, »weil im Auslieferungsraum ein Berg Verpackungsmaterial in Brand geraten ist. Was ist darin geliefert worden?«

»Ein Magnetresonanztomograph«, antwortete Ingrid Roeder. »Magnetstrahlen können die Elektronik in unseren Prothesen beeinflussen und wir testen unsere Modelle daraufhin. Aber darüber kann Ihnen Herr Hinrichs mehr erzählen.«

»Wo waren Sie, als Sie von dem Brand erfuhren?«, fragte Micky.

Ingrid Roeder stand auf und schob den Laptop in eine Schutzhülle. Micky bemerkte, dass Hinrichs sie anstarrte, während seine Chefin antwortete.

»Ich war gerade nach Hause gekommen. Ich hatte lange im Labor zu tun.«

Micky nahm Hinrichs Blick auf. »Und Sie?«

»Ich war unterwegs.«

Micky ließ eine Pause eintreten, in der Hinrichs und Ingrid einen Blick tauschten.

»Was werden Sie nun tun? Neu anfangen?«

»Wir haben noch keine konkreten Pläne«, antwortete Ingrid Roeder. »Glücklicherweise müssen wir uns nicht sofort entscheiden. Wir haben gerade anderes im Kopf, nicht wahr, Jens?«

Auf Hinrichs Gesicht erschien ein Lächeln. »Erst müssen wir hier großreinemachen«, stimmte er zu.

13

Die *Stichting Restauratie Atelier Limburg* in Maastricht galt nicht nur als hervorragende Ausbildungsstätte, sie war auch eine der größten Werkstätten ihrer Art. Zusammen mit den zwanzig fest angestellten Restauratoren arbeiteten in der SRAL gut fünfzig weitere Kräfte in wechselnden Projekten, oft Hochschulabsolventen aus Amsterdam, Deutschland, Großbritannien, Finnland, Korea oder Indien. In diesem Schmelztiegel der internationalen Restauratorengilde drehte sich alles um die Rettung und Bewahrung von Gemälden, Holzskulpturen, Dokumenten und sogar kompletten historischen Räumen in Kirchen oder Herrenhäusern. Für Robert war die SRAL also in etwa das, was für einen Teichmolch das Feuchtbiotop ist.

Dass sich sowohl der *Limbs*-Anwalt nach kurzer Rücksprache mit Debriek als auch Molendorp damit einverstanden erklärt hatten, die *Scheherazade* hierherzubringen, hatte für sie allerdings viel banalere geografische Gründe. Das Atelier war nämlich im ersten Stock der Wiebengahalle angesiedelt, einem gut hundert Jahre alten Industriedenkmal gleich gegenüber der *Limbs*-Zentrale und nicht allzu weit vom Polizeipräsidium gelegen.

Robert hatte mit dem Chef des Ateliers telefoniert und ihm die Schäden am Gemälde auf eine Weise geschildert, die jedem Restaurator die Tränen in die Augen treiben musste. So hatte er die Zusage für einen Arbeitsplatz bekommen. Molendorp ließ die Sicherheitsvorkehrungen im Gebäude prüfen und gab schließlich grünes Licht.

Noch am frühen Abend nahm Robert den ersten Teil der Lieferung in Empfang. Er sägte den hoffnungslos verzogenen Schmuckrahmen vorsichtig auf und holte den Spannrahmen heraus, von dem die Randstücke des Gemäldes traurig herunterlappten. Die Leinwand war durch die Nässe geschrumpft, die Farbe blätterte ab.

Vorsichtig löste Robert die Leinwandreste vom Holz und legte sie mit der Bildseite nach unten auf saugfähige Löschkartons, die er immer wieder austauschte. Um zu verhindern, dass sich die Farbe weiter ablöste, übte er leichten Druck mithilfe von Metallplatten aus, die mit Spezialfolie umwickelt waren.

Er arbeitete, ohne nachzudenken, intuitiv seiner langjährigen Erfahrung folgend, und geriet bald in einen Trancezustand, gespeist von Müdigkeit und zu viel *Tramadol* gegen die zunehmenden Schmerzen. Irgendwann wurde das Gefühl, ein Intensivmediziner bei einer Not-OP zu sein, zu einer fixen Idee, und Robert begann, mit sich selbst zu diskutieren, wie es um die Überlebenschancen des Patienten stand.

Noch kritisch, aber immerhin stabil, befand er endlich weit nach Mitternacht. Er zog sich erschöpft die Handschuhe aus und verließ den Saal als müder, tapferer Held. Im Flur sank er seufzend auf einem alten Sofa nieder und schlief sofort ein.

Erst ein starker Schmerz am Oberarm weckte ihn. Herzinfarkt, war seine erste Diagnose. Wie aus dem Jenseits drangen die Geräusche eines regen Betriebs zu ihm. Er hob vorsichtig die Lider und schaute unmittelbar in ein Paar erschreckt blickender Augen, die sein Urteil zu bestätigen schienen.

»Hey, bist du okay?«, fragte der Praktikant, dem die Augen gehörten, und lockerte endlich seinen eisernen Griff um Roberts Arm. Er musste offenbar einige Mühe gehabt haben, Robert aus Morpheus' Schlingpflanzenreich emporzuholen.

»Alles gut«, antwortete Robert krächzend und richtete sich auf. Sein Gegenüber sah ihn zweifelnd an.

»Ich komm schon zurecht«, bekräftigte Robert ungehalten. Er sah auf die Uhr, es war schon nach neun. Das Gefühl einer großen Leere in seinem Magen erreichte sein Gehirn.

Ein Frühstück später saß Robert wieder auf dem Sofa und drehte Däumchen, bis ein Assistent Molendorps, begleitet durch den Versicherungsagenten Kampmann, eine flache Plastikkiste hereintrug, deren Verschlussgriffe mit Polizeisiegeln beklebt waren.

»Bitte«, sagte Kampmann einladend.

»Ich dachte, wir müssen erst auf den Restaurator von *Limbs* warten?«

»Die Vereinbarung verlangt, dass mit der Restaurierung nicht vorher begonnen wird. Von der Schadensbesichtigung war nie die Rede«, grinste Kampmann geradezu spitzbübisch.

Robert öffnete die Kiste, legte die Leinwand auf einen Niederdrucktisch und begann damit, ein ausführliches Schadensprotokoll anzufertigen.

Er hatte eigentlich erwartet, dass Kampmann ihm kritisch über die Schulter blicken würde. Aber der Mann blieb abseits auf einem Drehhocker sitzen und reihte eine Anekdote aus dem Alltag eines Versicherungsangestellten an die andere, bis Robert halb amüsiert, halb fassunglos empfahl, eine Comedyserie daraus zu machen.

»Nicht wahr?«, antwortete Kampmann erfreut, »aber meine Frau sagt, das würde niemanden interessieren.«

Als Robert fertig war, bat er Kampmann an den Tisch.

»Nur das Wichtigste bitte«, erklärte der Agent, der zwischenzeitlich eingenickt gewesen war, und schaute demonstrativ auf die Uhr. Wenig später unterschrieb er gemeinsam mit Robert das Protokoll, legte eine Kopie in seine Akte und machte sich auf den Weg zurück ins Quellgebiet seiner Anekdoten.

»Und vergessen Sie nicht«, rief er Robert noch vom Flur aus zu, »dass Sie erst beginnen dürfen, wenn der Restaurator des Käufers da ist.«

Dabei war es schon fast Mittag. Robert hatte keine Lust,

weitere Zeit zu verschwenden, suchte die Visitenkarte von Jean Debriek heraus und rief ihn an, um zu fragen, wo dieser Restaurator nun bliebe. Die Sekretärin teilte ihm nach einer kurzen Runde in der Warteschleife mit, dass Mijnheer selbst kommen werde.

»Hier ist das geschundene Werk«, führte Robert den *Limbs*-Inhaber in das Atelier.

Debriek schaute ihn verärgert an. »Ich hatte ausdrücklich gewünscht, bei der Anlieferung dabei zu sein.«

»Davon hat mir Herr Kampmann leider nichts gesagt. Es ist aber nichts Besonderes passiert. Wir haben das Bild ausgepackt und den Zustand analysiert.«

»Also gut«, Debriek beruhigte sich, »irgendetwas Außergewöhnliches?«

»Über das bisher Bekannte hinaus nicht. Aber schauen Sie selbst.« Robert wies auf die Leinwand.

Debriek beugte sich über das Bild und musterte es schweigend. Erst nach einer ganzen Weile richtete er sich wieder auf. »So eine Sauerei.«

Robert nickte. »Mit Ausnahme der brutalen Schnittwunden an den Rändern ist aber das meiste zu retten.«

Debriek seufzte. »Ich habe so lange auf den Tag gewartet, an dem es mir gehört.«

»In zwei, drei Wochen halten Sie es in Händen, versprochen.«

»Ein paar Minuten möchte ich mir jetzt schon gönnen. Wären Sie so freundlich, draußen zu warten?«

»Selbstverständlich.« Robert wusste um die besonderen Gefühle von Sammlern. Er ging in den Aufenthaltsraum, um einen Kaffee zu trinken.

Nach einiger Zeit erschien Debriek in der Tür.

»Auch einen?«, fragte Robert.

»Espresso bitte«, Debriek setzte sich auf einen der roten Thonet-Stühle. Er wirkte abwesend.

»Ich habe noch einmal über Ihr Motiv nachgedacht«, sagte Robert nach einer Weile.

»Mein Motiv für was?«, Debriek zog die Augenbrauen hoch.

»Für die Auswahl von Kunstwerken. Als Sie mir Ihre Sammlung zeigten, da sagten Sie, Sie interessiere der Punkt, an dem die Grenze zwischen Mensch und Maschine aufgehoben wird.«

Debriek nickte.

»Was wäre Ihr Wunsch? Soll diese Grenze bleiben oder nicht? Was wäre besser für Sie als Roboterproduzent?«

»Wunsch und Geschäft sind manchmal zweierlei Dinge.« Debriek dachte eine Weile nach. »Mein berufliches Credo ist, die Grenzen unserer technologischen Beschränktheit immer wieder zu durchbrechen. Aber in diesem Fall wäre das wohl nicht recht.«

»Moralisch gesehen?«

»Sehen Sie, ich bin gläubiger Katholik. Es steht uns nicht zu, Gott zu spielen.«

Robert gefiel, dass Debrieks Stimme nicht so geklungen hatte, als hielte er eine Sonntagsrede. Aber zugleich fiel ihm wieder ein, was er über *Limbs bv* gelesen hatte. Seine Antwort schoss reflexhaft und scharf heraus. »Was Sie offenbar nicht daran hindert, Kampfroboter zu bauen.«

Debriek lächelte. »*Limbs* produziert eigentlich keine Kampfroboter. Das Modell, auf das Sie anspielen, ist das missglückte Produkt eines Joint Ventures mit einem amerikanischen Unternehmen. Ich hatte die Plattformen zu liefern. Was soll ich sagen, Sie haben ja selbst erlebt, dass das Leben manchmal anders läuft, als es einem gefällt. Aber ich versuche gerade, etwas daran zu ändern.«

»Indem Sie nicht mehr für das Militär arbeiten?«

»Indem *Limbs* Roboter baut, die unnötiges Blutvergießen vermeiden. Dort, wo unsere Systeme verwendet werden, müssen keine Soldaten mehr eingesetzt werden. Autonome

Fahrzeuge für Munitions- und Kraftstofftransporte zum Beispiel. Und mit unseren neuen Laufrobotern wird man bald in unwegsamem Gelände Nachschub liefern und Verletzte aus Kampfgebieten evakuieren.«

»Und wenn die Nato will, dass Sie Waffen einbauen?«

Debriek hob die Hände.

»Das heißt übersetzt: Am Ende werden Sie immer nur Ihre Pflicht getan haben.«

»Ich hoffe, mehr als das. Wir unterstützen verschiedene Organisationen, die sich für die Verabschiedung einer UN-Resolution engagieren. Und wir gehören zu den Hauptförderern der *Vereinigung zur Kontrolle von Kampfrobotern.*« Debriek erhob sich. »Aber jetzt muss ich leider dieses kleine Kreuzverhör beenden, drüben wartet man auf mich.« Er reichte Robert die Hand.

»Ich wollte Sie nicht persönlich angreifen«, erklärte Robert und schlug ein.

»Kein Problem. Ich führe diese Art von Gesprächen häufiger. Sie sind wichtig. Setzen wir unseren Autausch ein andermal fort. Vielleicht bei einem Essen.«

»Und wann kommt Ihr Restaurator?«

»Meine Restauratorin. Anouk unterschreibt gerade ihren Vertrag. Sie wird gleich hier sein.«

Es dauerte keine fünf Minuten und sie hatten ihren ersten Streit. Anouk van Berg war hereingekommen wie Napoleon. Genauso klein, genauso herrisch. Ohne ihre Zeit mit einem Gruß an Robert zu verschwenden, schritt sie die Regale des Ateliers wie eine zum Appell angetretene Garde ab. Ihre Inspektion mündete in der zufriedenen Feststellung, dass sich alles noch in derselben Ordnung befinde, die sie damals hinterlassen habe. Dann erst schaute sie Robert an, als wäre er ein noch nicht einsortiertes, neues Instrument, mit dem man wahrscheinlich aber nichts anfangen könnte, und fragte nach dem Schadensprotokoll.

»Ich freue mich auch, mit Ihnen zusammenzuarbeiten. Auch guten Tag«, sagte Robert und reichte ihr das Dokument. »Ich hatte leider noch keine Zeit, es ins Niederländische zu übersetzen.«

»Wie jeder halbwegs intelligente Kollege beherrsche ich die Fachterminologie in sieben Sprachen«, wies sie ihn zurecht. Sie nahm das Protokoll und beugte sich über das Gemälde. Einige Male hielt sie ihm ein Blatt hin und zeigte auf ein Wort, mit spitzer Missbilligung in der Stimme fragend, was diese Hieroglyphen wohl bedeuten sollten.

»So weit in Ordnung«, sagte sie knapp, als sie ihm das Protokoll zurückreichte, »aber was ist mit dieser Stelle dort? Sie schreiben von einer unfachgemäßen Ausbesserung des Farbauftrags. Ich sehe dort einen Farbverlust.«

Robert hatte plötzlich das Gefühl, wieder seiner alten Deutschlehrerin ausgeliefert zu sein, die jedes Jahr hartnäckig, aber erfolglos seine Versetzung torpediert hatte. Er folgte Anouk van Bergs Fingerzeig. Im schwarzen Eingangsloch der Höhle rechts auf dem Gemälde war tatsächlich ein zwei Millimeter großer Schaden zu sehen. Irritiert las er in seinem Protokoll nach. Seine Korestauratorin hatte recht. Aber er konnte sich absolut nicht an diese Stelle erinnern, weder an den Schaden noch an die im Protokoll angegebene Ausbesserung. Dieses *Tramadol* schien allmählich sein Kurzzeitgedächtnis zu zersetzen.

Er räusperte sich. »Die Hieroglyphenentzifferung ist eine Kunst für sich«, sagte er so lässig wie möglich, »hier steht nicht ›unfachgemäße‹, sondern ›und fachgemäße‹ – es ist nur eine Notiz, dass wir an dieser Stelle arbeiten müssen.«

»Im Zustandsprotokoll!«, gab Anouk van Berg trocken zurück. »Und ›fachgemäß‹, das ist natürlich ein ganz fein differenzierter Hinweis. Gut, dass Sie das aufgeschrieben haben, Herr Kollege.«

Robert war sprachlos. Was ging denn hier ab? Und wieso mussten gerade jetzt seine schmerzmittelgedämpften Synapsen die Kreativität einer Wollmütze unterschreiten? Eine Antwort!, schrie es in ihm, ein Magritte-Gemälde für eine schlagfertige Antwort! Doch am Ende rettete ihn nur das schnöde Klingeln seines Handys.

»Du wolltest doch noch mal nach Hause«, flötete Katja gut gelaunt. Welch ein Unterschied zu seinem garstigen Gegenüber.

»Mehr denn je, liebe Katja«, sagte Robert grinsend.

»Na, dann komm mal raus. Ich stehe in der Parkbucht gegenüber.«

»Bin schon da«, sagte er und schob das Handy in seine Tasche.

»Verehrte Frau van Berg, ich verlasse Sie und den *Magritte* nur sehr ungern, aber man hat mir soeben einen Lift nach Hause spendiert. Ich möchte nicht auf meine eigenen Instrumente verzichten. Und Störleim gibt's hier leider auch nicht.«

»Störleim? Was wollen Sie mit diesem antiquiertem Zeug? Hier steht *Evacon* in Mengen.«

»Ich bevorzuge Naturstoffe«, antwortete Robert knapp.

»Ach, ihr Biodeutschen! Naturstoff über alles in der Welt. Hallo? Wir leben im einundzwanzigsten Jahrhundert! Dutzende Laborreihen haben gezeigt, dass synthetischer Kleber keinerlei Nachteile hat.« Anouk schimpfte wie ein Rohrspatz und warf die Arme theatralisch in die Luft, während sie vor Robert auf und ab lief, ohne ihn einmal anzusehen.

Je hektischer sie sich in diesem höchst befremdlichen Schauspiel bewegte, umso ruhiger wurde er. »Das mag ja alles sein, aber ich arbeite seit Jahrzehnten erfolgreich mit Störleim – und so lange Sie mir kein stichhaltiges Argument liefern, berührt den *Magritte* nichts Künstliches. Sie entschuldigen mich.« Er verließ das Atelier, stoppte und schaute noch einmal durch den Türrahmen hinein: »Ich komme erst spät wieder. Gehen Sie ruhig nach Hause. Wir fangen dann morgen an.«

Ehe ihn ein Antwortgeschoss aus Anouk van Bergs dunkelrot geschminktem Mund treffen konnte, zog er den Kopf zurück und verschwand.

Katja war ein Schatz. Eigentlich hätte sie auf direktem Wege nach Aachen fahren können, aber dem körperlich versehrten und autolosen Robert zuliebe hatte sie eine extrem weite Schleife gezogen, um ihn nach Krefeld zu bringen.

Während sie jetzt im Auto auf ihn wartete, betrat er mit einem Stapel Post sein Haus. Rechnungen, Mahnungen, ein unangenehmer Brief der Sparkasse. Er setzte sich auf die alte Holztreppe, die in die erste Etage zum Schlafzimmer führte, und rechnete durch, was der *Magritte*-Job ihm einbringen würde und in welcher Reihenfolge er seine Gläubiger am besten befrieden konnte. Er kam nicht sehr weit.

Ächzend raffte er sich auf und holte die alte lederne Arzttasche mit seinem Werkzeug und einer Partie Störleim-Pellets aus dem Keller. Auf halber Strecke zurück zum Auto blieb er abrupt stehen. Und wie wäre es mit Kleidung, Wäsche, Zahnpasta und diversen anderen Dingen, die zu einem zivilisierten Dasein dazugehörten? Er kehrte um. Wo hatte er nur seinen Kopf?

»Hast du noch einen Schönheitsschlaf gehalten?«, fragte Katja, als er endlich durch die Hoftür kam und seine Taschen auf die Rückbank stellte.

Unterwegs verriet sie endlich, was sie in Aachen wollte. Sie war mit einem Steuerbeamten verabredet.

»Klingt sexy«, witzelte Robert.

»Und ob, mein Lieber. Er könnte zur Aufklärung des *Magritte*-Raubs beitragen.«

»Inwiefern?«

»Die Lütticher Kriminaltechniker haben das Hotelzimmer der Diebe komplett durchforstet und hinter dem Toilettenkasten eine Halskette mit einer alten Aachener Hundesteuermarke herausgefischt. Vermutlich hat sie jemand dort vor dem Duschen abgelegt und sie war über die Wölbung nach hinten gerutscht. Vielleicht gehört sie nur irgendwem, vielleicht aber auch einem der Täter.«

Und dann erzählte sie ebenso farbenfroh von ihrem Telefonat mit dem Beamten wie Robert zuvor von Anouk van Bergs großem Auftritt. Nein, das stelle sich Katja wirklich zu leicht vor. Die Hundesteuerakten 1989 lagerten doch im Keller des Nachbargebäudes. Er könne nicht einfach mal eben seinen Platz verlassen, um dort hinzugehen. Außerdem sei der Azubi krank und der Abteilungsleiter im Urlaub. Sie könne frühestens, aber allerfrühestens, morgen Nachmittag kommen. Erst nachdem sie ihm eine Anzeige wegen Strafvereitelung im Amt angedroht hatte, ließ er sich doch noch gnädig zu einem verbesserten Angebot herab: »Also gut, heute nach halb vier, aber unbedingt vor viertel nach vier, denn dann muss ich nach Hause.«

14

Katja hatte die linke Autobahnspur mit Blaulicht vom Berufsverkehr freigeräumt, um ihr Date mit dem Steuerbeamten nicht zu verpassen, und so stand Robert eine gute Stunde zu früh für sein eigenes Date an einer Bushaltestelle in der Nähe von *Roeder Ost*. Micky wollte ihn dort zu ihrem Abendessen in Maastricht abholen, denn sie durfte im Unternehmen nicht mit ihm zusammen gesehen werden.

Als Robert sich leichtsinnig auf die unbequeme Sitzschale fallen ließ, spürte er wieder den stechenden Schmerz in seinem Nacken. Automatisch griff er nach den Tropfen in seiner Jackentasche, ließ das Fläschchen aber wieder zurückgleiten, als er sich an seine Visionen erinnerte.

Blöderweise hatte er seinen iPod im Atelier liegen lassen. Er dachte an seine Schulzeit zurück und rechnete aus, wie viele Stunden seines Lebens er schon an tristen Haltestellen vergeudet hatte. Plötzlich riss ihn ein silberfarbener Mercedes aus seiner Trägheit, der einige Meter hinter der Haltestelle scharf abbremste und aufjaulend zurücksetzte. Das Seitenfenster glitt herunter.

»Was machst du denn hier?«, fragte Carsten. »Hast du Zeit für einen Kaffee?«

Es war beeindruckend mitzuerleben, wie Carsten durch das Unternehmen lief, Optimismus ausstrahlte, ein freundliches Wort für jeden hatte, aber dann in seinem Büro hinter der gepolsterten Tür vollkommen erledigt in den Sessel fiel und sich die Erschöpfung aus dem Gesicht zu reiben versuchte.

»So schlimm?«, fragte Robert.

Carsten nickte müde.

Michael Delgado brachte Kaffee und Carsten spielte wieder den Sunnyboy, bis Delgado fort war.

»Meine Kreditlinie wird nicht erhöht. Und das ist seit fünfzig Jahren unsere Hausbank! Sie will sogar bestehende Kredite auflösen. Wir sind erledigt.«

»Aber ihr habt doch sicher Aufträge ohne Ende. Ich hab euch mal gegoogelt. In jedem Artikel über Prothesen wird *Roeder* erwähnt.«

Carsten winkte ab. »Zahlen bedeuten nichts ohne Vertrauen. Diese Banker tun ja nur so, als folgten sie objektiven Kriterien. Aber tatsächlich handeln sie irrational. Gerüchte, Prognosen, Performanceerwartungen, sie sind nur dann glücklich, wenn du ihre Gier weckst. Ich habe sie immer von unseren Ideen überzeugen können, aber jetzt kann ich erzählen, was ich will – es interessiert sie nicht einmal mehr, dass ich mein Privatvermögen reinstecke –, am Ende fragen sie nur, ob meine Schwester ihre herumliegenden Millionen investieren wird. Was soll ich da sagen?«

»Aber Ingrid muss doch sehen, dass das in ihrem eigenen Interesse ist? Sie ist doch Teilhaberin. Und es ist ihr Arbeitsplatz. Was steckt dahinter, Carsten?«

Robert musste eine Weile warten, bis sein alter Studienfreund endlich zu reden begann. Eine Dreiviertelstunde lang ließ er heraus, was er so lange in sich begraben gehalten hatte.

Wie er, der Sohn der Industriellenfamilie, in der Schule gehänselt wurde, dass ein reicher Krüppel sich alles Mögliche kaufen könne, aber eben keinen Arm. Wie er sich immer mehr zurückzog, in Bücher verkroch, sich für expressionistische Kunst interessierte, die sein Großvater gesammelt hatte, und schließlich bei den Surrealisten seine Helden fand. Denn die feierten das, was nicht sichtbar war, aber doch Teil der Realität. So wie Carstens verlorener Arm unsichtbar war, aber über die heftigen Phantomschmerzen doch weiterexistierte, genau in derselben schrecklich verdrehten Position wie nach dem Autounfall.

Dann der hilflose Versuch des Vaters und Verursachers des Autounfalls, über den Kauf eines Magritte-Gemäldes Zugang zu seinem verstummten Sohn zu bekommen. Wie er seinen Ingenieurbetrieb auf die Entwicklung medizinischer Prothesen umstellte. Carstens Weigerung, die neuen Prototypen zu testen. Er wollte kein Versuchskaninchen seines Vaters sein, der sich in den Wunsch, Carsten zu einem neuen Arm zu verhelfen, so weit verstiegen hatte, dass er dem Jungen wie Dr. Frankenstein erschien.

»Absurderweise ist Ingrids Leben durch die Amputation meines Arms genauso bestimmt worden wie meines. Ich war ihr großer Bruder, den sie bewunderte. Andererseits brauchte ich oft Hilfe und sie entwickelte einen Beschützerinstinkt. Irgendwann, als sie vielleicht zwölf war, setzte sie sich in den Kopf, selbst Ingenieurin zu werden. Denn sie war sich ganz sicher, dass ich von ihr eine Prothese sofort annehmen würde. Sie steckte in der Firma Instrumente ein und untersuchte meinen Armstumpf, entwickelte Reaktionstests, denen ich mich unterziehen sollte. Sie hatte noch einen komplett kindlichen Blick auf das alles, aber ihr Ehrgeiz und ihre Forderungen an mich hatten nichts mehr mit Kinderspielen zu tun. Es wurde mir einfach zu viel und ich habe sie zurückgestoßen.«

»Das ist alles über dreißig Jahre her«, wandte Robert ein.

»Ja, und sie ist Ingenieurin geworden. Und zwar eine richtig gute. Sie hat ihr Programm durchgezogen. Das hier«, er zog den linken Anzugärmel hoch, »ist Ingrids Werk. Der Prototyp zu unserer aktuellen High-End-Serie. Sie schickte ihn mir vor einem Jahr, ohne jede persönliche Notiz, aber dafür mit einer internen Rechnung über bezogene Leistungen. Sie hat seit damals alles, was ich tat, als fortgesetzte Abweisung interpretiert. Im Gegenzug hat sie beschlossen, für alles, was sie tut, Bezahlung zu verlangen. Und jetzt bezahle ich mit dem Unternehmen.«

Auf halbem Weg zurück zur Bushaltestelle hielt Mickys Wagen neben ihm.

»Du bist zu spät«, rügte sie ihn, nachdem er seine Sachen auf die Rückbank gestellt und sich neben sie gesetzt hatte. Sie wirkte unzufrieden und müde.

»Ich war bei Carsten«, sagte Robert entschuldigend. Er wollte nicht, dass sein erstes Treffen mit Micky nach so langer Zeit danebenging.

»Wo müssen wir jetzt noch hin, bevor wir endlich essen dürfen?«, fragte Micky.

Robert nannte die Adresse des Appartements, das ihm die *SRAL* für seinen Aufenthalt in Maastricht vermittelt hatte.

Dann verstummten sie. Micky konzentrierte sich auf die Straße, Robert dachte über sein Gespräch mit Carsten nach. Er hatte ihm zwar versprechen müssen, alles für sich zu behalten, aber Robert spürte, dass Micky die Hintergründe kennen musste. Nach einer Weile begann er zu erzählen, was er wusste.

Um an der Kunstakademie angenommen zu werden, war Carsten zwar nicht kreativ genug gewesen, aber ein guter

Kunsthistoriker hätte er werden können. Als Carsten im Studium von Kunstgeschichte auf Betriebswirtschaft umsattelte, hatte Robert geglaubt, sein Freund würde sich dem Befehl des Familienpatriarchen unterordnen. Tatsächlich war es wohl genau andersherum gewesen. Carstens Vater war schwer erkrankt und hatte seinen Sohn geradezu angefleht, in die Firma einzutreten. Zum ersten Mal war nicht der Vater der große Wohltäter, sondern derjenige, der Hilfe benötigte.

»Und wenn sie nicht gestorben sind …«, Micky seufzte und drehte das Radio an.

»Ich bin noch nicht fertig.« Robert schaltete das Radio wieder aus. So kannte er Micky gar nicht. Sonst hatte sie immer jeden Fitzel an Information in sich aufgesogen.

»Dann schenk mir den Schlüssel zur Lösung meines Falls«, sagte Micky schnippisch.

Robert ignorierte ihren Ton. »Carsten war in Wirklichkeit froh, dass der *Magritte* verkauft werden sollte. Als Jugendlicher liebte er das Bild, denn es versprach ihm, dass das, was unsichtbar ist und scheinbar fehlt, das eigentlich Wesentliche ist und besondere Kräfte freisetzt. Imagination, Einfallsreichtum, das Wissen um eine Welt, die über das Materielle weit hinausgeht. Das Gemälde hat ihm vermittelt, dass ihn sein fehlender Arm besonders machte. Deswegen glaubte er auch anfangs, ein Künstler werden zu können.«

»Um schließlich hinter dem Schreibtisch zu landen, der Arme«, ätzte Micky.

»Und dabei hat er gelernt, dass manchmal ein Verlust eben einfach nur ein Verlust bleibt. Das hat Carstens Haltung vollkommen verkehrt: Er fühlte sich durch das Bild nicht mehr aufgewertet, sondern benutzt. Das ist wie bei der Begeisterung der Surrealisten für Geisteskranke. Das, was fehlt oder zerstört ist, macht nicht unbedingt immer den, der den Verlust hat, zu etwas Besonderem, sondern der Künstler macht sich selbst zu etwas Besonderem, indem er sich davon inspirieren lässt. Sozusagen ein Parasit. Sagt Carsten.«

»Und diese wunderbaren philosophischen Erläuterungen, die kein Mensch begreift, sollen jetzt alles erklären? Vielen Dank, Herr Patati.«

Robert wurde allmählich ärgerlich. »Wie auch immer, Carsten hängt nicht mehr an dem Bild, er lehnt es ab. Und er hoffte, dass Ingrid so viel Geld dafür erhalten würde, dass sie sich endlich nicht mehr zurückgesetzt fühlen würde. Er wollte ihr so viele Firmenanteile zum Kauf anbieten, dass sie gleichberechtigte Gesellschafterin würde und sie ihren Streit begraben könnten.«

»Warum hat er ihr die Anteile nicht vorher geschenkt, wenn ihm so viel an diesem Frieden lag?«

»Weil er fürchtete, dass Ingrid keinen Frieden wollte und ihn mit ihrem Vermögen und den Anteilen zusammen bei der ersten Liquiditätsschwäche aus dem Unternehmen drängen würde.«

»Was jetzt passieren könnte.«

»Er ist sich sicher, dass das ihr Plan ist. Aber im Augenblick spiele sie noch mit ihm wie eine Katze mit einer halbtoten Maus. Er schätzt, dass sie erst kurz vor der Insolvenzerklärung ihre Forderungen auf den Tisch legen wird.«

»Und die wären?«

»Vermutlich, dass er alle Anteile abgibt und dabei auch gleich seinen Stuhl räumt.«

»Warum sollte sie auf ihn verzichten? Sie ist Ingenieurin, keine Kauffrau. Und er war ziemlich erfolgreich.«

»Sie haben unterschiedliche Vorstellungen. Carsten sagte, sie hätte sich immer darüber aufgeregt, dass er zu viel Geld für die Anti-Landminen-Kampagne gespendet hätte. Und jetzt ärgert es sie, dass er in eine Low-Budget-Produktlinie investieren will, die die Landminenopfer mit billigen, aber guten Prothesen versorgen könnte.«

»Und du glaubst diesen ganzen Kram?«, fragte Micky. »Der Gute und das Biest. Es könnte genauso gut umgekehrt geplant gewesen sein. Er hat das Gemälde rauben lassen, um mit einem Lösegeld Ingrids finanziellen Vorsprung zu verringern. Aber unglücklicherweise hat ihn diese Brandstifterin ruiniert.«

Micky forderte Robert heute alle Selbstbeherrschung ab, die er zusammenkratzen konnte. Er dachte an die noch viel heftiger auf Krawall gebürstete Anouk. Vielleicht war ja heute Vollmond. Oder Venus und Mars feierten blutige Hochzeit im siebten Quadranten.

Als Micky in die Sint Bernardusstraat einbog, zeigte Robert wortlos, wo sie anhalten sollte, stieg aus und trug seine Sachen in das Appartement.

»Vielleicht hast du ja recht«, empfing ihn Micky zu seiner Überraschung, als er wieder in den Wagen stieg. »Meine Intuition sagt mir, dass ich Carsten nicht trauen kann. Andererseits ist meine Intuition im Augenblick etwas auf den Hund gekommen. Und im Übrigen habe ich furchtbaren Hunger.«

Der sollte sich noch ein wenig steigern. Denn im asiatischen Restaurant in der Nähe der Schauspielakademie, das Micky ausgesucht hatte, warteten schon Gäste an der Theke auf einen frei werdenden Tisch.

»Sie hätten halt reservieren sollen«, beantwortete die Kellnerin Mickys fragenden Blick tadelnd.

Vollmond, dachte Robert und zog Micky zur Tür raus. »Komm, wir finden etwas Besseres.«

Sie liefen eine Weile im Jekerkwartier umher, aber nichts schien ihnen passend. Es gab zahlreiche elegante Restaurants, hinter deren Fenstern sie Paare an kleinen Tischen mit gestärkten Decken bei Kerzenschein dinieren sahen. Manche starrten sie abfällig durch die Scheiben an.

»Wir sind underdressed«, stellte Micky mit einem Blick auf ihre und Roberts Jeans fest.

»Und overlebendig«, antwortete Robert. Sie lachten, aber Mickys leerer Magen knurrte laut dagegen an.

Kurz darauf liefen sie an einem Restaurant in einem alten

Doppelhaus mit Spitzgiebeln vorbei. Robert stoppte und warf einen Blick auf die Karte neben der Tür.

»Hey Micky, komm zurück!«, rief er. »Ein Zeichen! Der Herr hat uns ein Zeichen gesandt.«

Sie kehrte skeptisch zurück und las, worauf Roberts Finger zeigte. Ein vegetarisches Gericht mit einer Soße von altem Beemsterkäse. Sie nickte lächelnd. Ihre Freundschaft hatte Jahre zuvor an einem milden Herbstabend hoch oben auf dem Turm des Mönchengladbacher Museums Abteiberg begonnen, wo Robert ihr argentinischen Rotwein und Beemster serviert hatte.

Sie traten ein und wurden freundlich begrüßt. Die erste Frage aber lautete: »Sie haben reserviert?« Robert schüttelte den Kopf und wies fragend in den Raum, in dem nur drei Tische besetzt waren.

Die Empfangsdame sah sie beunruhigt an und verschwand in der Küche. Während Robert noch überlegte, ob sie nun den Koch fragen würde, was er für unerwartete Gäste aus Resten zaubern könnte, kehrte sie schon geschäftigen Schrittes zurück und führte sie in einen beinah klösterlichen Innenhof.

Als sie von der Küche mit drei außergewöhnlichen Amuse-Bouches begrüßt wurden, wurde ihnen allmählich klar, dass sie in einem Sternerestaurant gelandet waren, und Micky musste sich zwingen, nicht heimlich ihr Geld nachzuzählen.

Lange genossen sie schweigend den Sommerabend in diesem Refugium, das Essen und den Grauburgunder des Maastrichter Weinguts *Apostelhoeve.*

Dann bekannte Micky, auf der Stelle zu treten. Sie hatte vergeblich versucht, mehr über die Brandstifterin Sybille Wenger herauszubekommen. Ihre einzige Chance lag nun darin, die Wohnung der Toten zu durchsuchen und mit Angehörigen zu sprechen. Aber wie sollte sie das tun, ohne polizeiliche Macht oder wenigstens mit einer vernünftigen Legende im Rücken. Dass Carsten sie als Pyrotechnik-

Expertin eingeführt hatte, machte sie ermittlungstechnisch zu einer *lame duck*.

»Wenn ich richtig verstanden habe, war diese Sybille Wenger die linke Hand von Ingrid Roeder?«, fragte Robert.

»Kann man so sagen.«

»Ingrid Roeder lässt ein Gemälde versteigern, das später geraubt wird. Fast zur selben Zeit wird ihr Labor von einer ihrer engsten Mitarbeiterinnen in Brand gesteckt. Das wird wohl kaum Zufall sein, oder?«

»Du willst sagen, Sybille litt so unter dem Verkauf des *Magritte*, dass sie das pyromanisch verarbeiten musste?« Micky lachte. »O Robert, dir Kunstjunkie würde ich das ja vielleicht noch zutrauen, aber einer Wissenschaftlerin?«

»Patati Patata!«, rief Robert grinsend aus. »Welcher Zusammenhang zwischen dem Brand und dem Raub besteht, muss schon mein Dreamteam herausfinden. Du und Katja, ihr könnt einander helfen. Ich rufe sie an. Sie soll dich als externe Spezialistin an Bord holen.«

»So funktioniert Polizei nicht.«

»Aber Katja funktioniert wie Katja.« Er griff zum Handy.

»Katja«, sagte er und dann einige Zeit nichts mehr. Ein erstes ungläubiges »Nein« aus Roberts Mund ließ Micky aufhorchen. Dann ein paar verständige »Hms« und schließlich die ersten vollständigen Sätze. »Lass dir nicht den Abend verderben. Warten kannst du auch gemeinsam mit uns in diesem wunderbaren Restaurant. Ich schicke dir die Adresse per SMS. – Na komm, das wird dir guttun.«

»Sie soll vorher zum Geldautomaten gehen«, flüsterte Micky, »ich bin zu undercashed für eine weitere Einladung.«

Robert winkte ab. »Und lass dein Geld zu Hause. Heute ist Internationaler Tag der Ketteneinladung. Ich schlemme hier auf Mickys Kosten und brauche jetzt selbst einen Gast.«

»Dicke Luft im Aachener Steueramt«, sagte Robert, nachdem er aufgelegt hatte. »Dieser Beamte, zu dem Katja vorhin fuhr, hat ihr frech ausrichten lassen, dass die benötigte Akte unauffindbar wäre. Gerade holen ihn zwei Polizisten aus seiner Gartenlaube ab, damit er noch mal genauer nachguckt. Katja kommt jedenfalls gleich hierher und dann wird sie dir etwas über deine Brandstifterin erzählen.«

»Erstes Gebot: Spann eine alte Freundin niemals auf die Folter!« Micky zog die Stirn kraus.

Robert nickte nachgiebig. »Sie war schwanger.«

»Sie war was?«

»Dr. Sybille Wenger war schwanger, schätzungsweise Anfang des vierten Monats. Die Obduktion ist zwar noch nicht abgeschlossen, aber das wissen sie schon.«

Micky sah in den Abendhimmel. »Die Menge an Brandbeschleuniger war immens. Warum zum Teufel legt eine Schwangere ein dermaßen großes Feuer? Beziehungsprobleme? Aber soviel ich weiß, war sie solo.«

»Wir sollten nicht vergessen, dass Ingrid durch den Brand die Chance hat, die *Roeder AG* in die Hand zu bekommen.«

»Sagt Carsten.«

»Ist ein Fakt«, beharrte Robert.

»Mit dreiundvierzig Millionen hätte sie auch so Chancen genug gehabt.«

»Mit gut fünfunddreißig Millionen, das Auktionshaus hat auch ein paar Euro an dem Verkauf verdient.«

»Peanuts«, sagte Micky. »Brüderchen und Schwesterchen scheinen mir allmählich reif für eine ordentliche Mediation.«

Robert seufzte tief. »Das hat ihre Mutter wohl schon mehrfach versucht. Aber eine Versöhnung oder etwas, was wenigstens in die Nähe davon käme, soll immer an Ingrids Misstrauen gescheitert sein. Na ja, nachvollziehbar. Denn mit der Beraterposition, die Mutter Roeder nach dem Tod ihres Mannes übernahm, und mit ihrer Stimme im Aufsichtsrat hat sie Carsten bei allen wichtigen Entscheidungen unterstützt. Er war immer ihr Liebling gewesen. Da konnte Ingrid sie wohl kaum als neutrale Instanz anerkennen. Stattdessen hat sie sich dann immer mehr in ihr Fort West zurückgezogen. Zum Leid der Mutter, aber so lange die Sache nicht eskalierte, fand die sich damit ab. Zumal sie vor ein paar Jahren einen Schlaganfall hatte, der sie in den Rollstuhl brachte. Geistig soll sie aber noch absolut auf der Höhe sein.«

Das Klingeln seines Telefons unterbrach Robert. »Wieder Katja«, sagte er und nahm das Gespräch an.

Sie klang jetzt ganz entspannt. »Die haben die Akte schneller gefunden als erwartet. Der Typ ist nur zu faul zum Treppensteigen gewesen.«

»Und? Was habt ihr rausbekommen?«

»Die Hundemarke gehörte einem Friedhelm Schmitz. Vor fünf Jahren verstorben. Wir haben mit seiner redseligen Witwe telefoniert. Der Hund hatte ihrem Sohn Patrick gehört, es war sein erster und er habe ihn bis heute nicht vergessen. Und jetzt der Hammer: Er arbeitet beim Sicherheitsunternehmen *ASSU*.«

»*ASSU?*«, fragte Robert. »Deren Uniformen habe ich doch bei *Roeder* gesehen?«

»Stimmt genau. Wir haben bei *ASSU* nur noch den Notdienst erreicht. Immerhin wusste der zu berichten, dass sich Patrick Schmitz am Tag des Brandes krankgemeldet hat, zufällig zur selben Zeit wie sein Kollege und alter Freund Sascha Heidfeld. Wir schreiben die beiden jetzt zur Fahndung aus.«

»Klingt nach einem Durchbruch. Hör mal, Micky kommt ohne euch nicht so recht weiter. Kannst du sie nicht irgendwie einbinden?«

Micky verdrehte die Augen. Patatis kindische Frage war ihr peinlich. Sie hätte ihm am liebsten das Handy entwunden und Robert für verrückt erklärt.

Aber der hielt ihr den hochgereckten Daumen entgegen und sagte mit unverhohlenem Triumph in der Stimme: »Prima. Sie erwartet dich dann.«

15

Katja holte Micky in einem unauffälligen Zivil-Fiat von ihrem Hotel in der Jülicher Straße ab. Micky hatte sich in ihrem Einzelzimmer erstaunlich wohlgefühlt, trotz ihrer Abneigung gegen den sterilen Komfort von Hotelketten, der in den Broschüren als Gastlichkeit verkauft wurde.

»Nett, dass du mich aus dem Treibsand befreist«, sagte Micky, nachdem sie eingestiegen war.

Die beiden Frauen waren sich bereits einige Male begegnet, zuletzt bei Robert zu Hause. Die Vertrautheit zwischen ihm und Katja hatte Micky beunruhigt. Zunächst hatte sie vermutet, dass sich eine unterschwellige Verliebtheit dahinter verbarg, aber schließlich erwiesen sich die Bande zwischen ihnen einfach als eine tiefe Freundschaft. Auf einem von Robert organisierten Weihnachtsessen hatten die beiden Frauen ihre Visitenkarten ausgetauscht und einander in Zukunft polizeiliche Unterstützung versprochen, und zwar ohne die üblichen bürokratischen Hürden. Katja hatte Wort gehalten, obwohl Micky ihr nicht böse gewesen wäre, wenn sie die mit Feuerzangenbowle getränkten Versprechen vergessen hätte.

»Das könnte ich auch so sagen«, meinte Katja. »Ich glaube nicht, dass der Raub unabhängig von allem anderen zu sehen ist. Aber der Brand wird vor Ort von den Kollegen in Aachen bearbeitet. Da ist die Kommunikation manchmal etwas mühsam. Mit dir im Boot kann ich jetzt viel schneller mögliche Zusammenhänge prüfen.«

»Prima, und wie sieht das Morgenprogramm aus?«, fragte Micky.

»Zuerst fahren wir zu Patrick Schmidt nach Hause. Mit seinen zarten dreiundzwanzig Jahren wohnt er noch bei seiner Mutter, Frau Irene Schmidt-Kiesberg. Ich habe ihr nichts weiter erzählt, als dass wir eine Hundemarke gefunden haben. Patrick ist übrigens nicht vorbestraft. Ansonsten hätte er die Stelle bei *ASSU* auch gar nicht bekommen. Dasselbe gilt für seinen Kumpel Sascha Heidfeld.«

»Wohnt der auch bei Mama?«

»Nein, in einem Mietshaus mit Einzimmerappartements vor allem für Studenten. Er ist etwas älter als Patrick, siebenundzwanzig, aber nicht unbedingt klüger. Bevor wir zu ihm fahren, werden wir von Ingrid Roeder erwartet, die exakt von zehn Uhr dreißig bis Punkt elf eine Lücke in ihrem vollen Terminkalender für uns reserviert hat. Zu guter Letzt reden wir mit Carsten Roeder. Und wir müssen auf einen Sprung beim Chef unserer beiden flüchtigen Wachleute vorbei.«

Micky spürte die vertraute Dynamik des Wir-werden-das-Kind-schon-schaukeln-egal-wie-Gefühls, diesen zusätzlichen Schwung, den ihr ein Briefing immer verlieh.

»Diese Jungs sind keine Berufskriminellen«, bemerkte Micky. »Die Verfolgungsjagd in Maastricht war absolut unprofessionell. Sie hätten auf der Autobahn Gas geben und sich mit Kusshand von Roberts antiker Karre verabschieden können. Die beiden sind einfach in Panik geraten. Und sie haben kein bisschen vorausgeplant. Auch nicht, als sie ihren Fluchtwagen im Albert-Kanal versenkt haben. Sie hatten nur Glück, dass der Kranführer nicht schon früher die Polizei alarmiert hat. Und warum haben sie sich so lange in dem Hotel in Lüttich aufgehalten? Ich an ihrer Stelle hätte rechtzeitig eine konspirative Wohnung organisiert. Nichts war gründlich vorbereitet.«

»Vielleicht hatten sie sich mit jemandem verabredet, der nicht erschienen ist«, erwiderte Katja grinsend. »Passiert mir auch gelegentlich.«

»Aber da wartet man doch nicht tagelang?«

»Hängt von dem ab, auf den man wartet«, entgegnete Katja. »Ich habe es bisher nicht mal zehn Minuten ausgehalten.«

»Sollten wir uns nicht auch die Wohnung von Sybille Wenger ansehen?«, schlug Micky vor.

»Das haben schon die Kollegen von der Brandermittlung erledigt«, antwortete Katja. »Aber es hat wenig gebracht. Und ihr Wagen ist bis jetzt unauffindbar. Ein weißes Golf-Cabriolet.«

»Welchen Status habe ich eigentlich?«, fragte Micky. »Bin ich deine Leibwächterin?«

»Alles egal, abgesehen von ›Chef‹. Was hältst du von freiberuflicher Sicherheitsberaterin? Eventuell international tätig. Aber in jedem Fall diskret. Also, falls die Frage auftauchen sollte: Nichts von dem, was du weißt, hast du von mir.«

Irene Schmidt-Kiesberg wohnte in Aachens nördlichem Stadtteil Haaren, einer Wohnsiedlung auf einem Hügel, die ihre ländliche Ausstrahlung hauptsächlich der Aussicht auf ein paar Weiden verdankte. Frau Schmidt-Kiesberg langweilte sich oder hatte jemanden erwartet, jedenfalls erschien sie trotz der frühen Stunde vollständig geschminkt und bis ins Detail perfekt gekleidet an der Tür.

Katja zeigte ihren Ausweis. »Oberkommissarin Katja Hellriegel vom Landeskriminalamt, Abteilung Kunstkriminalität.« Sie stellte Micky als Expertin vor, die wegen der internationalen Beziehungen bei den Ermittlungen zurate gezogen wurde.

»Ach, Sie bringen mir die Hundemarke zurück«, sagte Frau Schmidt-Kiesberg. »Oder muss ich etwas dafür bezahlen? Tja, wenn es Geld zu holen gibt, wird immer gleich eine ganze Delegation geschickt.«

Micky musste unwillkürlich lachen, was Frau Schmidt zu weiterer Wortklingelei ermunterte.

»Die Marke stammt von Patricks allererstem Hund, Bonnie. Patrick hat sie heiß und innig geliebt und nie vergessen. Seitdem hat er immer mit Hunden zu tun gehabt. Na ja, zumindest bis sein Vater starb. Dann mussten Patrick und ich umziehen und in einer Mietwohnung kann man schließlich keinen Hund halten. Das kann man so einem Tier nicht antun. Aber bei seiner Arbeit bildet er die Schutzhunde aus. Jeden Samstag ist er auf dem Hundesportplatz und trainiert Fährtensuche, Gehorsam und Geschicklichkeit …«

»Wir würden uns gerne kurz mit Ihnen unterhalten, dürfen wir reinkommen?«, unterbrach sie Katja. »Es ist dringend.«

Frau Schmidt hielt die Tür einladend auf. Im Wohnzimmer herrschte strikte Ordnung. Die Familienfotos auf dem Büfett standen in Reih und Glied, die Tischdecke fiel streng symmetrisch über die Tischkante und links und rechts neben dem großen Fenster hingen zwei ordentlich gefältelte und zusammengebundene Übergardinen, als sei das Leben draußen ein Theaterstück.

»Sie sind die Mutter von Patrick Schmidt?«, fragte Katja so ernst, dass Frau Schmidt mit beiden Händen nach den Revers ihres Boleros griff.

»Ist was mit Patrick?«

Katja antwortete mit einer Gegenfrage. »Wo ist er?«

»Ich weiß nicht, er hat diese Woche Nachtschicht. Dann schläft er meistens bei seinem Freund Sascha. Das ist praktischer für ihn. Patrick hat keinen Führerschein. Mit dem Bus bräuchte er bis zur Arbeit eine Stunde. Und man muss so einem jungen Mann doch auch seine Freiheit gönnen …«

»Haben Sie zwischendurch noch einmal etwas von Patrick gehört?«, fragte Katja.

Irene Schmidt zuckte mit den Achseln.

»Nein, wenn er bei der Arbeit ist, hat er meistens keine Zeit anzurufen …«

»Er hat sich nämlich vor fünf Tagen krankgemeldet«, erklärte Katja und sah sich im Wohnzimmer um.

»Das kann nicht sein!«, erwiderte Frau Schmidt bestimmt. »Wenn Patrick krank ist, kommt er sofort nach Hause.«

Wahrscheinlich ließen ihre mütterlichen Gefühle den Gedanken nicht zu, dass ihr Sohn sich an jemand anderen wandte, geschweige denn, dass er seine Probleme alleine löste.

»Er ist jedenfalls nicht zur Arbeit gekommen«, sagte Katja. »Und sein Freund Sascha auch nicht.«

Irene Schmidt schüttelte den Kopf.

»Sehr merkwürdig. Wo die Arbeit ihm doch so wichtig ist.« Sie zeigte auf ein Foto im Bücherschrank. Patrick und Sascha standen auf einem Podium und hielten mit ernstem Gesicht ein Dokument vor sich. Unter dem rechten Arm trug jeder eine Uniformmütze.

»Der rechte ist Patrick, da hat er gerade sein Werkspolizei-Diplom in Empfang genommen. Direkt im Anschluss hat er bei *ASSU* angefangen. Er ist immer noch stolz, wenn er seine Uniform anzieht. Seine Haare hat er inzwischen blond gefärbt.«

Ganz die Mutter, dachte Micky.

»Wir haben seine Halskette mit der Hundemarke in einem Hotel in Lüttich gefunden«, sagte Katja. »Können Sie sich vorstellen, was er da gemacht hat?«

»Nein. Lüttich? Was soll er da zu suchen haben?«

»Keine Ahnung«, meinte Katja. »Alles, was wir wissen, ist, dass er sich am Sonntagabend für seinen Dienst bei *Roeder West* abgemeldet hat. Sie haben gehört, was in jener Nacht dort geschehen ist?«

Frau Schmidt ließ endlich von ihrer Jacke ab. »Er hat doch nichts mit diesem Brand zu tun, über den die Zeitungen berichten, oder?«

»Davon gehen wir nicht aus. Aber wir vermuten schon, dass …«

»Gott sei Dank!«, unterbrach sie Frau Schmidt-Kiesberg aufatmend. »Es ist ja so schrecklich, was dort geschehen ist.«

»… dass er an einem Gemälderaub beteiligt war«, vollendete Katja ihren Satz. »Einen Tag später.«

Frau Schmidt erstarrte. In ihren Augen erschien eine Unsicherheit, die sich kurz darauf in Hilflosigkeit und Empörung verwandelte. Dasselbe hatte Micky schon öfter bei Eltern beobachtet, die von den Missetaten ihrer Sprösslinge erfuhren.

»Dürfen wir uns sein Zimmer ansehen?«, fragte Katja.

Frau Schmidt nickte und zeigte in den Flur. Ihre Hand zitterte. »Zweite Tür rechts«, sagte sie heiser.

»Und wieder ist ein Traum von guter Erziehung geplatzt«, murmelte Micky, während sie Patricks Zimmer betraten.

Auch darin herrschte die Ordnung einer Kaserne. Patricks Bett war tipptopp gemacht. Seine Lehrbücher standen kerzengerade auf einem Regalbrett darüber.

Immerhin musste er sich mit Mutti nicht mehr das Bad beim Zähneputzen teilen, dachte Micky, als sie in der Ecke ein Waschbecken entdeckte. Es glänzte wie ein Ausstellungsstück, das Handtuch hing exakt in zwei gleichen Hälften über der Stange. Aftershave, Geltube und ein Becher mit Zahnpasta und Zahnbürste standen vor dem Spiegel aufgereiht wie Zinnsoldaten.

Ein eingerahmtes Poster des ersten Menschen auf dem Mond schmückte eine grauweiße Wand. Darunter hing ein asiatisches Kampfschwert aus Hartholz.

Auch der Inhalt des einzigen Schranks war mit militärischer Präzision geordnet. Die Winteruniformen hingen in verschlossenen Plastikkleidersäcken neben den beiden Sommeruniformen.

»Seiner Mutter muss doch aufgefallen sein, dass er seine Uniform hat hängen lassen«, sagte Micky.

Katja brummte zustimmend und zeigte ihr die einzige Extravaganz auf Patricks Schreibtisch: das neueste Modell einer *Playstation.*

Die Wand dahinter war von einem großformatigen Bildschirm bedeckt. Micky nahm willkürlich ein paar Spiele von dem fächerförmig angeordneten Softwarestapel.

»*Test Drive Unlimited, The Ferrari Race Experience, Need for Speed*«, las sie vor. »Und das bei jemandem ohne Führerschein.«

»Kompensation«, meinte Katja. »Ist zufällig eine Drei-D-Einführung in das Werk von René Magritte dabei?«

Micky sah die Blu-Rays durch, während Katja sich hinkniete und unter dem Bett nachschaute. Nach einer Minute richtete sie sich auf.

»Nur Verfolgungsjagden und Rennen«, sagte Micky. »Hast du noch etwas entdeckt?«

»Sogar seine Pornohefte sind nach Themen gestapelt«, antwortete Katja. »Milfs zu Milfs, Gruppensex zu Gruppensex ... Sieht nicht nach dem Supergehirn aus, das einen Megaraub plant.«

Als Katja und Micky zurück ins Wohnzimmer kamen, stand Frau Schmidt in Gedanken versunken am Fenster. Katja kündigte an, dass sie jetzt aufbrächen, aber im Laufe des Vormittags ein Ermittlerteam käme, um Patricks Zimmer auf Spuren zu untersuchen.

»Er ist im Grunde ein guter Junge«, versicherte Frau Schmidt. »Vielleicht ein bisschen naiv. Aber sein Vater hat ihn verdorben. Er braucht Ordnung im Leben und man muss ihn an der kurzen Leine halten. Und diesem Sascha habe ich von Anfang an nicht getraut. Patrick hat ihm eine Menge Geld geliehen und ich glaube nicht, dass er viel davon zurückbekommen hat.«

»Wenn Sie etwas von Ihrem Sohn hören, müssen Sie uns sofort benachrichtigen«, legte Katja der Frau ans Herz. »Es ist zu seinem eigenen Besten. Darf ich dieses Foto von Patrick und Sascha mitnehmen?«

»Wann bekomme ich es wieder?«, fragte Frau Schmidt besorgt.

»Sobald ihr Sohn auftaucht«, versprach Katja. »Dann machen wir eine aktuelle Aufnahme von ihm.«

Dass er mit dazugehöriger Registernummer von einem

Polizeifotografen abgelichtet werden würde, verschwieg sie. Eine Mutter, die ihren Sohn nicht loslassen konnte, war genau so schlimm wie der umgekehrte Fall.

Im Treppenhaus sagte Micky: »Patrick meldet sich garantiert bei Mutti, sobald er keine sauberen Unterhosen mehr hat.«

»Wenn er es tut«, erwiderte Katja, »ist Frau Schmidt die Letzte, die ihn ausliefern würde.« Sie sah auf ihre Armbanduhr. »Uns bleibt noch eine gute Stunde bis zur Audienz bei Ingrid. Lass uns noch schnell beim Chef dieser Jungs vorbeischauen.«

Der *ASSU*-Chef stand vor der Tür seines Firmengebäudes und rauchte eine Zigarette, die er sofort wegwarf, als er Katja und Micky erblickte.

Er kam ihnen entgegen und begrüßte sie mit einer Höflichkeit, die an Untertänigkeit grenzte. »Jürgen Bayder«, stellte er sich vor. »Niederlassungsleiter von *ASSU*. Wir sind zutiefst schockiert von den Neuigkeiten über unsere Mitarbeiter. Kommen Sie, besprechen wir die Angelegenheit in meinem Büro.« Ohne eine Antwort abzuwarten, machte er auf dem Absatz kehrt.

»Dem schwant was«, flüsterte Katja, während Bayder sich beeilte, ihnen die gläserne Eingangstür aufzuhalten.

Jürgen Bayder erlebte seit einigen Tagen den schlimmsten Albtraum, der dem Chef eines Wachdienstes passieren konnte: ein Mitarbeiter, der sich am Eigentum des Kunden vergriff, den er bewachen sollte. Ja, er war sogar mit einem doppelten GAU konfrontiert: ein Wachmann, der beim selben Kunden im Marihuananebel einen Großbrand verpennt.

Wie man an Jürgen Bayders rot umränderten Augen erkannte, kosteten ihn diese Umstände schlaflose Nächte. Seine Hände zitterten, als er Katja und Micky eine Tasse Kaffee servierte.

»Das ist wirklich ein schwerer Schlag«, sagte er, während er auf seinen Bürostuhl sank. »Heino und Freddy, schwerstkriminell ... Wer hätte das gedacht?«

Micky sah Katja erstaunt an.

»Wir sind wegen Patrick Schmidt und Sascha Heidfeld hier«, sagte Katja.

Bayder entschuldigte sich mit einer Handbewegung. »Bei uns in der Firma laufen sie unter ›Heino und Freddy‹, weil sie den ganzen Tag WDR4 hören. Sie kennen alle Schlager auswendig, selbst wenn die dreimal so alt sind wie sie selbst. Bei jeder Gelegenheit geben sie sie zum Besten, das ganze Repertoire von Udo Jürgens bis Andrea Berg.« Er verzog sein Gesicht zu einem gequälten Grinsen. »Wenn es wahr ist, was man über sie erzählt, haben sie sich mächtig in Schwierigkeiten gebracht. Und unsere Firma im Übrigen auch. Ich hoffe, Sie denken daran. Ich meine gegenüber der Presse. Ansonsten sind unsere Mitarbeiter nämlich absolut vertrauenswürdig.«

Katja nahm einen Notizblock zur Hand. »Wer hat Ihnen denn etwas über sie erzählt?«

»Ehrlich gesagt, Heinos Mutter hat mich eben angerufen«, antwortete Bayder.

»Das erklärt vieles«, bestätigte Katja. »Fangen wir mit Sascha Heidfeld an. Was wissen Sie über ihn?«

»Freddy«, korrigierte Bayder. »Er arbeitet schon seit fünf Jahren für *ASSU*. Ein Junge mit erhöhtem Risikofaktor. Die Mutter hat ihn mit siebzehn bekommen. Der Vater war lange Zeit unbekannt, bis sich irgendein Weißrusse meldete. Er erhielt eine Aufenthaltserlaubnis und ließ sich danach nicht mehr blicken. Die Mutter hat sich totgefixt, totgesoffen oder beides. Der Vater ist in Minsk bei einem Autounfall ums Leben gekommen. Freddy war damals gerade sechzehn und glücklicherweise schon vorher von einer Art Pflegefamilie aufgenommen worden. Die Leute hatten sich seit seiner Geburt regelmäßig um ihn gekümmert. Er hätte schon viel früher auf die schiefe Bahn geraten können, aber bis zu dieser Woche hat er sich nichts zuschulden kommen lassen. Er hat seine Abschlüsse geschafft und hier bei *ASSU* angefangen. Mit Heino als zweitem Mann. Ach, der Heino, das ist auch so einer, den man ein bisschen mehr an die Hand nehmen muss. Ich habe, so gut ich konnte, das Meine dazu beigetragen.«

»Wie haben die beiden sich angefreundet?«, fragte Micky.

»Sie haben sich gut ergänzt. Heino suchte bei Freddy Halt und Freddy brauchte Heino, um den starken Mann herauszukehren.«

»Aber Sascha Heidfeld alias Freddy hatte Geldprobleme, oder?«, fragte Katja.

Bayder nickte, als hätte er diese Frage bereits erwartet. »Er hat angefangen zu spielen. Vor ungefähr einem Jahr. Erst hier in Aachen im *West Spiel Casino*, später in Valkenburg. Er wurde ein richtiger Großkotz, vor allem, wenn er gewonnen hatte. Dann gehörte ihm die ganze Welt und er dachte, er könnte sich alles erlauben. In Aachen ist er zu weit gegangen. Man hat ihn erwischt, wie er Chips seiner Mitspieler geklaut hat. Er hat sie genommen, kurz bevor die Kugel gefallen ist. Wenn die Spieler verloren, merkten sie nicht, dass ihr Einsatz bereits verschwunden war.« Bayder lächelte, als fände er den Trick im Grunde nicht schlecht, auch wenn er nicht an seine Durchführbarkeit glaubte. »Natürlich flog er auf, als Spieler gewannen und ihren Einsatz nicht mehr fanden. Ich konnte die Sache regeln, bevor jemand Anzeige erstattet hat. Aber er bekam lebenslanges Hausverbot.«

»Waren seine finanziellen Probleme damit gelöst?«

»Das letzte Mal hat er vergangenen Monat um Vorschuss gebeten.«

»Wahrscheinlich nicht zum ersten Mal?«, fragte Katja.

»Er steckte schlimmer in Schwierigkeiten, als er sich anmerken ließ. Tja, und dann plötzlich diese Verzweiflungstat und wir haben das Nachsehen.« Bayder seufzte schwer.

»Hat seine Arbeit unter seiner Spielsucht gelitten?«, fragte Katja.

»Nein, seltsamerweise überhaupt nicht«, antwortete Bayder. »Abgesehen davon, dass er sich ein paar Mal krankgemeldet hat. Dann war er für ein, zwei Tage unauffindbar. Aber er ist immer wieder aufgetaucht. Na ja, wir sind alle mal jung gewesen. Übrigens hat Carsten Roeder große Stücke auf ihn gehalten. Er hat mich persönlich gebeten, Freddy fest bei *Roeder West* einzusetzen. Das war praktisch, weil ihn dort seine Pflegeschwester ein bisschen im Auge behalten konnte. Das Labor ist zwar ein sensibles Objekt, aber wie ich schon sagte: Es gab nie Klagen über ihn.«

»Seine Pflegeschwester?«, fragte Katja. »Wer ist das?«

»Na ja, seine inoffizielle Pflegeschwester. Dr. Sybille Wenger. Die bei dem Brand umgekommen ist. Sie hat Freddy praktisch großgezogen. Ihr Tod muss ein schwerer Schlag für ihn gewesen sein. Deswegen habe ich es auch nicht an die große Glocke gehängt, als er nicht zur Arbeit kam. Ich dachte, er braucht ein bisschen Zeit, um den Verlust zu verarbeiten.«

»Und wenn Freddy nicht kam, dann …«, begann Micky.

»… ließ sich auch Heino nicht blicken, ja. Ich habe ihn seitdem nicht mehr gesehen.«

»Haben dieser Jens Hinrichs und Ingrid Roeder etwas miteinander?«, fragte Micky, während sie die Adresse in der Weststraße ins Navi eingab.

»Unvorstellbar.«

»›Also sehr gut möglich‹, sagt man auf der Polizeischule immer.«

Das Team von *Roeder West* hatte inzwischen in zwei Containern Quartier bezogen, die rechts und links neben dem Eingang des beschädigten Gebäudes aufgestellt worden waren. Anstelle des Schlagbaums, der noch immer wie ein abgebrochener Ast aus der Verankerung ragte, hielt jetzt ein

ASSU-Mitarbeiter Wache. Micky und Katja meldeten sich an und der Wachmann zeigte auf den rechten Container.

Ingrid Roeder saß an ihrem Schreibtisch, vertieft in eine Akte. Jens Hinrichs stand hinter ihr, und wenn hinter ihm in der Ecke keine Klimaanlage gerauscht hätte, hätte er seiner Chefin gewiss mit einem Riesenfächer Luft zugewedelt. Bei Mickys Anblick konnte Ingrid Roeder ihre Überraschung nicht verbergen. Sie setzte ihre Brille ab und lehnte sich in ihrem Stuhl zurück.

»Als unabhängige pyrotechnische Beraterin haben Sie die Grenzen Ihres Auftrags jetzt wohl erreicht«, sagte sie steif. »Oder haben Sie eine andere Laufbahn eingeschlagen?«

»Die Untersuchung von Frau Hellriegel kreuzt die meine«, erklärte Micky. »Warum sollten wir Sie also zwei Mal stören, wenn ein Mal ausreicht?«

Ingrid Roeder beließ es bei einem gleichgültigen Nicken, um anzudeuten, dass ihr Mickys Auftragsdefinition nicht erklärlich war. Jens Hinrichs folgte dem Geschehen stoisch. Der Bluterguss an seiner Schläfe hatte inzwischen erstaunliche Farben entwickelt.

Katja zog das Foto aus der Tasche und legte es Ingrid auf die Akte. »Dies sind Sascha Heidfeld und Patrick Schmidt«, sagte sie. »Auch als Freddy und Heino bekannt.«

Ingrid setzte die Brille wieder auf und sah sich das Foto eingehend an. »Ach, die singenden Wachleute«, sagte sie. »Ich höre sie abends gelegentlich. Was ist mit den beiden?«

»Wir sind auf der Suche nach ihnen«, erklärte Katja.

»Oh, ich habe sie in letzter Zeit auch nicht gesehen.«

»Sybille Wenger ist die Pflegeschwester von Sascha Heidfeld«, bemerkte Katja.

»Seine Pflegeschwester?« Ingrid Roeders Überraschung schien nicht gespielt zu sein.

»Sascha Heidfeld ist wie ein jüngerer Bruder in der Familie Wenger aufgewachsen. Sybille hat sich von klein auf um ihn gekümmert.«

Ingrid Roeder nahm sich Zeit, diese Information zu verarbeiten. Sie ließ den Stift zwischen ihren Fingern rotieren und schien ihre eigenen Schlüsse zu ziehen.

Jens Hinrichs räusperte sich und sprach Micky an: »Haben die beiden Wachleute vielleicht etwas mit dem Brand zu tun? Soweit ich mich erinnere, haben sie sich an dem Abend krankgemeldet.«

»Wir ziehen alle Möglichkeiten in Betracht«, antwortete Micky ausweichend, aber Katja setzte sich über ihre Vorsicht hinweg.

»Die Herren können uns auf jeden Fall etwas über den Raub an Ihrem *Magritte* erzählen«, sagte sie. »Sie sind geflüchtet, kurz bevor wir ihr Zimmer in einem Lütticher Hotel stürmten. Dort haben wir den *Magritte* gefunden.«

Sie gab Ingrid Zeit, um die Tragweite der Nachricht zu erfassen, aber die schoss nach vorn und fragte: »Und wo sind die beiden jetzt?«

»Es wird intensiv nach ihnen gefahndet. Wir vermuten, dass sie sich hier irgendwo in der Gegend versteckt halten. Sie haben keinen Ort, wo sie hinkönnen.«

Ingrid lehnte sich wieder in den Sessel zurück. »Und wo ist das Gemälde jetzt?«

»In einem Restaurierungsatelier in Maastricht. Aber kommen wir noch einmal auf Sascha Heidfeld zurück. Ihr Bruder hat ausdrücklich darum gebeten, ihn hier so oft wie möglich als Wachmann einzusetzen«, fuhr sie fort. »Er war also sozusagen Stammgast. Wussten Sie davon?«

Ingrid suchte kurz den Blick von Jens Hinrichs, der hinter ihr stand. Er schaute weg und wischte sich den Schweiß von der Stirn.

»Es wäre lächerlich, wenn ich mich als Niederlassungsleiterin persönlich um so etwas kümmern würde«, sagte sie. »Und es ist eine schlichtweg bizarre Vorstellung, dass sich mein Bruder als Vorstandsvorsitzender mit solchen Lappalien aufgehalten haben soll.«

»Warum hat Ihr Bruder Sascha Heidfeld hierhergeschickt?«, fragte Katja. »Haben Sie eine Idee?«

Ingrid drehte sich auf ihrem Bürostuhl zu Jens Hinrichs um und gab ihm mit einer gereizten Handbewegung zu verstehen, dass sie nichts zu antworten wusste. »Jens, wenn du mehr weißt, dann sag es!«, forderte sie ihn auf.

Micky versuchte zu erkennen, ob sie mehr als die Überraschung mit ihrem Stellvertreter teilte. Nachdem Hinrichs mit einem Achselzucken reagiert hatte, blieb es eine Weile still. Wieder tupfte er sich den Schweiß von der Stirn.

»Ist Ihnen zu warm?«, fragte Micky.

Hinrichs lächelte unbehaglich. »Nein, aber ich leide an Klaustrophobie. Dieser Container ist ein wenig eng.«

»Das Protokoll des Gemäldetransports liegt uns vor«, nahm Micky den Faden wieder auf. »Von dem Augenblick, in dem das Bild hier abgeholt wurde bis zu seinem Diebstahl. Aber wo hat es sich vorher befunden?«

»Hier«, sagte Ingrid und deutete auf das Gebäude nebenan. »Es hat die ganze Zeit in meinem Büro gehangen. Geschützt durch eine Alarmanlage mit Vibrationsdetektor.«

»Wem war bekannt, dass Sie das Bild versteigern lassen wollten?«, fragte Katja.

»Jeder hier wusste von dem geplanten Verkauf. Herr Patati hat es ja einige Tage vor der Auktion transportfertig gemacht«, antwortete Ingrid Roeder. »Und dann stand es noch einen Tag lang abholbereit im Auslieferungsraum, aber ebenfalls mit einem Bewegungsmelder gesichert.« Ihre Körpersprache zeigte an, dass sie nun die Gesprächsführung übernehmen wollte. »Hat Carsten irgendetwas mit dem Raub zu tun? Oder mit dem Brand?«

»Wir untersuchen alles, was uns auffällig erscheint«, antwortete Katja. »Dass er bestimmte Wachleute angefordert hat, kann einen banalen Grund haben.«

»Zum Beispiel?«, fragte Ingrid feindselig. »Sein Territorium ist *Roeder Ost*. Hier hat Carsten nichts verloren. *Roeder*

West ist meine Niederlassung.« Ihre Stimme wurde schneidender. »Was glauben Sie, warum wir hier in diesen Fertigcontainern hocken und nicht in der Hauptniederlassung?«

Micky beschloss, auf die Pingpongmethode überzugehen, um Ingrid Roeder von ihrem Groll abzulenken. »Hatte Sybille Wenger einen Partner?«

Ingrid hielt den Blick fest auf Katja geheftet, während sie Micky antwortete. »Nein, soweit ich weiß nicht. Sie lebte allein und kam auch allein zu den Betriebsfesten.«

»Wussten Sie, dass Sybille schwanger war?«, fuhr Micky fort.

Erst jetzt sah Ingrid Roeder sie an. »Mein Gott, schwanger?« Sie griff sich unwillkürlich mit beiden Händen an den Hals. »Hast du das gewusst, Jens?«

Micky hakte sofort nach. »Was hätte das für Sybilles Stellung in der Firma bedeutet?«

Ingrid zögerte so lange mit einer Antwort, bis Jens reagierte. »Nichts, solange es einen Vater gegeben hätte, der seinen Pflichten nachgekommen wäre.«

»Davon gehen wir nicht aus.«

Kopfschüttelnd griff Ingrid nach ihrer Brille, die an einer Kette um ihren Hals hing.

»Dann wäre es schwierig für sie geworden«, antwortete sie. »Wir haben zwar feste Arbeitszeiten, aber von den Mitarbeitern auf Abteilungsleiterebene wird ein hohes Maß an Flexibilität erwartet.«

»Haben Sie vielleicht eine Idee, wer der Vater gewesen ist?«, fragte Micky.

»So vertraulich waren wir dann doch nicht miteinander. Allerdings war kaum zu übersehen, dass Sybille ihr Privatleben nicht wirklich im Griff hatte. Wir hatten hier häufiger Montage, an denen sie dermaßen erschöpft schien, als hätte sie die Wochenenden durchgemacht. Sie hat auch mal durchblicken lassen, dass sie ein Faible für One-Night-Stands hatte. Na ja, jeder muss selbst wissen, wie er seine Freizeit verbringt, aber bei Sybille machten wir uns manchmal Sorgen, dass das nicht gut ausgehen wird.«

»Und doch ist es immer noch ein Mysterium für uns, dass eine Schwangere das Firmengebäude ihres Arbeitgebers in Brand setzt. Haben Sie keine Vermutung, warum sie das tat?«

»Bisher nicht. Aber vielleicht war es ja ein Schrei nach Aufmerksamkeit, eine Verzweiflungstat, deren Folgen sie dann nicht mehr unter Kontrolle bekam?«

»Eine andere Frage«, sagte Micky. »Bei der Auktion musste es der Höchstbietende mit jemandem aufnehmen, der das Gemälde mindestens ebenso gern haben wollte wie er. Haben Sie irgendeine Idee, wer das gewesen sein könnte?«

»Nein, die Telefonbieter bleiben anonym«, erwiderte Ingrid.

»Kennen Sie den Käufer, Herrn Jean Debriek?«, fuhr Micky fort.

»Ja, natürlich, allerdings nur entfernt. Er ist in derselben Branche wie wir tätig, und die ist überschaubar.« Dann zog sie plötzlich ihren Laptop zu sich heran und konzentrierte sich auf den Bildschirm. »Falls Sie noch weitere Fragen haben, müssen wir wirklich einen Termin vereinbaren«, sagte sie und gab mit einem Nicken zu verstehen, dass die Audienz beendet war.

Jens Hinrichs kam hinter dem Schreibtisch hervor und hielt Katja und Micky die Tür auf.

16

Während Micky und Katja das Gelände von *Roeder West* verließen, geriet Robert nach einem Vormittag voller schöner Überraschungen doch noch in einen Hinterhalt.

Als er am Morgen gegen neun Uhr das Atelier betreten hatte, war er schon von Anouk van Berg erwartet worden. Auf dem Weg in die *SRAL* hatte er sich geschworen, sich von seiner flämischen Gouvernante nicht provozieren zu lassen. Das Leben war schon anstrengend genug. Eine lockere, aber distanzierte Begrüßung, damit hatte er einsteigen wollen. Zu seinem Ärger war sie ihm aber missraten und wirkte einfach nur furchtbar steif und formell. Da waren sie wieder mal erfüllt, die Deutschen-Klischees.

Umso irritierter war Robert gewesen, dass ihm kein schneidender Diktatorinnengruß entgegenhallte, sondern ein fröhliches Hallo. Überhaupt verlief der ganze Vormittag so unglaublich harmonisch, dass Robert überlegte, ob Anouk vielleicht Teil eines eineiigen Zwillingspaars war, das seine Verwechslungsspäße mit der Welt trieb.

Sie wurden sich so schnell einig, wie sie bei der weiteren Restaurierung vorgehen würden, dass Robert heimlich seine eigenen Ansätze infrage stellte. Anouk fand sogar freundliche Worte für den Störleim, den er frisch angerührt hatte. Machte sie sich vielleicht heimlich über ihn lustig? Als sie schließlich kritisch die Randstücke musterte, dachte Robert sofort an seine Nackenschmerzen, mit denen er für diese Rettungsaktion hatte zahlen müssen. Im Voraus begann er, sich über all die kleinkarierten Mäkeleien zu ärgern, mit denen Anouk nun möglichweise auftrumpfen würde. Aber das Gegenteil war eingetreten und Anouk hatte ihm großen Respekt gezollt, weil er die Quellungen fast vollständig hatte rückgängig machen können. Robert wiederum hatte sich eingestehen müssen, dass er von Anouks Vorschlägen zur Verbindung der Randstücke mit dem Bildbereich sehr angetan war.

In ihm schwelte eine diffuse Unzufriedenheit darüber, dass sie seine negativen Erwartungen so schamlos enttäuschte. In einem letzten Aufbäumen begab er sich auf das Feld, das ihm beinahe so wichtig war wie die Kunst des Restaurierens und fragte Anouk, ob sie etwas gegen Musik bei der Arbeit hätte.

»Solange ich sie aussuchen darf«, antwortete sie.

»Solange Sie Ihre Auswahl aus meinem iPod treffen«, konterte er.

»Mal sehen«, sagte sie und ging zu seiner kleinen transportablen Anlage. Sie scrollte mindestens zweimal die Liste rauf und runter.

»Sagen Sie bloß, Sie finden nichts«, brummte Robert.

Da drückte sie schon die Starttaste und Paul Wellers Stimme setzte ein. Eine gute Wahl, das musste er zugeben.

»Zeig mir deine Musiksammlung und ich sage dir, wer du bist«, philosophierte Anouk, während sie zum Arbeitstisch zurückkehrte.

»Und?«

»Eine gehörige Abteilung Mainstream-Schrott.«

Mainstream-Schrott – wieso verwendete sie Wörter, die ihm gefielen, wo sie ihn doch beleidigen sollten, dachte Robert, während er mit unbewegter Miene die Pause durchstand, die Anouk nach ihrer Attacke eingelegt hatte.

»Und eine Menge guter Sachen. Vieles, das ich noch nicht kenne. Alles in allem: überraschend interessant.«

»Mainstream-Schrott kann ein perfekter Speicher für die sentimentalsten Momente des Lebens sein.«

»Oh, ein Merksatz. Ich stimme zu. Allerdings gibt es Grenzen.«

»Das stimmt. Und wann darf ich Ihre Musiksammlung kritisch untersuchen?«

»Magritte hat einmal gesagt, er fände es zu schwierig, mit Menschen auszukommen, die keine Musik mögen.«

»Ein Bruder im Geiste.«

»Unbedingt«, lachte Anouk van Berg.

»Haben Sie mal *Diva* gesehen? Den französischen Spielfilm?«, fragte Robert, der sich wider Willen von der Atmosphäre der Unterhaltung mitreißen ließ.

»Wollen Sie Magritte mit einem schnöseligen Jungpostboten vergleichen, der sich heillos in eine Opernsängerin verliebt?«

Robert konnte einen begeisterten Blick nicht unterdrücken. »Niemals. Meine Lieblingsfigur ist der unglaublich schlecht gelaunte Killer. Dieser Typ, der, wenn er überhaupt einmal spricht, nur Sätze sagt wie ›Ich kann Fahrstühle nicht ausstehen‹.«

Anouk lachte schallend. »Der mit dem altertümlichen Knopfohrhörer.«

»Genau. Alle wollen wissen, was der Misanthrop da hört. Und als er erschossen wird, fällt der Ohrhörer heraus und was ist zu hören? Wunderbarste urfranzösische Musette.«

»Sie meinen, es ist manchmal auch schwierig, mit Musikliebhabern auszukommen?«

»Es kann sogar tödlich enden. Weil wahre Musikliebhaber immer Romantiker sind.«

Während sie sorgsam mit einer Spritze kleine Störleimpunkte unter die gelösten Farbschollen brachte, die er mit einem Heizspachtel niederlegte, hatten sie die ganze Zeit über in einem Rhythmus von Konzentration und Entspannung miteinander geplaudert.

Dann geriet er in den Hinterhalt. Anouk zeigte plötzlich, gerade als sie zum Mittagessen gehen wollten, auf das Gemälde und fragte: »Was sehen Sie da?«

»Wo?«, fragte Robert und folgte ihrer ungefähren Handbewegung.

»Na, auf dem Bild!«

»Sie meinen einen Schaden?«

»Jetzt stellen Sie sich doch nicht so blöd an. Im Ganzen, was zeigt das Bild?« Anouks Stimme hatte jetzt wieder die inquisitorische Schärfe angenommen, mit der sie gestern seinen Schadensbericht kommentiert hatte.

Robert stürzte aus dem zwölften Stock seiner Hochstimmung. »Augen und Mund einer Frau, ein Perlendiadem, eine Grotte, eine Schelle, das Meer«, antwortete er lustlos.

»Mein Gott, sind Sie etwa einer dieser Restauratoren, die nur an der Oberfläche herumkratzen?«

»Solche Restauratoren kenne ich nicht.«

»Weichen Sie nicht aus. Was sagt Ihnen das Bild?«

»Ich mache das nicht«, Robert legte störrisch den Spachtel beiseite und stand von seinem Hocker auf.

»Was?«

»Magritte-Gemälde interpretieren. Das ist absurd. Man kann einen *Magritte* nicht ausdeuten. Das würde ihn ähnlich zerstören, wie diese bescheuerten Diebe es getan haben.«

»Wieso?«, auch diese Frage Anouks schoss wie eine Kugel auf Robert zu.

»Dass ich Ihnen das erklären muss«, Robert wurde jetzt ernsthaft böse. »Diese Bilder erzählen keine Geschichte. Sie erzählen Dutzende Geschichten. Simultan. Geschichten, die einander widersprechen und sich gegenseitig durchkreuzen, sogar auslöschen. Und nur aus dem Zusammenhang entsteht diese beängstigende Wahrhaftigkeit. Diese Bilder sind Mysterien der Wahrheit. Ich werde sie nicht plattmachen, bloß weil Sie mich dazu zwingen wollen.«

Anouk lehnte sich entspannt zurück. Die Arme hinter dem Kopf verschränkt, sah sie ihn zufrieden an. »Dann sollten wir uns jetzt endlich duzen«, sagte sie grinsend.

Robert blies die Luft aus wie ein gestrandeter Wal.

Nachdem sie im Supermarkt ein Picknick zusammengestellt hatten, suchten sie am Ufer der Maas einen schönen Platz und breiteten dort eine Decke aus. Anouk setzte eine Fünfzigerjahre-Sonnenbrille mit mandelförmigen grünen Gläsern auf, streckte die Beine aus und angelte, den Kopf gemütlich in die eine Hand gelegt, mit der anderen nach einem Stückchen Käse.

»Du sitzt da wie ein deutscher General«, grinste sie.

»Ich sitze hier wie jemand, der vor Kurzem beinahe von einem Zug zermalmt worden wäre«, antwortete Robert und gab, als sie ihn neugierig ansah, in kurzen Worten wieder, was ihm widerfahren war.

»O ja, höchste Zeit für meine Tropfen«, schloss er und zückte die *Tramadol*-Flasche.

»Gibt's auch als Tabletten und wirkt dauerhafter.«

»Die Tabletten nehme ich morgens und abends, die Tropfen zwischendurch helfen bei der Arbeit.«

»Ich wäre sparsam damit. Das Zeug macht süchtig«, warnte Anouk.

»Du kennst dich ja aus.«

»Ja«, sagte sie und setzte sich auf.

»Wie ist eigentlich Debriek auf dich gekommen?«, wechselte Robert das Thema.

»Er suchte einen Magritte-Spezialisten Und ich habe seit meiner Ausbildung am *SRAL* als Freelancer für das Magritte-Museum in Brüssel gearbeitet. Wir haben zwei Jahre vor der Eröffnung begonnen, alle Bilder zu begutachten, zu reinigen und Schäden auszubessern.«

»Beneidenswerter Job«, Robert ließ eine Traube zwischen seinen Zähnen platzen.

Anouk sah ihn prüfend an, Robert grübelte, ob er etwas Falsches gesagt hatte, aber dann zog sie die dünne Strickjacke aus, die sie auch die ganze Zeit im Atelier getragen hatte. Ihr Kleid hatte einen extravaganten Schnitt und ließ die Schultern frei. Aber noch ehe Robert fragen konnte, ob solche Kleidung beim Restaurieren praktisch war, blieb sein Blick auf ihren Unter- und Oberarmen haften, über die sich zahlreiche Narben grober Schnitte zogen. Anouk hatte sich früher geritzt.

»Haben deine Eltern dir nicht beigebracht, dass man Krüppel nicht anstarrt?«, fragte sie scharf und griff nach ihrer Jacke.

»Warte«, Robert fasste nach ihrer Hand. »Entschuldige. Es kam nur etwas überraschend. Du machst einen so starken Eindruck.«

»Ich bin stark. Glaubst du, man macht das, weil man schwach ist?«

»Keine Ahnung. Ich dachte.«

»Eh egal. Ist lange vorbei. Ich will zurück ins Atelier.«

Robert machte keine Anstalten aufzustehen. »Die Surrealisten hätten deinen Arm ziemlich spannend gefunden.«

»Was fällt dir ein?«, sie sah ihn verblüfft und zornig zugleich an. »Du weißt nichts von mir und sagst solche Sätze.«

»Du hast mich genau gecheckt, bevor du die Jacke ausgezogen hast. Weil du wusstest, du kannst mit mir darüber reden.«

»Quatsch! Ich dachte, du wärest sensibel genug, mich nicht darauf anzusprechen.«

»Ich bin sensibel genug, dich darauf anzusprechen, weil ich anerkenne, dass es ein Teil von dir ist.«

»Du bist ein blöder Spinner«, rief Anouk und warf sich auf ihn.

Robert fiel auf den Rücken und schrie vor Schmerz auf, aber Anouk schloss seinen Mund mit ihren Lippen. Er spürte erstaunt, wie tief ihre kleine Zunge vorzudringen verstand und sich bewegte, als wollte sie alles in ihm in Besitz nehmen, sich plötzlich aber wieder zurückzog, ehe Anouk in seine Lippen biss und er einen Tropfen Blut schmeckte. Das war kein Küssen, sondern Blitzkrieg.

Sie setzte sich hin, strich sittsam über ihr Kleid und griff nach ihrer Wasserflasche. »Können wir jetzt endlich gehen?«, fragte sie.

Sascha Heidfeld wohnte im Dachgeschoss eines Mietshauses in der Kapellenstraße am Rand des Ferberparks, nicht gerade im Zentrum, aber in der Nähe eines breit gefächerten Angebots von Restaurants und Kneipen.

Micky und Katja klingelten. Wie erwartet, öffnete niemand. Katja drückte auf einige andere Klingeln, woraufhin gleich mehrere jüngere Stimmen aus der Sprechanlage schepperten.

»Polizei, bitte aufmachen!«, sagte Katja.

Irgendwo klappte ein Fenster zu. Es dauerte Minuten, bis der Türöffner summte.

»Studenten. Die mussten noch blitzschnell die Reste ihrer Kifferparty beseitigen«, spekulierte Katja grinsend.

Sie stiegen zu Saschas Wohnung hinauf und klopften an die Tür. Eine unnatürliche Stille hatte sich auf das ganze Haus gelegt. Abgesehen von einem Rascheln und Krabbeln aus dem Inneren der Wohnung. Micky bückte sich und legte das Ohr gegen die Tür.

»Vielleicht ein Hamster oder so ...«

»Praktisch«, sagte Katja. »Dann brauchen wir die Tür nicht aufzubrechen.«

Sie bedeutete Micky zu warten und ging die Treppe hinunter. Bald darauf kehrte sie mit einem Schlüssel in der Hand zurück.

»Es gibt immer jemanden, der den kleinen Liebling versorgt, wenn Herrchen für eine Weile weg muss«, erklärte sie. »In dem Fall die Nachbarin ein Stockwerk tiefer. Sie dachte übrigens, Sascha sei schon wieder zu Hause, weil sie heute Morgen Geräusche in seiner Wohnung gehört hat.«

Der Hamster erwies sich als Ratte, die in der Tat munter umherflitzte und sich sofort unter einem Lehnstuhl versteckte, den jemand gegen die Wand geschmissen hatte. Auch der Tierkäfig war umgekippt und die Sägespäne lagen überall auf dem Teppichboden verstreut. Doch das Chaos in Saschas Wohnung verdankte sich nicht allein einem Mangel an Ordnungssinn. Die Schubladen einer Kommode waren herausgezogen und ausgekippt worden, die Matratze lehnte aufgeschlitzt an der Wand. Der einzige Blumentopf war von der Fensterbank in das Spülbecken umgezogen, der dazugehörige Kaktus lag todgeweiht in einem Schlammbad.

»Jemand ist uns zuvorgekommen«, stellte Micky fest.

Katja zuckte mit den Schultern. »Dann sehen wir nach, was eventuell fehlen könnte«, sagte sie.

Sascha Heidfeld lebte genauso spartanisch wie sein

Freund Patrick. Micky und Katja knöpften sich je eine Hälfte des Zimmers vor und hatten es nach einer Viertelstunde durchsucht.

»Irgendetwas Besonderes gefunden?«, fragte Katja.

Micky hielt ein Fotoalbum hoch und schlug die hinterste Seite auf. »Wieder unser Sascha«, sagte sie.

Es war ein Abzug des Fotos, das sie bei Patricks Mutter gesehen hatten.

»Hier gratuliert ihm ein älteres Ehepaar. Bestimmt seine Pflegeeltern.«

Micky blätterte rasch vor bis zur ersten Seite, auf der ein Foto von Sascha als Schulkind zu sehen war. Ein junges Mädchen, das die Pubertät bereits hinter sich gelassen hatte, hielt ihn an der Hand.

»Das muss Sybille sein ... Was hast du gefunden?«

Micky tippte auf einen Ordner mit Unterlagen. »Den bin ich mal schnell durchgegangen. Sascha scheint etwas mehr Lebenserfahrung zu haben als sein Freund Patrick. Aber nicht auf allen Gebieten. Ganz unten ist ein Brief des Aachener Kasinos. Darin wird ihm auf unbestimmte Zeit Hausverbot erteilt, ›wegen Unregelmäßigkeiten beim Roulettespiel‹ – Managementsprache für Spielbetrug. Ganz wie Bayder gesagt hat. Nach dem Aachener Reinfall hat er seine Aktivitäten nach Valkenburg an der Geulle verlagert. Dort ist er auch aufgefallen. Das Kasino hat ihn zu einer Besuchsbeschränkung überredet. Er hat aus freien Stücken versprochen, nicht öfter als acht Mal im Monat in einer Niederlassung von *Holland Casinos* zu spielen.«

»So regeln die das mit obsessiven Spielern«, bemerkte Micky. »Offenbar ist er süchtig.«

»Und ständig pleite«, sagte Katja. »Also, auch dieser Schlagersänger scheint mir nicht der Hellste zu sein. Was machen wir denn jetzt mit der Ratte?«

Micky stellte den Käfig auf und schippte mit dem Futternapf einen Teil der Sägespäne wieder hinein. Aus einem

Küchenschrank holte sie Futter und füllte den Napf auf. Daneben stellte sie eine Untertasse mit Wasser.

»Das Tierchen hat irgendwann mal lebenslänglich gekriegt«, sagte sie. »Unschuldig und ohne Prozess. Gönnen wir ihm einen Hafturlaub!«

Im Hinausgehen sagte Katja: »Eine Beschränkung auf acht Besuche pro Monat als Mittel gegen Spielsucht! Das ist, als nähme man einem Alkoholiker das Versprechen ab, sich nicht mehr als zwei Mal pro Woche bewusstlos zu saufen. Das riecht mir nach einer Variante eures Poldermodels, um es sich mit keinem zu verscherzen!«

»Holländischer Geschäftssinn, Katja! Sonst würden unsere Spielsüchtigen am Ende ihr Geld in deutsche Kasinos tragen.«

Carsten sitze in einer Besprechung und dürfe nicht gestört werden, verkündete sein Sekretär Michael Delgado, der sie in der Eingangshalle abfing.

Katja schüttelte energisch den Kopf. »Er muss sich Zeit für uns nehmen«, erwiderte sie.

»Worum geht es?«, fragte Delgado.

»Herr Roeder würde es mir sehr übel nehmen, wenn ich mit Ihnen darüber spräche«, antwortete Katja bestimmt und marschierte zum Aufzug. Micky folgte ihr, erstaunt über die brüske Art, in der ihre deutsche Kollegin ihren Willen durchsetzte.

»Melden Sie uns bitte an«, befahl Katja, bevor sich die Aufzugtüren schlossen.

»Hierarchiespielchen bringen einen in Deutschland leider weiter als Schmeicheleien«, erklärte sie.

Carsten Roeder steckte den Kopf aus seiner Bürotür heraus, als Micky und Katja aus dem Lift traten.

»Ich bin in einer Besprechung«, mahnte er, behielt demonstrativ die Klinke in der Hand und ließ die Tür nur einen Spalt offen stehen.

»In Ordnung«, sagte Katja. »Verschwenden wir also keine Zeit.« Sie zeigte ihm das Foto von Sascha und Patrick. »Kennen Sie diese Männer?«

Carsten warf einen kurzen Blick auf das Bild. »Nein, keine Ahnung, wer das sein soll.«

»Es sind Mitarbeiter von *ASSU*.«

»*ASSU* ist die Firma, die wir engagieren, um …«

»Wissen wir«, unterbrach ihn Katja. »Kennen Sie Jürgen Bayder?«

Carsten blickte nachdenklich den Flur hinunter. »Äh … Das ist doch der Leiter der *ASSU*-Niederlassung?«

»Haben Sie ihn gebeten, Sascha Heidfeld zur Bewachung von *Roeder West* einzusetzen?«

Carsten Roeder ließ die Türklinke los und betrachtete das Foto noch einmal. »Ach ja, natürlich kenne ich ihn, aber er sieht auf dem Foto viel jünger aus. Ja, ich habe ihn hier ein paar Mal bei seiner Runde gesehen. Er war fleißig, aber er wirkte ein bisschen unsicher und schien eine feste Struktur im Leben gebrauchen zu können. Darum habe ich Bayder irgendwann mal gefragt, ob er keinen festen Posten bekommen könne.«

»Hat Sybille Wenger Ihnen dazu geraten?«

Roeders erster Impuls war eine Fluchtreaktion, sofort gefolgt von dem Versuch, sie zu verbergen. Das war zu viel auf einmal für seine Prothese, weshalb sein linker Arm ziellos durch die Luft schwang.

»Sie war seine Pflegeschwester«, erklärte Katja.

Micky ließ ihm keine Chance, noch einmal Überraschung zu heucheln. »Hattest du ein Verhältnis mit Sybille?«

Carsten griff diesmal zielstrebig nach der Klinke und schloss die Tür in seinem Rücken. »Was soll diese Frage?«

»Du bist regelrecht zusammengebrochen, als du von ihrem Tod erfahren hast«, antwortete Micky. »Obwohl sie in einer Niederlassung gearbeitet hat, mit der du kaum etwas zu tun hast.«

Erneut starrte Carsten in den leeren Flur. Er ließ die Schultern hängen. »Wir haben eine Affäre gehabt«, gab er zu. »Ganz kurz, vielleicht einen Monat lang. Wir waren nicht füreinander bestimmt, darüber waren wir uns schnell einig.«

»War sie von dir schwanger?«

»Was, wenn ich Nein sage? Ihr Polizeischnüffler glaubt doch sowieso nur euren DNA-Tests. Aber den mache ich nicht freiwillig.«

»Wusste Ingrid von der Beziehung?«

»Keine Ahnung, ich habe ihr jedenfalls nichts erzählt.«

Micky wiederholte die Frage, die Katja gestellt hatte: »Wusstest du, dass Sascha Sybilles Pflegebruder war?«

»Ich glaube schon«, antwortete Carsten.

»Sie glauben schon ... Heidfeld und sein Freund Patrick Schmidt werden im Zusammenhang mit dem Gemälderaub gesucht«, erklärte Katja.

Wieder fasste Carsten nach der Klinke, aber er überlegte es sich anders.

»Wie sicher sind Sie sich?«, fragte er.

»Sicherer als bei einem DNA-Testergebnis«, sagte Micky.

»Von wem habt ihr ...«

»Berufsgeheimnis«, unterbrach ihn Katja.

Carsten wandte sich an Micky. »Ich erwarte heute einen Zwischenbericht von dir«, sagte er kühl. »Mit allen Ergebnissen und Quellenangaben. Vergiss nicht, dass ich dir einen Auftrag erteilt habe.«

Micky nickte. »Ich gebe mein Bestes«, antwortete sie und fügte beruhigend hinzu: »Die Untersuchung macht gute Fortschritte, du bekommst den Bericht, sobald ich das Ganze rund habe.«

Carsten zögerte kurz. »Gut, dann warte ich darauf. Und wenn ihr mich nun entschuldigen wollt ... Ich muss meinen Betrieb retten. Mach einen Termin mit Delgado aus, dann nehmen wir uns alle Zeit, um deine Erkenntnisse zu besprechen.«

Delgado erwartete sie vor dem Aufzug an derselben Stelle, an der sie ihn eben zurückgelassen hatten.

»Frau Spijker, haben Sie einen Moment Zeit?«, fragte er, fasste sie am Ellbogen und manövrierte sie zur Garderobe.

Micky gab Katja mit einem Wink zu verstehen, dass sie schon zum Auto gehen könne. Delgado senkte die Stimme, aber Micky spürte die Verlegenheit des Untergebenen, der den Zorn seines Chefs überbringen musste.

»Herr Roeder ist höchst unzufrieden mit Ihrer Vorgehensweise«, sagte er. »Er begreift Ihre Äußerungen als Verdächtigungen gegen ihn. Er sagte mir, er bezahle Sie nicht, um ihm Schwierigkeiten zu bereiten, sondern um sie ihm vom Hals zu schaffen.«

»Ich kann nichts dafür, dass die Brandstifterin und die Gemälderäuber sich gekannt haben«, entgegnete Micky. »Und auch nicht dafür, dass es Berührungspunkte zwischen ihnen und Carsten gibt. Wir gehen aber nicht davon aus, dass er etwas mit dem Brand und dem Raub zu tun hat … Jedenfalls wird er den größten Nutzen davon haben, wenn wir die Männer fassen.«

»Natürlich«, sagte Delgado freundlich. »Wir arbeiten hier derzeit unter extremer Anspannung, allein um den Kopf über Wasser zu halten. Alle sind furchtbar gestresst. Jeder Rückschlag ist jetzt einer zu viel.«

»Wollte er ein Date mit dir ausmachen?«, fragte Katja ein paar Minuten später im Auto.

»Damit hätte er ganz sicher mehr Erfolg gehabt«, erwiderte Micky. »Nein, er hat nur den Ärger seines Chefs übermittelt.«

»Sollen wir den Oberboss in Ruhe lassen?«

»Ja, hübsch zudecken und ein Schlaflied singen«, antwortete Micky. »Ist dir an Carsten eigentlich etwas aufgefallen?«

»Sybilles Schwangerschaft schien ihn nicht zu überraschen.«

»Er wusste davon«, bestätigte Micky.

»Gute Idee, der Bluff mit ihrer Affäre«, lobte Katja.

»Das war Psychologie«, sagte Micky.

Katja stieß ein kurzes Lachen aus. »Und was jetzt?«, fragte sie. »Wo treiben sich unsere Schlagerkriminellen bloß herum?«

»Das sind keine Kriminellen«, erwiderte Micky. »Das sind nur Amateure, die im Auftrag handelten. Patrick ist ein Muttersöhnchen und Sascha ein Stubenhocker, der sich seine Dosis Aufregung am Spieltisch holt. Seit einer Woche steht das Leben dieser Jungs komplett auf dem Kopf. Sie sind auf der Flucht, sie wissen, dass man ihnen auf der Spur ist, höchstwahrscheinlich sind sie verzweifelt. Sie stehen allein da und suchen Halt inmitten des Chaos. Sie wollen gerne mal wieder eine Nacht ruhig schlafen. Sie sind auch nicht die Typen, die einen Plan B bereitliegen haben, geschweige denn einen Plan C. Andererseits sind sie wiederum nicht so dumm, sich in Aachen blicken zu lassen. Sie halten sich irgendwo in der Nähe auf, an einem Ort, wo sie sich sicher fühlen oder der ihnen wenigstens vertraut ist.«

»Nur wo?«, fragte Katja.

Die Antwort erhielten sie eine Stunde später.

17

Als Micky und Katja im Auto den Ordner mit Saschas Unterlagen noch einmal durchgingen, entdeckten sie, dass einige Dokumente herausgerissen worden waren, von denen noch ein paar Fetzen an den Heftstreifen hingen.

»Wer das mitgenommen hat, ist sicher auch hinter den beiden her«, meinte Micky nachdenklich.

Während sie anhand der Reste zu rekonstruieren versuchten, um welche Dokumente es sich handelte, erhielt Katja einen Anruf von ihren Kollegen von der Spurensicherung, die die Wohnung von Sascha Heidfeld und das Zimmer von Patrick Schmidt durchsucht hatten. Sie meldeten einen kleinen Erfolg. In Saschas Computer hatten sie mehrere elektronische Rechnungen eines Reisebüros gefunden, aus denen hervorging, dass Sascha in den letzten zwei Jahren regelmäßig Bungalows oder feste Wohnwagen in diversen Ferienparks gemietet hatte. Auffällig war die Lage: Alle Parks befanden sich in einem Umkreis von fünf Kilometern rund um Valkenburg. Katja notierte die Adresse des Reisebüros.

»Passt genau ins Bild«, kommentierte Micky, die mitgehört hatte. »Da hat er sich während seiner Abstecher ins Spielkasino einquartiert. Sascha kennt sowohl die Gegend als auch Valkenburg selbst.«

»Lass uns Molendorp anrufen«, schlug Katja vor. »Vielleicht kann er über das Reisebüro ermitteln, ob Sascha und Patrick irgendwo dort abgestiegen sind.«

Katja griff nach dem Handy, stellte es wieder auf Freisprechen und klemmte es in eine Halterung am Cockpit.

Molendorp zeigte wenig Begeisterung. »Das zigste Ermittlungsziel«, seufzte er erschöpft. »Ich melde mich so bald wie möglich zurück.«

»Die Presse setzt ihn unter Druck«, vermutete Micky. »Ein spektakulärer Raub, eine wahnwitzige Verfolgungsjagd, daraufhin ein Zugunglück – und unser Henkie hinkt die ganze Zeit hinterher.«

Molendorp rief schon nach zehn Minuten zurück. »Ich habe das Reisebüro angerufen. Sascha Heidfeld ist tatsächlich ein treuer Kunde«, sagte er. »Aber augenblicklich hat er nichts gebucht.«

Micky fragte: »Hat er vielleicht direkt bei einem der Parks an der Tür gekratzt, um spontan unterzukommen?«

»Gut möglich. Und vielleicht konnte er es dann sogar ohne Rechnung regeln«, meinte Molendorp.

»Es ist und bleibt unsere geliebte Provinz Limburg«, spottete Micky. »Wie auch immer, wir sollten das recherchieren.«

»Mach das mal selbst klar«, erwiderte Molendorp. »Ich informiere unsere Euregio-Verbindungsleute beim EPICC.«

Schon auf dem Rückweg hatte Anouk deutlich zu verstehen gegeben, dass sie sich nicht unterhalten wollte. Im Atelier versuchte Robert noch eine Weile, aus ihrer Mimik zu ergründen, ob sie wütend war oder sich gar schämte oder was auch immer. Aber alles, was er sah, war ein unverbindliches Lächeln, das man jemandem schenkte, der einem in der U-Bahn den Vortritt beim Ausstieg ließ.

Hatte er sich diesen Kussüberfall vorhin womöglich nur eingebildet? Ausgeburt seiner schmerzmittelbefeuerten Fantasie? Er tastete nach seiner leicht geschwollenen Lippe. Nein, Anouk hatte ihn ganz und gar real gebissen.

Während sie arbeiteten, stand Anouk fast viertelstündlich auf, um eine neue Musik auszuwählen. Sie wechselte wild die Stilrichtungen, sprang von Pablo Casals Aufnahme der Bachschen *Cello-Suiten* zu den Revolutionsattacken von *Rage against the machine* und über einen Ausflug in die melancholiegesättigte Songwelt von *Element of Crime* zu schärfstem Free Jazz von John Coltrane, sodass Robert allmählich befürchtete, einen nervösen Tick davonzutragen. Anouk dagegen summte ab und zu leise mit und schien ihr inneres Gleichgewicht wiedergefunden zu haben.

Als sie schließlich leise lachend ein frühes Album der *Einstürzenden Neubauten* anklickte, fühlte sich Robert endgültig überfordert, obwohl es doch sein eigener iPod war, und kündigte kategorisch eine Kaffeepause an.

»Ich bin dabei«, antwortete Anouk fröhlich und drehte den Temperaturregler des Heizspachtels herunter.

Im Pausenraum reichte er ihr einen Becher mit Cappuccino. »Hat Debriek dir auch erzählt, dass seine Mutter Magritte für die *Scheherazade* Modell gestanden hat?«, fragte er.

»Wie bitte?«, sie lachte laut. »Für diese Augen und Lippen brauchte Magritte doch kein Modell. Das sind Bausteine aus seinem Bilderkosmos.«

»Du meinst, Debriek lügt?«

»Nicht unbedingt. Vielleicht erzählt er nur naiv eine

Familienlegende weiter. Die offizielle Geschichte, warum Mevrouw Debriek eine Zeit lang jeden Mittwoch aushäusig war.«

»Doch in Wahrheit überließ Mevrouw Debriek ihren Körper nicht dem künstlerischen Genius, sondern dem schneidigen Nachbarn?«

»Zum Beispiel.«

»Die Welt ist schlecht. Eine Neigung zur Doppelmoral hat sich jedenfalls in dieser Familie vererbt, das ist klar.«

»Ja?«, Anouk stützte sich ihm neugierig über den Tisch entgegen. Der Ausschnitt ihres Kleides öffnete sich wie eine Blüte und ließ Robert für ein paar endlose Sekunden jeden weiteren Gedanken zum Thema Moral vergessen.

»Na ja«, er räusperte sich und schaute in Richtung der Kaffeemaschine, um den Faden nicht endgültig zu verlieren. »Er hat mir erzählt, wie er zu verhindern versucht, dass man seine Roboter als bewaffnete Kampfmaschinen einsetzt. Er unterstützt den Aufbau einer internationalen Initiative, die sich für die Kontrolle dieser Roboter einsetzt.«

»Er erfindet die Dinger und gründet zu seiner Selbstberuhigung einen Verein, der seine Ziele aber frühestens in der nächsten Generation durchsetzen kann? Ein Fuchs, der Herr Debriek.«

»Offenbar einer mit Tollwut. Ich bin nach dem Gespräch einige Stunden lang tief ins World Wide Web eingetaucht. An der Oberfläche stößt man gleich auf die Webseite der Initiative mit seinen ehrenhaften und kompetenten Mitgliedern. Aber weit, weit unten in der Google-Liste fand ich Blogs, die mich zu einem Wikileaks-Nachfolger führten, der vor Kurzem interne Dokumente des Geheimdienstes der US Army veröffentlicht hat. Strategieplanungen zur Spaltung der Vereinigung und zur Initiierung von Forschungsprojekten, die beweisen sollen, dass die Kriegsrobotik die perfekte friedenssichernde Abschreckungstechnik ist. Und plötzlich tauchte da als Finanzier eine Tochterfirma von *Limbs* auf.«

»Jean Debriek ist ein waschechter Doppelagent? Allmählich gewinnt der Kerl an Attraktivität.« Anouk strich mit einem Finger, versonnen in die Ferne schauend, an einem ihrer schön geschwungenen Schlüsselbeine entlang.

»Agent? Wohl eher ein ganz mieser Lobbyist in eigener Sache. Wenn es nicht um dieses schöne Bild hier ginge, würde ich möglichst schnell möglichst großen Abstand zwischen ihn und mich bringen.«

»Er macht eigentlich einen ganz netten Eindruck.«

»Ja, ja, er ist bestimmt auch sehr freundlich zu kleinen Kindern und Hunden. Aber als Geschäftsmann versteht er keinen Spaß.«

»Darf man als Geschäftsmann ja wohl auch nicht, oder?«

»Und wie weit darf das gehen? Zwei Beiratsmitglieder der Stiftung sollen zurückgetreten sein. Ihre Namen sind auch tatsächlich von der Stiftungsseite verschwunden. Aber die beiden haben sich selbst auf Nachfrage öffentlich nicht dazu geäußert. Das riecht mächtig nach Angst.«

»Oder nach Geldgeschenken, Partyorgien, Vergnügungsreisen«, entwickelte Anouk begeistert ihren Agententhriller fort.

Um den Urlaubern vorzugaukeln, Valkenburg böte mehr als Essen und Trinken, war jeder Steinhaufen zu einer Ruine oder alten Burg erklärt worden, und jedes Loch in der Erde durfte sich als prähistorische Höhle, ehemalige Steinkohlenmine, Kapelle oder sonst etwas bezeichnen, für das man jedenfalls Eintritt bezahlen musste.

Als Micky und Katja durch die Innenstadt fuhren, drängten sich auf den Bürgersteigen singend und lallend Scharen von Jugendlichen von Außenterrasse zu Außenterrasse, was Micky zu der Bemerkung verleitete, dass Sascha und Patrick mit ihrem Schlagerrepertoire hier überhaupt nicht auffallen würden.

Das Reisebüro befand sich am Stadtrand, im hinteren Teil

eines Geschäfts für Karnevalsartikel. Der Besitzer stellte sich schläfrig als Roel Frottier vor und entpuppte sich als Prototyp des Limburger Genussmenschen. Seinem ausführlichen Gähnen entnahmen Micky und Katja, dass sie ihn aus seiner Siesta gerissen hatten. Er roch nach Alkohol und Zigarrenrauch und sah sie glasig an, als sie ihn fragten, ob er Sascha Heidfeld, eventuell zusammen mit Patrick Schmidt, gesehen habe.

»Heidfeld … ja, der Name kommt mir bekannt vor, er hat gelegentlich bei uns gebucht. Weshalb suchen Sie ihn denn?«, fragte er.

»Das hat Ihnen Commissaris Molendorp doch erklärt«, sagte Micky. »Gemälderaub, ein Zugunglück … na, klingelt's?«

»Ach, Sie meinen Henk vom Elferrat? Ja, den hatte ich gerade noch am Telefon. Ist es denn dringend, Mevrouw?«

»Ja«, antwortete Micky. »Wo hat Sascha Heidfeld normalerweise gewohnt?«

»Er war nicht sehr anspruchsvoll«, antwortete Frottier, dem allmählich dämmerte, dass er eine kleine Rolle bei internationalen Kriminalermittlungen spielen durfte. Er bemühte sich redlich, professionell zu wirken. »Ob Bungalow oder fester Wohnwagen war ihm egal, einmal hat er sogar in einem Hauszelt gewohnt. Er hat mich oft freitags angerufen und dann habe ich nachgesehen, wo noch etwas frei war und nicht viel kostete.«

»Ich meine, in welchem Ferienpark er wohnte«, erklärte Micky.

»Unterschiedlich«, antwortete Frottier und zählte an den Fingern ab: »Einmal hat er in *De Sjeune* gewohnt, ein andermal in *De Wel*, dann wieder in *De Sjapperal* oder *De Valk*, ach, und ich habe ihn auch manchmal nach *De Gulper* geschickt.«

»Mehr nicht?«, fragte Katja.

»Na ja, Mevrouw, fünf Campingplätze in der Umgebung, finden Sie das zu wenig?«

»Kann man da auch ohne Reservierung am Empfang nachfragen, ob etwas frei ist?«, fragte Micky.

»Natürlich, wir Limburger legen großen Wert auf Gastfreundschaft.«

»Geben Sie mir die Adressen?«, bat Micky.

Frottier winkte sie nach hinten durch, schob ein Gestell mit Horrorcapes und Mönchskutten beiseite und öffnete eine Schublade in der dahinterstehenden Kommode.

»Heidfeld …«, murmelte er.

Mit schwungvoller Geste zog er eine Mappe aus einem Hängeregister heraus und überreichte sie Micky. »Hier, bitte, Mevrouw, alle Reservierungen und Rechnungen von Meneer Heidfeld. Sollten Sie noch weitere Informationen benötigen, hier ist meine Karte.«

Er fügte eine Verbeugung hinzu.

Im Auto sahen sich Micky und Katja die Reservierungen an.

»Das bedeutet eine Tour de Valkenburg«, stellte Micky fest. »Lass uns mit *De Sjeune* anfangen.« Ferienparks waren ihr ein Graus. Sie hatte mehrmals Familienwochenenden in einem solchen Park verbracht und die Regeln, aber vor allem die Langeweile hatten mehr existenzielle Fragen in ihr aufgeworfen, als sie verkraften konnte.

»Überlass das Reden mir«, sagte sie, als Katja in die Einfahrt einbog.

Sie meldeten sich bei der Rezeptionistin, beobachtet von einem Dutzend Urlaubern, die sich in der Nähe des Schlagbaums aufhielten, als warteten sie dort auf ihre tägliche Ration Kontakt zur Außenwelt.

»Spijker«, sagte Micky und zeigte ihren ungültigen Polizeiausweis. »Und das ist Kollegin Hellriegel vom Landeskriminalamt Nordrhein-Westfalen.«

Letzteres sagte sie so laut, dass die Frau an der Rezeption beunruhigte Blicke zu den Touristen hinüberwarf, die sich in Hörweite befanden.

»Wir sind auf der Suche nach diesen beiden Männern«, erklärte Micky. »Sascha Heidfeld und Patrick Schmidt. Heidfeld hat hier«, sie blätterte die Unterlagen durch, »im Juni und noch vor Kurzem im Juli einen Wohnwagen gemietet. Halten sich die beiden zurzeit auf dem Gelände auf?«

Die Frau betrachtete die Fotos und schüttelte den Kopf.

»Kenn ich nicht«, sagte sie.

»Könnten Sie vielleicht nachsehen, ob sie hier wohnen?«

Die Frau schüttelte weiterhin den Kopf und sagte: »Ich kann hier jetzt nicht weg. Sie müssen auf den Manager warten.«

Micky zeigte auf den Bildschirm, der vor ihr stand. »Ihre Gäste checken hier ein und aus, dann müssen Sie doch im Registrierungssystem sehen können, ob sich die beiden angemeldet haben?«

»Und wenn sie hier sind?«, fragte die Frau. »Was passiert dann?«

»Nichts Besonderes«, antwortete Katja. »Dann gehen wir eine Tasse Kaffee mit ihnen trinken.«

Ihre Antwort schien die Frau zu beruhigen. Sie gab die Namen ein und drückte Enter.

»Nein«, sagte sie erleichtert, als das Ausgabefeld leer blieb. »Weder Heidfeld noch Schmidt. Ich kann Ihnen nicht helfen.«

Micky gab ihr ihre Karte. »Rufen Sie mich an, sobald sie auftauchen«, bat sie und fügte lauter als nötig hinzu: »Sie tragen Schusswaffen und sind gefährlich!«

Die Empfangsdame lächelte den Kindern und Erwachsenen unter dem Vordach zu, die neugierig zusahen und aus einem kurzen Geplänkel genügend Gesprächsstoff bezogen, um die erste Woche zu überstehen. Micky und Katja drehten sich um.

»Und wenn Sie Ihren Wagen in Zukunft bitte auf dem Besucherparkplatz abstellen würden«, giftete die Empfangsdame plötzlich.

»Wir kommen nur wieder, wenn wir die beiden Herren einkassieren können«, schnarrte Micky. »Und dann parken wir, wo es uns gefällt, weil wir Ihren Platz dann nämlich komplett evakuieren werden.«

»Wir sehen nicht aus wie Touristen«, seufzte Micky. »Wir verhalten uns, als hätte unser Leben ein Ziel.«

»Lass uns den nächsten Patienten lieber gleich zu Tode erschrecken«, schlug Katja vor. »Dann geht's wenigstens schneller.«

Sie fuhren nach *De Wel*, wo sie ebenfalls nichts erreichten. Auch in den elektronischen Gästebüchern von *De Sjapperal* und *De Valk* war Heidfeld zwar registriert, aber nur aufgrund früherer Buchungen.

»Letzte Chance, *De Gulper*«, sagte Micky. »Von da aus fahren wir wieder zurück nach Aachen. Dann sind wir rechtzeitig zum Kaffeetrinken zurück.«

Der Erholungspark *De Gulper* war am weitesten von Valkenburg entfernt und lag auf einem Hügel. Der Hauptzugang erfolgte über ein Holzhaus, in dem sich ein Supermarkt befand. Micky stellte ihren Wagen vor dem Schlagbaum ab. Ein sonnengebräunter, schlanker Mann bedeutete ihr, dass sie durchfahren solle, aber Katja stieg aus und Micky folgte ihr.

»Polizei«, sagte sie. Die beiden Frauen zeigten ihre Ausweise.

Am Empfang legte Micky zu den Ausweisen auch die Fotos auf den Tresen. »Diese beiden Männer … kennen Sie sie und halten sie sich hier momentan auf?«

Der Mann sah sich nicht die Fotos, sondern Mickys und Katjas Ausweise an.

»Junge, Junge, Besuch aus Arnheim und Düsseldorf«, bemerkte er. »Da muss ganz ordentlich was faul sein, stimmt's?« Er blickte hinter sich in den Büroraum, in dem eine Frau auf einer Tastatur klapperte.

»Sjannie, schau doch bitte mal nach, ob Heidfeld und Schmidt registriert sind.«

Die Frau fragte, ohne aufzublicken: »Kannst du mir das buchstabieren, Mart?«

Der Mann kniff die Augen zusammen und buchstabierte die beiden Namen im NATO-Alphabet. »Hotel. Echo. India …«

»Heidfeld mit d oder t?«, unterbrach ihn Sjannie ungeduldig.

»Delta«, sagte der Mann. »Und Schmidt mit Delta Tango.«

»Heidfeld ist im Mai hier gewesen«, präsentierte die Frau ihr Suchergebnis. »Und dann noch mal im August. Er hat zwei Mal in der Wochenmitte gebucht.«

»Ganz sicher?«, fragte der Mann. »Du weißt ja, immer alles doppelt überprüfen.«

»Hundertprozentig sicher, Mart«, antwortete die Frau. Sie zündete sich eine Zigarette an und der Mann beugte sich über die Fotos.

»Aber Sie sind sich nicht sicher?«, fragte Micky.

»In der Hochsaison haben wir über fünfhundert Gäste«, antwortete er. »Man merkt sich nicht jedes Gesicht, aber ich meine, diese beiden noch vor Kurzem gesehen zu haben.«

»Er war früher bei der Polizei«, bemerkte die Frau. »Davon hat er einen Tick zurückbehalten.«

Der Mann überhörte die Stichelei und blickte an Micky und Katja vorbei ins Tal. Er gab ihnen die Fotos zurück und schlug vor, eine Runde über das Gelände zu drehen.

Micky hoffte, dass er nicht einer von den Expolizisten war, die die Gelegenheit nutzten, einer Exkollegin tolle alte Geschichten aufzutischen.

Die Frau starrte auf den Bildschirm. Die Asche ihrer Zigarette fiel auf die Tastatur, aber sie schien es nicht zu bemerken. Im Gegensatz zu Micky.

»Okay, aber dann wollen wir auch gleich alle Bungalows und Zelte bis in den letzten Winkel durchsuchen«, verkündete sie provozierend.

Der Mann griff nach seinem Schlüsselbund.

»Kommen Sie auch mit?«, fragte Micky die Frau.

Sjannie legte die Hände auf den Schreibtisch, ohne den Blick vom Monitor abzuwenden. »Schon gut«, sagte sie. »Sie wohnen in der Wanderhütte bei Sanitäreinheit fünf.«

Ihr Mann warf ihr einen vernichtenden Blick zu.

Sie stand auf, trat an die Übersichtskarte an der Wand und zeigte auf eine Stelle ganz unten. »Hier«, sagte sie. »Ihr Auto steht hinter dem Müllcontainer.«

Auf das empörte Schweigen ihres Gatten Mart, der verzweifelt die Hände hob, antwortete sie trotzig: »Sie haben bar bezahlt und ich wollte auch mal ein bisschen Geld für mich haben.«

Micky hob die Hand, um einem Wutanfall des Mannes vorzubeugen, und fragte: »Haben sich vor uns schon andere nach dem Aufenthaltsort der Burschen erkundigt?«

Sjannies Finger schien auf die Karte festgeklebt zu sein. »Keine Ahnung«, sagte sie.

Jetzt war es mit Marts Geduld vorbei. Er marschierte zu seiner Frau, packte sie an den Schultern und drehte sie mit einem Ruck um.

»He, ganz ruhig!«, warnte Micky.

»Ich kenne sie schon ein bisschen länger«, erwiderte Mart, den Kopf zu Micky gedreht. »Die lügt doch wie gedruckt!«

Mit einer Hand griff er so grob in das Dekolleté seiner Frau, dass ein Knopf ihres Sommerkleids über den Empfangstresen flog.

Micky machte ein paar schnelle Schritte auf Mart zu. »Mit Gewalt kommen Sie nicht weiter!«

Als Mart die Hand wieder herauszog, hielt er zwei Fünfzigeuroscheine darin und wedelte Micky damit vor dem Gesicht herum. Sjannie zog mit einem Ruck ihr Kleid wieder zurecht.

»Wer?«, fragte Mart.

Sjannie schwieg zunächst und zuckte zusammen, als Mart die Geldscheine auf den Tresen knallte.

»Sag schon!«, herrschte er sie an.

Micky gab Katja mit einer Kopfbewegung zu verstehen, dass die beiden Kampfhähne getrennt werden mussten, und sagte: »Katja, würdest du mit Meneer zusammen die Lage erkunden?«

Katja winkte Mart zu sich, der seiner Frau noch einen wütenden Blick zuwarf, bevor er ihr nach draußen folgte.

Jetzt erzählen Sie mal, wollte Micky sagen, sobald Mart und Katja außer Hörweite waren, aber Sjannie legte bereits los.

»Es waren zwei Männer«, gestand sie. »Alter circa dreißig, Größe ungefähr einen Meter achtzig. Einer von ihnen hatte lockige, kurz geschnittene Haare. Südländischer Typ, sprach aber akzentfrei Niederländisch. Der andere hatte dunkelblonde, lockige Haare, Nordeuropäer. Beide trugen Jeans, Sportschuhe und Bomberjacken. Sie fuhren einen blaugrauen Renault. Kennzeichen unbekannt.« Die vielen Ehejahre mit Polizeijargon am Esstisch waren nicht spurlos an ihr vorübergegangen.

»Haben sie sofort nach Schmidt und Heidfeld gefragt?«

»Ja, es sind ihre Freunde, zumindest behaupteten sie das, als sie hier johlend reinkamen.«

»Seit wann bezahlen Freunde hundert Euro, um sich wiederzusehen?«

Sjannie senkte den Kopf. »Sie sagten, sie kämen von einem Detektivbüro.«

»Und da haben Sie ihnen gesagt, wo sie die beiden finden würden?«

»Ich habe ihnen einen Prospekt gegeben, da ist ein Lageplan drauf.«

»Wann war das?«

»Mart saß gerade beim Tee, es muss also so gegen vier gewesen sein.«

»Wo sind sie jetzt?«

»Keine Ahnung.«

»Sie haben sie nicht mehr gesehen?«

Sjannie schaute Micky ins Gesicht. »Sie waren in der Nähe des hinteren Tores …« Sie zeigte auf ein winziges Display unter dem Tresen. »Die Überwachungskamera hat sie dort vor ungefähr einer halben Stunde erfasst.«

18

»Die gute Frau hat hinter dem Rücken ihres Mannes in die eigene Tasche gewirtschaftet«, stellte Katja fest.

»Eine alte Tradition der Geldbeschaffung aus den Zeiten prunkvollen katholischen Lebens«, antwortete Micky. »Deswegen macht die Steuerfahndung in Limburg immer reiche Beute.«

»Dann bleibt ihr jetzt nichts anderes übrig, als den heiligen Ambrosius anzurufen.«

»Wer ist das?«

»Der Schutzpatron der Hausfrauen.«

»Woher weißt du so etwas?«

»Weil Ambrosius auch der Schutzpatron der Polizisten ist.«

»Multitasking im Himmel?«

»Gott selbst hat es erfunden. Während der Schöpfung.«

Micky und Katja unterhielten sich flüsternd. Sie standen in nebeneinanderliegenden Toilettenkabinen auf den Klobrillen und spähten durch die Oberlichter zum Bungalow auf der anderen Seite des geteerten Weges hinüber. Das Häuschen vom Typ ›Wanderhütte‹ war die einfachste Unterkunft im *Vakantiepark De Gulper* und Betreiber Mart hatte erzählt, dass es nur kaltes Wasser gab. Die Einrichtung bestand aus einem Etagenbett, einem Tisch mit vier Stühlen, einem Kühlschrank und einem Gasherd. Ein richtiges Bad gab es nicht, nur eine Toilette. Sjannie hatte die beiden jungen Männer vor zwei Tagen dort untergebracht, am späten Nachmittag, also wahrscheinlich kurz nach ihrer Flucht aus dem Hotel in Lüttich. Gleich nach der Ankunft hatten sie die Übergardinen vorgezogen und nur Sascha hatte sich seitdem noch einmal blicken lassen, um im Supermarkt des Campingplatzes einzukaufen – Proviant für eine ganze Woche.

Katja hatte sofort Molendorp angerufen und Kennzeichen und Beschreibung des Autos hinter dem Müllcontainer durchgegeben. Über EPICC erhielt Molendorp unverzüglich das Ergebnis: Der Wagen war tatsächlich auf Sascha Heidfeld angemeldet. Molendorp reichte das, um ein Verhaftungskommando anzufordern.

»Es wird leider eine Stunde dauern oder etwas mehr«, erklärte er. »Wir arbeiten hier mit einem überregionalen Team. Einige Mitglieder müssen erst aus Brabant kommen.« Er fügte hinzu, dass die Zielpersonen auf keinen Fall alarmiert werden dürften. »Nicht auf eigene Faust reingehen!«, befahl er. »Überlasst das der Spezialeinheit. Die überprüft vorher mit Infrarot, wer sich alles in der Hütte aufhält.«

»Da sind welche hinter ihnen her!«, protestierte Katja. »Wahrscheinlich sind die Typen sogar schon drin!«

»Ein Grund mehr, draußen zu bleiben«, entgegnete Molendorp.

»Molendorp hat kein Wort gesagt, dass wir sie nicht observieren dürfen«, hatte Katja nach dem Telefonat gesagt.

»Dann gehen wir undercover.«

Parkbetreiber Mart war nicht umsonst bei der Polizei gewesen. Sofort besorgte er zwei gelb-grün gestreifte Overalls, gelbe Gummihandschuhe und Mützen mit Parklogo aus dem Lager. Dazu gab er Micky und Katja noch ein Paar Stiefel und dann zogen sie als Reinigungstrupp los. Bewaffnet mit Eimern und Abziehern waren sie zur Sanitäreinheit Nummer fünf gepilgert und hatten in den Damentoiletten Position bezogen. Die Zwischenwände waren nicht bis zur Decke hochgezogen, sodass sie einander darüber hinweg sehen konnten.

Das hintere Tor des Ferienkomplexes, das zwanzig Meter weiter hinter einem Waldsaum lag, war ein Problem. Viele Gäste benutzten es, um ihre vierbeinigen Freunde auf der dahintergelegenen Hundewiese herumtollen zu lassen. Mickys Vorschlag, diesen potenziellen Fluchtweg zu blockieren, wurde rasch verworfen.

»Dann sammeln sich die Hundebesitzer vor dem Tor«, warnte Mart, »und es gibt Krach, weil die Hunde aufeinander losgehen. Das würde die Leute in der Hütte sicher beunruhigen, und wenn sie dann feststellen, dass das Tor ohne ersichtlichen Grund abgesperrt ist, wissen sie Bescheid.«

Micky und Katja kamen sich vor wie bei einer Hundeshow, vor allem nach der Abendessenszeit. Manchmal blieben die Hundebesitzer vor der Wanderhütte stehen und ließen ihren Hunden schon mal ein paar Meter Leine als Vorgeschmack auf die große Freiheit hinter dem Tor. Einmal schnüffelte und kratzte ein Hund am Türrahmen der Hütte, doch niemand öffnete.

»Wer könnten die Auftraggeber von Sascha und Patrick sein?«, fragte Micky, nachdem sie eine junge Frau mit zwei Zwergschnauzern hatten vorbeigehen sehen. »Carsten, weil er nach dem Brand in finanziellen Schwierigkeiten steckte? Sybille, weil sie schwanger war und nicht wusste, wie es weitergehen sollte? Debriek, weil er den Kauf bereute und lieber sein Geld wiederhaben wollte? Oder der anonyme Bieter, der den Preis in die Höhe getrieben hat?«

»Wer immer es war, er muss einen Tippgeber gehabt haben. Hey, schau mal, da kommt Leben in die Bude!«

Das Licht der sinkenden Sonne fiel jetzt genau in die Fenster auf der Rückseite der Hütte und warf Schatten von allen, die im Inneren durch die Sonnenstrahlen liefen, auf die Gardinen an der Vorderseite.

»Ha, ein natürlicher Scanner«, meinte Micky. Sie kniff die Augen zusammen.

»Ich zähle drei Personen«, sagte Katja schließlich.

»Sie haben also Besuch.«

»Die zappeln so«, sagte Micky. »Was machen die da in Gottesnamen? Sieht aus, als würden sie tanzen.«

Die Schatten bewegten sich wild hin und her. Katja öffnete ihr Fenster. »Ich höre nichts«, sagte sie.

Die Gestalten setzten oder legten sich hin, jedenfalls verschwanden sie aus dem Bild. Zehn Minuten lang starrten Micky und Katja auf die fest geschlossenen Gardinen.

»Vor ein paar Jahren haben in Pernis zwei Kollegen vor der Tür auf Verstärkung gewartet, während drinnen jemand ermordet wurde«, erzählte Micky. »Sie haben alles mit angehört, aber nichts unternommen.«

Neben ihnen wurde eine Toilettentür geöffnet. Micky und Katja duckten sich. Sie hörten das Rascheln von Kleidung, gefolgt von Plätschern. Sie warteten, bis abgezogen worden war und die Tür wieder zuklappte.

Auf der gegenüberliegenden Seite hatte sich die Situation inzwischen verändert. Vor dem dramatischen Licht der untergehenden Sonne zeichneten sich jetzt zwei Silhouetten mit gesenkten Köpfen ab, als betrachteten sie etwas auf dem Fußboden. Eine dritte Silhouette tauchte kurz auf und dann wieder ab.

»Ich geh da jetzt klingeln«, sagte Micky. »Die Sache wird mir zu heiß.«

»Okay«, antwortete Katja flüsternd. »Ich gebe dir Deckung.« Sie zog ihre Dienstpistole aus dem Holster und legte die Hand auf die schmale Fensterbank.

Micky sprang lautlos von der Klobrille hinunter und nahm den Eimer. Sie öffnete die Toilettentür und ging ruhig nach draußen. Aus den Augenwinkeln heraus sah sie von links ein älteres Ehepaar mit einem Schoßhündchen kommen. Vor der Tür der Wanderhütte stellte sie ihre Reinigungsutensilien ab und grüßte das Paar, ehe sie auf den Klingelknopf drückte. Keine Reaktion. Sie klopfte. Wieder nichts. Sie warf einen warnenden Blick über die Schulter zum Toilettengebäude, doch im Schatten des überhängenden Daches war Katjas Gesicht kaum zu erkennen. Micky klopfte nochmals an, diesmal lauter.

»Abflussreinigung!«, rief sie laut. Sie legte ein Ohr an die Tür. Dann schlug sie mit der Faust dagegen und in diesem Moment wurde die Tür von innen aufgestoßen.

Micky wich zurück, konnte aber nicht verhindern, dass die Person, die hinauswankte, gegen sie taumelte und an ihr Halt suchte. Es war Patrick. Sie erkannte ihn an seinen blondierten Haaren.

Als Patrick röchelnd von ihr abrutschte, war ihr Overall blutverschmiert. Sie packte den Jungen unter den Achseln und ließ ihn langsam zu Boden sinken. Zugleich hörte sie im Haus die Hintertür zuknallen, gefolgt von schnellen Schritten und dem Zuschlagen eines Tors.

Derweil spuckte Patrick rosafarbene Tröpfchen auf ihre Hose. Micky winkte hastig zum Toilettengebäude herüber, doch Katja rannte bereits mit gezogener Pistole heraus und an Micky vorbei in die Wanderhütte.

Erst jetzt nahm Micky wahr, dass Patricks Augen nur noch blutige Schlitze waren, seine Nase nur noch aus einem Klumpen rohen Fleisches bestand und auch sein übriges Gesicht so aussah, als sei es mit einem Hammer bearbeitet worden.

Sie legte ihn vorsichtig auf die Seite und bemerkte dabei, dass er seine Arme nicht mehr hinter dem Körper hervorziehen konnte.

Das Geräusch eines startenden Motors und quietschender Reifen drang zwar zu ihr durch, aber sie reagierte erst, nachdem Katja aus dem Haus zurückgekehrt war.

»Drinnen ist niemand mehr!«

»Die flüchten durch das hintere Tor!«, warnte Micky.

Katja rannte wieder los. Patricks Mund verzog sich krampfartig. Er hustete keuchend und seine Beine zuckten. Das Ehepaar mit dem Schoßhündchen näherte sich ihnen.

»Seine Hände sind gefesselt«, stellte der Mann fest und er zückte ein Taschenmesser. »Hier, schneiden Sie ihn los. Ich kann kein Blut sehen.«

»Dann rufen Sie einen Krankenwagen«, befahl Micky.

Sie kniete sich hin und schnitt vorsichtig die Kabelbinder durch, mit denen Patricks Handgelenke verschnürt waren. Wieder verzog der Junge das Gesicht. Sie hielt ihn fest im Arm und beugte sich über ihn.

»Patrick Schmidt!«, sagte sie laut. »Kannst du mich verstehen?«

»Sascha …«, murmelte Patrick. »Sascha …« Er hustete und versuchte, sich aufzusetzen, aber Micky hielt ihn zurück. Sie streifte die Gummihandschuhe über, die sie in ihrem Eimer dabeihatte.

»Ich befreie jetzt deine Atemwege«, kündigte sie an. Sie steckte Patrick einen Finger in den Mund und holte mit einer Bewegung einige harte, blutige Stücke heraus, die auf den Asphalt fielen. Es waren seine Zähne.

Katja kam zurückgelaufen. »Weg«, rief sie. »Ich habe Molendorp schon angerufen.« Sie setzte sich neben Micky.

Patrick bewegte die Lippen. »Sascha, er muss …«

Katja legte ein Ohr an seinen Mund und fragte: »Was ist mit Sascha?«

Patrick hob seinen Arm leicht an und zeigte in Richtung Haupteingang. »Sie suchen ihn.«

Micky wischte mit einem Taschentuch seinen Mund ab.

»Wer sucht Sascha?«, fragte Katja.

»Zwei, es sind zwei.«

»Wo fahren die beiden jetzt hin?«, fragte Katja.

»Zu Sascha.« Patrick schnappte nach Luft, dann sank sein Kopf zur Seite. Micky kniete sich neben ihn und tätschelte ihm die Wange. Die Frau mit dem Schoßhündchen reichte ihr einen Becher Wasser.

»Hallo, Patrick, bleib bei uns!«

Patrick öffnete die Augen so weit wie möglich.

»Wo ist Sascha jetzt, Patrick?«, drängte Katja.

»Carsten. Treffen.«

»Wo sind sie verabredet?«

»Kasino.«

»In Valkenburg?«

Patrick nickte schwach.

»Warum trifft er Carsten?«

Micky setzte Patrick den Becher an die Lippen und gab ihm etwas zu trinken.

»Carsten muss uns helfen.« Patrick schluchzte. »Hab alles verraten.« Ihm fielen die Augen zu.

Micky stellte den Becher ab. »Heino!«, beschwor sie ihn. »Junge, komm bald wieder!«

Ein schwaches Lächeln erschien auf Patricks Gesicht, was angesichts seiner Verletzungen eine große Leistung war. In der Ferne ertönten verschiedene Sirenen. Wieder zuckten Patricks Beine und er schnappte nach Luft. Mutlos ließ er den Kopf zur Seite sinken.

Katja sah Micky fragend an und hob die Schultern. Hinter ihr erschienen zwei Rettungsassistenten. Die beiden Frauen traten zur Seite. Plötzlich stand auch Molendorp da. Hinter ihm bremsten mehrere Streifenwagen scharf ab.

Patrick schien nichts davon zu registrieren. Ein Rettungssanitäter breitete eine Decke über ihm aus. »Hat er etwas über seine Verletzungen gesagt?«, fragte der Mann.

»Nein, nichts Besonderes«, antwortete Micky. »Wir haben ihn bei Bewusstsein gehalten.«

»Kommt ihr mit?«, fragte Molendorp und dirigierte Micky und Katja zu einem Kleinbus der Polizei.

»Ist die Verhaftungseinheit schon hier?«, fragte Micky zurück.

In diesem Moment bremsten zwei Audi A4 direkt vor der Wanderhütte. Die Türen wurden gleichzeitig aufgestoßen und acht junge Männer sprangen heraus.

»Da«, antwortete Molendorp. »Einsatzbereit und wachsam wie immer, nur an der Anfahrtszeit müssten sie noch arbeiten.«

»Schick sie sofort zum Kasino«, sagte Katja. »Sascha hat dort eine Verabredung mit Carsten. Er wird von zwei Männern verfolgt, die ihn fertigmachen wollen.«

Micky und Katja rannten in Richtung Ausgang.

»Was macht ihr denn?«, rief Molendorp.

»Sascha Heidfeld retten«, rief Micky über die Schulter zurück. »Bevor aus ihm Hackfleisch gemacht wird.« Oder aus Carsten Roeder, dachte sie.

Auch Molendorp lief los. »Ich gebe den Kollegen vom Verhaftungsteam unterwegs Bescheid, wo sie hinmüssen«, keuchte er, während er sich auf die Rückbank hinter den Fahrersitz warf.

19

Micky und Katja stellten ihr Auto auf einem Frauenparkplatz in der Tiefgarage ab, unmittelbar neben dem Aufzug, der wie ein Zugcoupé aus dem neunzehnten Jahrhundert aussah und direkt zu den Spielsalons führte.

»In den Putzklamotten kommt ihr da nicht rein«, stellte Molendorp fest. »Die Kleiderordnung ist inzwischen wieder sehr strikt. Ihr könnt euch vom Videoraum aus alles ansehen. Ich regele das mit dem Salonmanager.«

Molendorp sprintete zur Anmeldung, vor der bereits eine Reihe von Gästen wartete. Micky und Katja beobachteten einige Schritte entfernt, wie Molendorp mit einem Mann mit grauen Schläfen redete, der die Streifen von den Eintrittskarten abriss. Ein zweiter Mann gesellte sich zu ihm. Micky sah, dass er sie und Katja musterte und dann rasch nickte. Molendorp kehrte eilig zurück und zeigte auf eine unauffällige Tür dicht neben dem Eingang. »Dort ist der Überwachungsraum«, erklärte er. »Ich bleibe hier im Foyer, um sie aufzuhalten, falls sie abhauen wollen. Und ich halte den Kontakt zur Verhaftungseinheit.«

Der Salonmanager zeigte Micky und Katja den Weg und stellte sie der diensthabenden Wachfrau vor. Sie saß vor einer Reihe von Bildschirmen und ließ mithilfe eines Joysticks und einer Tastatur die Kameras nach Belieben rotieren und das Bild näher heran- oder weiter wegzoomen. Jede freie Stelle an der Wand war von Schildchen, Abzeichen und anderen Polizeitrophäen bedeckt. Die Sicherheitsbeamtin sah, wie Micky sie betrachtete.

»Wir bekommen Besuch von Polizeibeamten aus aller Welt«, erklärte sie. »Ich bin Kristel. Was möchtet ihr wissen?«

»Wir suchen diesen Mann«, sagt Micky und zeigte ihr das Foto von Sascha.

Kristel betrachtete es genau und fragte dann: »Wisst ihr ungefähr, wo er sich aufhalten könnte? An den Automaten oder den Tischen?«

»Sascha ist nicht hier, um zu spielen«, meinte Micky. »Er kann überall sein, möglicherweise in Gesellschaft eines etwas älteren Mannes im Geschäftsanzug.«

Kristel gab einen Befehl ein und lehnte sich zurück. »Jetzt läuft ein Programm ab, das automatisch alle Ecken und Winkel des Kasinos absucht«, erklärte sie. »Ich könnte das auch von Hand erledigen, aber dabei übersieht man garantiert jemanden. Setzt euch.«

Auf den Bildschirmen erschien ein Labyrinth mit Hunderten von Spielautomaten. Die Kamera bewegte sich systematisch hindurch. Einige Minuten lang huschte sie über eine Ansammlung von älteren Frauen, Studenten und Männern in schlecht sitzenden Anzügen, die alle mit der rechten Hand an die Knöpfe ihres Spielautomaten gekettet schienen.

»Wie viele Kameras habt ihr?«, fragte Micky.

»An die dreihundert«, antwortete Kristel.

Die Kameras suchten jetzt das Restaurant ab, von wo aus man durch hohe Fenster über das Geul-Tal blicken konnte.

Die wenigen Gäste dort schienen jedoch eher mit dem Essen auch ihre Verluste zu verschlingen, als die gute Küche oder die Landschaft zu genießen.

»Wo verabredet man sich mit jemandem wie Carsten Roeder?«, fragte Micky.

»Kommt darauf an, was man zu besprechen hat«, antwortete Katja. »Auf jeden Fall an einem Ort, an dem man nicht auffällt.«

»Also in einer dichten Menge oder in einer stillen Ecke«, bemerkte Kristel.

Jetzt erhielten sie eine Führung rund um die riesige Bar, die sich in der Mitte der Spielsalons befand, anschließend gelangten sie in einen Raum, der vollkommen leer war.

»Die *High-Limit-Area*«, erklärte Kristel. »Dort wird mit höheren Einsätzen gespielt, als gewöhnliche Sterbliche aufbringen können.«

Das Bild wechselte in die Zone mit den Spieltischen für Roulette, Blackjack und Punto Banco. An einem Roulettetisch fiel die Kugel auf die Null, was für eine Frau im Hosenanzug das Zeichen schien, ein Päckchen Zigaretten und ein Feuerzeug aus ihrer Handtasche zu holen. Sie stand entschlossen auf und ging hinaus.

»Wo darf man hier rauchen?«, fragte Katja.

»Nur in den Raucherzonen.«

»Carsten raucht nicht«, sagte Micky. »Aber schau zur Sicherheit erst mal dort nach.«

Kristel griff nach dem Joystick und folgte der Frau im Hosenanzug in einen schmalen Flur in der Nähe des Eingangs, wo sie sich in eine der grün getönten Glaskabinen stellte. Sie zündete eine Zigarette an und starrte schweigend auf die Toiletten gegenüber. Neben ihr standen ebenso schweigsame Raucher und sogen an ihren Kippen. Die Gesellschaft hatte viel von einer religiösen Sekte, in der die Mitglieder durch stilles Gebet miteinander verbunden waren.

»Fehlanzeige«, stellte Katja fest.

Die Kamera fuhr programmgemäß wieder an den Spieltischen entlang, die dem Eingang direkt gegenüberstanden. Auch dort war von Carsten und Sascha nichts zu sehen.

»Sie könnten sich auch auf der Toilette verabredet haben«, sagte Micky.

»Gute Idee«, stimmte Kristel zu. »Vor ein paar Jahren haben dort Wucherer Kredite an Gäste vergeben, die sich bankrott gespielt hatten. Das ist der einzige Ort, an dem keine Kameras installiert werden dürfen.«

»Dann lass uns dort nachsehen«, schlug Katja vor und schob ihren Stuhl zurück.

Kristel fragte: »Wollt ihr denn die Tiefgarage auslassen?« Ihre Finger flitzten über die Tastatur. Katja sah Micky fragend an. Ihr Besuch schien sich in eine willkommene Abwechslung für eine Frau zu verwandeln, die zum Starren auf Bildschirme verurteilt war.

Kristel hatte die Kameras jedoch bereits angesteuert. Die Bildqualität war hier viel schlechter, was wohl an der schummrigen Beleuchtung lag. Sie sahen den Eingang zum Aufzug und daneben die Frauenparkplätze, auf denen Micky das Auto von Katja entdeckte. Die Kamera fuhr herum. Aus dem Aufzug trat ein älteres Ehepaar und ging zu seinem Auto. Die Frau redete heftig gestikulierend auf ihren Mann ein. Kristel zoomte heran.

»Das kann noch richtig Stress geben«, meinte sie grinsend. »Wenn der Mann das Haushaltsgeld verspielt hat, dann gnade ihm Gott.«

»Bitte such weiter«, bat Katja.

»Das muss ich von Hand machen«, erklärte Kristel.

Mit dem Joystick wechselte sie in der Tiefgarage von Kamera zu Kamera. Nichts, nur Bilder eines Liebespaares in Aktion. Kein Sascha, kein Carsten.

»Jetzt gehen wir aber zur Toilette!«, drängte Katja.

»Eine Kamera habe ich noch«, bremste sie Kristel. »Vorne an der Eingangstür.«

Ihre Hände huschten über die Tasten.

»Später«, winkte Katja ab. »Vielen, vielen Dank! Ich sorge dafür, dass du ein Erinnerungsschild vom Landeskriminalamt bekommst.«

Sie stand auf und tippte Micky auf die Schulter. »Komm.«

»Stop!«, sagte Micky.

Dem Eingang schräg gegenüber stand Carsten unter dem Vordach. Er lehnte an der Tür eines silbernen Mercedes mit deutschem Kennzeichen, am Rand des kleinen Kreisels vor dem Kasino. Sascha saß neben ihm auf der Motorhaube.

»Da sind sie«, flüsterte sie. »Sie stehen einfach nur draußen.«

»Zehn Meter von hier«, bestätigte Kristel.

»Geh näher ran!«, befahl Katja. »Hast du keinen Sound?«

»Nein, unsere Kameras haben leider keine Ohren«, erwiderte Kristel. »Datenschutz.« Sie drückte auf den Joystick. Carsten schüttelte gerade skeptisch den Kopf, während Sascha auf ihn einzureden schien.

»Hat Sascha etwas dabei?«, fragte Katja.

Kristel fuhr das Kameraauge weiter herunter. Saschas Hände waren tief in den Jackentaschen vergraben, während er einen Monolog hielt. Carsten stand breitbeinig gegen die Motorhaube gelehnt daneben und sah sich wachsam um. Als die Kamera näher heranzoomte, erkannten sie, wie Carsten in seine Innentasche griff und einen Umschlag herauszog. Sascha hielt die Hand auf.

Doch was Carsten übergeben wollte, sollte für immer ein Rätsel bleiben. Er und Sascha drehten sich plötzlich erschrocken um und sahen einige Augenblick lang etwas oder jemanden außerhalb des Sichtbereichs der Kamera an. Carsten sprang in seinen Mercedes. Sascha lief zur Beifahrerseite und versuchte, ebenfalls einzusteigen, aber Carsten hatte die Türen verriegelt. Sascha zerrte am Griff und hämmerte an die Scheibe. Er rannte sogar noch neben dem Mercedes her, als Carsten bereits den Kreisverkehr umrundete.

»Carsten haut ab!«, sagte Micky aufgeregt. »Sie haben irgendetwas gehört oder gesehen, dahinten ... Richte mal die Kamera darauf!«

»Geht nicht. Datenschutz. Wir können nur bis an die Grenze unseres Grundstücks gehen. Dahinter beginnt die öffentliche Straße.«

Am Bildrand sahen sie Sascha stürzen. Die Stoßstange eines anderen Autos tauchte auf, das abrupt neben ihm anhielt.

Katja griff nach Mickys Arm. »Komm!«

Molendorp stand im Foyer und telefonierte. Verstört blickte er auf, als Katja ihn rief.

»Sascha ist draußen, hol mein Auto aus der Tiefgarage!«

Sie kamen gerade rechtzeitig, um mit anzusehen, wie Carstens Mercedes davonraste und Sascha hinten in einen Peugeot 4007 gezerrt wurde. Im Rückwärtsfahren versuchte der Mann am Steuer, um hundertachtzig Grad zu drehen. Micky rannte zum Wagen und erwischte den Griff der hinteren Tür, aber der Fahrer machte einen so scharfen Schwenk, dass sie zwischen den Buchsbaumkugeln der Rabatte landete.

Der Schuss, den die deutsche Polizistin Katja daraufhin auf niederländischem Boden abgab, hätte einige verfahrenstechnische und vielleicht sogar staatsrechtliche Fragen aufwerfen können. Zu früh geschossen, kein Warnschuss, nicht einmal ein warnender Zuruf, nein, sie zielte und schoss direkt auf die Windschutzscheibe, in die sich nur Hundertstelsekunden später ein großer Stern einzeichnete.

Der Peugeot machte eine Vollbremsung. Katja rannte auf den Wagen zu und postierte sich ein paar Meter davor, ihre Dienstpistole mit beiden Händen auf die Windschutzscheibe gerichtet. Micky rappelte sich benommen auf und sah, wie die hintere Tür geöffnet wurde. Katja zielte sofort darauf. Sascha wurde hinausgestoßen und die Tür wieder zugezogen. Über seinen Kopf war ein schwarzer Sack gestülpt worden. Molendorp kam jetzt mit quietschenden Reifen aus der Tiefgarage geschossen. Katja erschrak und machte eine Vierteldrehung. Sofort nutzte der Fahrer des Peugeots die Ablenkung und raste mit aufheulendem Motor los.

»Katja, weg!«, schrie Micky.

Katja benötigte keine besondere Aufforderung. Aus dem Stand hechtete sie beiseite und landete nach einer Rolle am Fuß einer Bronzeskulptur. Der Peugeot verschwand in dieselbe Richtung wie Carstens Mercedes.

»Passt auf, Heidfeld haut ab!«, rief Molendorp durch die geöffnete Scheibe. Aufgeregt deutete er auf Sascha, der sich inzwischen von dem schwarzen Sack befreit hatte. Als wandele er den ganzen Stress der letzten Woche in einen kurzen Sprint um, rannte er zu einem Leihroller, wie ihn die Touristen in Valkenburg zuhauf nutzten, um sich einen Fußmarsch zu ersparen.

»Erst Sascha«, rief Katja, während sie und Micky sich auf die Rücksitze fallen ließen. »Schick die Verhaftungseinheit hinter dem Peugeot her.«

»Kennzeichen?«

Zu ihrer eigenen Überraschung erinnerte sich Micky daran.

»Und die Personenbeschreibung?«, fragte Molendorp, während er anfuhr.

»Ich konnte sie nicht erkennen. Der Wagen hatte getönte Scheiben. Und eine gesplitterte Windschutzscheibe.«

Eine Hand am Lenkrad, in der anderen das Mobiltelefon gab Molendorp die Informationen weiter.

»Ja, so eine Burkaschüssel«, bestätigte er. »Und die Windschutzscheibe ist gesplittert. Anschließend greift ihr euch diesen Deutschen im Mercedes.«

Inzwischen hatte Sascha einen Vorsprung von einigen Hundert Metern gewonnen. Am Ende der Straße konnte er entweder weiter den Cauberg hinauffahren oder die lange Abfahrt hinunter nach Valkenburg nehmen. Er entschloss sich zu Letzterem und machte einen U-Turn. Micky sah ihn vorbeirasen, sein ängstliches Gesicht hob sich vor dem Limburger Grün gespenstisch hell ab.

Der Cauberg ist in den ganzen Niederlanden wegen seiner starken Steigung bekannt und darum das Ziel vieler Radfahrer, die diesen Anstieg in ihre Tourtagebücher eintragen wollen.

Bei der Abfahrt hatten Sascha und seine Verfolger noch wenig Probleme mit diesen Amateurradrennfahrern, die mit verzerrten Gesichtern den Berg erklommen. Sascha gab Vollgas und schleuderte in einer Kurve gegen die Bordsteinkante, hielt sich aber aufrecht. Ein Blick über die Schulter, schon gab er wieder Gas.

Molendorp bremste in dieser Kurve nicht und schaffte es, bis auf zwanzig Meter an Sascha heranzukommen. Auf der Kreuzung unten am Grendelplein bog allerdings gerade ein ganzes Fahrerpeloton in die Kurve Richtung Cauberg ein, ein Fahrmanöver, bei dem sie hier gewohnheitsmäßig Vorfahrt hatten. Doch Sascha schrie ihnen nur eine Warnung zu und versuchte, zwischen der Spitzengruppe und den Verfolgern hindurchzuschießen. Dabei erwischte er einen der Radrennfahrer, der stürzte und seinen Sportskameraden den Weg versperrte. Eine Schimpfkanonade schallte über den kleinen Platz und alarmierte die zahlreichen Gäste vor den Lokalen. Sie sprangen auf, um nachzusehen, was da los war. Molendorp musste voll in die Eisen steigen und den Radrennfahrern ausweichen.

»Gib Gas!«, befahl Micky.

Sascha hatte sich inzwischen vierzig Meter weiter in Richtung Zentrum vorgearbeitet, in der Hoffnung, dort freie Bahn zu haben. Doch ein zweiter Trupp Radrennfahrer machte ihm einen Strich durch die Rechnung. Er wollte links an ihnen vorbeiziehen, stellte fest, dass ein Bierlaster ihm den Weg versperrte und beschloss, rechts zu überholen. Er hatte Glück und gelangte über eine Auffahrt auf den Bürgersteig.

Knapp umfuhr er noch eine Touristen-Infosäule, doch den Terrassenstühlen des Lokals *Montagna del Mondo* konnte er nicht mehr ausweichen. Er hinterließ eine Spur von zerbrochenen Gläsern und umherkegelnder Touristen.

Auch die Gäste des angrenzenden *Au Soleil* und des benachbarten Restaurants *Amadeus* mussten dran glauben und gingen en masse zu Boden. Erst vor der Schaufensterscheibe eines Souvenirladens kam Saschas Gefährt endlich zum Stillstand, jedoch erst, nachdem er wie ein Schneeschieber Dutzende Ständer mit Ansichtskarten, Schlüsselanhängern und Namensschildchen vor sich her geschoben hatte. Das Publikum auf den Terrassen der Cafés gegenüber sah gespannt zu. Einige Leute begannen zu applaudieren, während andere mit ihren Handys Aufnahmen machten.

Micky und Katja rannten auf Sascha zu, der benommen eine Ladung T-Shirts mit Aufschriften wie *Ich bin der weltbeste Bauarbeiter* und *Halb besoffen ist inkonsequent* von sich abschüttelte.

»Bist du verletzt?«, fragte Micky.

Sascha schüttelte den Kopf, was für Katja das Signal war, ihm die Handschellen anzulegen. Gleich darauf sank sein Kopf zur Seite und er verlor das Bewusstsein.

Das aber hielt die Menge wütender Lokalbesucher nicht davon ab, auf ihn loszugehen, sofern sie nicht damit beschäftigt waren, ihre Schnitt- und Schürfwunden zu inspizieren.

»Er ist schon verhaftet!«, rief Micky, während die ersten Terrassenstühle in ihre Richtung flogen.

Molendorp kam gemessenen Schrittes auf sie zu, was ihn vermutlich große Selbstbeherrschung kostete. Doch er wusste genau, dass er nur so Eindruck machen konnte. Er hob den Arm wie ein Verkehrspolizist und schüttelte missbilligend den Kopf. Seine Uniform und die Ruhe, die er ausstrahlte, erstickten die drohende Lynchaktion im Keim.

»Die Verhaftungseinheit hat den Peugeot aus den Augen verloren«, informierte er Micky und Katja. »Die Zielpersonen sind entkommen. Aber diese beiden Jungs sind ja auch schon eine fette Beute.«

20

»Robert, bist du noch da?«

Die Leitung rauschte leise.

»Robert!«

»Also hat er das Gemälde rauben lassen? Und mich die ganze Zeit über benutzt?«, sagte Robert mehr zu sich selbst. Er lachte bitter. »Von wegen Robert – Robot wäre ein viel passenderer Name für eine ferngesteuerte Ganzkörperprothese des großen Carsten Roeder.«

»Es ist ja noch nicht ganz sicher. Aber selbst wenn, nimm's nicht so schwer«, tröstete Micky ihn, »wir irren uns alle mal.« Eine Floskel mit Rückschlag. Kaum ausgesprochen, stieg in Micky das Bild auf, wie sich der von ihr in die Enge getriebene Hans Auber die Nagelpistole ans Auge setzte und abdrückte. Sie presste die Lippen aufeinander und war froh, dass Robert gerade viel zu sehr mit sich selbst beschäftigt war, um etwas mitzubekommen.

»Er hat mich so überzeugt mit seiner Familiengeschichte. Und mich sogar mit einem Scheck gekauft, ohne dass ich es gemerkt habe. Ich bin ein solcher Trottel.«

Micky tat, was viele taten, wenn sie ein schweres Problem hatten: Sie sorgte sich um die Probleme anderer. »Du hast mir doch erzählt, welch begnadeter Schauspieler er ist«, sagte sie. »Als er wie ein Messias durch die Firma lief. Und was das Gemälde angeht, hat er wahrscheinlich auch gar nicht gelogen. Es war ihm egal, er war nur scharf auf das Lösegeld.«

»Ja, ja«, antwortete Robert in Gedanken.

»Wir werden bald mehr wissen. Sobald Sascha wach ist.«

»Sascha?«

»Na, dieser *ASSU*-Wachmann. Carstens Gehilfe. Er hat in Valkenburg Bowling gespielt. Mit den Touristen als Kegeln und sich als Kugel. Der Bursche liegt bewusstlos im Krankenhaus.«

Robert wollte jetzt für sich sein. »Ich muss zur Arbeit«, sagte er.

»Es gibt noch eine Neuigkeit«, schob Micky schnell nach.

»Die eine reicht mir schon.«

»Carsten hatte eine Affäre mit Sybille Wenger, der verbrannten *Roeder*-Wissenschaftlerin.«

»Ah ja?«, fragte Robert zerstreut.

»Und Katja hat den Abschlussbericht der Rechtsmedizin bekommen. Man hat in Sybilles Körper Spuren eines Barbiturats gefunden. Sie wurde betäubt.«

»Glaubt ihr, dass Carsten auch dafür verantwortlich ist?«

»Möglich. Wir müssen jetzt diesen Sascha aus dem Tiefschlaf holen und vor allem Carsten schnappen. Molendorp hat ein Netz von Straßenkontrollen aufgebaut – aber bisher ohne Erfolg. Pass auf dich auf, wer weiß, wo er sich Hilfe holt.«

»Bestimmt nicht im Atelier. Also, ich muss jetzt wirklich los.«

Als Micky aufgelegt hatte, ließ sich Robert so unbedacht auf einen Stuhl fallen, dass sich der leichte Aufprall über das Rückgrat zu einem üblen Schuss direkt in die Halswirbel hinein beschleunigte. Mit schmerzverzerrtem Gesicht griff er nach der Packung *Tramadol* auf dem Tisch und warf seine morgendliche Dosis ein.

Nachdem er über die Hoge Brug gegangen war, folgte er der Promenade entlang der Maas. Am Bonnefantenmuseum stieg er zur Avenue Céramique hinauf. Er wollte gerade schräg über den Vorplatz zur *Stichting Restauratie* gehen, als er aus dem Firmengebäude von *Limbs bv* jemanden kommen sah, den er ganz gut kannte. Robert blieb überrascht stehen.

Anouk van Berg ging mit schnellen Schritten auf die Straße zu. Ohne nach rechts oder links zu schauen, querte sie den Fahrradweg, wo ihr ein Motorrollerfahrer im letzten Moment auswich, und trat weiter wie blind auf die Straße. Eine Horde von der Ampel freigelassener Autos stürzte sich hupend auf sie.

Aber Anouk ignorierte sie und die Fahrer bremsten tatsächlich abrupt ab. In Deutschland, wo das Autofahren eine Frage des Rechthabens war, wäre sie jetzt wohl schon tot gewesen. Was war los mit ihr? Stand sie auch unter Medikamenten? Nein, dafür ging sie viel zu zügig. Herrisch wirkte sie, als wollte sie ihre innere Freiheit nicht von banalen äußeren Regeln beschränken lassen.

Anouk hatte inzwischen den Mittelstreifen erreicht. Roberts Muskeln spannten sich an, als sie ohne Zögern auf die Straße trat und ein mit hohem Tempo herankommender BMW im letzten Augenblick um sie herumschlingerte. Hatte er wieder Halluzinationen?

Anouk schien jedenfalls von all dem nichts zu bemerken. Auch nicht von dem Bus, der auf der Busspur heranbrüllte. Instinktiv rannte Robert los, hörte kein Hupen, sprang über den Bordstein, warf die Hände nach vorne in das extrabreite Revers von Anouks Sommermantel und riss so an ihm, dass Anouk hermgewirbelt wurde und vom Bus weg schreiend vor Schreck auf den Bürgersteig stürzte.

Die Bremsen des Busses pfiffen scharf, die Vordertür puffte auf und der Fahrer sprang wütend heraus. Anouk, die sich mit tränengefüllten Augen die schmerzende Hüfte rieb, brüllte ihm ein ganzes Lexikon von Schimpfwörtern entgegen, bis selbst dieser hartgesottene Cowboy des öffentlichen Personennahverkehrs wortlos und vogelzeigend in sein Gefährt zurückstieg.

»Sind hier jetzt alle verrückt geworden?«, richtete sich Anouk nun gegen Robert.

»Dasselbe wollte ich dich gerade fragen«, gab er immer noch außer Atem und mit ebenfalls schmerzverzerrtem Gesicht zurück.

»Du hast meinen Mantel ruiniert«, sie zeigte auf einen Riss im schwarz-weiß-karierten Stoff. »Das ist Fünfzigerjahre Vintage! Weißt du, was ich dafür bezahlt habe?«

»Ich habe gerade dein Leben gerettet!«

»Was passieren soll, passiert«, sagte sie pampig, hob ihre Handtasche auf und humpelte in Richtung des Ateliers davon.

Roberts Nacken gab Signale, dass er weitere Aktionen dieser Art nicht tolerieren würde, und forderte zum Ausgleich einen ordentlichen Schluck *Tramadol*. Robert setzte sich auf eine Bank und bog den Kopf vorsichtig zurück, um das Medikament eintropfen zu lassen. Sie waren schön und wie gemalt, diese riesigen sattgrünen Äpfel, die er dort oben in Herden über den Himmel ziehen sah. Eine eigenartige Naturerscheinung. Je länger er hinaufschaute, umso stärker erfasste ihn ein übles Schwindelgefühl.

»Ich möchte nicht, dass irgendwer noch einmal über mein Leben bestimmt«, sagte Anouk, als Robert endlich das Atelier betrat, ohne ihn anzuschauen und beinahe gleichgültig. »Selbst und gerade dann, wenn derjenige es gut mit mir meint.«

»Was hast du eigentlich drüben bei *Limbs* gemacht?«, fragte Robert, der jetzt wieder das Misstrauen in sich aufsteigen spürte, das ihn vor Anouks Kamikazetour erfasst hatte.

»Was geht ...«, setzte Anouk an, brach dann aber ab, um in ziemlich ironischem Ton zu antworten. »Debriek scheint dir nicht zu vertrauen. Er wollte von mir wissen, ob mir irgendetwas Ungewöhnliches aufgefallen sei und ob du zuverlässig seist.«

»Er hat dich wirklich auf mich angesetzt?«

»Bin ich Mata Hari?«

»Warum nicht?«

»Er wollte mich aushorchen. Was hat das mit mir zu tun?«, sagte sie mit unterdrücktem Zorn.

»Nichts, aber deine Antworten haben mit dir zu tun«, gab Robert ärgerlich zurück.

»Ja, und darum habe ich auch ganz brav das Loblied auf meinen deutschen Kollegen gesungen. Einer von der guten, alten, verlässlichen Störleim-Schule.« Sie kicherte plötzlich wie ein kleines Mädchen. Robert verwirrten diese blitzartigen Gefühlswechsel jedes Mal aufs Neue.

»Aber bevor ich weitere Geheimnisse ausplaudern konnte, musste er weg«, fuhr sie fort. »Sie haben ihm einen Anruf durchgestellt, obwohl er extra gesagt hatte, er wolle nicht gestört werden. Er sagte nur ein paarmal Ja und Nein und dass er sofort komme, alles auf Englisch. Und dann komplimentierte er mich hinaus, ich solle mich melden, falls hier irgendetwas Ungewöhnliches geschehen sollte.«

Robert schwieg.

»Das war alles. Ich schwöre. Bin ich jetzt ein Doppelspion?«, fragte sie mit treuherzigem Augenaufschlag, ehe sie wieder loskicherte.

Sie hatten einen guten Lauf. Anouk arbeitete sowieso extrem schnell und präzise, während Robert die langjährige Routine half, einige durch das Schmerzmittel verursachte Aussetzer und Abwesenheiten unauffällig zu überstehen. Vielleicht noch ein halber Tag, dann sollten alle lockeren Farbschollen gesichert sein.

Und dann käme die Fisselarbeit. Sie mussten das abgetrennte Randstück wieder mit dem Bild zusammenbringen. Sie hatten beschlossen, den Riss nicht mit chirurgischem Synthetikfaden zu vernähen, sondern lieber die Einzelfäden der Leinwand miteinander zu verkleben. Das ging nicht nur schneller, was mit Blick auf das Honorar eher ein Gegenargument gewesen wäre, sondern sollte in diesem Fall auch stabiler sein.

Nach zwei konzentrierten Schweigestunden legten sie eine Pause ein und wechselten für einen Kaffee in den Aufenthaltsraum. Das Radio lief. Ein aserbaidschanischer Chartstürmer füllte das kleine Zimmer mit Zuckerwatte.

Robert hatte die Hand am Ausschalter, als die Nachrichten kamen. Er hatte schon seit einigen Tagen nichts vom Weltgeschehen erfahren, dachte er ein wenig schuldbewusst. Andererseits kamen er und das Weltgeschehen gerade ganz gut ohne einander aus.

Anouk signalisierte ihm jedoch, dass sie die Nachrichten hören wollte, und so setzte er sich wieder hin und begrüßte das Weltgeschehen wie einen ungeliebten Nachbarn, der einem nur Ärger bereitet.

»... in Kandahar wurde mit mindestens fünfundvierzig Toten und über achtzig Schwerverletzten angegeben. Wie das ISAF-Führungskommando im NATO-Hauptquartier Brunssum bekanntgab, seien dabei neuartige Laufroboter eingesetzt worden, mit denen erstmals auch Talibanstützpunkte innerhalb von Wohngebieten gezielt ausgeschaltet werden könnten. Reporter der Nachrichtenagentur Reuters berichteten von sechsfüßigen Minirobotern, die Sprengstoffpakete transportieren und sie am Zielort zur Explosion bringen. Der ISAF-Sprecher erklärte weiter, dass einer der Prototypen durch einen Störsender der Taliban außer Kontrolle geraten und in das neben dem Ziel gelegene Hospital gelenkt worden sei. Die Auslösung der Explosion sei wegen des Störsenders nicht mehr zu verhindern gewesen. Menschenrechtsorganisationen und Regierungen mehrerer Länder haben inzwischen eine weltweite Ächtung unbemannter Waffensysteme gefordert. Den Haag. Der ...«

Robert drehte den Ton herunter. »Brunssum, liegt das nicht gleich hier um die Ecke?«

»Absolut.« Anouk nickte.

Sie schwiegen eine Weile.

»Und Debriek hat heute Morgen am Telefon Englisch gesprochen?«, fragte er nachdenklich.

»Ja, hab ich doch gesagt.«

»Hört sich ganz so an, als hätte heute ein Limburger Katholik kräftig dabei geholfen, ein Krankenhaus voller Muslime in die Luft zu jagen.«

»Bist du auch einer von denen, die es besser fänden, wenn die Taliban ihren Frauen die Nasen abschnitten?«

Er erhob sich und ging zur Tür. »Nein, ich bin einer von denen, die jetzt einer orientalischen Prinzessin namens *Scheherazade* den Teint verschönern werden.«

»Du brauchst eine Brille, mein Lieber, Magrittes *Scheherazade* hat überhaupt keinen Teint. Das ist nämlich der Witz an der Sache.«

Anouk folgte ihm dichtauf. Er hätte sich nicht gewundert, wenn sie ihm mit Lust in den Hintern getreten hätte.

Nach dem Mittagessen hakten sie auf dem Schadensprotokoll ab, was sie bisher geschafft hatten. Was die Farbschichten anging, blieb eine Liste von sieben kleineren Stellen übrig, an denen die Farbschollen nicht nur angehoben, sondern ganz weggeplatzt waren.

»Da müssen wir wohl den Pinsel schwingen«, meinte Anouk seufzend. Jede Retusche, die nicht von Künstlers Hand kam, war für Restauratoren wenn auch nicht unbedingt ein Sündenfall, so doch ein heikler Fremdeingriff in das Werk. »Oder wir rufen noch mal bei der Polizei an, ob sie die ein oder andere Scholle gefunden haben.«

Robert fluchte leise.

»Polizeiphobie?«, fragte Anouk.

»Nein, nur ein poröses Hirn.« Er ging zu seiner Jacke, die über einem Stuhl hing, und zog aus der Brusttasche vorsichtig ein gefaltetes Papier hervor. »Ich habe nämlich selbst in Lüttich heimlich ein paar Farbsplitter sichergestellt.«

»Und die ganze Zeit über außerordentlich fachmännisch aufbewahrt. Chapeau, Herr Kollege!«

Robert setzte in Notwehr zu einer wortreichen Darlegung der Auswirkungen eines Halswirbelsyndroms infolge eines aggressiven Auffahrattentats sowie der vielfältigen Nebenwirkungen des symptomlindernden Opioids *Tramadol* an. Anouk lehnte sich zurück und verfolgte mit hinter dem Kopf verschränkten Armen interessiert, wie er sich abmühte. Er verfing sich in Satzungetümen, stürzte über unangemessene Vergleiche und peinliche Übertreibungen und kapitulierte endlich.

»Ihr Männer wollt immer unsere Helden sein, gleichzeitig sollen wir Mitleid mit euch haben. Es geht aber nicht beides. Und ich bestehe auf einem Helden. Los, zeig her.«

Robert schaute sie einmal mehr verblüfft an und wickelte sorgfältig das Papier auseinander.

»Fünf Stück, immerhin. Dann wollen wir mal puzzeln«, sagte Anouk nach einer Weile und hielt Farbsplitter für Farbsplitter mit einer feinen Pinzette an die Fehlstellen.

»Schau dir mal diese Scholle an«, sagte sie und wies auf einen ovalen schwarzen Punkt.

Robert beugte sich über ihre Schulter und versuchte zu ignorieren, wie gut ihr Haar roch.

»Sie ist zu groß für die Fehlstellen auf dem Bild«, meinte er. »Und es ist auch eine andere Ölfarbe. Vielleicht hat sie mit unserem Gemälde gar nichts zu tun?«

Anouk drehte die Scholle um.

»Ah, da klebt ja doch ein Stück echter *Magritte* dran«, wunderte sich Robert. »Von der Form her könnte es zu dieser Fehlstelle da gehören«, sagte er und wies auf den schwarzen Mittelschlitz einer silbernen Kugelschelle, die Magritte neben der *Scheherazade* auf den Boden gemalt hatte.

»Das sehe ich auch so. Aber wo kommt dieser vordere Farbauftrag her? Ein Hobby-Restaurator?«

»Lass uns das mal in der Vergrößerung anschauen.«

»Nebenan steht ein Elektronenmikroskop«, sagte sie.

Roberts Handy unterbrach sie.

»Katja«, sagte Robert. »Habt ihr ihn?«

»So könnte man sagen«, antwortete sie gedrückt.

»Wie kann man es denn anders sagen?«, fragte er gereizt, weil sie schwieg.

»Carsten Roeder ist tot. Wir …« Katja stockte.

»Habt ihr ihn erschossen?«, fragte Robert.

»Wir haben einen Anruf von der Polizeiwache in Valkenburg bekommen. Er ist gestern Nacht von der Straße abgekommen und in eine Kiesgrube gestürzt. Sie haben den Wagen heute Vormittag entdeckt.«

»Ein Unfall?«

»Keine Ahnung. Wir sind auf dem Weg zum Tatort. Ich wollte dir nur Bescheid sagen, ehe du es auf andere Weise erfährst.«

Robert sank langsam auf einen Hocker. Das war alles ein bisschen zu viel für einen einzelnen Tag, fand er. Und damit meinte er am wenigsten, dass sich Anouk jetzt über ihn beugte und der Abstand zwischen seinen Lippen und den dunkelblauen Spitzenkörbchen ihres BHs so hauchdünn war wie ihre Bluse, während sie ihm über den Kopf strich, obwohl sie doch einen Helden wollte und er den unter anderen Umständen vielleicht sogar gegeben hätte.

21

Die Grube 't Rooth, einige Kilometer östlich von Maastricht, ist entstanden, als der nordöstliche Hang des Bundersbergs zur Mergelgewinnung abgegraben wurde. Der Tagebau hinterließ meterhohe Felswände und ein Loch in der Landschaft, so groß wie fünfzehn Fußballfelder. Daher war es nicht weiter verwunderlich, dass sich Ende des vergangenen Jahrhunderts Grubenbetreiber, Naturschützer und die Bewohner des Dorfes 't Rooth in die Haare gerieten. Die Grubenbetreiber betrachteten sich als unverzichtbare Lieferanten für Kalkdünger, Füllstoff für den Straßen- und Wasserbau sowie Farbstoff für die Keramikindustrie. Die Naturschützer befürchteten, dass die Ebene von Margraten in eine Mondlandschaft verwandelt würde, und die Dorfbewohner stellten zu ihrem Schrecken fest, dass ihre Häuser mit einem Mal buchstäblich am Rande des Abgrunds standen.

Nach jahrelangen Prozessen wurde die Konzession für die Betreiber auf ein Gebiet von nur noch fünf Hektar beschränkt, dessen Vorkommen sie innerhalb der nächsten zehn Jahre abbauen mussten. Dadurch gingen die industriellen Aktivitäten stark zurück und im Grunde war samstags am meisten los, wenn Amateurarchäologen auf der Suche nach Fossilien Steine zu Staub klopften. Daneben war die Grube für Naturfreunde interessant, weil sie dort die Gelbbauchunke und eine ebenso seltene Variante der Steinbrech-Gattung fanden.

Der Zufahrtsweg zur Grube führt durch einen dichten Wald und Besucher, die mit dem Auto anreisen, werden gebeten, vor den Gattern zu parken, weil sich das äsende Wild nur gar zu gerne mit diesen blechernen Eindringlingen vergnügt. Katja ignorierte die Warnung und fuhr mit unverminderter Geschwindigkeit über den Waldweg, eine Staubfahne hinter sich herziehend. Erst an der Kreuzung auf dem eigentlichen Abbaugelände bremste sie.

Man sah sofort, wo Carstens Wagen die Felskante hinuntergestürzt war. Links schlängelte sich ein unbefestigter Weg hinunter in eine Grube, rechts führte ein anderer unmittelbar oberhalb der steilen Felswand entlang. Katja parkte das Auto am Wegesrand.

Micky sah sich erst die Umgebung genau an, bevor sie in die Tiefe blickte. Vierzig Meter unter ihnen lag das Wrack von Carstens Auto, umringt von Feuerwehr- und Polizeiwagen sowie einer Batterie von Koffern der Spurensicherung.

»Shit, Carsten sitzt da noch drin«, stieß Micky hervor.

Gemeinsam mit Katja ging sie die Serpentinen hinunter, darum wissend, dass sie kein schöner Anblick erwartete. Unterwegs versuchten sie zu rekonstruieren, wie Carsten

Roeder auf den Grund der Grube gelangt war. Er musste nach der Gabelung sofort aus der Kurve geflogen und erst zwanzig Meter tiefer auf dem Weg aufgekommen sein. Dort war er über den Rand gerutscht, ein Stück des befestigten Weges mit sich reißend, um weitere zwanzig Meter in die Tiefe zu stürzen. In der Nähe einer Abgrabung hatte sich der Mercedes mit der Kühlerfront in den weichen Mergel gebohrt und war dann auf dic Räder zurückgekippt. Im Film wäre das Auto anschließend explodiert, in Wirklichkeit geschah das jedoch nur selten.

Unten wurden Micky und Katja von zwei Beamten aufgehalten. Als Katja ihren Polizeiausweis zeigte, ließ man sie durch.

»Wer leitet die Tatortermittlungen?«, fragte Micky.

Die beiden Beamten zeigten auf einen Mann, der am Absperrband stand. Er diskutierte mit Kollegen, sah sie aber offenkundig aus den Augenwinkeln näherkommen. Während Micky und Katja konsterniert das Wrack anstarrten, kam er hastig auf sie zu.

»Bart Stolpeer«, stellte er sich vor. »Und wer sind Sie?«

Katja begann zu erklären, dass sie in einem Fall von Gemälderaub und Brandstiftung ermittelten.

Auf Stolpeers Gesicht zeichnete sich ein breites Grinsen ab. »Dann seid ihr die Mädels, die gestern halb Valkenburg abgerissen haben. Ein Actionfilm soll ja nichts dagegen gewesen sein. Ihr seid jetzt schon legendär. An Karneval dürft ihr garantiert auf dem Prinzenwagen mitfahren.«

»Nur auf dienstlichen Befehl«, erwiderte Katja.

Zwei Feuerwehrleute neben dem Mercedes fragten sich laut, wie sie das Opfer rausholen sollten.

»Ist das wirklich Carsten Roeder, der da im Wagen sitzt?«, fragte Micky.

»Wir haben in seiner Brieftasche einen Ausweis mit einem sehr ähnlichen Foto gefunden«, antwortete Stolpeer. »Der Wagen ist auf Carsten Roeder angemeldet und wir hatten bereits einen Fahndungsbefehl mit Foto von ihm. Aber dass er gesucht wurde, wisst ihr ja selbst.«

»Wie lange liegt er hier schon?«, fragte Micky.

»Die beiden da haben ihn heute Morgen um acht Uhr sechzehn gefunden«, antwortete Stolpeer und zeigte auf einen Mann und eine Frau mit Ferngläsern um den Hals. »Sie haben den Notruf gewählt. Kanntet ihr Roeder persönlich?«

»Ja«, antwortete Micky. »Wir haben ihn gestern noch im Valkenburger Kasino observiert.« Und ich arbeite für ihn, wollte sie schon hinzufügen, hielt es aber für ratsam, unter Katjas Polizeifittichen zu bleiben.

»Er war unser Hauptverdächtiger«, erklärte Katja.

Stolpeer schien zu zögern. Ein Kriminaltechniker mit zwei schweren Koffern ging an ihm vorbei.

»Du kannst die Leiche freigeben«, sagte der Techniker. »Wir nehmen jetzt die übrigen Spuren auf.«

»Werft mal einen Blick auf ihn«, beschloss Stolpeer, »und sagt mir dann, ob er es ist.«

Micky und Katja näherten sich dem Wagen und schauten erst durch die geborstene Windschutzscheibe, doch durch die Kratzer und Sprünge erkannte man nur menschliche Umrisse.

»Von hier aus kann man besser sehen«, sagte einer der Feuerwehrleute. Er öffnete die Autotür und zeigte ins Wageninnere. Zögernd trat Micky näher heran. Der erste Anblick von Carstens Leiche löste in ihr eine Welle der Übelkeit aus, die sich in ihrem ganzen Körper ausbreitete. Unwillkürlich kam ihr der Ausruf über die Lippen, den sie als Kind so oft bei großen wie kleinen Katastrophen von ihrer Mutter gehört hatte. »Herrjemineh!«

Sie ging ein paar Schritte zurück und stolperte über einen Koffer. Katja, die ebenfalls zurückgewichen war, fing sie auf.

Carsten lag schräg nach hinten gegen die B-Säule gelehnt. Hemd und Maßanzug waren zerfetzt. Sein Gesicht war schneeweiß, über die Stirn zog sich ein tiefer Schnitt. Die

Oberlippe war auf beiden Seiten eingerissen und hochgeschoben worden, sodass er mit einem grotesken Grinsen auf die Windschutzscheibe starrte. Aus seiner zerschmetterten Nase waren einige Tropfen Blut über seine Zähne gelaufen. Sein rechter Arm lag hilflos auf dem Oberschenkel. Micky tat noch einen Schritt zurück, die Hand vor den Mund geschlagen.

»Das passiert, wenn man ohne Sicherheitsgurt eine Felswand runterstürzt«, sagte einer der Feuerwehrleute. »Ein Wunder, dass er nicht rausgeschleudert wurde.«

Sein Kollege klopfte mit einem Brecheisen gegen die Airbags, die wie schlaffe Tierhäute herunterhingen. »Die haben ihn aufgehalten.«

Katja ließ Micky los, winkte Stolpeer und fragte: »Wie geht es jetzt weiter?«

»Die Leiche wird geborgen und schnellstmöglich zur Autopsie ins Forensische Institut nach Den Haag gebracht«, antwortete Stolpeer. »Und, Treffer?«

»Es ist Carsten Roeder«, bestätigte Micky. »Was in Gottes Namen hatte er hier zu suchen?«

Stolpeer zeigte nach oben. Die Spur, die der Mercedes in der Felswand hinterlassen hatte, war leicht zu verfolgen. »Jedenfalls war das hier kein Unfall.«

»Hunderprozentig?«, fragte Micky.

Stolpeer nickte. »Keine Bremsspuren, er trug keinen Sicherheitsgurt, sein Handy war ausgeschaltet, er wurde gesucht und war auf der Flucht. Hundert Prozent kann ich nicht garantieren, aber ich glaube, in diesem Fall komme ich dicht dran.«

Erst als Stolpeer ihr aus seiner Weste ein Päckchen Taschentücher reichte, bemerkte Micky, dass ihr die Tränen über die Wangen liefen.

Katja legte ihr tröstend die Hand auf die Schulter. »Das hat niemand gewollt. Nur er selbst.«

»Ich weiß«, antwortete Micky. »Was er auf dem Kerbholz

hatte, werden wir schon noch erfahren, aber das hier hat er nicht verdient.«

Katjas Handy klingelte. Sie nahm das Gespräch an, lauschte eine Weile und steckte das Telefon wieder weg. »Das war Molendorp«, sagte sie. »Wir sollen ins Krankenhaus nach Maastricht kommen. Sascha ist aufgewacht.«

»Wollt ihr sofort hinfahren?«, fragte Stolpeer.

»Ja, beschäftigen wir uns lieber mit den Verdächtigen, die lebend davongekommen sind.«

Sie machten Anstalten, den steilen Weg wieder hinaufzuklettern, aber Stolpeer wies auf einen etwas abseits geparkten Wagen mit Vierradantrieb. »Ich bring euch rauf«, versprach er.

Während sie den Weg hinaufholperten, zog er einen Flachmann aus der Tasche.

»Was ist da drin?«, fragte Micky.

»Selbst gebrannter Marc de Bourgogne«, antwortete Stolpeer. »Ich habe ein Häuschen in Frankreich.«

Er ließ beide einen Schluck nehmen. Die heiße Glut, die sich von Mickys Kehle aus in ihrem Körper verbreitete, vertrieb für einen Moment das Bild des verstümmelten Carsten. Diesmal stiegen Micky die Tränen aus organischen Gründen in die Augen. »Dieses Zeug hilft gegen alles«, stellte sie fest.

»Ja, manchmal braucht man das«, sagte Stolpeer. »Man sieht so viel Dreck und Elend und normalerweise holt man anschließend tief Luft und macht weiter. Aber irgendwann kommt dann doch der Moment, in dem man das alles nicht mehr ertragen kann.« Er zückte seine Brieftasche und reichte Micky eine Karte. »Falls du mal reden willst. Egal, wie spät es ist.«

Micky zögerte kurz, ehe sie seine Karte annahm.

Sie stiegen aus und blickten noch einmal an den Felsen hinunter. Die Feuerwehrleute hatten das Dach des Mercedes abgesägt und hochgebogen. Sie zogen Carsten heraus und legten ihn in einen orangefarbenen Plastiksarg. Routiniert verschlossen sie die Klemmen. Das sterile Echo des Klickens schallte zu ihnen herauf, als sähen sie einen Film.

Katja und Micky reichten Stolpeer die Hand und gingen zu ihrem eigenen Auto.

»Carsten war erst mein zweiter Auftrag«, sagte Micky. »Und jeder Hauptverdächtige, dem ich bisher auf die Spur gekommen bin, hat Selbstmord begangen.«

»Vielleicht weiß Stolpeer Rat«, erwiderte Katja beiläufig. »Er hat Tag und Nacht für dich Zeit.«

»Ja, ein guter Kollege ist mehr wert als ein guter Nachbar«, stimmte Micky zu.

»Und als ferner Freund würde er sich auch hervorragend machen«, nahm Katja das niederländische Sprichwort auf.

Sascha ging es wieder gut. Ausgezeichnet sogar, verkündete er vom Rand seines Bettes aus, auf dem er saß. Im Fernseher über seinem Bett lief ein deutscher Sender, doch er setzte sofort die Kopfhörer ab, als er Micky und Katja erblickte. Er begrüßte sie überschwänglich und winkte durch die offene Tür einem Mitglied der Verhaftungseinheit zu, das ihn sowohl beschützen als auch bewachen sollte.

»Schön, dass ihr so schnell kommen konntet«, sagte er und lehnte sich nach vorn, als erwarte er einen Kuss. Katja schüttelte ihm förmlich die Hand, Micky begnügte sich mit einem kurzen Nicken. Sie postierten sich an beiden Seiten seines Bettes.

»Bei euch will ich mit offenen Karten spielen«, behauptete Sascha. »Fragt mich und ich werde euch alles sagen. Ihr habt mich aus dem Bullshit in Valkenburg gerettet.«

»Sogar zwei Mal«, stellte Micky fest.

Während ihrer Zeit bei der Polizei hatte Micky den Verhörspezialisten stets eingeschärft, einem Verdächtigen möglichst das Gefühl zu vermitteln, immer für ihn da zu sein, wenn er sein Herz ausschütten wollte. Außerdem sollten sie durchschimmern lassen, es als Ehre zu betrachten, dass sich der Verdächtige ausgerechnet ihnen öffnen wollte. Dieses Stadium konnten sie also überspringen – Sascha Heidfeld brannte darauf, ihnen seine ganze Lebensgeschichte zu erzählen.

»Hey, bist du von der niederländischen Polizei?«, fragte er. »Hast du gerade zwei Mal gesagt?«

»Sie! Herr Heidfeld«, verbesserte ihn Katja.

Sascha errötete.

»Entschuldigung. Ich dachte, weil wir in den Niederlanden sind …«

Micky grinste innerlich. Sie beschloss, dieses deutsche Siezen-Duzen-Problem für sich zu nutzen und den guten Bullen zu geben, der Sascha weiter vertraulich duzte.

»Tatsächlich arbeitet ein internationales Team an diesem Fall«, erklärte Katja. »Deswegen ist sie dabei.«

»Wann war denn das zweite Mal?«, fragte Sascha. »Ich weiß nur noch, dass ich unterwegs beinahe aus der Kurve geflogen wäre. Allerdings erinnere ich mich auch daran, dass Sie geschossen haben, als ich im Auto saß. Das war cool von Ihnen! Ich dachte ja, die beiden Typen wären von der niederländischen Polizei.«

»Danach hast du die Gäste von drei Außenterrassen umgenietet. Das war kein schöner Zug von dir, Sascha«, tadelte Micky.

Sascha zuckte mit den Schultern, als hätte er nichts damit zu tun gehabt.

»Darf ich zuerst um einen Gefallen bitten?«, fragte er. »Nein, eigentlich zwei.«

Katja nickte.

»Bitte nennen Sie mich Freddy und nicht Sascha, ich hasse diesen Weibernamen. Und könnten Sie bitte Heino abholen? Er wohnt in einem Häuschen auf dem Campingplatz *De Gulper*. Bestimmt macht er sich schon Sorgen, denn er weiß ja nicht, dass ich hier bin.«

Dass er ihnen als Willkommensgeschenk gleich den Unterschlupf seines Kameraden verraten würde, hatte Micky nicht erwartet. Das wiederum stellte sie vor die Frage, ob sie erzählen sollten, dass Freddys singender Freund schwer verletzt auf der Intensivstation lag.

»Für Patrick ist gesorgt«, sagte Micky ausweichend. »Fangen wir an? Wir haben eine Menge Fragen und wollen dich nicht zu sehr belasten.« Sie nickte Katja zu und griff nach ihrem Notizbuch.

Katja fragte: »Können Sie uns eine Beschreibung der beiden Männer geben, die versucht haben, Sie zu entführen?«

»Nein, tut mir leid, es ging zu schnell. Ich wurde in das Auto gezerrt und bekam sofort einen Sack über den Kopf gestülpt.«

»Haben Sie die Männer vorher schon einmal gesehen?«

»Nein. Heinos Mutter hatte uns gewarnt, dass wir von der Polizei gesucht wurden, gleichzeitig aber auch von einem privaten Detektivbüro. Sie hat geglaubt, die Männer wären von der Versicherung.«

»Warum wollten Sie Carsten Roeder sprechen?«

»Er sollte uns helfen. Wegen ihm saßen wir schließlich in der Scheiße. Heino und ich hatten keinen Cent mehr und das Gemälde waren wir auch los.«

»Wieso habt ihr wegen Carsten in Schwierigkeiten gesteckt?«, übernahm Micky.

»Er hat Sybille benutzt, bis er sie nicht mehr brauchte.«

»Benutzt?«

»Sie war schwanger von diesem Mistkerl! Aber er ließ sie sofort fallen, nachdem sie ihm davon erzählt hatte. Sie musste ganz allein damit klarkommen. Und von Frau Roeder hatte sie auch nichts zu erwarten.«

»Warum nicht?«

»Weil Sybille die ganze Zeit für Carsten gearbeitet hatte.«

»Aber sie war doch auch bei der Firma *Roeder* angestellt?«

»Na ja, aber sie hat alles an Carsten weitergegeben, was im

Labor geschehen ist. Roeder hasst seine Schwester, und das beruht auf Gegenseitigkeit.«

»Willst du damit sagen, dass deine Pflegeschwester für Carsten spioniert hat?«

»Ja, so etwas in der Art.«

»Warum sollte sie so etwas tun? Das würde nur einen Sinn ergeben, wenn in dem Labor etwas gelaufen ist, was sie im Hauptquartier nicht wissen durften. Schließlich sind die beiden doch keine Konkurrenten?«

»Keine Ahnung, ich hab nur meinen Dienst geschoben.«

»Aber dein Chef Bayder hat dich ständig bei *Roeder West* eingesetzt, weil Carsten das so wollte. Was hast du dort sonst noch gemacht, außer deine Runden zu drehen?«

Zum ersten Mal schien Sascha in Verlegenheit gebracht.

»Du hast versprochen, uns alles zu erzählen, Freddy«, mahnte Micky. »Das gilt doch auch, wenn es ein bisschen schwieriger wird?«

»Sybille wollte das so, weil ...« Er wandte den Blick ab und fing an, an der Bettwäsche zu zupfen.

Katja holte schon Luft, um ihn unter Druck zu setzen, aber Micky glaubte, dass er sich nur schämte, und sagte schnell: »Um dich im Auge zu behalten? Wegen deiner Geldprobleme und deiner Spielsucht?«

Sascha zuckte unwillig mit den Achseln. »Ja, genau.«

Ein kurzes Schweigen trat ein, das Katja schließlich brach. »Was hat Sybille an Carsten weitergegeben?«

»Alles Mögliche. Ich weiß nicht genau, irgendwelchen wissenschaftlichen Kram.«

»Hat Carsten sie dafür bezahlt?«

»Ja, natürlich, sie hat gute Arbeit geleistet, das hat er immer wieder zu mir gesagt.«

»Aber das hörte plötzlich auf?«

»Ja, auf einmal brauchte er Sybille nicht mehr. Also musste sie was unternehmen.«

»Was wollen Sie damit sagen?«

»Na, die Geschichte mit diesem Gemälde.«

»Sie meinen den Raub?«

»Ja, Heino und ich haben das für Sybille getan. Carsten hätte doch nur mit einem Wort erwähnen müssen, dass sie für ihn gearbeitet hat, und Frau Roeder hätte sie sofort auf die Straße gesetzt. Carsten selbst hatte sie ja schon abserviert.«

»Sie meinen, nicht nur privat, sondern auch als Spionin ›abserviert‹. Also spielte Geld eine Hauptrolle?«

»Und meiner Meinung nach hatte sie auch das Recht dazu. Aufgeopfert hat sie sich für ihn, um dann mit leeren Händen dazustehen.«

»Sie hat euch also beauftragt, das Gemälde zu klauen?«

»Ja. Heino und ich haben einen halben Tag lang vor dem Gebäude von *Limbs* Wache gehalten. Uns war ganz schlecht vor Angst. Wir sind so etwas nicht gewohnt, verstehen Sie? Normalerweise stehen wir auf der anderen Seite.«

»Und dir hat es auch was gebracht? Finanziell gesehen, meine ich«, fragte Micky.

Sascha nickte gottergeben. »Sybille war der Meinung, dass wir von der Versicherungsgesellschaft an die zehn Millionen fordern könnten. Damit wäre uns allen dreien geholfen gewesen.«

»Zehn Millionen? Ganz sicher?«

»Vielleicht noch mehr, meinte sie.«

»Aber die Sache ist schiefgegangen, weil Sybille nicht in Lüttich aufgetaucht ist?«

»Es ging ja schon schief, als uns dieser Loser mit seiner Schrottkarre in Maastricht verfolgt hat. Der wollte den Helden spielen. Uns hat man so was in der Ausbildung ja sofort ausgetrieben.«

»Was kannst du uns über Sybilles Tod sagen?«

»Carsten wollte sie loswerden … er … er …« Ohne Vorwarnung begann er zu weinen. Fast blind vor Tränen tastete er um sich herum, bis er den Klingelknopf für die Schwester fand.

»Ich will jetzt schlafen«, schluchzte er. »Ich brauche eine Tablette.«

»Noch eine Frage« sagte Katja. »Warum hat Carsten Ihnen geholfen? Was hatten Sie ihm zu bieten?«

Eine Krankenschwester erschien in der Tür, drängte Micky zur Seite und sah Sascha prüfend an. »Sie sind völlig fertig. Legen Sie sich zurück. Sie werden in Nullkommanichts einschlafen.« Sie nahm ihn an den Schultern und drückte ihn sanft in die Kissen. Dann griff sie nach seinem Handgelenk und fühlte den Puls.

Micky ging zu Katja an die andere Seite des Bettes hinüber. »Sascha, wir warten auf deine Antwort«, sagte sie nachdrücklich.

Die Schwester schüttelte den Kopf. »Der Patient braucht Ruhe«, sagte sie barsch und gab mit einem Nicken zur Tür hin zu erkennen, dass die Unterhaltung beendet war.

»Nun komm schon, Sascha. Was hattest du so Wichtiges für Carsten, dass er alles stehen und liegen ließ, um in deine Spielhölle hinabzusteigen?«

Sascha öffnete seinen Mund, schloss ihn wieder und schaute mit Tränen in den Augen nach der Schwester.

»Das geht jetzt endgültig zu weit«, schimpfte sie. »Kommen Sie morgen wieder.«

»Natürlich kommen wir wieder«, sagte Micky und hoffte, dass es drohend genug klang. »Sascha, letzte Chance! Was wolltest du ...«

Die Schwester griff nach dem Telefon neben Saschas Bett. »Entweder Sie gehen jetzt oder ich rufe den Sicherheitsdienst.«

Katja zog Micky weg. »Komm jetzt«, sagte sie.

An der Tür warfen sie noch einen Blick auf Sascha, den die Schwester nun in seine Decke einpackte wie ein kleines Kind.

»Kann ich mit Heino sprechen, wenn Sie ihn abgeholt haben?«, fragte er bettelnd.

Micky zögerte. Der Wachmann hinter ihnen erhob sich.

»Freddy ...«, sagte Micky, »um Heino steht es schlecht. Es geht um Leben und Tod.«

»Hat Carsten das getan?«, rief Sascha und saß sofort aufrecht im Bett.

»Nein, Carsten ist auch tot«, antwortete Katja nachdrücklich.

Wieder brach Sascha in Schluchzen aus. Der Blick der Krankenschwester prophezeite böse Konsequenzen.

»Dieser Patient wird heute Nacht sehr schlecht schlafen«, prophezeite Katja, als sie das Krankenhaus verließen.

»Vielleicht wollte er doch auspacken und wir hatten nur zu wenig Zeit, um ihn in die richtige Richtung zu schieben«, erwiderte Micky.

»Nein, er ist ein Schauspieler«, sagte Katja. »Er hat sowohl uns als auch der Krankenschwester etwas vorgemacht. Auf alle wichtigen Fragen ist er uns die Antwort schuldig geblieben. Was hatte seine Pflegeschwester entdeckt und womit konnte er Carsten zwingen, ihm zu helfen?«

Katja startete den Motor und ließ ihn eine Weile laufen. »Er hat uns schon in die Irre geführt, als er so bereitwillig angekündigt hat, dass er uns einen Gefallen schulde«, fuhr sie fort. »Er hat noch irgendein Ass im Ärmel.«

»Wie kommst du darauf?«, fragte Micky.

»Sagt mir mein Gefühl«, antwortete Katja. »Oder nenn es meinetwegen Psychologie.«

»Und was wäre sein Motiv?«

»Er ist und bleibt ein Straßenjunge, auch wenn er inzwischen Uniform trägt. Er hat gelernt, wie man durchkommt.«

22

Robert erwachte in einem fremden Bett in einem fremden Appartement, weil die Strahlen einer brutalstmöglichen

Morgensonne Löcher in seinen Kopf bohrten. Eine Art altägyptischer Operationsmethode, die jedoch leider nicht zur Druckentlastung in seinem Schädel führte.

Er bemühte sich aufzustehen, aber sein Kreislauf hatte noch keinen Sinn für derartig revolutionäre Umwälzungen. Also blieb er liegen und versuchte zusammenzukratzen, was vom vorigen Tag in seiner Erinnerung haften geblieben war. Am entscheidenden Punkt sollte er auf ein erschreckend großes Loch stoßen.

Licht und klar stand ihm noch vor Augen, wie Anouk auf die Nachricht von Carstens Tod hin vorgeschlagen hatte, dem Atelier den Rücken zu kehren und den Rest des Samstags in Freiheit zu verbringen. Robert hatte gezögert, weil es ihm in schlechten Zeiten eher half, einem Gemälde kleine Störleim-Injektionen zu verpassen, als das Getriebe der Welt live krachen zu hören. Aber Anouk hatte ihn mit ihren großen braunen Augen so lange fixiert, bis er ihr zu folgen bereit war wie ein naiver Dschungelbewohner einer berühmten Schlange.

Nur wenig später hatte er hinter ihr auf einer Vespa gehockt, die sie wild und geschickt und zwischendurch aufjauchzend zu Goldfrapps *Ooh La La* auf den Helmkopfhörern durch die Maastrichter Altstadt steuerte.

In kürzester Zeit hatten sie die Stadtgrenze erreicht, die Straße verwandelte sich in einen Feldweg und bald darauf bremste Anouk auf dem Hof jenes Weinguts ab, dessen Grauburgunder Robert beim Abendessen mit Micky genossen hatte.

Weiter erinnerte Robert sich auch noch recht gut an einen ausgedehnten Spaziergang, eine Brotzeit mit Weinprobe, bei der sich Anouk mit Hinweis auf Robert als kostbare Fracht zurückgehalten hatte, und an die wundervolle Rückfahrt. Dann hatte sie ihn in ein Restaurant eingeladen und er hatte dort die vespabasierte Eruption seiner Nackenschmerzen mit einem beherzten Schluck *Tramadol* eindämmen müssen.

Das Essen war gut gewesen, der Rotwein auch, aber diese Urteile waren nur noch Inseln der Erinnerung in einem großen, stillen Ozean des Vergessens. Der Weg hierher, wo immer ›hierher‹ nun sein mochte, war bereits versunken wie alles Weitere danach.

»Du bist wach. Deine Lider zittern.«

»Da weißt du mehr als ich.« Er öffnete mühsam die Augen und sah Anouk in einem grauen, halbtransparenten Babydoll vor sich stehen. Er schloss die Augen schnell wieder und öffnete sie noch einmal, aber sie stand immer noch genauso vor ihm.

»Das vermute ich auch, wenn ich dich so sehe.« Sie grinste gemein. »Kaffee?«

Er nickte. Während sie verschwand, scannte er hastig das Bett. Beide Seiten waren benutzt, das Bettzeug lag in wildem Wirbel da. Hatten sie etwa …? Verdammt, er wusste es nicht mehr. Das war ihm noch nie passiert!

Sein Schädel brummte so böse, dass er es hörte. Vielleicht war es aber auch nur eine Pad-Maschine, denn kurz darauf kehrte Anouk mit einem dampfenden Becher Kaffee zurück und hockte sich auf das Bett. Ihr Babydoll öffnete sich ein wenig und gab den Blick auf ein im selben dunklen Grauton gefärbtes und mit lichter, weißrosa Spitze abgesetztes Höschen frei. Anouks Oberschenkel waren so weiß und eben wie die einer Rokokoprinzessin in einem Film von Sofia Coppola, dachte er. Ah, es ging langsam bergauf mit ihm, sein Gehirn war schon wieder bereit für die ein oder andere flotte Assoziation.

»Mein Lieber, ich habe es dir gleich gesagt. Nach der Weinprobe noch eine Flasche *Chateauneuf du Pape* und eine Überdosis *Tramadol*, das ergibt eine ganz schmutzige Bombe.«

»Wieso, es geht mir blendend«, Robert richtete sich stöhnend auf, um einen Schluck Kaffee zu nehmen. »Schon halb elf. Ich muss ins Atelier«, sagte er.

»Am siebten Tage sollst du ruhen.«

»Wenn ich mich recht entsinne, hasst ihr Surrealisten das Christentum.«

»Du hältst mich für eine Surrealistin?«

»Mehr denn je.«

»Das ist gut«, sagte sie befriedigt. »Dann darfst du jetzt aufstehen.«

Robert führte die Hände wie ein dankbar grüßender Inder zusammen und ging etwas steif, aber um Würde bemüht, ins Bad.

Und schämte sich. Wie sollte er herausbekommen, was in der Nacht geschehen war, ohne dass sie Wind von seiner Amnesie bekam. Er roch an seinen Händen, rieb mit einer Hand über sein Glied, schnupperte wieder, fuhr mit der Zunge über seine Lippen. Nichts. Aber was hieß das schon. Vielleicht roch ihr Schoß so zart, dass alles längst verflogen war. Und außerdem gab es tausend andere Dinge, die geschehen sein konnten und die man besser nicht vergessen sollte.

Robert stieg unter die Dusche und ließ das heiße Wasser über sein Gesicht laufen, bis es brannte. Als er endlich nach dem Handtuch griff, hatte er einen Beschluss gefasst. Er zog sich an, holte seine Jacke aus der Küche und ging zurück ins Bad, kramte das *Tramadol* aus seinen Taschen und spülte Tropfen und Tabletten in die Kanalisation der Stadt. So einen Blackout wollte er nicht noch einmal erleben.

»Du musst nicht mitkommen«, sagte er zu Anouk, die sich seinen Kaffee geangelt hatte und auf dem Bett in einer Zeitschrift blätterte. »Ich will nur diese komische Farbscholle untersuchen.«

»Es würde Mijnheer Debriek ganz und gar nicht gefallen, wenn ich dich aus den Augen ließe.«

»Oh, ich vergaß, dass du meine Aufpasserin bist.«

»Vergesslichkeit ist eine Form der Freiheit, sagt der Prophet.«

Sie wusste also, dass er es nicht mehr wusste? Robert

spürte, wie ihm das Blut in den Kopf schoss. »Willst du so gehen?«, fragte er nach einer Schrecksekunde.

»Wenn du Wert darauf legst, gern.«

Anouk hatte sich dann aber doch hinter einen voluminösen Schrankkoffer zurückgezogen und nach einer halben Stunde elementarer Grübelei ein gepunktetes, kurzes Kleid angezogen. Nur sein schlechtes Gewissen hatte Robert so viel Geduld aufbringen lassen. Inzwischen saß er endlich dort, wo er hingehörte: über ein Stereomikroskop gebeugt, in der einen Hand eine UV-Lampe, in der anderen eine Häkchensonde, den Farbsplitter untersuchend.

»Die abgeplatzte Scholle gehört eindeutig zu unserem *Magritte.* Aber dieser schwarze Tupfer ist eine Übermalung. Sitzt wie ein Eigelb auf der Scholle.«

»Ein schwarzes Eigelb, schöner Vergleich, Herr Patati«, spöttelte Anouk hinter ihm.

»Glücklicherweise ist die Übermalung nur auf den Firnis aufgesetzt worden«, fuhr er unbeirrt fort und legte die Lampe weg. »Die Farbe ist noch extrem elastisch, vielleicht gerade erst durchgetrocknet. Willst du das erledigen?«, fragte er.

Anouk nickte und er überließ ihr den Platz am Mikroskop. Sie gab einen Tropfen organischen Lösungsmittels auf ein Wattestäbchen und rieb vorsichtig in kreisförmigen Bewegungen über die Farbscholle. »Sehr gut geht das. Ein Stäbchen zum Abnehmen der Farbe? Danke. So, was haben wir denn da? Ein Punkt, laminiert und bedruckt mit lauter Zahlen.«

»Lass mich mal.« Robert beugte sich über die Okulare. »Was ist das?« Er holte das Handy aus seiner Jackentasche. »Robert hier. Hallo Katja, entschuldige die Störung. Wir haben bei den Arbeiten am *Magritte* etwas gefunden. Unter einem Farbtupfer klebte ein Zettelchen. Eine Art Minipunkt. Darauf sind ein paar Hundert Ziffern gedruckt.«

»Ein Code?«

»Keine Ahnung. Du bist die Polizistin.«

»Ich nehme das mal als Respektsbezeugung zu den Akten. Meinst du, er saß schon länger auf dem Bild?«

»Höchstens ein paar Wochen. Die Farbe ist noch frisch.«

»Klingt interessant. Ich spreche mit unserem Kryptografen. Auch so ein Nerd, der keine Sonntage kennt. Ich sag gleich Bescheid, wann wir kommen. Und nichts anfassen, okay?«

Der Nerd hieß Holger und musste erst noch die Festplatte seines Neffen retten, wenn er nicht seinen letzten sozialen Kontakt verlieren wollte. Robert hatte Katja versprochen, im Atelier zu warten. ›Nichts anfassen‹ bedeutete in diesem Fall die Höchststrafe.

Aber während sich Robert ausnahmsweise tapfer zurückhielt, wurde für Anouk, die unbedingt hatte bleiben wollen, das Fundstück erst durch das Verbot wirklich interessant.

»Spannend«, sagte sie, während sie sich tief über den Punkt beugte. »Den kann ja eigentlich nur jemand in dieser deutschen Firma aufgeklebt haben, wo das Bild früher gehangen hat. Oder im Auktionshaus«, spekulierte sie.

»Alles möglich«, antwortete Robert zurückhaltend. »Komm, wir schauen uns noch mal die Randstücke des *Magritte* an.«

»Sei doch nicht so langweilig. Wir könnten versuchen, die Papiersorte zu identifizieren. Die Polizei fände das bestimmt super.«

»Ganz bestimmt, vor allem, wenn die Zahl dabei draufgeht«, sagte Robert und zog sie vom Mikroskop weg.

Eine halbe Stunde später hatten sie den Bereich des Gemäldes festgelegt, in dem sie mit der Rissverklebung beginnen wollten. Anouk ging sofort wieder zum Objekt ihrer Begierde zurück.

»Lass uns doch wenigstens diese Zahl mal bei Google eingeben.«

»Nein.«

»Und wenn es die Weltformel ist?«

»Müssten wir den Punkt sofort verbrennen und ich hätte furchtbaren Ärger mit Katja.«

Anouk begann seufzend, im Atelier auf und ab zu schlendern, wobei sie ihre Runden immer wieder unterbrach, um einen Blick durch das Mikroskop zu werfen.

»Was ist? Hast du Sorge, das Ding könnte sich selbst zerstören?«, fragte Robert.

»Ich muss doch die Zahl auswendig lernen, damit ich sie an Debriek weitergeben kann.« Sie schaute ihn betont verständnislos an, ehe sie ein teuflisches Lächeln auf ihr Gesicht zauberte.

»Sehr witzig«, befand Robert, während Anouk schon wieder unterwegs war und zu seinem iPod herüberging, um erneut seine Sammlung zu checken.

»*Get Well Soon*, ist das therapeutische Musik?«, fragte sie.

»Musik ist immer Therapie, oder? Das ist eine deutsche Band. Opulenz- und Pathos-Pop, könnte dir gefallen. Klick mal *Werner Herzog gets shot* an.«

»Und wer ist Werner Herzog?«

»Ein deutscher Regisseur. Hat viel mit Klaus Kinski gedreht. Der Titel bezieht sich darauf, dass Herzog mal in Los Angeles ein Interview gegeben hat, dabei von einem Sniper mit einem Luftgewehr angeschossen wurde und das Interview an anderem Ort ungerührt mit einer Kugel im Unterleib fortsetzte.«

»›Die einfachste surrealistische Tat besteht darin‹«, zitierte Anouk plötzlich und legte eine spannungssteigernde Kunstpause ein.

Robert schalt sich insgeheim einen dummen Streber, aber er konnte nicht anders, als Anouks Satz zu vollenden. »… ›besteht darin, mit Revolvern in den Fäusten auf die Straße zu gehen und blindlings, so lange man kann, in die Menge zu schießen.‹ Ich fand den Spruch immer dumm, angeberisch und gefährlich.«

»Du musst Breton schon vollständig zitieren!« Anouk

richtete einen Heizspachtel auf Robert und markierte mit ihm wie mit einem Taktstock den Rhythmus der berühmten Stelle aus dem Zweiten Manifest des Surrealismus: »›Wer nicht wenigstens einmal im Leben Lust gehabt hat, auf diese Weise mit dem derzeit bestehenden elenden Prinzip der Erniedrigung und Verdummung aufzuräumen – der gehört eindeutig selbst in diese Menge und hat den Wanst ständig in Schusshöhe.‹«

»Und was macht das besser?«

»Die Lust zu haben, heißt noch lange nicht, es zu tun. Denn es wäre das Einfachste, und das Einfachste ist immer der Feind des Surrealen.«

»Das steht im Widerspruch zum ersten Satz des Zitats.«

»Das nennt man Dialektik. Und gute Dialektik ist immer surreal.«

Robert lachte und hob die Arme. »Gnade! Ich kapituliere!«

»Gut, dann verrate ich dir, dass mich unter anderem dieser Satz gerettet hat.« Ihr Lachen verschwand und sie wies auf die Narben ihres Oberarms. »Und ein Gemälde von Magritte. Ich war Mitte zwanzig, hatte eben die x-te Therapie abgebrochen. Wir gingen auf Studienfahrt nach Düsseldorf. Besuch des Restaurierungszentrums und der Kunstsammlung. Ich betrete den Surrealistensaal und sehe Magrittes *Das Vergnügen.* Dieses Bild, auf dem ein braves Mädchen in Sonntagskleid und weißem Spitzenkragen herzhaft in einen Vogel beißt.«

»Ich kenne es. Ziemlich verstörend.«

»Das Mädchen war ich. Nur, dass ich nicht Vögeln die Eingeweide bluttriefend herausbiss, sondern jeden Tag mir selbst. Meine Mitstudenten stellten sich dermaßen jämmerlich an, wie brutal und grausam Magritte das doch gemalt hätte. Aber das war eben der entscheidende Punkt: Es zeigt die nackte Wahrheit bürgerlicher Gewalt.«

»Und an dem Tag hast du beschlossen, Surrealistin zu werden?«

»Robert, man beschließt doch nicht, Surrealistin zu werden. Man erkennt, dass man es ist. Dass man anders, viel mehr ist und sich die ganze Zeit über zerstört hat, indem man versuchte, sich kleinzumachen und Teil dieser vorgeblichen Normalität zu werden. Ich habe alles studiert, was ich an surrealistischen Dokumenten in die Hand bekommen konnte – und aufgehört, mich selbst zu verletzen.«

»Und heute bist du eine angesehene Restauratorin surrealistischer Kunst. Ganz gutbürgerlich.«

»In der Maske des Durchschnittsbürgers. Genau wie es Magritte tat mit seinen grauen Anzügen, dem Bowlerhut, dem Malen im Wohnzimmer statt in einem Atelier. Du musst unauffällig unter den Menschen leben. Sonst kommen sie und zerstören dir deine innere Freiheit.«

»Aber du …«, wollte Robert nachhaken, doch in diesem Moment klingelte es.

Er stand auf, um nach vorne zu gehen.

»Du brichst unser Gespräch ab? Nur, weil irgendwer schellt?« Anouk sprang auf, die Fäuste an ihren herabhängenden Armen waren geballt.

»Das ist Katja, auf sie warten wir doch.« Robert blieb perplex an der Tür stehen.

»Du hast auf sie gewartet. Ich bin wegen dir hier. Deine Katja taucht wie immer zur falschen Zeit auf.« Sie schnappte ihre Strickjacke und rauschte an Robert vorbei.

»Wieso ›wie immer‹?«, rief er, aber da hörte er schon die Sicherheitstür ins Schloss fallen.

»Gerade ist ein hitziger Feuerball an uns vorbeigeschossen. War das deine Anouk?«, fragte Katja, während sie ihn umarmte.

»Wieso meine?«, gab Robert anstelle einer Begrüßung sauer zurück.

»Uiihh«, sagte Katja und wies dann auf den Mann hinter ihr. »Entschuldigung, das ist Holger, unser Kryptograf.«

»Und was heißt hier ›uiihh‹? So ein Blödsinn. Äh, hallo, Holger. Robert, Robert Patati.«

»Ich hab schon viel von dir gehört.«

»Na, dann ist ja gut. Hier lang, bitte.«

Holger schaltete seinen Laptop ein, rief ein Programm auf und bat Katja, das einzutippen, was er ihr diktieren würde. Dann setzte er sich an das Mikroskop, stellte die Optik ein und las langsam die Zahl vor.

»Das war die Kärrnerarbeit«, sagte er zufrieden, »der Rest ist Rechenleistung.«

Er drückte die Enter-Taste und keine zwei Sekunden später stand das Ergebnis fest.

»Der Punkt selbst erinnert mich an einen Microdot. Damit haben Spione im Zweiten Weltkrieg Nachrichten übermittelt. Vereinfacht gesagt, haben sie Dokumente durch ein umgedrehtes Mikroskop fotografiert und auf Glaspunkte belichtet, die nur einen Quadratmillimeter klein waren. Schwarz eingefärbt wurden sie dann als Punkte über die I in unverfänglichen Briefen gesetzt. Vor allem …«

Katja unterbrach den begeistert referierenden Holger. »Das war vor siebzig Jahren. Was sagt die Gegenwart?«

Holger schaute sie enttäuscht an. »Heute ist nicht mehr das Geschick der Spione, sondern das der Ingenieure gefragt. Die Zahl ist nicht einfach mit einem Kopierer verkleinert worden. Dafür sind die Kanten der Schrift zu scharf und das Bild ist zu klar. Das ist eine Mikrotext-Schrift. Von Xerox gibt's eine, die schafft es locker runter bis 0,6 Punktgröße. Erst danach ist es noch einmal verkleinert worden. Sehr clever.«

»Okay«, sagte Robert, »also eine geheime Message. Und was ist das nun für ein Code? Sind da Buchstaben in Zahlen übersetzt worden?«

Der Kryptograf grinste. »Wer einen solchen Aufwand betreibt, verwendet garantiert keinen Kindercode. Es handelt sich um eine Primzahl. RSA-Verschlüsselungen arbeiten damit. Reicht euch das als Info? Ich will euch nicht mit Dingen langweilen, die ihr eh nicht versteht.«

»Versuch's einfach«, forderte Katja.

Holger rieb sich vor Freude die Hände. »Also: Das größte Geheimhaltungsproblem war früher, dass nicht nur die Nachricht, sondern auch der Code zwischen Absendern und Empfängern transportiert werden musste. Denkt nur mal an die Enigma, mit der die Deutschen im Zweiten Weltkrieg ihre Nachrichten fast perfekt verschlüsselten, aber weil die Alliierten immer mal wieder ein deutsches U-Boot aufbrachten, gelangten sie an die Listen mit den Codes und konnten dann trotzdem alles übersetzen.«

»Die Gegenwart, Holger, die Gegenwart!«, flehte Katja.

»Mit der RSA-Verschlüsselung ist alles ganz anders. Der eigentliche Code bleibt immer zu Hause. Nehmen wir an, Katja will Robert eine geheime Nachricht schicken. Robert errechnet dann mithilfe einer Formel aus zwei sehr großen Primzahlen einen Schlüssel. Er schickt diesen Schlüssel an Katja.«

»Warum Primzahlen?«, fragte Robert.

»Jeder weiß, dass eins, drei und sieben Primzahlen sind, aber so große Primzahlen mit Hunderten von Ziffern sind schwer zu errechnen.«

»Und die werden miteinander multipliziert.«

»Ja, das Produkt ist seitenlang. Man nennt es den ›öffentlichen Schlüssel‹, weil ihn ruhig jeder sehen darf. Katja codiert ihre Nachricht an Robert mit diesem öffentlichen Schlüssel. Die Entschlüsselung funktioniert nur, wenn man die beiden ursprünglichen Primzahlen kennt. Aber die kann man eben wegen ihrer Größe nicht aus dem öffentlichen Schlüssel zurückrechnen. Also: Robert hat die Primzahlen und er alleine kann die Nachricht decodieren. Der Vollständigkeit halber müsste ich noch erklären, dass die Verschlüsselung auf der Basis einer modularen Multiplikation erfolgt und dass es Paddingverfahren gibt, die das Ganze noch sicherer machen. Aber das ist für euch jetzt nicht so wichtig. So weit alles klar?«

»Geht so. Aber ich sehe da trotzdem ein Problem«, meinte Robert. »Du sagst, der öffentliche Schlüssel wird verschickt, aber die Primzahlen bleiben bei dem Nachrichtenempfänger, der sie auch selbst ausgewählt hat.«

»Sehr gut«, lobte Holger wie ein Nachhilfelehrer.

»Wieso wurde aber dann mit unserem *Magritte* eine Primzahl verschickt?«

»Interessanter Punkt«, gab Holger zu. »Primzahlen zu verschicken, ist eigentlich ein No-go.«

»Es braucht zwei Zahlen«, sagte Katja. »Also müsste auf dem *Magritte* noch eine versteckt sein.«

»Sicher nicht«, antwortete Robert. »Es gibt allerdings zwei Fehlstellen, für die ich keine abgeplatzten Farbschollen sicherstellen konnte. Vielleicht sind sie auf der Flucht verlorengegangen. Bezüglich der einen Stelle hatte ich zuerst unbegreiflicherweise einen unsachgemäßen Farbauftrag notiert. Als Anouk mit mir das Protokoll durchging, erwies sie sich in Wirklichkeit ganz deutlich als Fehlstelle.«

»Wie konntest du dich denn so irren?«

Robert wand sich unter Katjas scharfem Blick. »Ich versteh's ja auch nicht. Dieses Schmerzmittel, weißt du?«

»Und wenn es gar nicht dein Fehler war? Versuch, dich an den Farbauftrag zu erinnern. War es dieselbe Farbe wie bei diesem Microdot hier?«

Robert zog die Schultern hoch. »Ich habe ein paar ganz unerfreuliche Gedächtnislücken.«

»Okay, versuchen wir es anders. Hatte jemand zwischen deiner Protokollierung und Anouks Überprüfung des Protokolls Zugang zu dem Bild?«

»Ich war ununterbrochen hier. Nur einmal, als …« Robert stockte plötzlich. »… als Debriek mit dem Bild allein sein wollte, da war ich Kaffeetrinken.«

»Dann hat er vielleicht die zweite Primzahl«, sagte Katja.

»Und warum hat er diese Zahl hier zurückgelassen?«, schaltete sich Holger ein.

»Weil sie nicht mehr auf dem Bild war, sondern in meiner Jackentasche. Und frag mich jetzt bloß nicht, warum«, wehrte Robert ab.

»Also, was haben wir?« Katja zählte die Punkte an den Fingern ab. »Unternehmer eins ersteigert ein Gemälde von Unternehmer zwei. Auf dem Gemälde sind Primzahlen versteckt. Unternehmer eins weiß offenkundig davon, denn er ist so scharf auf diese Primzahlen, dass er hierherkommt, um sie vom Bild abzukratzen. Höchstwahrscheinlich waren sie überhaupt der Grund dafür, dass er das Bild zum dreifachen Wert gekauft hat.«

»Immerhin gab es einen zweiten Bieter, der fast genau so viel für den *Magritte* ausgeben wollte. Wusste der dann auch von den Primzahlen?«, fragte Robert skeptisch.

»Gute Frage, nächste Frage«, gab Katja grübelnd zurück.

»Wer hat die Primzahlen auf das Gemälde geklebt? Und vor allem warum?«

Katja schaute Robert genervt an. »Ich kümmere mich jetzt erst einmal um diesen anderen Bieter.«

23

»Und was sagt der Arzt?«, fragte Katja mit einer für diesen frühen Montagmorgen unverschämt guten Laune, als Robert den Kopf durch die Tür zu ihrem Büro steckte.

»Der Arzt sagt: ›Du bist ein Trottel, Patati. Du solltest nicht arbeiten und dich nicht mit Betäubungsmitteln vollstopfen‹«, antwortete er und schloss die Tür hinter sich.

»Ein guter Arzt«, befand Katja.

»Ein schlauer Arzt. Er weiß, dass ich sowieso nicht auf ihn höre, und hat mir weniger heftige Schmerztabletten verschrieben. Im Übrigen sei mein Nacken auf einem überraschend guten Weg, was freilich Situationen wie die gestrige nicht ausschlösse.«

Dass Robert nun hier im LKA war, verdankte er einer schweren Schmerzattacke, die ihn ereilt hatte, als sich Holger und Katja gerade auf den Weg zurück nach Düsseldorf machen wollten. Kalkweiß geworden, hatte er sich nur mühsam am Türrahmen festhalten können. Katja hatte ihn ins Krankenhaus fahren wollen, was Robert mit Hinweis auf seinen Job abgelehnt hatte.

»Was für ein Job?«, hatte Katja gefragt. »Der *Magritte* kommt jetzt in eine versiegelte Box, bis Molendorp seine Spurensicherung geschickt hat. Vielleicht finden wir ja an den Fehlstellen Fingerabdrücke von Debriek.«

Deswegen und weil es mit den Schmerzen nicht besser wurde, hatte Robert zugestimmt, sich von Katja wenigstens zu seinem Arzt chauffieren zu lassen. Im Gegenzug hatte er ihr die Zusage abgepresst, dabei sein zu dürfen, wenn sie sich um den unterlegenen Bieter der *Magritte*-Versteigerung kümmerte.

Sein Versuch, Anouk zu sprechen, hatte ihn nur zu ihrer Mailbox geführt. Er hinterließ, dass er mit Katja nach Deutschland fahre und sie bitte, der Polizei beim Spurensichern auf die Finger zu sehen, ansonsten aber warten solle, bis er am Nachmittag wieder im Atelier sei.

Vor allem aber sollte sie um Gottes Willen nicht Debriek über den Code informieren, bloß weil sie wütend auf Robert war. »Glaub mir, Debriek ist einer von denen, wegen denen du sofort deinen Bretonschen Revolver zücken würdest: Der setzt das elende Prinzip der Erniedrigung und Verdummung perfekt und mit aller Skrupellosigkeit um.«

»Setz dich.« Katja tippte etwas in den Computer ein.

Robert nahm sich einen Stuhl und wechselte die Tischseite.

»Das ist die Liste der Bieter und all derer, die die Versteigerung am Telefon mitverfolgt haben«, sagte sie und zeigte auf den Bildschirm.

»Die grün unterlegten Einträge hat KK Krause schon gecheckt.«

»Weit ist er nicht gekommen.«

»Das Auktionshaus hat die Liste ja auch erst rausgerückt, als wir drohten, mit seiner Versicherung einmal über die mangelnde Kooperationswilligkeit ihres Klienten zu sprechen. Das hätte für von Dornberg ziemlich teuer werden können. Aber dann musste ich schon den Kollegen Krause auf die beiden Räuber ansetzen. Ich habe hier nun mal keine SoKo zur Verfügung«, rechtfertigte sie sich.

»Wie hast du ihn denn vorgehen lassen? Nach Gebotshöhe?«

»Nein, ich habe erst einmal die etablierteren Kunsthändler und Museen zurückgestellt. Und dann noch die Firmen. Ich hatte eher auf einen einzelnen Bieter getippt.«

»Okay, und kam das zweithöchste Gebot von einem Einzelkämpfer?«

»Nein, von einer Firma. *I.R.E.-Investments*.«

»Hat ihren Sitz bestimmt in ... lass mich raten: Luxemburg, Liechtenstein oder auf den Kaimaninseln?«

»Tut mir leid, dass ich dich enttäuschen muss, Robert, aber hier steht einfach nur Aachen.« Katja rief das Handelsregister auf und gab den Namen der Gesellschaft ein. »Na, viel Mühe haben sie sich ja nicht gegeben, ihre Spur zu verwischen.«

Sie las laut vor: »Gesellschaft mit beschränkter Haftung. Gesellschaftsvertrag vom 14.07.2011. Geschäftsanschrift: Bismarckstraße und so weiter. Gegenstand: Die Investition in andere Unternehmen, die Beteiligung an dritten Unternehmen sowie der Ankauf und Verkauf von Waren jeglicher Art. Ferner die Erbringung von Beratungs- und Schulungsleistungen. Stammkapital: fünfundzwanzigtausend Euro. Allgemeine Vertretungsregelung: Ist nur ein Geschäftsführer bestellt, so vertritt er bla bla bla. Geschäftsführer: Hinrichs, Jens, Aachen, geboren 10.04.1962, einzelvertretungsberechtigt mit der Befugnis, im Namen der Gesellschaft, im eigenen Namen oder als Vertreter eines Dritten Rechtsgeschäfte abzuschließen.«

»Jens Hinrichs? Ist das nicht der wissenschaftliche Schoßhund von Ingrid Roeder?«, fragte Robert.

Katja nickte.

»Als ich den *Magritte* für die Versteigerung klarmachte, hab ich ihn einige Male hinter Ingrid herdackeln sehen. Dann hat also er für sein Frauchen den Preis nach oben getrieben.«

»Und er muss sehr genau gewusst haben, wann er damit aufhören musste. Denn sonst wäre er auf den Millionengebühren des Auktionshauses sitzengeblieben.«

»Was wiederum verrät, dass es eine Preisabsprache mit Debriek gab«, ergänzte Robert. »Ich gehe jede Wette ein, dass das Auktionshaus eingeweiht war. Dieser Hinrichs hat ja wohl kaum die passende Bankgarantie vorlegen können.«

»Absprachen wie bei der Pop-Art-Mafia in New York, die dieser englische Journalist letztens aufgedeckt hat?«, überlegte Katja. »Möglich ist alles.« Sie fuhr den Computer herunter. »Jedenfalls besuche ich ...«

»... besuchen wir«, korrigierte Robert.

»... besuchen wir jetzt den heimlichen Geschäftsführer eines angeblich millionenschweren Unternehmens.«

Micky ließ das Telefon eine Weile klingeln, bevor sie sich meldete. Die Schlaflosigkeit, die sie während ihrer Polizeikarriere so treu begleitet hatte, war zurückgekehrt. Erst hatte ihr das zerstörte Gesicht des verunglückten Carsten im Kopf herumgespukt. Stolpeer schien recht zu behalten – Carsten war die eine Leiche zu viel. An den Einfallstoren ihres Gedächtnisses scharten sich im Pulk die Aktentoten und versuchten hartnäckig, einen Fuß zwischen die Türen zu bekommen.

Irgendwann war sie aufgestanden, hatte sich einen Beutel Schlaftee vom Servicetablett geholt und mit heißem Wasser aus dem Wasserkocher aufgebrüht. Anschließend hatte sie noch eine Stunde lang über die Frage nachgegrübelt, ob sie womöglich einen emotionalen Crash hatte. Und falls ja, dass der Zeitpunkt dafür kaum ungünstiger sein konnte, da die Ermittlungen in vollem Gange waren. Schließlich hatte sie sich mit der beruhigenden Überlegung unter die Decke verkrochen, dass ihre Ruhelosigkeit wahrscheinlich nur auf die chaotische Woche zurückzuführen war, die hinter ihr lag. Aber erst als die Morgendämmerung durch eine Spalte zwischen den schweren Übergardinen kroch, hatte sie den Gedanken verdrängt, dass eine weitere chaotische Woche vor ihr lag.

Kurz bevor die Mailbox ansprang, meldete sie sich. Die höfliche Stimme Delgados. Er sitze unten am Frühstückstisch. Ob sie herunterkommen wolle, um einige drängende Fragen mit ihm zu besprechen? Ob sie schon gefrühstückt habe?

Micky überlegte blitzschnell, was sie wohl erwarten mochte und kam zu dem Schluss, dass schlimmstenfalls ihre Solokarriere in Ermangelung von Aufträgen einen Knick erleiden würde. Sie bat um zehn Minuten Zeit, duschte und bekämpfte die Ränder unter ihren Augen mit Eiswürfeln aus der Minibar.

Michael war tadellos in einen leichten sommerlichen Maßanzug gekleidet, allerdings mit schwarzer Krawatte. Er stand auf und begrüßte sie mit einem Händedruck und gesenktem Kopf und blieb sekundenlang so stehen. Zuerst kam sich Micky vor wie in einem *Sissi*-Film, bis sie endlich begriff, dass er ihr die Gelegenheit bot, ihm zum Verlust seines Chefs zu kondolieren. Eilig drückte sie ihr Mitgefühl für alle Mitarbeiter des Unternehmens aus. Michael setzte sich und trank einen Schluck Kaffee, den Blick weiterhin gesenkt.

»Als Unternehmensverwalter nehme ich die laufenden Geschäfte wahr«, begann er nach einem langen Schweigen. »Carsten hat Sie damit beauftragt, eine unabhängige Untersuchung zu den Ursachen und Umständen des Brandes durchzuführen. Ich möchte Sie bitten, damit fortzufahren.«

Plötzlich sah er ihr direkt ins Gesicht. »Ich habe soeben Ihren Aufenthalt in diesem Hotel um eine Woche verlängert«, sagte er. »Und Ihnen einen Vorschuss auf das Honorar der vergangenen Woche überwiesen. In dem Sinne, wie es mit Carsten besprochen war.«

Micky fragte sich, ob Delgado auch über die inoffizielle Aufgabe informiert war, die sie erfüllte.

»Carsten hat Ihnen einen komplizierten Auftrag erteilt«, fuhr er fort. »Aber ich möchte Sie jetzt dringend bitten, sich hauptsächlich auf den Brand zu konzentrieren. Dazu besteht nämlich akute Notwendigkeit.« Er nahm eine Mappe aus seinem Diplomatenkoffer und schob sie zu Micky hinüber. »Dies ist der erste Bericht der Rhein-Ruhr-Versicherung«, erklärte er. »Ich erspare Ihnen die Details der Untersuchung, aber die Schlussfolgerungen sind bedrohlich. Genau wie Carsten vorausgesagt hat, wird sich die RRV voraussichtlich weigern, den Schaden zu regulieren.«

»Weil es Brandstifung war?«, fragte Micky.

Delgado lächelte und schenkte ihr aus einem silbernen Kännchen eine Tasse Kaffee ein. »Im Kleingedruckten steht, dass sie auch bei Brandstiftung zahlen müssen«, antwortete er. »Nein, es geht um den Schaden an unseren Datenbeständen.« Er schlug die Mappe auf. »Carsten hat Ihnen wahrscheinlich erzählt, dass wir dabei waren, unsere Daten auf ein System von Nanochips zu übertragen, kombiniert mit einer Hochgeschwindigkeitstransmission auf der Basis von Graphenmodulatoren. In der Übergangsphase war nur das System aktiv, das die Daten auf die Disc-Arrays im Serverraum übertrug.«

Er schwieg einen Moment, als sich Micky ein Croissant mit Marmelade bestrich. »Diese technischen Einzelheiten spielen jetzt keine Rolle. Wichtig ist: Die Damen und Herren der Versicherung haben festgestellt, dass sämtliche Datenträger vollkommen unlesbar geworden sind. Ihrer Meinung nach können durch einen Brand zwar durchaus Daten verlorengehen, doch ein gewisser Prozentsatz kann immer rekonstruiert werden, selbst nach großer Hitzeeinwirkung wie bei dem Feuer in der *Roeder*-Niederlassung. Dennoch sind hundert Prozent der Daten vernichtet.«

»Und das bedeutet?«, fragte Micky kauend.

»Dass die Versicherung die Ursache des Datenverlustes nicht dem Brand zuschreibt.«

»Und wo soll sie stattdessen liegen?«

»Die RRV hat weder die Pflicht noch die Befugnis noch die Möglichkeit und schon gar keine Lust, das zu untersuchen«, sagte Michael. »Doch schon die Tatsache allein reicht, um die Schadensregulierung zu blockieren.«

»Kurzum, es muss jetzt umso intensiver nach der wirklichen Ursache der Vernichtung gesucht werden, weil sie das Überleben von *Roeder* gefährdet?«

»Korrekt«, bestätigte Michael. »Diese Frage hat absolute Priorität, auch vor dem Untersuchungsziel, das Carsten unter der Rubrik ›inoffiziell‹ laufen ließ. Vielleicht irrt sich die RRV oder es handelt sich um einen Versuch, sich vor finanziellen Verpflichtungen zu drücken. Von jetzt an berichten Sie mir.«

»Eine Frage«, sagte Micky. »Weiß Ingrid Roeder darüber Bescheid?«

Michael schüttelte den Kopf. »Frau Roeder besitzt zehn Prozent der Unternehmensaktien«, sagte er. »Carsten hat in seinem Testament seine Mutter als Alleinerbin eingesetzt. Leider erlaubt ihr ihre gesundheitliche Situation nur begrenzte Aktivitäten. Sie hat mich gebeten, alles zu tun, was für den Weiterbestand von *Roeder* nötig ist.« Delgado stand auf. »Entschuldigen Sie, aber es liegt sehr viel Arbeit vor uns. Haben Sie noch Fragen?«

Micky begleitete ihn ins Foyer. »Ja, könnten wir uns vielleicht duzen?«

Das Erstaunen auf Michaels Gesicht hätte nicht größer sein können, wenn sie ihm vorgeschlagen hätte, sie zu einer Runde wildem Sex auf ihr Hotelzimmer zu begleiten.

»Das würde einige Verwirrung innerhalb des Unternehmens stiften«, antwortete er steif. »Und davon haben wir momentan wirklich genug.«

Micky sah ihm nach, während er durch die Glastür verschwand. Selbst wenn es direkt hier im Foyer mit ihm zu wildem Sex gekommen wäre, hätte er sie dabei wohl immer noch gesiezt, dachte sie, während sie in den Frühstücksraum zurückkehrte. Sie ließ sich eine zweite Kanne Kaffee bringen und las sich den Bericht der Versicherung durch. Nach jeder Seite halbierte sie die Chance, dass die RRV jemals für den Schaden aufkommen würde.

Jens Hinrichs öffnete die Haustür und taxierte seine Besucher misstrauisch.

»Guten Tag, Herr Hinrichs«, sagte Katja freundlich. »Ich habe noch ein paar Fragen an Sie.«

»Fragen wozu?«, gab Hinrichs verwundert zurück.

»Ja, Sie haben natürlich recht«, meinte Katja in einem Ton, als schüttele sie über sich selbst den Kopf.

»Bei *Roeder* ist so viel passiert. Ein Raub, ein Brand, zwei Tote, das ungeborene Kind von Sybille Wenger nicht mitgerechnet. Und irgendwie hängt auch noch alles zusammen. Dürfen wir vielleicht hereinkommen?«

Hinrichs befreite sich aus seiner Starre und trat zur Seite.

»Ich male gerade, da bin ich immer etwas in mich gekehrt.«

»Oh, Sie malen? Was denn?«, fragte Robert.

»Nichts Besonderes. Ich bin kein Künstler. Ich mache das eher aus … anderen Gründen.«

»Sind die alle von Ihnen?« Robert wies, während sie Hinrichs folgten, auf die Wände des Flurs und des Wohnzimmers.

Der Ingenieur nickte.

Eng über- und nebeneinander hingen mit Bleistift gezeichnete Rasterbilder in großen Formaten: aus haarfeinen horizontalen und vertikalen Strichen gearbeitete kleinste Rechtecke, die sich wiederum zu größeren zusammenfügten. Es gab keine Abweichung, keine Variation. Hinrichs zeichnete seit Jahren immer wieder das gleiche Bild. Robert schaute zu Katja herüber, deren Blick ebenfalls ein Gefühl der Beklemmung verriet.

Hinrichs unterbrach die Stille mit einem nachdrücklichen Räuspern.

»Wusste Herr Roeder eigentlich, dass Sie einen Nebenjob haben?«, fragte Katja so unmittelbar darauf, als habe sie nur auf eine Regung von Hinrichs gewartet.

»Wovon reden Sie?«

»Verzeihung, das war wirklich etwas zu salopp formuliert. Eine Geschäftsführerposition ist natürlich kein Nebenjob.«

»Ach so, *die* Stelle.«

»Oh, haben Sie noch weitere?«

Hinrichs gab keine Antwort.

»Ihr Unternehmen ist im Kunsthandel tätig«, setzte Katja aufs Neue an.

»Nein, eigentlich nicht.«

»Sondern?«

»Sie spielen sicher auf die Versteigerung an.«

»Schön, dass Sie sich erinnern. Und weiter?«

»Nichts weiter. Ich habe das Bild nicht bekommen, wie Sie wissen«, antwortete Hinrichs jetzt doch ein wenig verärgert.

»Sie hätten es aber gerne ersteigert?«

»Sonst hätte ich wohl nicht geboten.«

Katja blieb trotz dieser Schroffheit unverändert liebenswürdig. »Punkt für Sie! Woher hat Ihre Firma denn so viel Geld, um außerhalb des Kerngeschäfts ein 43-Millionen-Euro-Gemälde zu kaufen?«

»Das muss ich Ihnen nicht sagen, oder?«

»Nein, das müssen Sie nicht.«

Hinrichs versank scheinbar wieder in Gleichgültigkeit.

»Aber ich werde Herrn Debriek informieren müssen, dass der engste Mitarbeiter der Eigentümerin des Magritte-Gemäldes den Kaufpreis in schwindelerregende Höhen getrieben hat. Er wird bestimmt glauben, dass man ihn betrogen hat.«

»Mich interessiert nicht, was dieser Herr glauben könnte. Wir wollten beide das Bild, er hat gewonnen. Alles hat seine Ordnung.«

»Okay.« Katja zückte ein Notizheft und klickte umständlich die Mine ihres Kugelschreibers herunter. »Können Sie mir netterweise noch kurz sagen, wofür eigentlich das Kürzel von *I.R.E. Investments* steht? Ich möchte das gerne meinen Kollegen vom Wirtschaftsdezernat sagen, bevor sie Ihre Buchhaltung unter die Lupe nehmen.«

Dieser Themenwechsel war etwas zu schnell für Hinrichs. »Ich weiß nicht …«, antwortete er verstört.

Katja machte abrupt zwei Schritte auf ihn zu und herrschte ihn an: »Wollen Sie mich für dumm verkaufen? Sie sind der Geschäftsführer! I gleich Ingrid, R gleich Roeder und das E?« Sie pfiff ihm die Silben förmlich ins Gesicht. Robert staunte und ärgerte sich ein wenig, nicht selbst darauf gekommen zu sein.

»Enterprises. Ingrid Roeder Enterprises«, gab Hinrichs endlich wie ein beim Lügen ertappter Dreijähriger zu.

»Na, geht doch.« Sie steckte das Heft zurück in die hintere Hosentasche ihrer Jeans. »Sie haben als Geschäftsführer von Ingrid Roeders kleiner Extrafirma an einem Betrug mitgewirkt.«

»Wo kein Kläger, da kein Richter«, meinte Hinrichs bockig. So in die Ecke getrieben, wurde er unvorsichtig.

»Falsch, Herr Hinrichs, ganz falsch. Der Versteigerungsvertrag verbietet dem Einlieferer des Auktionsgutes das Mitsteigern. Sie haben die Interessenten getäuscht und dem Irrtum ausgesetzt, das Werk fände in dieser extremen Preislage Käufer. Der Vermögensschaden beträgt über dreißig Millionen Euro, denn auf dem normalen Kunstmarkt wird man für das Bild maximal zehn, zwölf Millionen erzielen können. Egal, ob Herr Debriek klagt oder nicht – und ich finde es übrigens sehr interessant, dass Sie davon ausgehen, er werde es nicht tun –, angesichts der Höhe des Schadens handelt es sich um ein Offizialdelikt und darum werden wir von Amts wegen Anzeige gegen Sie und Frau Roeder erstatten. Wenn ich Ihnen einen persönlichen Rat geben darf: Suchen Sie sich besser einen guten Anwalt. Sie sind so gut wie verurteilt.«

Robert musste sich beherrschen, Katja nicht mit Staunaugen anzuschauen. Was sie da erzählte, klang zwar schlüssig, war aber eine mehr als gewagte Hypothese. Sie pokerte – und gewann. Hinrichs sank auf einen altertümlichen Stuhl mit hoher Lehne und korbgeflochtener Sitzfläche nieder.

»Aber ich habe nur im Auftrag von Frau Roeder bei diesem Auktionshaus angerufen und mitgeboten. Ich wusste doch gar nicht, dass es um ihr eigenes Bild ging.«

Katja schluckte eine Erwiderung herunter.

Robert nutzte die Gelegenheit. »Herr Hinrichs? Sie sagten doch vorhin, Sie seien gerade beim Malen. Das sind ja alles Zeichnungen hier. Gibt es denn auch Gemälde?«

»Was?« Hinrichs und Katja sahen Robert gleichermaßen an, als hätte er den Verstand verloren.

»Darf ich mal einen Blick in Ihr Atelier werfen? Sie wissen ja, wie sehr mich die Kunst interessiert.«

»Diese Bilder sind eigentlich nur – ach, im Zimmer nebenan«, Hinrichs wies resigniert auf eine Tür an der Seite des Raums.

Katja schaute Robert nach, als wäre er von allen guten Geistern verlassen. Er hatte ihr Verhör völlig aus dem Rhythmus gebracht.

»Sagen Sie, gehört die hier Ihnen?«, unterbrach Robert erneut, als er kurz darauf schon wieder zurückkehrte. Er hielt mit spitzen Fingern und einem Taschentuch eine Tube schwarzer Ölfarbe vor Hinrichs Gesicht.

»Ja, von wem sollte sie sonst sein?«

»Frau Hellriegel möchte sie gerne als Beweisstück mitnehmen. Sie wissen doch: Weil es die Farbe ist, unter der Sie die Punkte mit den Primzahlen auf dem *Magritte* versteckt haben.«

Hinrichs, der immer weiter in sich zusammengesunken war und dessen Oberkörper ganz leicht zu kreisen begonnen hatte, sah Robert jetzt nur noch mit leerem Blick an.

Das altertümliche grüne Tastentelefon neben Hinrichs klingelte. Es schien, als müsste sich Hinrichs erst wieder mühsam aus einer tiefen Trance emporarbeiten, ehe er abheben konnte. Er meldete sich mit leiser Stimme, sagte dann zwischen längeren Pausen nur ab und zu »Ja« und legte wieder auf. Einige Male strich er verloren mit den Händen über seine Oberschenkel, dann erhob er sich.

»Ich muss ins Labor. Frau Spijker wünscht, mich zu sprechen.«

»Oh, da komme ich mit«, sagte Katja. »Frau Spijker und ich arbeiten in dieser Angelegenheit eng zusammen.«

»Dasselbe gilt für mich«, schloss sich Robert schnell an.

24

Während Katja durch die Aachener Innenstadt fuhr und dabei an der Stoßstange von Hinrichs Audi klebte, rief Robert Micky an und erstattete ausführlich Bericht über das Gespräch mit Ingrid Roeders Stellvertreter.

»Du darfst ihn dir ausborgen«, sagte er. »Aber wir sind noch nicht fertig mit ihm.«

»Ich halte ihn fest, solange ich ihn brauche«, erwiderte Micky. »Wo bleibt die internationale Solidarität unter Freiberuflern? Heute arbeite ich undercover als Ermittlerin der

Nationalen Untersuchungsbehörde für Pyrotechnik. Es geht um meine Kohle, Patati!« Dann berichtete sie ihrerseits von ihrem Gespräch mit Michael Delgado. »Es gibt so viele ungeklärte Fragen, dass die Versicherung sich weigert, zu zahlen«, schloss sie. »Deswegen wird es Zeit, dass Spijker in Aktion tritt. Hinrichs ist mein nächstes Zielobjekt.«

»Warum legst du nicht Ingrid Roeder auf die Streckbank?«, fragte Robert.

»Das ist sinnlos, sie hat zu viel zu verlieren«, antwortete Micky. »Außerdem passt es ihr ganz gut, dass die Forschungs- und Entwicklungsabteilung in Rauch aufgegangen ist. Dadurch kann sie die Anteile von Mutter Roeder wahrscheinlich für ein Trinkgeld übernehmen.«

»Der arme Hinrichs muss heute die ganze Suppe auslöffeln, die andere eingebrockt haben«, sagte Robert.

»Sag Micky mal, sie soll heute die Psychologie zu Hause lassen«, rief Katja so laut, dass Micky sie auch ohne Freisprechanlage hören konnte. »Einen reifen Apfel kann man nicht vom Baum quatschen. Da muss man einfach nur kräftig am Stamm schütteln!«

Auf der kurzen Fahrt zum Labor war Jens Hinrichs zu dem Schluss gekommen, dass es besser für ihn sein würde, bei den Ermittlungen zwar zu kooperieren, dabei aber so passiv wie irgend möglich zu bleiben. Micky durchschaute seine Strategie sofort. Sie standen im Halbdunklen, im Gebäude hing noch immer beißender Brandgeruch. Über ein Notaggregat wurde gerade so viel Strom produziert, dass ein paar Neonröhren ein kaltes Licht verbreiteten.

»Mich überrascht gar nichts mehr«, antwortete er mit einem Allgemeinplatz, als sie sich erkundigte, ob er gewusst habe, dass alle gespeicherten Daten im Serverraum vernichtet worden waren.

»Tatsächlich nicht?«, fragte Micky beiläufig.

»Ich bin Leiter der Entwicklungsabteilung«, erwiderte er.

»Die Speicherung von Kopien fällt in die Zuständigkeit der IT-Abteilung und die befindet sich bei *Roeder Ost*. Unsere Abteilung hat kaum etwas damit zu tun.«

»Wussten Sie davon, ja oder nein?«, wiederholte Micky und schlug mit den Fingerknöcheln gegen den leeren Schrank, in denen die Disc-Arrays aufbewahrt worden waren.

Robert und Katja blickten überrascht auf.

»Ja, mir ist so etwas zu Ohren gekommen«, gab Jens Hinrichs zu.

»Das muss ein schwerer Schlag für Sie gewesen sein«, erwiderte Micky. »So viele Monate, vielleicht sogar Jahre der Forschung – alles umsonst.«

»Es gibt Spezialfirmen, die verloren gegangene Daten wiederherstellen können«, sagte Hinrichs. »Also warte ich jetzt erst einmal in Ruhe ab.« Er blickte sich um, als erwarte er Beifall von Katja oder Robert.

»Digitale Daten können aber nicht rekonstruiert werden, wenn sie durch Strahlung vernichtet wurden«, sagte Micky. »Laut Zugangsregistrierung haben Sie sich am Abend des Brandes um 21.42 Uhr abgemeldet. Bis zu dieser Zeit haben Sie in Ihrem Büro gearbeitet.«

»Das habe ich schon alles bei der Kripo ausgesagt«, bestätigte Hinrichs.

Micky holte den Bericht der Versicherung hervor. »Die Datenspeicherung verlief nach einem Protokoll, bei dem das gesamte System alle fünf Minuten eine automatische Überprüfung vornahm, ob neue oder geänderte Daten vorlagen. Um 20.12 Uhr wurde zum letzten Mal eine Sicherung durchgeführt. Zu der Zeit waren Sie laut Ihrer Aussage noch beschäftigt. Ihren Computer haben Sie um 21.32 Uhr heruntergefahren. Bevor Sie gingen, haben Sie sich noch kurz mit dem Wachmann, Raik Fost, unterhalten.«

Jens Hinrichs zuckte mit den Achseln und nickte. Doch die Falte über seiner Nasenwurzel, die sich immer tiefer eingrub, verriet, dass er fieberhaft nachdachte.

»Dann hat also das Back-up-System auf Ihrem Computer bei den letzten Überprüfungen nichts Neues registriert«, sagte Micky.

»Kann sein«, antwortete Hinrichs. »Wahrscheinlich habe ich etwas gelesen oder einfach nachgedacht.«

»Schade, dass auch das Logbuch des Hauptservers verloren gegangen ist«, sagte Micky. »Doch am Ende hat sich das als kein großes Problem erwiesen. Jedes Mal, wenn das Back-up-System eine Überprüfung durchführt, ob noch etwas gespeichert werden muss, hinterlässt es eine Spur in dem überprüften Computer. Einen Brotkrümel, so wie im Märchen von Hänsel und Gretel. Ihr Computer ist ja beim Brand glücklicherweise nicht zerstört worden.«

Hinrichs Gesicht verzog sich so schmerzvoll, als hätte ihm jemand einen Backstein auf die Zehen fallen lassen. Er drehte sich um und rannte die Treppe hinauf. Katja und Robert wollten ihm nach, aber Micky hielt sie zurück.

»Wir geben ihm zehn Sekunden, um seine eigenen Schlüsse zu ziehen«, flüsterte sie. »Jetzt entdeckt er gerade, dass sein Computer abgeholt wurde. Die Versicherungsermittler haben gründliche Arbeit geleistet. Nach 20.50 Uhr hat es sowieso keine Systemchecks mehr gegeben, einfach weil das Back-up-System zu diesem Zeitpunkt ausgeschaltet wurde. Und zwar nicht, weil ein Feuer ausgebrochen war. Das passierte erst um 23.18 Uhr. Aber da waren die Datenspeicher bereits seit Stunden bis zum letzten Bit zerstört.«

Auf Mickys Zeichen hin gingen sie ruhig den Flur entlang. Sie trafen gerade rechtzeitig im Büro von Jens Hinrichs ein, um seinen Stoßseufzer zu hören. »Ingrid, was tust du mir an?«

Jens Hinrichs war bereits gehörig angeschlagen. Aber zur Sicherheit machte ihn Micky auf eine Passage im Bericht der Versicherung aufmerksam, in dem der Vorschlag für eine Folgeuntersuchung durch eine Spezialfirma gemacht wurde, angesichts der Vermutung, dass der Schaden durch Strahlung entstanden sei.

»Magnetische Strahlung«, fügte Micky hinzu.

Jens Hinrichs saß hintenüber geneigt in seinem rußgeschwärzten Bürostuhl und schien sich nichts daraus zu machen, dass seine schicke Freizeitkleidung komplett verdreckte. Er hatte die Hände über die Augen gelegt, als halte er über die raue See hinweg Ausschau nach einem Schiff, das nicht kommen wollte.

»Ich würde gerne noch einmal auf eines unserer Gespräche in der letzten Woche zurückkommen«, sagte Micky. »Ich fragte nach dem Verpackungsmaterial, das sich als Brandherd herausgestellt hat. Sie sagten, dass ein bestimmter Apparat darin geliefert worden sei. Können Sie sich denken, worauf ich hinauswill?«

Hinrichs ließ die Schultern sinken. »Ja ...«

Braver Hund, dachte Micky, immer schön bei Fuß bleiben. »Der MRT«, fuhr sie fort. »MRT steht doch für Magnetresonanztomograph, oder?«

»Richtig«, sagte Hinrichs.

»Eben sagten Sie, Sie hätten über eine Stunde lang in Ihrem Büro gelesen oder nachgedacht«, fuhr Micky fort. »An einem Sonntagabend. Hatten Sie nichts Besseres zu tun?«

»Zum Beispiel?«

»Betriebsdaten vernichten zum Beispiel«, bot Micky an.

»Nein«, entgegnete Hinrichs energisch. »Dafür bin ich nicht verantwortlich.«

»Haben Sie es vielleicht im Auftrag von Frau Roeder getan?«

»Nein, ich habe nichts damit zu tun.«

»Irgendjemand hat die Disc-Arrays in den MRT geschoben. Frau Roeder hat an jenem Abend die meiste Zeit telefoniert, das hat der *ASSU*-Wachmann bezeugt. Bleiben nur noch Sybille Wenger und Sie.«

»Dann muss es wohl Sybille gewesen sein. Denn ich war es nicht.«

»Also war Sybille auch für die Anschaffung des Apparats verantwortlich?«, fragte Micky.

»Nein, darum hat sich Frau Roeder gekümmert.«

»Aber Sie und Syblle wussten beide davon?«

»Nein, wir haben uns darüber gewundert, weil es den bisherigen Abläufen widersprach.«

»Inwiefern?«, fragte Micky.

»Wir testen immer, wie sich unsere Skelette unter dem Einfluss von Strahlung verhalten. Man muss mit einer Prothese im Scanner liegen können, ohne dass das Bein unkontrolliert zuckt. Normalerweise lassen wir die Tests extern durchführen. Es ist einfach zu teuer, alle möglichen Strahlungsquellen selbst anzuschaffen. Schon allein die unterschiedlichen Schleusen an den Flughäfen. Und im Medizinsektor wird auch vielfach mit Strahlen gearbeitet. Außerdem benötigt man bei einem MRT-Scan gut ausgebildete medizinisch-technische Assistenten, um sicher damit umgehen zu können. Trotzdem hatten wir plötzlich einen solchen Apparat im Haus. Ingrid hatte in den Teambesprechungen zuvor nie etwas angedeutet. Sie hat das Gerät auf eigene Faust geleast.«

»Um damit den Datenbestand zu vernichten?« Micky stellte die Frage absichtlich beiläufig, als erkundige sie sich nach der Wettervorhersage.

»Ich war nicht dabei«, erwiderte Hinrichs.

»War Frau Roeder im Serverraum beschäftigt, als Sie nach Hause gingen?«, fragte Micky.

Hinrichs nickte einfältig.

»Direkt daneben steht der MRT. Sie haben sich natürlich noch verabschiedet, bevor Sie nach Hause gingen?« Micky warf Robert und Katja, die hinter Jens Hinrichs das Verhör verfolgten, einen kurzen Blick zu.

Katja näherte sich Hinrichs, legte ihm die Hände auf die Schultern, beugte sich nach vorn und flüsterte ihm etwas ins Ohr.

Daraufhin straffte er den Rücken. »Ich habe gesehen, dass Ingrid den Schrank geöffnet und die Disc-Arrays herausgeholt hatte«, sagte er. »Auch die Klappe des MRTs war geöffnet.«

»Sie wollten natürlich nichts damit zu tun haben«, vermutete Micky. »Hat Sie noch etwas zu Ihnen gesagt? Oder Sie um etwas gebeten?«

Hinrichs Blick huschte zur Seite. »Ich wüsste nicht, was.«

»Na ja, zum Beispiel, ob Sie den Wachmann eine Weile beschäftigen würden«, sagte Micky. »Damit sie ihre Arbeit ungestört zu Ende bringen konnte.«

Hinrichs Atem ging schneller. Er senkte den Kopf. »Ja, das schon. Aber mehr weiß ich nicht.«

Mehr wollte er auch nicht wissen, dachte Micky. Ein Autist wie Jens Hinrichs hielt sich von allem fern, was die Ordnung störte.

»Ich will Ihre Aussage schriftlich haben«, sagte sie. »Wir gehen rüber ins Containerbüro.«

Hinrichs stand auf und wischte sich mit den Händen über das Gesicht. Auf der Stirn blieben schwarze Rußstreifen zurück. »Ich muss zur Toilette«, sagte er.

»Was hast du ihm zugeflüstert?«, fragte Micky, als Hinrichs weg war. »Dass du ihn persönlich im MRT rösten würdest, wenn er den Mund nicht aufmacht?«

»Nein, rösten wäre tiefstes Mittelalter«, tadelte Katja. »Nur hineinschieben. Er leidet an Klaustrophobie. Hat er selbst erzählt.«

»Puh, bin ich froh, dass ich nicht in Hinrichs Bilderknast leben muss.« Robert verrührte den Zucker in seinem Milchkaffee und leckte den Löffel ab. Sie saßen in einem Café unweit des Aachener Hauptbahnhofs. Über die Lautsprecher sang Bernd Begemann »Ich lerne täglich dazu und werde trotzdem nicht klug«, und Roberts Fuß wippte entspannt mit.

»Ein atemberaubend autistischer Käfig«, nickte Micky zustimmend.

»Und in diesem Käfig ist Ingrid Roeder die Dompteuse«, sagte Katja zwischen zwei Gabeln Himbeertorte. »Lasst uns mal zusammenfassen, was wir haben.«

»Erstens«, begann Robert, der jetzt als Einziger keinen Kuchen im Mund hatte. »Jens Hinrichs hat Primzahlen, die man für eine Decodierung benötigt, auf den *Magritte* aufgebracht. Er macht nichts ohne, aber alles für Ingrid Roeder.«

»Zweitens«, Katja legte die Kuchengabel beiseite, »wird das Gemälde zum dreifachen Wert an das branchenverwandte Unternehmen *Limbs* versteigert. Der Preis ist zwischen Ingrid Roeder und Jean Debriek ausgehandelt worden, Jens Hinrichs dient ihnen als Scheinbieter.«

»Drittens: Unmittelbar nach der Versteigerung geht das *Roeder*-Labor in Flammen auf. Aber der Brand ist nur Camouflage, um den Mord an Sybille Wenger und die gezielte Vernichtung aller jüngeren Forschungsergebnisse zu verschleiern.«

»Viertens: Wo ein Code ist, gibt es codierte Dokumente. Wenn Ingrid den Code liefert, hat sie auch zuvor die Dokumente verschlüsselt. Und wenn Debriek ein Vermögen dafür ausgibt, kann es sich nur um Forschungsergebnisse handeln, die ihm sehr nützlich sind. Eigentlich müsste Molendorp dringend mal einen von euren Geheimdiensten auf Debriek und *Limbs* ansetzen. Oder sollten wir das über EPICC beantragen?«

»Er könnte sich in jedem Fall beim Kriminalitätsinformationsdienst oder beim Regionalen Informationsdienst des AIVD erkundigen. Unser Inlandsgeheimdienst AIVD selbst wäre wohl eine Nummer zu groß für einen einfachen Commissaris aus Limburg. Also, was ist der nächste Punkt?«

»Dann fünftens: Die *Roeder AG* gerät durch den Verlust in schwere wirtschaftliche Not. Ingrid kann mit den Millionen, die sie für ihren Verrat erhalten hat, den Laden retten und Carsten aus dem Unternehmen drängen, um dann mit ihrem Know-how neu durchzustarten.«

»Sechstens, siebtens und achtens sind Fragen: Warum verschickt Ingrid Roeder die Primzahlen auf so komplizierte Weise? Beging Carsten Selbstmord, weil Ingrid ihn rauskicken wollte? Und warum haben sie Sybille Wenger nicht einfach entlassen, sondern gleich umgebracht?«

»Wen genau meinst du mit ›sie‹?«, fragte Katja.

»Das ist schon Punkt neun«, antworteteRobert und schaute auf die Uhr. »Es tut mir leid, *meisjes*, der Zug wartet nicht. Maastricht is calling!«

»Viel Glück mit deinem Feuerball!«, wünschte Katja grinsend. Micky schaute sie beide neugierig an.

»Etwas Geduld, Micky. Katja wird sicher auch noch bei dieser Geschichte landen«, seufzte Robert, legte einen Schein auf den Tisch und verabschiedete sich.

Die beiden Frauen hatten gerade noch einen Kaffee bestellt, als Molendorp anrief und überraschende Resultate von Carstens Obduktion ankündigte. »Der Rechtsmediziner sagt, Roeder müsste sich schon mindestens zehn Mal hintereinander in den Abgrund gestürzt haben, um zu all seinen Verletzungen gekommen zu sein. Und beim letzten Sturz sei er schon mehrere Stunden lang tot gewesen.«

25

Katja schaltete ihr Handy auf Lautsprecher und gemeinsam verfolgten sie und Micky die Neuigkeiten, die Molendorp durchgab. Sie mussten sich nicht sorgen, belauscht zu werden, denn in diesem Café waren die Sitzgruppen durch gepolsterte Zwischenwände voneinander getrennt.

Molendorp wirkte aufgekratzt, obwohl Carstens Obduktionsbericht wenig Anlass zur Fröhlichkeit bot. »Das Unfallopfer wies multiple Frakturen des Schlüsselbeins, des Brustbeins und an acht Rippen auf«, fasste er zusammen. »Dazu eine Leber-Ruptur und auch einen Riss in der Halsschlagader … was bei Opfern eines Verkehrsunfalls wohl ab und zu vorkommt, wenn der Sicherheitsgurt extrem weit nach oben rutscht.«

»Carsten war gar nicht angeschnallt gewesen«, kommentierte Micky laut.

Molendorp ignorierte die Unterbrechung. »Die eigentliche Todesursache war laut Forensik aber ein Bruch des Zungenbeins«, fuhr er fort. »Ebenfalls verursacht durch den abrupt hochgerutschten Sicherheitsgurt. Die Zunge ist dann wohl nach hinten in die Luftröhre geklappt und daran ist er erstickt.«

»Ja, und warum glaubt ihr jetzt, dass er ermordet wurde?«, fragte Katja.

»Er hat auch eine Schädelbasisfraktur«, erklärte Molendorp. »Das war eine Überraschung. Bei Verkehrsopfern, die im Sicherheitsgurt gehangen haben, kommen Hirnverletzungen selten vor. Aber in diesem Fall gibt es eine Erklärung dafür.«

»Weil die Airbags den ersten Schlag abgefangen haben?«, fragte Katja.

»Richtig, die haben sich beim ersten Aufprall aufgeblasen«, antwortete Molendorp. »Anschließend ist das Fahrzeug weiter abgestürzt und schließlich am Boden der Grube aufgekommen. Bei diesem zweiten Aufprall muss er mit dem Kopf auf das Lenkrad geschlagen sein. Das hätte eine schwere Blutung im Gesicht hervorrufen müssen, genauso wie die zerschmetterte Nase, aber davon kann keine Rede sein. Zusammengenommen weist alles darauf hin, dass der Blutkreislauf zu diesem Zeitpunkt bereits zum Stillstand gekommen war, das Herz also aufgehört hatte zu schlagen. Zum Zweiten wird bei einem Schädelbasisbruch immer eine gewisse Menge Blut durch die Nasen- und Rachenhöhle eingeatmet, das bei der Autopsie in den Bronchien und Lungen hätte nachgewiesen werden können, in diesem Fall vermischt mit Staub und Sand aus der Grube. Aber auch das war nicht der Fall. Demnach hatte die Atmung zum Zeitpunkt des Unfalls bereits ausgesetzt. Kurzum, Roeder war definitiv schon tot, als er in den Abgrund stürzte.«

»Wer hat ihn so zugerichtet?«, fragte Katja.

Auf der anderen Seite der Leitung blieb es still. Micky beugte sich zum Handy, das Katja hochhielt.

»Wie wär's mit den beiden Herren, die so gut über die Verabredung zwischen Sascha Heidfeld und Carsten informiert waren?«, fragte Micky. »Und die wie durch ein Wunder schon vor uns auf dem Campingplatz waren und Patrick Schmidt zusammengeschlagen haben? Und danach trotz der Verfolgung durch ein angeblich topqualifiziertes Team entkommen konnten?«

»Wer plärrt denn da ständig dazwischen?«, fragte Molendorp.

Micky nahm Katja das Handy ab. »Micky Spijker«, sagte sie. »Du weißt schon, die Frau, die Patrick aus seiner Campinghütte gerettet hat.«

»He, Micky, du arbeitest doch für *Roeder?*«

»Mehr denn je, Commissaris«, antwortete sie.

»Katja bringt dich auf den neuesten Stand, so weit es ihre Schweigepflicht erlaubt. Ich hab jetzt keine Zeit mehr, es gibt nämlich gute Nachrichten. Seid ihr in der Nähe?«

»Nein, warum?«, fragte Micky

»Ich sitze jetzt gleich in einer Fernsehsendung über das Zugunglück«, antwortete Molendorp triumphierend. »Die Verhaftung der beiden Jungs hat viel Staub aufgewirbelt und ich werde mit einigen der Opfer reden. Ich sags nur, damit ihr es nicht verpasst, aber ihr könnt es euch natürlich auch später im Internet anschauen.«

»Was du verpasst hast, Henk Molendorp«, fauchte Micky, »ist das Leck in deiner eigenen Organisation zu finden. Kümmere dich mal darum. Wer hat das Versteck von Sascha und Patrick verraten? Wer wusste, dass Carsten auf dem Weg nach Hause war? Unglücklicherweise kannst du dich nicht bei den Opfern erkundigen, denn einer liegt im Koma und der andere ist tot.«

»Weißt du, was mich immer schon an diesen Exkollegen genervt hat, Katja? Dass sie, genau wie jetzt deine Psychologin, plötzlich glauben, alles besser zu wissen. Schlimmer als jeder Zivilist.«

Katja übernahm das Telefon von Micky. »Okay, Henk. Wenn du neben deinen Fernsehauftritten noch ein bisschen Zeit haben solltest, könntest du mir einen großen Gefallen tun und bei deinen Blutsbrüdern in den niederländischen Diensten nachfragen, was sie in ihren Archiven so über *Limbs* und Debriek haben.«

Kurz blieb es still in der Leitung. Katja hielt das Telefon wieder so, dass Micky mithören konnte.

»Das habe ich gleich zuallererst getan«, antwortete Molendorp knapp.

»Und?«

Molendorp räusperte sich nur.

»Soll ich besser via EPICC einen offiziellen Termin mit dir vereinbaren?«

Molendorp zögerte. »Es werden weder über Debriek noch über *Limbs* Auskünfte erteilt«, gab er schließlich zu. »Sie fallen unter einen Sicherheitscode.«

»Und warum erfahre ich das erst jetzt?«, Katjas Stimme nahm einen scharfen Ton an. »Gilt jetzt plötzlich das Need-to-know-Prinzip?«

»Es gab einfach nichts zu wissen«, verteidigte sich Molendorp.

»Was war das für ein Code?«

»Keine Ahnung«, sagte Molendorp lakonisch. »Du weißt doch, wie paranoid diese Möchtegernspione sind. Selbst der Code ist geheim. Wie auch immer, Debriek und *Limbs* sind perfekt abgeschirmt. Darum möchte ich jetzt gerne eine offizielle Anfrage bei dir einreichen. Würdest du bitte bei euren Diensten nachfragen, was sie über Debriek und *Limbs* wissen?« Er legte auf, ehe sie eine weitere Frage stellen konnten.

»Da haben sie diesen Hanswurst einfach so abgewimmelt ...«, stellte Katja fest.

»Unser Henk ist wahrscheinlich am USI-Code abgeprallt«, sagte Micky. »Unternehmen von staatlichem Interesse. Für die gilt das Not-to-know-Prinzip.«

Anouks Schimpfen war bis auf den Flur zu hören.

Robert beschleunigte seine Schritte. Er hatte schon auf der Zugfahrt mit Sorge an sie gedacht und war vom Bahnhof sofort zur Stiftung gelaufen.

Vor der Tür zum Atelier der Gemälderestaurierung standen Kollegen der anderen Abteilungen und verfolgten mit beifälligem Gemurmel, was Anouk zwei mit der Situation sichtlich überforderten Herren verbal entgegenschleuderte. Robert drängte sich durch die schaulustige Restauratorentraube in den Raum hinein.

»Ah, da kommt ja der Herr, der uns diese Suppe eingebrockt hat«, giftete Anouk ihn an.

»Was ist denn los?«, fragte er.

»Während du mit deiner Katja in den Flitterwochen warst, sind die Hunnen über uns gekommen. Schau dir das an. Mit Pinsel und Rußpulver sind sie aufmarschiert!«

Einer der beiden stöhnte verzweifelt auf. »Wir haben Ihnen doch schon gesagt, dass wir das Pulver nur standardmäßig dabeihaben. Wir wollten es ja gar nicht auf Ihrem kostbaren Gemälde anwenden.«

Der Mann schüttelte den Kopf und suchte Rettung bei Robert. »Sind Sie Herr Patati? Vielleicht kommen wir ja mit Ihnen weiter.«

»Und wer sind Sie?«

»Fred Keukenhoff. Das ist mein Kollege Gijs van Dis. Wir sind die Daktyloskopen der Regiopolizei.«

»Wohl eher die Zyklopen«, knurrte Anouk.

»Mevrouw, ich habe noch nie jemanden wegen Beamtenbeleidigung angezeigt, aber Sie machen es mir wirklich schwer.«

»Vielleicht könnte ich erst einmal erfahren, was das Problem ist«, schob sich Robert als Puffer dazwischen.

»Wir haben mit einer rein optischen Untersuchung begonnen, um das Bild nicht zu beeinträchtigen.«

»Ja, ja. Drauflicht, Schräglicht, rotes, blaues, grünes Licht und UV-Licht. Sie haben in zehn Minuten Luxmengen für mindestens drei Jahre auf das Werk geschossen«, meckerte Anouk. Robert schaute sie streng an, was sie wider Erwarten tatsächlich verstummen ließ.

»Wir haben dabei einen Fingerabdruck entdeckt, aber wir können ihn nicht klar genug herausstellen, um ihn zu fotografieren«, fuhr Keukenhoff fort.

»Und seitdem versuchen wir, mit Mevrouw zu erörtern, ob eine zielgerichtete Aufbringung von Cyanacrylat akzeptabel wäre«, ergänzte van Dis.

»Was heißt denn ›zielgerichtet‹?«, fragte Robert.

Keukenhoff zeigte auf ein Gerät in ihrem Koffer, das aussah wie ein kleines Schweißgerät. »Ein CA-Bedampfungsset. Aus den USA. Aber wie gesagt, wir möchten mit Ihnen gemeinsam überlegen, ob man das Material später ohne größere Belastung von der Farbfläche wieder abnehmen kann.«

»Die chemischen Reaktionen kann ich nicht abschätzen. Darüber muss ich mit den Kunstexperten vom Düsseldorfer LKA telefonieren. Kaffee?«

Die beiden Polizisten nickten dankbar und folgten Robert in den Pausenraum.

Katja hatte jedoch auch keine Antwort auf das Problem. »Da fehlt uns noch die Erfahrung«, gab sie zu. »Ich rufe im Stuttgarter LKA an. Die machen das seit dreißig Jahren. Und, was macht dein Feuerball?«

»Brennt lichterloh. Danke Katja, bis bald«, beendete Robert unter Anouks kritischem Blick das Gespräch.

Keine halbe Stunde später hatte Keukenhoff die nötigen Informationen. »Wenn Sie Ihr Einverständnis geben, folgen wir dem Ratschlag aus Stuttgart und bedampfen das Bild ganz klassisch mit Jod. Sie hatten noch nie Probleme damit«, sagte er.

»Das müssen wir erst mit dem Eigentümer klären«, wehrte Anouk ab.

»Einen Augenblick«, bat Robert und zog sie zur Seite. Nachdem sie eine Weile heftig miteinander geflüstert hatten, stimmte sie zu. »Aber nur, wenn das Bild hierbleibt.«

»Aber wir brauchen einen Bedampfungsschrank«, Keukenhoff stand händeringend vor ihr.

»Im Laborraum steht ein Abzugschrank. Der muss reichen.«

Anouk befestigte die Leinwand an zwei Stellen provisorisch an einem Spannrahmen und trug das Gemälde nach nebenan, wo sie es auf kleinen Ständern im Abzugschrank aufstellte.

Keukenhoff schob eine Petrischale mit Jodkristallen in einem Wasserbad unter die Fingerabdruckstelle und erwärmte das Wasser langsam. Nach einer Weile begann sich der aufsteigende Joddampf mit dem Fettanteil des Fingerabdrucks zu verbinden. Auf der Ölfarbe knapp über der Fehlstelle wurden gelb-bräunlich die Papillarleisten einer Fingerkuppe sichtbar.

Sobald das Gas abgezogen war, öffnete Keukenhoff die Glastüren und van Dis fotografierte den Abdruck, ehe sich die Jodspuren wieder verflüchtigten.

»Sehen Sie, hat doch gar nicht wehgetan«, sagte Keukenhoff begütigend zu Anouk, die ihn aber nur anschaute wie einen Lehrer, dem man am liebsten gegen das Schienbein treten würde, wenn man dann nicht von der Schule flöge.

»Was passiert jetzt mit dem Foto?«, fragte Robert.

»Das scannen wir ein und dann wird uns der Computer in Sekunden sagen, zu wem der Abdruck gehört. Wenn wir ihn im System haben.«

»Das ist alles albern«, begehrte Anouk auf. »Bestenfalls beweist ihr, dass Debriek sein liebstes Millionenstück vor lauter Geilheit mit bloßen Fingern angetatscht hat. Das ist zwar saudumm, aber nicht strafbar.«

»Ja, ein hinreichender Beweis wäre das sicher nicht«, gab Robert zu und entschied sich für die kitschig-lyrische Version, die Anouk vielleicht endlich wieder ein Lächeln auf die Lippen zaubern würde, »aber es wäre eine wertvolle Perle in einer prächtigen Beweiskette.«

»Die kannst du dann ja deiner Katja umhängen«, schnappte sie und verließ den Raum.

»Ganz schön dicke Luft hier«, staunte van Dis, »vielleicht solltet ihr euch auch mal in den Abzugschrank setzen.«

»Machen Sie sich keine Sorgen«, tröstete Keukenhoff. »Eifersucht allein führt fast nie zu Mord. Da muss schon mehr hinzukommen.«

»Theorien haben wir genug«, stellte Katja fest. »Aber keine belastbaren Beweise.«

Sie waren inzwischen auf die Terrasse vor dem Café umgezogen, die leeren Kaffeetassen waren vollen Weingläsern gewichen.

»Wir brauchen nur ein bisschen zu graben, schon stoßen wir auf eine Flut von Hinweisen, die alles Mögliche bedeuten können«, stimmte Micky zu.

»Aber wer uns wirklich weiterhelfen könnte, ist tot«, ergänzte Katja.

»Und die Lebenden schweigen wie ein Grab. Debriek, Ingrid Roeder, Jens Hinrichs …«

»Der Einzige, den wir unter Druck setzen können, ist Sascha«, stellte Katja fest. »Molendorp präsentiert ihn jetzt gleich der Öffentlichkeit als Sündenbock.«

»Vielleicht könnten wir ihn ja darüber zwingen, endlich seinen Trumpf auszuspielen.« Micky stieß mit Katja an. Vor dem roten Abendhimmel erhoben sie die Gläser und sahen zu, wie die Bläschen in ihrem Moscato frizzante unbekümmert aufstiegen.

Wieder klingelte Katjas Handy. Genervt aufseufzend stellte sie ihr Glas ab, meldete sich und stellte eine Reihe von knappen Fragen. Nach und nach wurde ihr Ton freundlicher und am Ende bedankte sie sich ausführlich bei ihrem Anrufer. Als sie das Handy weglegte, stieß sie einen weiteren verärgerten Seufzer aus. »Verdammt, Sascha Heidfeld ist gerade dabei, seine Story an die BILD-Zeitung zu verkaufen! Er sitzt im Raucherzimmer des Krankenhauses mit einem Journalisten und einem Fotografen zusammen und gibt ein Interview über die Hintergründe des Gemälderaubs. Er spielt sein Ass im Ärmel aus!«

Micky führte gerade ihr Glas Wein für den ersten Schluck zum Mund, stellte es aber wieder hin. »Woher weißt du das?«

»Ein Redakteur des WDR ist mit dem BILD-Journalisten befreundet«, erklärte Katja. »Und als wäre das nicht schon bemerkenswert genug, ist der Redakteur wiederum mit mir befreundet. Der BILD-Journalist wollte seine Story nämlich unter der Hand auch an den WDR verscherbeln.«

»Hat dein Redakteursfreund auch gefragt, was Sascha ausplaudern will?«

»Sonst wäre er nicht mein Informant«, gab Katja zurück. »Die Geschichte klingt etwas sensationsheischend, könnte aber wahr sein. Sybille Wenger soll entdeckt haben, dass in der Abteilung von Ingrid Roeder nicht nur neuartige Prothesen entwickelt wurden, wie das Unternehmensprofil verkündet, sondern auch andersartige Bewegungsapparaturen. Sascha zufolge hat Ingrid Roeder vor zwei Jahren eine Forschungsreihe gestartet, in der diese revolutionäre Prothesentechnologie modifiziert wurde, um Kriegsroboter herzustellen, insbesondere Landroboter. Was wohl nicht weiter verwunderlich ist, weil viele Bewegungsabläufe dieser Kriegsroboter mit denen der Außenprothesen verwandt sind.«

Micky trank einen Schluck Wein. »Also hilft die Firma *Roeder* mit der einen Hand Kriegsopfern und produziert mit der anderen Kampfmaschinen, die Kriegsopfer verursachen? Also ein ökonomisches Perpetuum mobile. Und was ist mit der Stiftung gegen Landminen?«

»Deshalb soll Sybille als Friedensaktivistin große Probleme mit der Sache gehabt haben, sagt Sascha. So große Probleme, dass sie Carsten vor die Wahl stellte. Entweder er würde den Aktivitäten von Ingrid, ihrer unmittelbaren Vorgesetzten, ein Ende bereiten, oder sie brächte alles an die Öffentlichkeit.«

»Und das musste sie mit ihrem Leben büßen?«

»Wie eine Hexe auf dem Scheiterhaufen.«

»Aber wer hat sie angezündet?«

»Sascha zufolge hatten Carsten und Ingrid ein gemeinsames Motiv. Beide fürchteten einen irreparablen Imageschaden für die Firma *Roeder.*«

»Also haben Bruder und Schwester zusammen das Streichholz angezündet? Blut ist eben doch dicker als Wasser. Und was sagt unser Schlagerkrimineller über Sybilles Rolle bei dem Gemälderaub?«

»Eine Verzweiflungstat, weil man ihre Forderungen nicht erfüllte. Sie betrachtete sich als Ruferin in der Wüste, die das Unrecht anprangerte und entlassen wurde. Pikanterweise war sie wohl tatsächlich von Carsten schwanger, der sie prompt fallen ließ wie eine heiße Kartoffel. Das wird den BILD-Lesern zweifellos reich garniert aufgetischt werden. Sybille als Opfer der sexuellen Gelüste ihres Chefs und als Widerstandskämpferin gegen Unternehmer, die ein doppeltes Spiel spielten.«

»Glauben die BILD-Typen das alles nur, weil Sascha so große blaue Augen hat?«

»Natürlich nicht, sie werden Beweise fordern, sonst zahlen sie nicht.«

»Aber welche Beweise hat er?«

Für einen Moment blieb es still am Tisch. Katja tastete noch nach ihrem Glas, sprang aber gleich auf, als Micky dem Ober winkte, der an der Theke Gläser polierte.

»Die Rechnung!«, rief sie laut durch die offenen Fenster hinein, was ihr aus einer der anonymen Sitzecken eine Bemerkung über die ungehobelten Manieren der Niederländer einbrachte.

»Warum lässt der Wachtposten zu, dass Sascha mit Journalisten redet?«, fragte Katja, bevor sie das Schlafzimmer betraten. »Der steht doch unter Arrest?«

Sie warfen einen Blick durch die Tür. Der Bewacher saß neben dem leeren Bett und las einen Comic.

Er blickte auf und erkannte Micky und Katja. »Der Patient wurde vor einer Stunde zum Hirn-CT abgeholt«, sagte er. »In der Röntgenabteilung war ein Termin freigeworden. Er kann jeden Augenblick zurückkommen.«

Micky und Katja fanden Sascha im Raucherzimmer. Der Fotograf packte gerade seine Gerätschaften aus, um ein paar Aufnahmen von Sascha zu machen, und der Journalist steckte das Diktafon in die Innentasche seiner Jacke. Als er die Hand wieder herauszog, hielt er einen dicken Umschlag darin.

Sascha saß zurückgelehnt in einem bequemen Sessel und schwenkte seinen Zigarillo wie ein Action-Painter einen Pinsel durch die Luft. Als er Micky und Katja hinter den Scheiben erkannte, beugte er sich schnell nach vorn und informierte das BILD-Team. Er ließ sich wieder zurücksinken, während der Journalist den Umschlag wieder einsteckte und sich vor der Eingangstür aufbaute.

»Wir sind im Gespräch«, sagte der Mann barsch. Der Fotograf postierte sich neben ihn.

Katjas Hand, mit der sie den Polizeiausweis hielt, schoss haarscharf an Mickys Ohr vorbei und stoppte drei Zentimeter vor dem Gesicht des Journalisten. »Polizei. Machen Sie Platz und hauen Sie ab!«

»Ha, ha, ha«, erwiderte der Journalist blasiert. »Wir sind hier im schönen Königreich der Niederlande.«

Auch Micky griff nun in die Innentasche ihrer Jacke und zeigte ihren ungültigen Ausweis. Sie spürte, wie Katja sie gegen den Journalisten drängte.

»Zur Seite!«, befahl Micky laut. »Haben Sie meine Kollegin nicht verstanden?«

Aus den Augenwinkeln heraus sah sie, wie sich der Fotograf prüfend über ihren Ausweis beugte.

»Können Sie sich auch ausweisen?«, fragte sie und steckte ihn schnell ein.

Der Journalist schüttelte den Kopf. »Das ist Amtsanmaßung!«, motzte er.

»Das haben wir von deinem Opa im Krieg gelernt«, erwiderte Micky.

Sie versuchte, den Mann zurückzudrängen, doch er blieb stocksteif stehen. Sein grimmiger Ausdruck wich und er lächelte sie übertrieben freundlich an. »Bitte geben Sie uns ein paar Minuten«, sagte er honigsüß. »Wir tun doch auch nur unsere Arbeit.«

Micky schüttelte den Kopf.

Der Journalist flüsterte ihr ins Ohr: »Wie viel? Wir sind gleich fertig.«

Erneut griff Micky in die Innentasche. Diesmal zog sie ihr Handy heraus. »Ich rufe jetzt meine Kollegen an, damit sie Sie verhaften.«

»Weshalb?«, fragte der Journalist. »Wegen Inanspruchnahme der Pressefreiheit?«

»Ich kann auch euer ganzes Material beschlagnahmen«, sagte Micky und klopfte dem Journalisten so auf das linke Revers, dass der Umschlag zu knistern begann.

Der Fotograf wurde hellhörig und fing an, seine Kamera einzupacken. Sein eigenes Betriebskapital war ihm mehr wert als eine fette Schlagzeile.

»Komm, wir gehen«, sagte er zu seinem Kollegen.

Der Journalist wandte sich an Sascha. »Tut mir leid, mein Freund, aus dem Deal wird wohl nichts.«

26

»Wegen euch ist mir gerade ein Haufen Geld durch die Lappen gegangen«, maulte Sascha. »Dafür hätte ich mir einen guten Anwalt leisten können.«

Schweigend brachten Micky und Katja den Jungen in sein Zimmer zurück. Der Bewacher sprang auf und tippte sich gegen die Schläfe. »Alles in Ordnung mit den grauen Zellen?«, fragte er.

»So tipptopp, dass wir den Patienten jetzt verhören werden«, sagte Katja. »Und zwar ungestört. Können Sie dafür sorgen?«

»Wenn Sie mir garantieren, dass ich ihn unbeschädigt zurückerhalte«, erwiderte der Bewacher.

»Wenn du eine Garantie brauchst, kauf dir einen Staubsauger«, entgegnete Micky, die immer noch wütend war, dass sich der Polizist so einfach übers Ohr hatte hauen lassen.

Er klappte beleidigt seinen Comic zu und ging hinaus. In dem Moment, als die Tür ins Schloss fiel, versetzte Katja Sascha einen kräftigen Stoß gegen das Brustbein, sodass er quer über das Bett fiel. Sie baute sich breitbeinig vor ihm auf. Micky blieb auf der anderen Seite seines Bettes stehen. Mit der Fernbedienung schaltete sie den Fernseher über Saschas Bett ein und switchte auf *TV Limburg*.

»Leichenfledderer!«, fuhr Katja ihn an.

Sascha rappelte sich langsam auf. »Was?«, fragte er. »Wovon reden Sie?«

»Sie versuchen, aus Sybilles Tod Kapital zu schlagen.«

»Na und? Von euch bekomme ich ja wohl kein Geld.«

»Sie halten wichtige Informationen vor uns zurück!« Katja trat einen Schritt nach vorn.

»Ob Sie es in der BILD lesen oder von mir hören, ist doch wohl egal«, rief Sascha.

»Glauben Sie wirklich, dass wir den Mord an Ihrer Pflegeschwester mit dem Bullshit aufklären können, den die BILD-Zeitung verzapft?«

»Aber von irgendetwas muss ich doch leben!«

»So, wie es aussieht, wirst du vorläufig eine ganze Weile lang gar kein Leben mehr haben«, antwortete Micky. »Wir erklären dich hiermit für genesen. Aber zuerst darfst du schön fernsehen, ehe wir dich in den Knast bringen. Du verstehst doch ein bisschen Niederländisch, oder?«

Sie griff nach den Kopfhörern und setzte sie Sascha auf die Ohren. Micky und Katja brauchten nicht mitzuhören, um zu wissen, dass Molendorp die Verhaftung von Sascha und Patrick tüchtig ausbeutete, um sein öffentliches Renommee aufzupolieren. Er saß mit vier Opfern des Zugunglücks zusammen im Studio, zwei Frauen, einem Mann und einem kleinen Jungen, der seinen Arm in einer Schlinge trug. Sie nickten zustimmend, als Molendorp mit energischem Gesicht seine Kommentare abgab. Sascha runzelte die Stirn.

Auf dem Bildschirm erschien der Moderator, dann folgte eine Zusammenfassung der Szenen nach dem Zugunglück. Gleich darauf wurden wieder die Opfer eingeblendet. Eine der Frauen und der Mann konnten ihre Tränen nicht unterdrücken, was die Zuschauer vor den Bildschirmen in Großaufnahme hautnah miterlebten. Molendorp lauschte mit ernstem Gesicht den Geschichten der Opfer. Saschas Miene wurde immer sorgenvoller und er sprang plötzlich auf, als er die Bilder aus Valkenburg sah. Molendorp kam mit eckigen Bewegungen ins Bild, als er zu dem Chaos vor dem Souvenirladen schritt. Kurz darauf sah Sascha sich selbst auf einer Trage liegen, einen Balken diskret über den Augen.

»Du bist auch auf *YouTube*«, sagte Micky. »In ungefähr dreißig Filmen. Aber natürlich schön identifizierbar ohne Brett vor dem Kopf.«

Sascha nickte matt.

Jetzt war Molendorp wieder im Bild und seinem grimmigen Gesicht war anzusehen, dass er etwas über den Täter mitteilte. Der Beitrag endete mit einer Aufnahme des Krankenhauses. Micky nahm Sascha die Kopfhörer wieder ab.

»Was hat der Commissaris gesagt?«, fragte Katja.

Sascha zuckte mit den Schultern.

»Lass mich raten«, übernahm Micky. »Er hat prophezeit, wie viele Jahre du in niederländischen Gefängnissen verbringen wirst. Fangen wir mal mit bewaffnetem Raubüberfall an, das gibt ungefähr neun Jahre. Dann Mordversuch an eurem Verfolger. Runden wir ab auf sechs Jahre. Dann kommt noch die Verursachung eines Zugunglücks hinzu. Fällt unter Terrorismus. Macht, sagen wir, fünfzehn Jahre. Dazu noch ein bisschen Kleinkram, zum Beispiel das Hineinfahren in eine Menschenmenge in Valkenburg sowie der Verkauf von Betriebsgeheimnissen, na ja, zusammen ungefähr drei Jahre. Macht insgesamt dreiunddreißig Jahre. Stimmt das in etwa mit dem überein, was der Commissaris gesagt hat?«

Sascha seufzte. »Verstehen Sie jetzt, dass ich Geld für einen guten Anwalt brauche?«

»Also deshalb hast du deine tote Schwester für Schweigegeld an Carsten zu verkaufen versucht?«, fragte Katja.

»Ich habe meine Schwester nicht verkauft«, erwiderte Sascha trotzig.

»Und was hast du dann an die zwei Presseratten verschachert?«

Sascha blickte hinauf zum Bildschirm, auf dem jetzt ein Literaturprogramm lief, was seine Stimmung nicht unbedingt aufhellte.

»Ein guter Anwalt würde dir raten, bedingungslos zu kooperieren«, erklärte Micky und setzte sich neben Sascha. »Das könnte das Strafmaß erheblich mindern.«

»Ehrenwort?«

»Ehrenwort, und ich besorge dir einen guten Anwalt.«

Micky kannte genügend Strafverteidiger in Maastricht, die Sascha als fette Werbebeute betrachten und sogar noch Geld drauflegen würden, um ihn zu verteidigen.

»Die Story, die du der BILD-Zeitung erzählt hast, kennen wir schon«, sagte Micky. »Und jetzt die wahre Geschichte. Fang einfach da an, wo du eben aufgehört hast. Was hast du verkauft?«

Anstatt nun alles offen zuzugeben, brach Sascha in Tränen aus. Er sank an Mickys Schulter, die in einem mütterlichen Reflex den Arm um ihn legte.

»Ach, meine Schwester ist tot, meine Eltern sind tot, ich habe niemanden mehr, mein Leben ist zerstört!«

Micky widerstand der Versuchung, ihm zu widersprechen. Der Junge hatte recht, obwohl der Text vermutlich aus irgendeinem Schmachtfetzen stammte. »Es besteht Hoffnung, wenn du uns hilfst«, sagte sie und klopfte ihm beruhigend auf den Rücken. Sie bedeutete Katja, ihm ein Glas Saft aus der Karaffe auf dem Nachtschränkchen einzuschenken, was Katja nur widerwillig erledigte.

»Ich bin ganz allein!«, jammerte Sascha.

»Aber wir sind doch für dich da«, entgegnete Micky, während Katja ihr den Becher reichte.

Ihre Schlagertexte zeigten Wirkung. Sascha trank den Becher leer, seufzte noch einmal tief und begann zu erzählen. Micky hielt ihn die ganze Zeit im Arm.

»Sie war schon sehr lange mit Carsten zusammen«, begann er. »Aber niemand durfte es wissen, weil Ingrid sie sonst entlassen hätte. Die Roeders können sich nämlich nicht …«

»Wissen wir«, unterbrach ihn Katja. »Und auch, dass Ihre Schwester Carsten über die Vorgänge bei *Roeder West* informiert hat.«

»Na schön, aber wissen Sie auch, dass Frau Roeder Apparate entwickelt hat, von denen ihr Bruder nichts erfahren durfte?«

»Wir haben es vermutet, können es aber nicht beweisen«, sagte Katja. »Und Sie können das?«

Sascha schien ihr nicht zu vertrauen und schmiegte sich enger an Micky. »Carsten hat verlangt, das Kind abtreiben zu lassen, aber Sybille wollte es behalten«, fuhr er fort.

»Er wollte nichts mehr von Sybille wissen. Deswegen drohte sie, öffentlich zu machen, dass *Roeder* Kriegsmaterial entwickelte.«

»Nur deswegen?«

»Nein, auch weil sie Angst hatte, entlassen zu werden.«

»Was hat sie für ihr Schweigen verlangt?«

Sascha sah Micky an, als sei das eine besonders dumme Frage gewesen.

»Einen Haufen Geld natürlich. Um das Kind großziehen zu können.«

»Und vielleicht noch etwas mehr?«, unterbrach ihn Katja.

Micky nickte ihm aufmunternd zu.

»Ja …«, antwortete er zögernd. »Aber wie auch immer, Carsten hat sie im Stich gelassen.«

»Deswegen habt ihr das Gemälde geklaut«, sagte Micky. »Und als die Sache schiefging, seid ihr erneut an Carsten herangetreten. Diesmal war er bereit zu zahlen, wenn auch sicher nicht so viel, wie Sybille verlangt hat. Aber leider platzte der Deal wegen der beiden Herren, die deinen Freund Heino beinahe ins Jenseits befördert hätten. Freddy, hör zu …«

Micky benutzte absichtlich seinen Spitznamen. »Was hatte Sybille als Gegenleistung zu bieten?«

»Geheime Daten.«

»Wo sind die jetzt?«

»In einem Schließfach am Aachener Hauptbahnhof.«

»Und der Schlüssel?«

»Versteckt in unserer Hütte in *De Gulper*.«

»Wo genau?«

»Kommst du mich danach besuchen?«

Micky erkannte, dass er kurz davor stand, seine einzige Sicherheit preiszugeben.

»In jedem Fall«, versprach sie. Als sie noch bei der Polizei gearbeitet hatte, galten Versprechungen während eines Verhörs als Todsünde, doch jetzt hatte sie freie Hand. Außerdem war es ihr ernst.

»In der Frittierpfanne, unter dem kalten Fett.«

Da Sascha den Kopf gesenkt hatte, konnte Micky mit den Lippen den Namen »Molendorp« formen und mit der Hand ein imaginäres Telefon ans Ohr halten. Katja stand auf und verließ das Zimmer.

»So ein Schlamassel«, seufzte Sascha.

Diesmal hatte Micky keinen aufmunternden Schlagertext für ihn in petto. Sie beschloss, das Verhör fortzusetzen.

»Warum wollte Carsten, dass du bei *Roeder West* arbeitest? Sei ehrlich.«

»Um Sybille zu helfen«, antwortete Sascha fügsam. »Sie durfte keinerlei Risiko eingehen. Die Kontrollen waren sehr streng. Alle Mitarbeiter mussten beim Verlassen der Firma die Taschen ausleeren. Sybille hat Material für mich bereitgelegt. Wenn es Papiere waren, musste ich sie nach Dienstschluss mitnehmen. Manchmal war es auch eine DVD oder ein USB-Stick. Sybille durfte mit diesen Daten nicht erwischt werden, deswegen war ich ihr Kurier.«

»Du hast die Informationen also bei Carsten abgeliefert?«

»Mich hat keiner verdächtigt, niemand wusste, dass Sybille meine Pflegeschwester war. Ich war nur der dumme Wachmann, der von Wissenschaft keine Ahnung hatte. Aber ich habe alle Daten aus dem Laden rausgeschmuggelt.«

Vielleicht bekam er zum ersten Mal die Aufmerksamkeit, nach der er sich sehnte, oder er sah sich in der Hauptrolle in einem Jahrhundertprozess, vielleicht hatte er auch eine Gehirnerschütterung und war nicht ganz bei sich – was immer auch der Grund für seine Redseligkeit sein mochte, er würde jahrelang Zeit haben, in Ruhe darüber nachzudenken. Jedenfalls verschaffte sein Geständnis ihm den Mut, endlich die Frage zu stellen, die er aus schlechtem Gewissen die ganze Zeit über vermieden hatte: »Wie geht es Heino?«

Eine halbe Stunde später gingen Micky und Katja gemeinsam in die Kantine des Krankenhauses.

Katja lud belegte Brötchen und Orangensaft auf ein Tablett. »Volltreffer«, berichtete sie. »Molendorp hat sofort zwei Kollegen nach *De Gulper* geschickt. Sie haben die randvolle Frittierpfanne aufs Gas gestellt und tatsächlich den Schlüssel darin gefunden. Damit haben sie das Schließfach am Aachener Bahnhof geöffnet. Gerade rechtzeitig, denn heute Abend hätte es das Serviceteam der Deutschen Bahn wegen Gebührenüberziehung geräumt.«

»Und?«

»Sie entdeckten einen Stapel DVDs und einen USB-Stick. Ich habe alles zu Holger bringen lassen. Er hat zwei Primzahlen sowie eine Menge verschlüsselter Dokumente gefunden, darunter den Bauplan eines bionischen Laufapparates, der offenbar nur minimal Energie verbraucht. Holger bleibt dran und meldet sich wieder. Das waren die guten Nachrichten.«

»Und die schlechten?«

»Man hat mich wegen meiner Recherche in Sachen *Limbs* angerufen. Bei euch war Molendorp doch gegen diesen USI-Code gelaufen. Bei uns läuft es etwas subtiler, aber genauso effektiv. Ich soll eine hochoffizielle Anfrage in x-facher Ausführung einreichen, die von mehreren Ämtern und Kommissionen begutachtet wird. Das wird Jahre dauern. Und wenn dann überhaupt Informationen fließen, werden die veraltet und nutzlos sein.«

»*Limbs* wird nur so sorgsam abgeschirmt, weil sie Kriegsmaterial produzieren«, nickte Micky. »Ich wünschte mir, die Geheimdienste würden mit Friedensinitiativen ebenso nachsichtig umgehen.«

Katja wies auf das Tablett. »Iss besser etwas, solange noch Zeit dazu ist. Hat Heidfeld etwas Wichtiges verraten?«

»Nein, es ist nur noch deutlicher geworden, dass er als Sybilles Handlanger fungierte. Man braucht keine Psychologin zu sein, um zu erkennen, dass sie für ihn wie eine Mutter war. Ich glaube, sie hat ihn übel manipuliert und er hat seiner Ersatzmutter blindlings gehorcht. Patrick wiederum brauchte Sascha, um sich von seiner eigenen dominanten Mutter zu lösen. Sybille war von Rachsucht gegenüber Carsten erfüllt und Ingrid wollte um jeden Preis ihren Bruder überflügeln. Sie waren alle gleichermaßen von einer ziemlich freudianischen Dynamik getrieben.«

Katja wollte eine spöttische Bemerkung machen, aber erneut hielt sie ein Anruf davon ab.

Sie fing sich ein paar böse Blicke von ruhebedürftigen Patienten ein und verließ den Raum, kehrte aber bald darauf wieder zurück.

»Holger?«, fragte Micky.

»Nein«, antwortete Katja. »Das Aachener Polizeipräsidium. Sybilles Auto wurde gefunden. Es stand auf einem Parkplatz in einer kleinen Seitenstraße in der Nähe von *Roeder West*. Der Schlüssel lag unter der Fußmatte. Die Spurensicherung ist schon wieder abgezogen. Sie hat Fingerabdrücke von Lenkrad und Schalthebel genommen. Und vom Schlüssel natürlich auch.«

»Und, sind sie auf alte Bekannte getroffen?«

»Sie arbeiten noch dran, aber es steht bereits fest, dass sie nicht von Sybille stammen.«

»Wer hat den Wagen dort abgestellt?«

»Auf dem Beifahrersitz lag ein herausgerissenes Kalenderblatt, und darauf stand: *Dringend: Montag geliehenen Kugelschreiber meines Vaters zurückgeben, J. H.* So etwas legt nur einer dahin, der aussteigt und will, dass der, der mit dem Wagen später wegfährt, ihn auch findet.«

»Dann kann derjenige nicht gewusst haben, welches Schicksal Sybille bei *Roeder* erwartete. J. H. wird ja wohl unser Jens Hinrichs sein.«

»Das werden wir herausfinden. Wenn ja, reicht das, um ihn im Morgengrauen aus dem Bett zu holen. Seine Fingerabdrücke haben wir bei den Ermittlungen zur Brandursache aufgenommen. Wenn die im Auto von ihm stammen, ist er reif. Und für uns wäre es der Durchbruch.«

»Durchbruch wohin?«

»Hinrichs wird uns schon zeigen, wohin.«

Eine Stunde später traf das Ergebnis ein: Jens Hinrichs musste der letzte Fahrer von Sybilles Wagen gewesen sein. In der Wohnung von Sybille fand man den silbernen Kugelschreiber, den er auf dem Zettel zurückverlangt hatte. Der Stift trug die Gravur: *Für meinen Sohn Jens*.

Bei der Festnahme von Jens Hinrichs wurde vom Einsatz einer Verhaftungseinheit abgesehen. Zur Sicherheit ließ Katja vier Streifenwagen in den Straßen rund um sein Haus Position beziehen. Allerdings wurde tatsächlich beschlossen, den Verdächtigen zum üblichen Zeitpunkt vor Morgengrauen festzunehmen. Deshalb erschienen Micky und Katja nach einer nur kurzen Nachtruhe schon um vier Uhr morgens zum Briefing im Aachener Polizeipräsidium, wo sie den Kollegen einschärften, die Samthandschuhe anzuziehen.

Die beiden Frauen würden an der Tür klingeln und Hinrichs die Gelegenheit bieten, sich anzuziehen. Nach dem Eintreffen im Präsidium würde er unverzüglich verhört werden. Die Besatzungen der Streifenwagen sollten nur eingreifen, falls der Verdächtige Widerstand leistete. Bis dahin sollten sie sich unauffällig in der Nähe aufhalten.

»Ach, die holländische Methode?«, hatte einer der diensthabenden Beamten bemerkt, was ihm das Gelächter seiner Kollegen und einen strafenden Blick von Katja eintrug.

Micky hatte der Gruppe erklärt, dass Jens Hinrichs an Autismus oder einer verwandten Störung litt. »Er lebt emotional in einer eingeschränkten Welt. Die meisten Gefühle, die wir empfinden, sind für ihn unbekanntes Terrain, doch er erkennt sie durchaus bei anderen. Und das weiß er zu nutzen, immerhin ist er sehr intelligent.«

Die meisten Kollegen machten den Eindruck, als seien sie sturzneidisch auf einen Typen, der sich mit Gefühlen nicht herumzuschlagen brauchte.

»Für euch und mich sind Gefühle wichtig«, fuhr Micky fort. »Denn sie geben uns eine Richtung im Leben, ob im positiven oder negativen Sinne. Ein Mann wie Jens Hinrichs muss anderweitig Halt finden. Er sucht Sicherheit durch extreme Ordnung. Gewohnheiten und Regelmäßigkeit sind für ihn lebenswichtig. Für euch bedeuten Hierarchien und Autoritäten ein notwendiges Übel, aber für ihn besitzen sie absolute Priorität. Kurzum, er ist noch viel stärker auf Ordnung, Pünktlichkeit und Vorschriften fixiert als der gewöhnliche Deutsche.« Bevor sie fortfuhr, warf sie dem Kollegen, der über die holländische Methode gelästert hatte, einen kurzen Blick zu.

»Deswegen wäre es äußerst ineffizient, wenn wir seine Ordnung stören würden, indem wir mit viel Getöse und Zwangsmaßnahmen in sein Haus stürmten. Er würde Tage brauchen, um einen solchen Überfall zu verarbeiten. In dieser Phase würde er sich komplett verschließen und wir könnten ein Verhör vergessen. Noch Fragen?«

Die zweite Hälfte ihrer Analyse lieferte sie Katja, während sie auf dem Weg zu Jens Hinrichs ihre Verhörstrategie planten. Sie kamen durch die praktisch ausgestorbene Wilhelmstraße, die sich langsam auf einen Tag voller Staus vorbereitete. In sicherem Abstand folgten die vier Streifenwagen.

»Hinrichs Nachricht für Sybille spricht Bände«, sagte Micky. »Er empfindet es als unerträglich, dass der Kugelschreiber unter den Gegenständen in seiner unmittelbaren Umgebung fehlt. Vor allem, weil es ein Geschenk seines

Vaters ist, der ersten Autorität, die er in seinem Leben gekannt hat. Sein Hang zur Ordnung ist unser Einfallstor. Aber wir müssen auch die Autorität von Ingrid Roeder untergraben. Sie ist der absolute Bezugspunkt in seinem Koordinatensystem.«

»Und wen setzen wir an ihre Stelle?«

»Uns«, antwortete Micky. »Er muss einsehen, dass wir diejenigen sind, die sein Leben in eine Richtung steuern können, in der er Ruhe und Regelmäßigkeit findet. Wo er das bekommt, was er braucht.«

»Bitte bleib in meiner Nähe«, bat Katja. »So viel Psychologie überfordert mich. Lass uns erst mal ein paar nachprüfbare Fakten über unseren Patienten sammeln. Wer, was, wo, wann, warum und wie.«

Um 4.25 Uhr klingelten sie bei Jens Hinrichs. Zu ihrer Überraschung öffnete er so gut wie sofort, gekleidet in eine bequeme Hausjacke, dazu Krawatte und Flanellhose. Micky vermutete, dass er sie schon erwartet hatte.

»Ja?«, sagte er auffordernd, nachdem sie einander ein paar Sekunden angestarrt hatten.

Katja ergriff das Wort. »Wir möchten, dass Sie uns ins Polizeipräsidium begleiten.«

Jens Hinrichs runzelte die Stirn. »Ich male gerade«, erwiderte er.

»Es ist dringend.«

»Darf ich zuvor noch meine Pinsel reinigen?«, fragte Jens Hinrichs.

Katja blickte Micky an.

»Stellen Sie sie einfach in ein Gefäß mit Wasser«, sagte Micky. »Wir haben es eilig.«

Um Viertel vor fünf passierten sie die Skulptur vor dem Haupteingang des Präsidiums. Micky hatte absichtlich diesen Eingang gewählt, um Jens Hinrichs weiterhin die Illusion zu lassen, er sei ein Besucher, zwar zu einem ungewohnten Zeitpunkt, aber frei, zu kommen und zu gehen, wann er wollte.

Im Vernehmungszimmer fragte Micky, ob er schon gefrühstückt habe. Das hätte er ausführlich getan, sagte er, so wie immer. Dann versuchte er, die Gesprächsführung zu übernehmen, und erkundigte sich, was er für die Damen tun könne.

»Es gibt einige ungeklärte Fragen, bei deren Beantwortung Sie uns möglicherweise helfen könnten«, begann Micky.

»Wenn Sie das glauben«, antwortete er abwartend.

»Wir haben das Auto von Sybille Wenger in der Halifaxstraße gefunden«, sagte Micky. »Aber wir können uns einfach nicht vorstellen, wie und warum der Wagen ausgerechnet dort abgestellt wurde.«

Hinrichs zuckte sofort mit den Achseln.

»Manchmal ist in *West* einfach kein Platz mehr frei«, antwortete er.

»Tja, das wundert uns ein bisschen«, sagte Micky. »Auf dem Gelände der Firma gibt es doch Parkplätze genug. Und ganz bestimmt an dem Sonntagabend des Brandes, denn dort war ja sonst kaum jemand.«

»Sybille können wir nicht mehr fragen«, sagte Katja.

»Jeder hat seine Geheimnisse«, parierte Hinrichs.

»Haben Sie den Wagen dort hingestellt?«, fragte Micky.

Hinrichs schüttelte entschieden den Kopf.

»Aber Sie sind ihn doch schon einmal gefahren?«

»Nein.«

Micky sah Katja an.

»Wir haben Ihre Fingerabdrücke auf dem Lenkrad, auf dem Schlüssel unter der Fußmatte, auf dem Türgriff und dem Schalthebel gefunden«, zählte Katja auf.

»Und auf dieser Notiz«, fügte Micky hinzu. »Aber erst möchte ich Ihnen Ihren Stift zurückgeben.« Sie überreichte Hinrichs den Kugelschreiber seines Vaters.

Erfreut betrachtete er das gute Stück. »Es ist sehr ärgerlich, wenn Leute geliehene Gegenstände nicht zurückgeben«, sagte Hinrichs und steckte den Kugelschreiber in die Tasche seiner Hausjacke. »Vielen Dank, sehr freundlich, dass Sie mir geholfen haben.«

»Würden Sie uns dann dafür beim Rätsel um Sybille Wengers Wagen weiterhelfen?«, fragte Micky. »Wir haben uns schon bei Frau Roeder erkundigt, aber sie hat uns an Sie verwiesen.« Mit dieser Lüge wollte sie eine erste Bresche in das Vertrauensbollwerk schlagen, hinter dem Ingrid Roeder Jens Hinrichs unter Kontrolle hielt. Der verfiel jedoch in mürrisches Schweigen. Ein Angriff auf seine Schutzpatronin war noch zu gewagt.

»Aber sie hat Ihnen doch dieses Problem aufgehalst?«, fuhr Micky fort. »Sie sind jetzt auf sich gestellt und müssen sich selbst helfen.«

»Was soll ich tun?«

Micky forderte ihn mit einer Geste auf, vor allem weiterzureden. Eine lange Stille trat ein.

»Ich habe den Wagen dort abgestellt«, gestand Hinrichs endlich.

»Wann?«, fragte Micky.

»Am Sonntag gegen Mitternacht. Nach der Auktion.«

»Warum haben Sie das getan?«

»Weil Frau Roeder mich darum gebeten hat.«

»Und warum hat sie Sie darum gebeten?«

Hinrichs erwiderte: »Ich finde dieses Gespräch unerfreulich. Ich möchte jetzt gerne meine Pinsel ausspülen gehen und danach zur Arbeit fahren.«

Er stand auf und knöpfte seine Strickjacke zu. Der Druck wurde ihm offensichtlich zu hoch. Katja sprang auf, um Hinrichs zurückzuhalten, aber Micky legte ihr die Hand auf den Arm. Hinrichs würde ja nicht weit kommen und Micky wusste, dass er sich verschließen würde, wenn sie ihn nun weiter in die Ecke trieb.

»Na schön, dann zu einem anderen Thema«, sagte Micky. »Ihre Schwester ist Tierärztin, nicht wahr? Haben Sie viel Kontakt zu ihr?«

Hinrichs setzte sich wieder hin. »Ab und zu«, sagte er.

»Neulich haben Sie sie ja in ihrer Praxis in Emden besucht«, fuhr Micky fort. »Ich soll Sie übrigens herzlich von ihr grüßen. Aber nun zum Wesentlichen: Sie haben sie gefragt, ob Sie zweihundert Milliliter Pentobarbital mitnehmen dürften.«

Wieder schüttelte Hinrichs den Kopf und wedelte sogar mit den Händen, um anzudeuten, dass sie Unsinn redete, aber Micky fuhr unbeirrt vor. »Ihre Schwester glaubte sich zu erinnern, dass das Mittel für Ingrid Roeder sein sollte. Uns gegenüber hat Frau Roeder jedoch ausgesagt, sie wüsste von nichts und wir sollten mit Ihnen darüber reden.«

»Es war aber Frau Roeder, die mich um das Mittel gebeten hat«, erwiderte Hinrichs. »Sie hat eine alte Katze und wollte das Tier selbst einschläfern.«

»Im Körper von Sybille Wenger wurden Spuren von Pentobarbital gefunden«, sagte Micky. »Im Herzen. Und im Magen.«

Hinrichs steckte die Hände in die Jackentaschen und starrte schweigend auf die Tischplatte.

»Wir vermuten, dass Frau Wenger vor dem Brand eine Dosis in einem Getränk eingeflößt wurde«, fuhr Micky fort. »Dadurch ist sie eingeschlafen oder benommen gewesen. Anschließend hat man ihr eine Spritze direkt ins Herz gesetzt. Fünfzig Milliliter sind mehr als ausreichend, um einen schnellen Tod herbeizuführen.«

Jens Hinrichs nickte zum Zeichen, dass er die technische Vorgehensweise verstanden hatte.

»Im Körper von Sybille Wenger wurde ein Einstichkanal gefunden«, sagte Katja. »So etwas kann man sogar bei einer verkohlten Leiche nachweisen. Wussten Sie eigentlich, dass man in den Vereinigten Staaten neuerdings Pentobarbital nicht nur als Narkosemittel einsetzt, sondern auch, um die Todesstrafe zu vollstrecken?«

Jens Hinrichs blickte von Micky zu Katja und wieder zurück.

»Sind Sie sicher, dass Sie Frau Roeder das Mittel gegeben haben?«

»Ja, natürlich«, antwortete Hinrichs. »Am selben Tag, an dem ich aus Emden zurückkam.«

»Jetzt steht Ihre Aussage gegen die von Frau Roeder«, sagte Micky. »Und Sie waren der Letzte, der mit dem Wagen von Sybille Wenger gefahren ist. Saß sie vielleicht neben Ihnen? Oder lag sie im Kofferraum?«

»Nein, nein, ich war allein!« Seine Stimme erstarb.

»Vielleicht brauchen Sie ein wenig Zeit zum Nachdenken«, sagte Katja. »Soll ich die Wachbeamten rufen?«

Hinrichs blickte sich verständnislos um.

»Sie sind verhaftet und bleiben vorerst im Präsidium«, erklärte Katja.

»Bis Sie eine überzeugende Aussage zu den Fragen geliefert haben, die wir Ihnen gestellt haben«, sagte Micky.

»O nein, das kommt gar nicht infrage«, sagte Hinrichs und wiederholte seine Weigerung mehrfach. »Ich muss gleich zur Arbeit.«

»Frau Roeder kommt sehr gut ohne Sie zurecht«, behauptete Micky. »Sonst hätte sie Sie nicht in diese Situation gebracht. Möchten Sie eine Tasse Kaffee?«

Hinrichs nickte.

»Milch und Zucker?«

Katja schenkte Kaffee ein und schob Hinrichs die Tasse zu. Dann sagte sie: »Sie haben ja bereits erzählt, dass Ingrid Roeder die Forschungsdaten vernichtet hat. Wir wissen inzwischen auch, warum sie das getan hat. Die Daten sind wieder aufgetaucht, aber der Mord an Ihrer Kollegin Sybille Wenger … Ihr Tod lässt sich nicht mehr rückgängig machen.«

Hinrichs führte die Tasse an die Lippen und trank bedächtig.

»Sie sind unser Hauptverdächtiger, Herr Hinrichs.«

»Angenommen, ich hätte etwas mit ihrem Tod zu tun, dann würde ich doch niemals eine Nachricht in Frau Wengers Wagen hinterlegen?«

Zum ersten Mal schlich sich Unsicherheit in seine Stimme ein.

»Mit diesem Manöver haben Sie uns zunächst an der Nase herumgeführt«, gab Micky zu. »Sehr raffiniert. Sie sind ein starker Gegner. Doch Ihre ehemalige Komplizin Ingrid Roeder lässt Sie nun die Suppe ganz allein auslöffeln.«

»Ich habe keinen Mord begangen«, sagte Hinrichs. »Das widerspräche meinen Prinzipien.«

»Ich würde Ihnen gerne glauben, aber wen sollen wir denn sonst dafür verantwortlich machen? Frau Roeder vielleicht? Hat sie den Tod von Sybille Wenger auf dem Gewissen?«

Obwohl der Begriff Gewissen in seinem Leben keine übertrieben große Rolle spielen konnte, schien Jens Hinrichs allmählich zu begreifen, dass er von Micky und Katja mehr zu erwarten hatte als von seiner früheren Schutzpatronin.

»Ich bin Wissenschaftler«, wehrte er sich noch. »Ich arbeite mit überprüfbaren Fakten.«

»Wir auch!«, antwortete Katja scharf. »Und Sie können uns dabei helfen, diese Fakten aufzudecken.«

»Wie denn?«

»Indem Sie Frau Roeder dazu bringen, etwas zu sagen, das Ihre Unschuld beweist. Damit Sie nach Hause gehen können. Und zurück an Ihre Arbeit.«

Draußen fuhr ein Streifenwagen mit heulender Sirene davon.

»Sie müssen erreichen, dass sie offen mit Ihnen redet«, fuhr Micky fort. »Bei einem ungezwungenen Gespräch. Ohne dass sie misstrauisch wird. Gibt es zum Beispiel einen öffentlichen Ort, an dem Sie ungestört mit ihr reden können?«

Jens Hinrichs nickte schon, bevor Micky ihren Satz beendet hatte.

27

Jens Hinrichs bog auf einen schmalen Seitenpfad ab, der zu einer Reihe von Volieren führte. »Das ist mein Platz.« Er wies auf eine Holzbank.

Micky verstand, warum Hinrichs sich gerade diese Stelle als Rückzugsort im Aachener Tierpark ausgesucht hatte. Hierher verirrten sich nur wenige Besucher. Die meisten blieben auf den Hauptwegen, an denen Showstars wie Erdmännchen, Lisztäffchen oder Nasenbären gastierten, oder sie drehten an Luchsen und Kängurus vorbei die große Runde um den See.

Katja hingegen blieb misstrauisch und warnte Hinrichs eindringlich, er solle nicht versuchen, sie auszutricksen. Statt einer Antwort zeigte er auf zwei Schilder, die an der Voliere schräg gegenüber der Bank hingen. Groß gedruckt prangte da der Name *Jens Hinrichs* am Käfig eines ›Lachenden Hans‹ – ein, wie das zweite Schild verriet, australischer Jägerliest, dessen Ruf an ein menschliches Lachen erinnerte.

Micky machte ein paar Geräusche, um den nahe am Gitter auf einem Ast sitzenden Hans zu einer Antwort zu bewegen, aber der schaute sie nur regungslos an wie ein erfahrener Berufskrimineller im Verhör.

»Sie sind also sein Patenonkel«, sagte sie zu Hinrichs. »Weil er so still ist?«

»Er ist eine Sie und sie ist sonst gar nicht still«, verteidigte Hinrichs den Vogel. »Sie ist alt und ganz alleine hier. Die Jüngeren sitzen in der Voliere beim Haupteingang. Deshalb bin ich ihr Pate. Der Jägerliest ist ein treues Tier. Und er kann etwas, was ich auch gerne könnte.«

»Lachen?«, fragte Katja.

Hinrichs sah sie strafend an, ehe er seine Antwort an Micky richtete. »Die Aborigines glauben, dass Kindern zur

Strafe ein schiefer Zahn wächst, wenn sie den Jägerliest beleidigen.«

»Dann hätten in Ihrer Nachbarschaft wohl eine Menge Kinder Zahnprobleme?«, fragte Micky scheinbar einverständig. Sie war fasziniert davon, wie sicher Hinrichs sich an diesem Ort fühlte. Zum ersten Mal gab er Persönliches von sich preis.

Hinrichs nickte und lachte leise in sich hinein.

Katjas Handy klingelte. Das Telefonat dauerte nur kurz und endete mit einem Dank. »Wir können loslegen. Der richterliche Beschluss liegt vor und die Abhöranlage ist geschaltet«, verkündete sie. »Setzen wir uns auf die Bank und rufen Sie dann Frau Roeder an. Dieses Gezwitscher wird sie ja leicht überzeugen, dass Sie sich hier gerade eine Auszeit nehmen.«

»Das ist kein Gezwitscher!«, tadelte Hinrichs sie.

»Wie auch immer. Ich möchte vor dem Anruf noch einmal alles mit Ihnen durchgehen.«

»Ich mag eventuell sonderbar auf Sie wirken, aber ich bin kein Idiot.« Hinrichs sah Katja zornig an.

Micky musste sich einschalten, ehe die Abneigung dieses Vogelliebhabers gegen Katja ihren Plan zerstören würde.

»Niemand denkt das, Herr Hinrichs. Es ist nur nicht so leicht, in solch einer Situation ganz natürlich zu klingen. Möchten Sie noch ein paar Minuten Ruhe haben?«

»Nein, ich will das hinter mich bringen. Ich würde Frau Dr. Roeder nie hintergehen, wenn sie mich nicht in diese schlimme Situation gebracht hätte.«

»Ja, Treue ist die Basis von allem. Aber wenn jemand diese Treue schamlos ausnutzt ... Es war ihr völlig egal, dass Sie in den Mordfall hineingezogen werden und damit Ihr ganzes Leben durcheinandergerät.« In einem anderen Fall hätte Micky tröstend ihre Hand auf die Schulter des Gesprächspartners gelegt. Jens Hinrichs hingegen hätte diese Körperlichkeit zutiefst verstört.

»Also, ich rufe dann jetzt an.«

Er tippte die Eins als Kurzwahl auf seinem Handy, stellte den Lautsprecher ein und hielt das Telefon nah an seinen Mund.

Ingrid Roeder – number one, dachte Micky.

»Wo bist du, Jens?«, fragte Ingrid mit unterdrückter Aggression anstelle einer Begrüßung.

»Ich bin hier. Ich meine, im Tierpark.«

»Ist es mal wieder so weit?«

»Die letzten Tage … das war alles zu viel für mich. Diese Unruhe.«

»Ja, ja, ich verstehe schon. Dann brauche ich mit dir heute nicht mehr zu rechnen?«

»Nein«, sagte Hinrichs zögerlich.

»Gut, dann bis morgen.«

»Halt«, sagte er schnell.

»Was denn noch?«

»Es ist nur …«

»Was?«

»Der Schlüssel.«

»Welcher Schlüssel?«

»Der Schlüssel von Sybilles Wagen.«

»Was ist damit? Mein Gott, lass dir doch nicht immer alles aus der Nase ziehen, Jens!«

»Ich habe heute meine grüne Hose angezogen. Du weißt doch, die …«

»Jens!«

»Ich hatte sie zuletzt Sonntag vor einer Woche an. Ich habe in der Hosentasche eben den Schlüssel gefunden.«

»Bist du wahnsinnig? Ich hatte dir extra gesagt, du solltest ihn in ihrem Wagen unter die Fußmatte legen.«

»Ja, ich weiß!«, antwortete Hinrichs zerknirscht.

»Du bringst uns noch ins Gefängnis!«, zürnte Ingrid. Es war förmlich zu hören, wie sie nach einer Lösung für das Problem suchte. »Hör zu«, sagte sie endlich, »reiß dich jetzt zusammen und fahr sofort los. Weißt du noch, wo der Wagen steht?«

»Ja, ja, natürlich«, gab Hinrichs verwirrt zurück. Micky konnte an seinen Augen ablesen, dass er immer tiefer in das Gespräch eintauchte und die Spielebene längst verlassen hatte.

»Geh von da aus Richtung Labor. Sobald du an einem Rinnstein vorbeikommst, lässt du den Schlüssel hineinfallen. Aber zieh Handschuhe an! Und wisch vorher den Schlüssel ordentlich ab!«

»Ja.« Die Antwort klang nicht so, als hätte Hinrichs den Auftrag verstanden.

»Nicht ›jaaa‹. Jens? Du musst das machen«, sagte Ingrid und hinter jedem Wort stand ein akustisches Ausrufezeichen. »Wenn sie mir auf die Spur kommen, hängst du mit drin.«

»Aber ich habe doch gar nichts getan«, begehrte Hinrichs in ehrlicher Verzweiflung auf.

Ingrid lachte hysterisch auf. »Ach nein? Du hast doch von allem gewusst und mir geholfen. Wer soll glauben, dass du mit Sybilles Tod nichts zu tun hast?«

Micky gab ihm ein Zeichen, dass er das Gespräch beenden konnte. Sie hatten gehört, was sie hören wollten.

Aber Hinrichs war so von Ingrids Erpressung schockiert, dass er anders als abgesprochen reagierte. »Das Betäubungsmittel für deine Katze. Das hast du in Wirklichkeit für Sybille gebraucht«, warf er ihr vor.

Ingrid stutzte. »Woher weißt du das? Hat die Polizei mit dir gesprochen? Ist jetzt jemand bei dir? Jens!«

Hinrichs schwieg.

»Jens! Du dummer Schlappschwanz!« Sie legte auf, aber Jens Hinrichs hielt das Handy weiterhin vor den Mund, als wäre diese Verbindung nicht unwiderruflich getrennt worden. Er starrte ins Leere. Über seine Wangen liefen Tränen.

Die alte Dame in der Voliere richtete flatternd ihr Gefieder. Dann öffnete sie ihren kräftigen Schnabel zu einem lang anhaltenden Ruf.

»Hören Sie?«, schluchzte Hinrichs. »Sie ist nicht stumm.«

Auf dem Weg ins Präsidium meldete sich über Funk das Team, das vor *Roeder West* Stellung bezogen hatte. Ingrid Roeder war gleich nach dem Telefonat aus dem Bürocontainer gestürzt und zu ihrem Audi gelaufen. Eine kurze Flucht. An der Ausfahrtschranke wurde sie festgenommen.

Das Crashtest-Zentrum, zu dem Molendorp Micky und Katja kurz vor dem Erreichen des Präsidiums umdirigierte, lag in einem Industriegebiet nördlich von Maastricht.

Unterwegs übergaben sie Jens Hinrichs einer Streife. Nachdem sie ihm im Tierpark mitgeteilt hatten, dass er wegen Verdunkelungsgefahr in U-Haft genommen werde, hatte er sie weinend angefleht, ihn vor dem Gefängnis zu bewahren. Dass ihnen keine andere Wahl blieb, musste sich Micky noch einmal selbst sagen, als Hinrichs sie während des Wagenwechsels voller Panik ansah.

Außer, dass es ziemlich grausige Erkenntnisse in der Mordsache Roeder gebe, hatte sich Molendorp am Telefon nichts entlocken lassen. Der Stachel ihres Vorwurfs einer undichten Stelle im Team saß tief, das war kaum zu überhören gewesen. Umso stolzer schien er auf die neuen Ermittlungsergebnisse zu sein.

Katja und Micky betraten die große Halle des Zentrums. Rechts an der Wand lehnten Firmentechniker in grauen Overalls. Mit verschränkten Armen verfolgten sie, wie die Kriminaltechniker in weißen Overalls eine eigenartige Konstruktion mit aufgesetzer Autokarosserie untersuchten. Im linken hinteren Bereich lief dagegen das normale Geschäft ungestört weiter. Vier Graumänner platzierten gerade ein Testpuppenpaar in einem orangefarbenen Wagen.

»Dies ist eines der modernsten Crashtest-Zentren der Niederlande«, erklärte Molendorp, der sich ihnen mit einer

Geste näherte, als gehörte ihm das Unternehmen. »Hier wird alles getestet. Kindersitze, Gurtsysteme, Flugzeugelemente, Blackboxes bis hin zu Prototypen neuer Autos und Lastwagen.«

»Und *Roeder* lässt hier auch testen?«, fragte Katja, um die Sache abzukürzen.

»Nicht so schnell, Frau Kollegin«, tadelte Molendorp. »Nein, *Roeder* nicht. Allerdings andere uns bekannte Firmen. Aber dazu später. Die ersten Hinweise lieferte unsere Rechtsmedizin. Klar war ja, dass Carsten Roeder viel mehr Verletzungen erlitten hat, als bei diesem Sturz in die Grube entstehen konnten. Und dass ihm einige davon erst nach dem Tod zugefügt wurden. Von den massiven Gurtmarken einmal abgesehen, könnten alle festgestellten Traumata – Prellungen, Brüche, innere Verletzungen – theoretisch auch durch andere Gewalteinwirkungen verursacht worden sein. Aber in ihrer Gesamtheit sind sie nur dann wirklich logisch zu erklären, wenn man von einem heftigen Aufprall in einem Auto ausgeht. Oder besser gesagt, wenn man mehrere Aufprallereignisse annimmt. Bis heute Morgen kamen wir allerdings an diesem Punkt nicht weiter.«

»Aber dann?«, fragte Micky aufmunternd. Es war zu deutlich, dass Molendorp den Wissensvorsprung gegenüber der kritischen Kollegin vom LKA auskostete.

»Dann meldete sich die Geschäftsführung des Crashtest-Zentrums und gab an, ein Hightechinstrument gefunden zu haben, das nicht ihr gehörte.«

Er gab einem seiner Techniker, der die entdeckten Spuren inventarisierte, ein Zeichen, indem er laienspielerhaft an seinem Handgelenk rieb.

Der Techniker zog einen Plastiksack aus einer Box und brachte ihn zu Molendorp, der ihn so vor Micky und Katja hochhielt, als wollte er ihnen einen Beutel mit seltenen Goldfischen zeigen. Der Inhalt war jedoch alles andere als vergnüglich. Sie schauten auf eine Hand mit einem Stück

Unterarm. Man hätte sie erst auf den zweiten Blick als künstlich identifizieren können, wenn nicht abgerissene Kabelenden und Metallstreben aus dem Stumpf herausgeragt hätten.

»Carsten Roeders Prothese«, sagte Micky überrascht.

»Ein Stück davon, ja«, gab sich Molendorp bescheiden. »Wir müssen das natürlich noch genauer überprüfen. Aber inzwischen haben wir dort auf dem Testschlitten und rundherum eine Menge unzureichend beseitigter Blutspuren nachweisen können.«

»Und die Hand lag hier so einfach herum?«, fragte Micky skeptisch.

»Natürlich nicht. Sie muss unter einiger Gewalteinwirkung abgerissen sein, um dann unter einen dieser Dummy-Transportstühle da hinten zu fliegen. Durch die Wucht des Aufpralls hat sie sich so im Fahrgestänge verkeilt, dass die Techniker sie erst entdeckt haben, als das Ding nicht rollen wollte und sie es auf den Kopf gestellt haben.«

»Wofür wird dieser Schlitten gebraucht?«

»Zum Testen von Sitz- und Gurtsystemen. Man kann ja nicht immer gleich ein ganzes Auto dafür schrotten. Sie beschleunigen den Schlitten mit Druckluft auf über achtzig Stundenkilometer. Der Aufprall erfolgt dann über diese Ramme dort vorne. Die Fahrgastzelle bleibt intakt, aber die Auswirkung der Bewegungskraft soll für die Insassen exakt dieselbe sein wie bei einem Unfall. Inzwischen hat die Geschäftsführung übrigens festgestellt, dass aus der aktuellen Prüfreihe ein Sitz mit Gurtsystem fehlt.«

»Das heißt, Carsten Roeder wurde dort festgeschnallt und als Crashtest-Dummy benutzt?«

»Sieht ganz so aus. Im Abgleich mit den Verletzungen ist davon auszugehen, dass man ihn mehrfach und mit zunehmender Geschwindigkeit hat aufprallen lassen. Mindestens einmal muss der Gurt dabei so weit nach oben verrutscht sein, dass er den tödlichen Zungenbeinbruch verursachte.«

»Sie haben ihn offenbar gefoltert«, schloss Micky. »Und sind am Ende ein Stück zu weit gegangen.«

»Weil sie bekommen hatten, was sie wollten, oder weil er es doch nicht hatte «, ergänzte Molendorp. »Was könnte Roeder besessen haben, dass jemand zu solchen Mitteln greift?«

»Das erzähle ich Ihnen gleich«, versprach Katja. »Die Firma, von der Sie eben sprachen, dabei handelt es sich dann um …?«

»… *Limbs*«, vollendete Molendorp. »Ein sehr guter Kunde. Sie mieten regelmäßig das ganze Zentrum, obwohl sie gar nicht alle Versuchsanlagen benötigen. Und sie bringen ihr eigenes Personal mit. Aus Geheimhaltungsgründen.«

»Und das war auch letzten Freitag so?«

»Nein. Es war ein ganz normaler Tag. Die Leute haben pünktlich um halb fünf Feierabend gemacht und sind ins Wochenende gegangen.«

»Sicherheitsmaßnahmen?«

»Nichts, was erfahrene Einbrecher vor echte Probleme stellen könnte, wenn sie genug Informationen und einen Nachschlüssel haben. Und *Limbs* hatte alle Möglichkeiten, einen anzufertigen.«

»Wir sollten uns nicht zu früh auf eine Richtung festlegen«, wandte Micky ein. »Abgrundtiefer Hass wäre angesichts dieser Brutalität auch ein Motiv.«

»Du meinst Ingrid Roeder. Aber lass uns mal eben die *Limbs*-These weiterdenken«, sagte Katja. »Debriek braucht unbedingt die Primzahl. Der Verdacht liegt nahe, dass Sascha und Patrick den Microdot haben. Er setzt also die beiden Typen auf sie an, die uns in Valkenburg unglücklicherweise abhanden gekommen sind.« Sie sah aus den Augenwinkeln, wie sich Molendorps Miene schmerzhaft verzog. »Und die beobachten, wie Carsten Roeder Sascha für etwas bezahlen will. Was sollte dieses ›etwas‹ anderes sein als die Information, wo die Primzahl versteckt ist? Also schnappen sie sich Carsten.«

»Ja, sehr gut möglich. Aber Ingrid ist damit nicht aus der Sache raus. Sie könnte Debriek geholfen haben. Sie wollte ihren Bruder ökonomisch vernichten, warum nicht auch physisch, wenn sich eine so gute Chance ergibt?« Micky verstummte, als ein Firmentechniker zu ihnen trat.

»Der Countdown für den Test dort drüben läuft ab«, sagte er. »Wir müssen Sie aus Sicherheitsgründen bitten, sich in das Kontrollzentrum zu begeben.«

Als die überdimensionale rote LED-Uhr über der Teststrecke null Sekunden anzeigte, wurde das orangefarbene Auto in kürzester Zeit auf vierundsechzig Stundenkilometer beschleunigt und raste gegen einen großen Metallblock. Selbst durch die Panzerscheiben des Kontrollraums war der Aufprall noch gut zu hören. Der Wagen sprang heftig zurück und blieb als schauerliches Wrack schräg auf der Strecke stehen.

Der Test war so rasend schnell vorbei, dass sie gebannt auf die Bildschirme schauten, wo in Zeitlupe die Aufnahmen der Highspeedkameras wiederholt wurden, die den Crash aus allen Perspektiven gefilmt hatten.

Die Bilder aus dem Innenraum ließen keinen in der Leitstelle unbeeindruckt. Die Fahrgastzelle wurde nach oben hin zusammengefaltet wie Papier, das Lenkrad stieß so tief in den Raum hinein, dass der hin- und herschlenkernde Kopf des Fahrerdummys am Airbag vorbeirutschte und mit kaum geminderter Wucht auf die Armaturen prallte. Vom Kopf des Beifahrers, der bei seinem Aufschlag ohne Airbagschutz große rote und grüne Farbflecken auf dem Armaturenbrett hinterlassen hatte, war ein großes Stück abgeplatzt.

»Ein Chinese«, sagte der Cheftechniker beinahe entschuldigend.

»Der Dummy?«, fragte Molendorp verwirrt und erntete ein hämisches Grinsen.

Nachdem sie den Kontrollraum wieder verlassen hatten, blieben Micky, Katja und Molendorp noch eine Weile schweigend vor dem Testschlitten stehen, auf dem Carsten Roeder zu Tode gekommen war.

»Die Schmerzen, die er gehabt haben muss. Und die Todesangst! Seine Panik vor jedem neuen Aufprall«, empfand Katja noch ganz unter dem Eindruck des Crashtests nach.

»Welcher Sadist hat seelenruhig danebengestanden und sich das angeschaut?«, fragte Molendorp.

Micky nickte. Plötzlich wusste sie, was zu tun war. »Frau Hellriegel braucht unbedingt die Hand von Carsten Roeder«, sagte sie eindringlich zu Molendorp. »Jetzt sofort!«

28

Uneingeweihte hätten diesen Job zweifellos als Strafarbeit gewertet, aber Robert hatte ein Faible für Rissverklebungen. Jedenfalls, solange sie nicht zu häufig anstanden. Wenn er die gerissenen Fäden einer Leinwand sortierte und sie Stoß auf Stoß setzte, um sie wieder miteinander zu verbinden, herrschte schon nach kurzer Zeit eine unglaubliche Ruhe und Konzentration in ihm.

Anouk und er saßen einander gegenüber an einem schmalen Tisch und arbeiteten parallel. Das Atelier war gut ausgerüstet und so hatte man ihnen zwei binokulare Operationsmikroskope mit vierzigfacher Vergrößerung zu Verfügung stellen können. Und nachdem sie sich darauf verständigt hatten, dass Anouk in den ungeraden und Robert in den geraden Stunden die Musik aussuchen durfte, konnten sie beginnen.

Das Bild und der aus dem Rahmen gerettete Rand lagen mit der Malschicht nach unten vor ihnen. Obwohl Robert die Leinwandstücke so gut wie möglich planiert hatte, würden am Ende selbst im besten Fall einige kleinere Lücken bleiben. Der Eigentümer würde sich überlegen müssen, ob er die Narben ertragen konnte oder sie mit einem breiteren Rahmen verdecken wollte.

Über das Mikroskop gebeugt, mit feinen Pinzetten und Sonden in den Händen, ordneten sie abschnittweise die Fäden einander zu und setzten auf die Fadenenden kleinste Acrylkleberpunkte, die sie mit einer heißen Lötnadel aktivierten. Sobald ein Abschnitt fertig war, legten sie zur Stabilisierung der Naht zusätzlich längere Fäden an und spannten sie wie Brücken über den verklebten Riss. Trotz dieser vielen Arbeitsschritte kamen sie schnell voran.

Als Robert seine Nackenschmerzen nicht mehr ignorieren konnte, war es schon früher Nachmittag. Sie hatten die Mittagspause verpasst.

»Sag mal, hast du gar keinen Hunger?«, fragte er.

»Würdest du noch mal ein Picknick mit mir wagen?«, fragte sie zurück.

»Wenn du mich nicht auffrisst«, sagte Robert.

»Ich will nur noch eben diesen Abschnitt fertig machen.«

Während Robert ihr dabei zusah, betrat Jean Debriek den Raum. Er schloss die Tür hinter sich.

»Ich hoffe, ich störe nicht.« Er lächelte charmant und zog sich einen Hocker heran.

»Natürlich nicht«, antwortete Robert. Es kostete ihn große Überwindung, freundlich zu sein.

»Ich dachte, ich schaue mal, was der Patient macht. Geht es voran?«

»Wir verbinden jetzt die Leinwand mit dem Randstück. Dank der intensiven Mitarbeit von Mevrouw van Berg könnten wir schon in anderthalb Wochen fertig sein.«

»Und die Vorderseite?«, fragte Debriek.

»Die Bildschicht ist so weit gesichert. Wir werden nach dem Aufspannen auf den Keilrahmen aber sicher noch einmal nachfestigen müssen«, übernahm Anouk.

»Allerdings sind an drei Stellen Schollen der Originalfarbe

abgeplatzt und leider unauffindbar«, ergänzte Robert, gespannt, wie Debriek auf diese Information reagieren würde.

»Haben Sie mal bei der Polizei nachgefragt?«

»Wir haben Himmel und Hölle in Bewegung gesetzt, um Ihnen ein vollständiges Bild übergeben zu können.« So, wie Anouk das betonte, hätte Robert sich nicht gewundert, wenn sie dabei auch noch die Hand zum Schwur gehoben hätte. Einen Tick zu übertrieben, dachte er. Hoffentlich hatte Debriek schon mitbekommen, dass Anouk einen gewaltigen Hang zur Dramatik hatte.

»Dafür habe ich Sie engagiert, nicht wahr?«, sagte Debriek und sah Anouk prüfend an.

»Und gerade, weil ich Sie beide für so vertrauenswürdig halte, möchte ich ganz offen sein. Auf dem Gemälde oder auf einem der Farbstücke, die Sie vermissen, befindet sich ein kleiner Punkt mit einer Reihe von Zahlen. Wir sollten uns darauf verständigen, dass es eine Art mathematisches Spiel ist, das die ehemalige Eigentümerin des Bildes und ich seit einiger Zeit spielen. Mir liegt sehr viel daran, dass wir dieses Spiel fortsetzen können.«

Robert war kurz sprachlos ob der Chuzpe, mit der Debriek ihnen deutlich machte, wie egal es ihm war, dass sie seine Erklärung sofort als fadenscheinige Lüge durchschauen würden. »Wir haben leider bisher nichts derartiges gefunden«, sagte er.

»Sehr schade.« Debriek stand auf und trug den Hocker an seinen alten Platz zurück. Dann kehrte er noch einmal zurück. »Wie gesagt, es wäre mir sehr wichtig. Ich würde dem Finder eine angemessene Belohnung zahlen.«

»Wie viel?«, fragte Anouk mit einem vieldeutigen Lächeln, das Robert ganz nervös machte.

»Hunderttausend Euro?« Debriek lächelte zurück.

»Wie gesagt, wir haben nichts gefunden«, antwortete Robert.

»Aber wir suchen jetzt noch einmal ganz gezielt danach«, versprach Anouk.

»Sie wissen ja, wo Sie mich finden.« An der Tür wandte er sich ein letztes Mal um. »Meine Mitarbeiter in der Sicherheitsabteilung behaupten immer, ich wäre zu gutgläubig. Na ja, es ist ihr Job. Jedenfalls habe ich versprochen, zu erwähnen, dass es nicht zuträglich wäre, wenn jemand von unserem kleinen Gespräch erfahren würde. Aber das hätte ich Ihnen nicht eigens sagen müssen, oder?« Er hob grüßend die Hand und verschwand.

»Was soll dieser Mist? ›Wir suchen noch mal …‹«, fragte Robert wütend, nachdem er kontrolliert hatte, ob Debriek auch wirklich die Etage verlassen hatte.

»Sei nicht so empfindlich, mein Herz. Ich wollte ihn doch nur mal sabbern sehen.«

»Er muss ganz schön unter Druck stehen, wenn er sich so weit vorwagt«, dachte Robert laut und merkte, wie sich aus diesem eigenartigen Besuch der erste Ansatz eines Plans entwickelte.

Im Aachener Polizeipräsidium musste Katja zur selben Zeit einige spitze Bemerkungen über die Luxusmethoden des LKA einstecken, während das Vernehmungszimmer technisch so ausgestattet wurde, wie Micky es skizziert hatte.

Micky durfte als Privatermittlerin natürlich nicht direkt am Verhör teilnehmen. Aber während der Suche nach dem niederrheinischen Kunst-Serienmörder, bei der sie sich damals kennengelernt hatten, hatte Katja erlebt, wie sich die niederländische Polizei von Psychologen wie Micky unterstützen ließ. Vom Regieraum nebenan verfolgten sie die Vernehmung über mehrere Kameras und schickten über einen Laptop Hinweise zur weiteren Gesprächsführung. Wo Micky nun schon einmal da war, hatte Katja sie kurzerhand als psychologische Beraterin engagiert.

Kurz vor dem Verhör testete Micky im Nebenzimmer noch einmal die Übertragung zwischen ihrem und Katjas Computer.

Dann wurde Ingrid Roeder von einem Beamten in den Vernehmungsraum geführt. Ihr Anwalt folgte.

Ingrid sah wie ein Geist aus. Der asketisch harte Ausdruck ihres Gesichts war in Bitterkeit umgeschlagen. Ihr Anwalt war das genaue Gegenteil, ein sechzigjähriges genussreiches Leben hatte aus ihm einen gemütlichen älteren Herrn in einem gut gefüllten grauen Dreireiher gemacht. Micky hätte Katja sofort gewarnt, ihn nicht zu unterschätzen. Es konnte ein alter schlauer Hund sein, der handzahm schien, aber seinem Gegner im entscheidenden Augenblick an die Kehle sprang. Doch Katja hatte ihn zuvor gecheckt. Er war wohl genau so, wie er aussah. Seit Jahrzehnten verdiente er einen Großteil seines Einkommens als Familienanwalt der Roeders, solide in Vertrags- und Zivilrecht, aber unerfahren in strafrechtlichen Angelegenheiten. Erstaunlich, dass sich Ingrid der Familientradition unterwarf und ihn mitbrachte. Vielleicht tat sie es ja aus purer Arroganz.

Katja begann mit Fragen zum Verkauf der Forschungsergebnisse an Jean Debriek. Sie hatte keine großen Widerstände erwartet, aber dass Ingrid sofort alles eingestand, überraschte sie doch. Die Verschlüsselung der Daten über einen Primzahlencode habe Sybille Wenger in ihrem Auftrag durchgeführt, Jens Hinrichs habe die Microdots produziert und auf das Gemälde aufgebracht, und sie habe gemeinsam mit Sybille Wenger die Datenspeicher im zu diesem Zweck eigens geleasten MRT-System vernichtet, um *Limbs* die Exklusivität der Daten zu gewährleisten. Schließlich gab sie zu, die Versteigerung des Gemäldes ausschließlich deswegen initiiert zu haben, um die Primzahlen auf diesem Weg zu verkaufen.

»Meine Mandantin legt allerdings Wert auf die Feststellung, dass sie keine Betriebsgeheimnisse der *Roeder AG* verkauft hat. Militärische Forschung ist von der Geschäftsführung strengstens untersagt worden. Es handelt sich ausschließlich um Forschungsergebnisse, die Frau Roeder nach Feierabend in privatem Engagement erarbeitet hat«, schaltete sich der Anwalt ein.

Ach, so sollte der Hase seine Haken schlagen, dachte Katja. »Man wird sehen, ob das Gericht dieser feinen Unterscheidung folgen kann«, antwortete sie. »Aber wenn alles so legal war, warum haben Sie eine so komplizierte Transfermethode gewählt, Frau Roeder? Ein schlichter Kaufvertrag hätte es dann sicher auch getan?«

»Kindchen, ich werde Ihnen jetzt nicht die Schwierigkeiten erläutern, beim Verkauf nicht patentierter Entwicklungen an sein Geld zu kommen. Im selben Augenblick, als *Limbs* mit dem Gemälde den Verschlüsselungscode für die Unterlagen kaufte, die ich ihnen gegeben hatte, konnte ich über das Geld verfügen. Sicher und sauber.«

»Herr Debriek hinterließ bei uns als Geschäftsmann einen sehr integren Eindruck«, wandte Katja ein und folgte damit Mickys Vorschlag. Ingrid Roeder sei ein Mensch, der seine Emotionen, insbesondere seine Aggressionen, nur mühsam unter Kontrolle halten könne, hatte Micky analysiert. Provokationen auf verschiedenen Ebenen könnten sie zu Fehlern verleiten.

»Unglaublich integer«, antwortete Ingrid ironisch.

»Wie auch immer«, meinte der Anwalt, »die Wahl der geschäftlichen Abwicklungsart geht allein meine Mandantin und ihren Kunden etwas an.«

»Nicht, wenn es sich um Betrug handelt.«

»Weder das Auktionshaus noch Herr Debriek noch irgendein anderer hat bei dieser Versteigerung einen Vermögensschaden erlitten. Herr Debriek ist auch nicht getäuscht worden, denn er wusste genau um den Wert des Gemäldes. Insofern fehlen wesentliche Tatbestände für einen Betrugsvorwurf.«

»Man kann das auch anders sehen. Ich meinte allerdings gar nicht diesen Betrug, sondern den Steuerbetrug.«

»Ich weiß nicht, wovon Sie reden«, sagte Ingrid Roeder wütend.

»Tatsächlich nicht? Sie und Ihr Anwalt haben doch gerade zugegeben, dass über die Versteigerung des Gemäldes Forschungsresultate verkauft wurden. Der Verkauf von Kunstwerken, die man länger als ein Jahr besitzt, ist zwar steuerfrei. Der Verkauf von Nutzungsrechten geistigen Eigentums, wie etwa Ihrer Forschungsergebnisse, unterliegt hingegen sowohl der Umsatzsteuer- als auch der Einkommenssteuerpflicht. Zugegebenermaßen ziemlich clever, den *Magritte* als Geldwaschanlage zu nutzen! Ihr Bruder schöpft keinen Verdacht, wenn Sie plötzlich über Millionen von Euro verfügen. Das Finanzamt schaut in die Röhre. Und Sie können sich darauf verlassen, dass Herr Debriek Ihnen trotz der Illegalität Ihrer Aktion den vereinbarten Betrag auszahlt.«

Ingrid Roeder starrte sie wortlos an. Die erste Raketenstufe war erfolgreich gezündet.

»Aber die zwei, drei Jahre Gefängnis dafür sind in Ihrem Fall natürlich Peanuts«, fuhr Katja genüsslich fort. »Und die Geldstrafe ist auch egal, denn Geld werden Sie in den nächsten fünfzehn, zwanzig Jahren wohl kaum mehr brauchen.«

»Ich fordere Sie dringend auf, Frau Roeder nicht mit solchen Psychotricks unter Druck zu setzen«, bemühte sich der Anwalt, sein Honorar zu rechtfertigen.

Jetzt wird Stufe zwei gezündet, dachte Micky.

»Ich informiere Frau Roeder nur, welche Strafe sie für den Mord an Sybille Wenger zu erwarten hat«, erklärte Katja.

»Wie kommen Sie darauf, dass Frau Roeder einen Mord begangen hat?«

Katja schob dem Anwalt zwei Blätter zu. »Ihre Mandantin wird Ihnen vielleicht nicht im Detail über ihr Telefonat mit Jens Hinrichs heute Morgen berichtet haben. Hier finden Sie eine Abschrift unserer Abhörmaßnahme.« Sie ließ ihn die Papiere überfliegen. »Wie Sie sehen, hat Frau Roeder nicht nur Herrn Hinrichs Aussage bestätigt, nach der sie mit

Sybille Wenger ins Labor gefahren ist und ihn beauftragt hat, Frau Wengers Wagen in der Nähe abzustellen. Sie hat auch bezüglich des Betäubungsmittels allerdeutlichst Täterwissen zu erkennen gegeben.«

»Es liegt doch auf der Hand, dass Herr Hinrichs hier nur versucht, die Schuld auf Frau Roeder abzuwälzen. Immerhin ist er selbst vor dem Brand bei *Roeder West* gewesen und hatte alle Möglichkeiten, den Mord zu begehen.«

»Und aus welchem Grund? Lassen Sie uns doch mit diesen Spielchen aufhören. Wir haben heute Vormittag den Audi von Frau Roeder untersucht und Spuren von Frau Wenger gefunden. Und zwar nicht auf dem Beifahrersitz, sondern im Kofferraum. Klingt nicht gerade nach einem Betriebsausflug, oder? Warum haben Sie Sybille Wenger umgebracht? Hat sie Sie unter Druck gesetzt?«, sprach Katja Ingrid Roeder jetzt direkt an, die die ganze Zeit über auf die verspiegelte Scheibe in der Wand gestarrt hatte.

Das war die Einladung an Ingrid, ihre Version zu erzählen und sich hoffentlich tief darin zu verstricken, dachte Micky, die bis dahin nur ab und zu ein aufmunterndes *Weiter so* auf Katjas Laptop geschickt hatte. Und tatsächlich begann Ingrid plötzlich zu reden wie ein Buch, nachdem ihr der Anwalt zugenickt hatte.

»Frau Wenger schellte bei mir, als ich gerade ins Labor fahren wollte, obwohl wir dort verabredet waren. Sie verwickelte mich in ein völlig absurdes Gespräch, verlangte, die Daten nicht zu vernichten. Sie war außer sich, wie irre! Ich musste dringend los und habe sie nach Hause geschickt. So wäre sie mir im Labor keine Hilfe gewesen. Da hat sie mich angegriffen.« Ingrid lachte kurz auf. »Mich! Ein absoluter Witz! Ich habe sie überwältigt und weil ich wegmusste, sie aber in ihrem Zustand nicht zurücklassen konnte, habe ich sie mit dem Mittel betäubt, das mir Hinrichs für die Katze besorgt hatte. Ich wollte nicht, dass sie in meiner Abwesenheit aufwacht und Ärger macht. Als sie im Labor zu sich kam, hat sie mich sofort von hinten angegriffen und dann, es war Notwehr, ein klarer Fall von Notwehr, ist sie unglücklich aufgeprallt, als ich sie abwehrte. Ich habe sie in Panik in das Verpackungszeug gelegt, aber den Brand muss sie später selbst gelegt haben …«

»Und natürlich hat sie sich auch die Spritze mit der tödlichen Dosis Pentobarbital selbst ins Herz gerammt«, unterbrach Katja sie. »Danke für diese nette Vorstellung, Frau Roeder. Ich schlage vor, wir machen eine Pause, und Sie, Herr Anwalt, fragen bitte Ihre Mandantin, ob sie mir weiterhin solche Räuberpistolen auftischen will.«

»Ich will meine Aussage beenden. Dazu habe ich ein Recht!«, rief Ingrid Katja hinterher, die zur Tür gegangen war.

»Und ich habe die Lizenz, Kaffee zu trinken.« Sie schloss die Tür hinter sich.

Als sie in das Nebenzimmer trat, grinste Micky sie an und reichte ihr eine große Tasse mit dampfendem Kaffee.

Zehn Minuten später kehrte Katja in den Vernehmungsraum zurück, in der Hand eine Tasche, die sie neben ihren Stuhl stellte.

»Kann ich jetzt meine Aussage machen?«, herrschte Ingrid Roeder sie an.

»Später, Frau Roeder, später«, versprach Katja lächelnd. »Ich möchte Sie erst zu einem anderen Thema befragen. Wissen Sie eigentlich, wie Ihr Bruder zu Tode gekommen ist?«

»Was soll das jetzt?«, fragte Ingrid hektisch. »Er hat sich umgebracht, das ist doch eindeutig.«

»Haben Sie ihn auf dem Gewissen?«

»Sie müssen darauf nicht antworten«, meldete sich der Anwalt.

»Für Fragen der Moral war bisher doch die Kirche zuständig, nicht die Polizei?«

»Ich rede nicht von Moral, Frau Roeder, sondern von Straftatbeständen. Ihr Bruder wurde ermordet.«

»Was?« Ingrids Gesicht verzerrte sich.

»Sie haben schon verstanden. Haben Sie ihn an Herrn Debriek verraten?«

»An Debriek? Ich verstehe nicht.«

Jetzt pokern! Primzahl!, chattete Micky Katja zu.

»Haben Sie Debriek gesagt, dass Ihr Bruder die fehlende Primzahl besitzt?«

Ingrid schaute sie verständnislos an.

»Das war doch eine fantastische Gelegenheit, Ihren Bruder nicht nur aus der Firma zu jagen, sondern gleich ganz loszuwerden.«

»Ich muss hier raus! Diese Frau ist ja verrückt!« Ingrid sprang auf. Der Anwalt hob hilflos die Hand, um sie zu beruhigen.

Micky hatte eine der Kameras auf Ingrids Gesicht gezoomt. Panik und Angst. *Die Tasche!*, tippte sie.

»Hinsetzen! Sofort!«, rief Katja scharf.

Ingrid Roeder sank langsam auf ihren Stuhl zurück. Währenddessen beugte sich Katja zur Seite, zog etwas aus der Tasche und legte es vor Ingrid auf den Tisch.

»Ist das Ihr Werk?«, fragte sie und wies auf den Plastikbeutel mit Carstens Hand.

Ingrid schlug die Hände vor den Mund und schüttelte den Kopf.

»Das ist doch das Meisterstück, das Sie extra für Ihren Bruder entwickelt haben?«

Ingrid starrte auf die Prothese mit dem zerfetzten Stumpf. Sie war jetzt kalkweiß im Gesicht, ein Schluchzer drang aus den tiefsten Tiefen ihrer Seele empor. »Mein Gott, Carsten.«

»Ich verlange, dass Sie die Einvernahme sofort unterbrechen und einen Arzt rufen«, forderte der Anwalt.

Mickys Finger flogen über die Tastatur. *Nichts sagen, abwarten!* Vielleicht war diese Konfrontation zu hart gewesen, dachte sie, aber immerhin war nun ziemlich klar, dass Ingrid mit dem Mord an Carsten nichts zu tun hatte. Schon ihre Bestürzung, als sie erfuhr, dass er keinen Selbstmord begangen hatte, war nicht gespielt gewesen.

»Frau Hellriegel, haben Sie gehört, was ich sagte? Meine Mandantin ist nicht mehr vernehmungsfähig!« Der Anwalt verschärfte seinen Ton.

»Seien Sie still«, fuhr Ingrid ihn plötzlich an. Sie hatte ihre Hände auf den Oberschenkeln abgelegt und den Rücken so durchgedrückt, dass sie wie in einem Stützkorsett dasaß. »Sie wollen wissen, wer meinen Bruder auf dem Gewissen hat? Das Flittchen war es. Ich wollte nur, dass unser Unternehmen zukunftsfähig bleibt. Und dass Carsten endlich einsieht, dass er meine Hilfe braucht, dass er *mich* braucht. Aber sein Tod«, sie rang einige Sekunden um Fassung, »ich war niemals ohne ihn.«

»Wen meinen Sie mit ›Flittchen‹?«, fragte Katja.

Micky musste unwillkürlich an die Abende ihrer Kindheit denken, an denen sie mit ihren Eltern im niederländischen Fernsehen *Derrick* gesehen hatte. Sie war überrascht, dass es dieses Schimpfwort der höheren Gesellschaft immer noch gab.

»Sybille natürlich. Ohne ihren schäbigen Verrat wäre das alles nicht passiert.«

»Wen hat sie verraten? Sie?«

»Mich, Carsten, uns alle.«

»Sie hat für Carsten bei Ihnen spioniert, das wissen wir bereits. Musste Carsten deshalb sterben? Weil er so von dem Verkauf an *Limbs* erfahren hatte?«

»Unsinn! Er wusste nur, dass wir den militärischen Nutzen unserer Technologien erforscht haben. Vom Verkauf hatte sie ihm gar nichts erzählt. Inzwischen weiß ich natürlich, warum. Er hätte sofort die Versteigerung gestoppt und damit hätte sie ihren eigenen Plan zerstört, das Gemälde von diesen Versagern rauben zu lassen.«

»Wie haben Sie herausgefunden, dass Sybille für Carsten spioniert hat?«

»Er hat es mir selbst gesagt, dieser ahnungslose Gutmensch. Ein paar Tage vor der Versteigerung beschwor er mich, meine Testreihen zu stoppen. Ich habe alles bestritten. Bis er zugab, seine Informationen von Sybille zu haben, und versprach, die ganze Sache zu vergessen, sofern ich nur damit aufhörte und alle Daten vernichtete.«

»Von ihm stammte die Idee, den Brand zu legen?«, fragte Katja.

»Ich sagte doch, er wusste nichts von dem Verkauf. Und den Brand hatte ich auch schon längst geplant, als er anrief. Carsten hatte endlich erkannt, was für ein Mensch Sybille war, und sich von ihr getrennt. Aber er fürchtete, dass sie nun mit ihrem Wissen an die Presse ging. Ein Treppenwitz – jahrelang weigert er sich, lukrativste Militäraufträge anzunehmen, und sie könnte ihn plötzlich als Lügner und Kriegsgewinnler dastehen lassen. Ich habe meine Entwicklungsarbeit für *Limbs* doch nicht geheim gehalten, damit sie ihn dann öffentlich hinrichtet.«

»Demnach hätte Sybille Wenger ein dreifaches Spiel gespielt. Sie hat Sie an Carsten verraten, Carsten, indem sie an Ihrem Deal mitarbeitete, und Sie beide, indem sie dabei ihre ganz eigenen Ziele verfolgte. Haben Sie und Carsten gemeinsam beschlossen, Sybille zu töten?«

Ingrid lachte bitter auf. »Carsten? Jemanden töten? Eher hätte er sich den anderen Arm abgehackt.«

»Aber er hat Sie gedeckt. Nachdem herauskam, dass Sybille die Tote im Labor war, musste ihm klar gewesen sein, dass Sie Ihr gemeinsames Problem aus dem Weg geräumt hatten.«

»Gar nichts musste. Ich habe ihn überhaupt nicht dazu kommen lassen, nachzudenken. Ich habe ihm vorgeworfen, dass er Sybille dazu überredet hätte, meine Arbeit zu vernichten. Er hat das geradezu verzweifelt zurückgewiesen.

Weil er wusste, wenn ich das glaubte, würde ich nie in die Firma investieren. Ich bin sicher, er war bis zum Schluss überzeugt, dass sie Selbstmord begangen hat. Vermutlich wusste er, dass sie schwanger war.«

»Haben Sie sie aus Rache getötet?«, fragte Katja. Es war Mickys Idee gewesen, diese Alphafrau mit dem Gefühl aufzustacheln, dass nur sie den Durchblick hatte.

Der Anwalt räusperte sich warnend, aber Ingrid Roeder schaute ihn nur kurz mit hochgezogenen Augenbrauen an, ehe sie fortfuhr.

»Rache? Nicht wirklich. Ich hatte sie am Abend der Versteigerung zu mir nach Hause zum Essen eingeladen. Es war ekelhaft. Welchen Spaß sie daran hatte, dass Carsten das Unternehmen verlieren würde und uns auf Knien anbetteln müsste. Ich musste ihn schützen und meine Pläne. Wenn sie an die Presse gegangen wäre, wäre auch mein Deal mit Debriek bekannt geworden. Wir wären alle erledigt gewesen. Eigentlich hätten es mir ihre Hassparolen gegen Carsten sehr viel leichter machen müssen. Aber ich schwöre Ihnen, es war schrecklich, es zu tun.«

Täterwissen abfragen! Brandstiftung!, chattete Micky.

»Das nimmt Ihnen keiner ab. Sie haben sie wie eine Hexe verbrannt«, provozierte Katja.

»Das ist nicht wahr. Es war alles so berechnet, dass sie schon mindestens zwanzig Minuten lang tot war, bevor das Feuer ausbrach.«

»Und wie konnten Sie sich da so sicher sein?«

»Ich habe zwei Tests gemacht, um herauszufinden, wie lange es braucht, bis eine Arbeitslampe dieses Verpackungsmaterial in Brand setzt. Sybille musste weg und jeder sollte glauben, dass sie selbst das Labor angezündet hatte. Aber ich wollte nie, dass sie im Feuer umkommt.«

Micky lehnte sich zufrieden zurück, aber Katja schien angesichts des klaren Geständnisses den Faden verloren zu haben, und blätterte in ihrer Akte.

Carsten wusste auch von den Forschungen = genau so großes Risiko für den Deal, schickte Micky schnell auf ihren Bildschirm.

»Ihr Bruder war ja fest davon überzeugt, dass Sie ihn hassten.« Katjas fast beiläufige Feststellung traf Ingrid Roeder schmerzhaft.

Sie brauchte einige Zeit, um ihren Atem zu beruhigen, ehe sie antwortete.

»Er war so verbohrt. Ich hasste das. Aber ihn selbst – niemals. Er ist doch verantwortlich für alles, was aus mir geworden ist. Meine Leidenschaft für die Forschung, mein unbedingter Wille, meine Ziele zu erreichen, das hat alles er in mir geweckt. Ich hatte immer gehofft, dass er irgendwann begreift, wie sehr ich ihn liebe.«

»Sie hätten gemeinsam noch eine Menge erreichen können.«

Ingrid sah ihr Gegenüber fassungslos an.

»Verzeihung«, entschuldigte sich Katja, als wäre ihr der Satz unbedacht herausgerutscht. »Aber Ihre Liebe hat ihn nicht gerettet. Er wusste genauso wie Sybille von den Forschungen, also war er ein ebenso großes Risiko.«

»Mein Gott, warum quälen Sie mich so? Ich habe ihn nicht getötet.«

»Wer dann?«

Ingrid schaute zur Seite auf eine Videokamera in der Ecke des Raums und schwieg.

»Wir hatten Ihnen erzählt, dass wir wegen des *Magritte*-Raubs nach den beiden singenden Wachleuten suchten. Haben Sie diese Information an Jean Debriek weitergegeben?«

Sie nickte wortlos.

»Weil Sie glaubten, dass die beiden im Besitz der fehlenden Primzahl waren?«

Ingrid versuchte nicht, zu leugnen, dass sie wusste, wovon die Rede war. »Eine Möglichkeit. Und sie hätten vielleicht sagen können, ob Sybille Dokumente versteckt hatte. Ich musste Debriek helfen, sonst wäre der Deal geplatzt.«

»Ja, ja, Sie hatten keine Wahl. Vermutlich hat Sie Herr Debriek nicht mit weiteren Details belastet«, sagte Katja sarkastisch. »Ich hole das mal nach. Nachdem Sie ihn informiert hatten, beauftragte Ihr Geschäftspartner zwei außergewöhnlich brutale Typen, die Burschen zu suchen. Heino und Freddy haben das nur knapp überlebt. Anders als Ihr Bruder. Denn Debrieks Schläger«, Katja schwieg jetzt so lange, bis Ingrid endlich den Kopf zurückwandte und sie ansah, »beobachteten, wie Carsten einem der beiden einen Umschlag übergab. Es war Geld für Sybille Wengers Dokumente. Debrieks Leute dachten aber, dass er den Primzahl-Dot gekauft hätte und verfolgten ihn. Zwei Tage später fanden wir Ihren Bruder tot in der Grube. Bevor Sie ein ›Flittchen‹ für alles verantwortlich machen, sollten Sie daran denken, dass Sie Carsten an seine Mörder ausgeliefert haben. Sie ganz allein.«

»Das reicht«, Ingrid Roeders Anwalt sprang auf, »ich werde mich über Sie beim Polizeipräsidenten beschweren!«

»Wie ist er umgekommen?«, fragte Ingrid ängstlich.

»Glauben Sie mir, das wollen Sie lieber nicht wissen.« Der Abscheu in Katjas Stimme ließ Ingrid Roeder in sich zusammensinken.

29

Nach dem Verhör von Ingrid Roeder gingen Katja und Micky noch in die Kantine des Polizeipräsidiums. Obwohl Katjas Ermittlungen mit zwei Verhaftungen ziemlich erfolgreich abgeschlossen werden konnten, war die Stimmung gedrückt.

Eine Weile lang schauten sie nach draußen auf die Skulptur vor dem Haupteingang, eine mitten in der Bewegung erstarrte Figur.

»Was soll das eigentlich sein?«, fragte Micky.

»Ein Reiter, der seinem Pferd beibringt, mit einem Stab über ein Hindernis zu springen«, spekulierte Katja. »Oder eine Stangen-Tänzerin auf einem Pferd.«

»Es gibt in diesem Fall nur Verlierer«, stellte Micky fest und rührte lustlos in einer Tasse mit Käsesuppe herum.

»Aber nach meinem Geschmack noch viel zu wenige. Bei euch hinter der Grenze sitzt Debriek als lachender Dritter an seinem Schreibtisch, weil wir keinen handfesten Beweis vorlegen können, dass er der Auftraggeber von Carstens Mördern war. Und seine zwei miesen Wachhunde laufen auch noch frei in der Gegend herum.«

»Molendorp wird deswegen garantiert sein Überstundenkonto aufstocken«, sagte Micky. »Allerdings dürfte *Limbs* für ihn eine No-go-Area bleiben, solange keine einzige Dienststelle ihm oder dir Infos über den Betrieb gibt, wo sie doch sonst über jeden Taschendieb irgendwo ein Dossier haben.«

Katja griff nach ihrem Handy. »Wir müssen unserem Henk erst einmal die Neuigkeiten über Ingrid Roeder mitteilen. Und ich würde ihn gerne dazu bringen, uns herzlichst einzuladen, mit auf die Jagd nach Debriek zu gehen.«

»Hast du ein Angebot, das er nicht ablehnen kann?«

»Ja, aber dafür müsste ich ihm einen reinwürgen. Die Informationsströme können über meinen Kontaktmann beim WDR nämlich auch in die andere Richtung fließen. Und einen Skandalartikel in der BILD-Zeitung kann Molendorp garantiert nicht gebrauchen. Zum Beispiel über ein Leck bei der niederländischen Polizei, wegen dem bei der Verhaftung von zwei Gemälderäubern beinahe eine deutsche Polizistin draufgegangen wäre.«

Micky trank den letzten Schluck Kaffee, während Katja auf den Flur ging, um in Ruhe zu telefonieren. Bei ihrer Rückkehr reckte sie die Faust in die Luft.

»Wir sollen sogar unbedingt kommen«, berichtete sie. »Morgen früh, er braucht uns als Zeuginnen. Er hat einen guten Anlass gefunden, um sich Debriek und *Limbs* vorzunehmen. Allerdings verlangt er absolutes Stillschweigen.«

Das Gebäude der Rijksrecherche befand sich im Justizpalast hinter dem Bahnhof von Den Bosch. Es war ein rotes Backsteingebäude mit einem Eingang aus neoklassizistischen Säulen, die zweifellos die Autorität der Justiz betonen sollten, aber eher den Eindruck erweckten, als hätte sich der Architekt vom antiken Bausteinkasten seines Opas inspirieren lassen.

Molendorp erwartete Micky und Katja bereits und brachte sie sofort in ein Zimmer im ersten Stock. Zu Mickys Überraschung hatte er die Rijksrecherche eingeschaltet, eine für Europa ziemlich einzigartige selbstständige Dienstaufsichtsbehörde, die prompt Ermittlungen aufgenommen hatte. Die sogenannten Kameradenschweine waren innerhalb der Polizeibehörden extrem unbeliebt, weil sie hauptsächlich nach Einsätzen mit Schusswaffengebrauch eingeschaltet wurden. Dann quetschten sie den Schützen stundenlang aus, welche Gründe genau den Ausschlag für die Verwendung der Dienstwaffe gegeben hatten. Unglücklicherweise gab es nur höchstselten ausführliche Besprechungen, bevor die Schüsse fielen. Zumeist handelte es sich um eine Entscheidung binnen Sekunden oder um einen spontanen Impuls.

Molendorp hatte offenbar begriffen, dass er dem, was er ›unerwünschten Informationsfluss innerhalb der Behörde‹ nannte, rasch ein Ende bereiten musste. Die Ermittlungen gegen Debriek waren in vollem Gange und er konnte nicht riskieren, dass ein weiterer Einsatz der Verhaftungseinheit erneut sabotiert wurde.

»Ihr müsst noch etwas warten«, erklärte er. »Die Rijksrecherche ist nach den ersten Ergebnissen gerade mit Folgeermittlungen beschäftigt.«

Zu diesem besonderen Anlass hatte Molendorp seine Uniform angelegt. Skeptisch verzog er den Mund. Von seinem triumphierenden Auftreten in der Fernsehsendung war nicht mehr viel übrig geblieben. Micky wusste aus Erfahrung, dass die Rijksrecherche nur dann so viel Dampf machte, wenn es eine heiße Spur gab.

Molendorp zog seine Jacke aus.

»Welche ersten Ergebnisse?«, fragte Katja.

Molendorp holte zwei Tassen Kaffee am Automaten und stellte sie auf den Tisch.

»Das kannst du dir doch an allen zehn Fingern ausrechnen«, antwortete er finster.

»Mach mal vor«, erwiderte Katja.

»Wir haben alle Schritte rekonstruiert, von dem Moment an, als ich die Verhaftungseinheit für die Aktion auf dem Campingplatz angefordert habe bis zu dem Zeitpunkt, als die Kollegen die beiden flüchtigen Schlägertypen aus den Augen verloren haben«, begann er. »Kommunikationsschema, Zeitschema, Wegstrecken. Als Erstes haben sie sich den Leiter der Einheit vorgeknöpft, der für die Zusammenführung der Truppe und das Briefing zuständig ist. Natürlich hat er für seine Jungs die Hand ins Feuer gelegt, aber auch ihm war aufgefallen, dass die Anfahrtszeit diesmal zu wünschen übrig ließ. Die Einheit hat sich zunächst im Maastrichter Präsidium versammelt. Der Zeitpunkt ihres Eintreffens ist dort registriert worden. Die Rijksrecherche hat sämtliche Mitglieder der Einheit unter die Lupe genommen und ist ziemlich schnell auf einen gewissen Pieter Sticht gestoßen, der eine Dreiviertelstunde später als die anderen eingetrudelt ist. Er hat behauptet, bei seiner Freundin in Rosmalen gewesen zu sein, was gegen jede Regel verstieß, weil er Bereitschaft hatte. Er hätte innerhalb einer halben Stunde vor Ort in Maastricht sein müssen. Nach eigener Aussage war er obendrein auf der A 50 bei Eindhoven in einen Stau geraten.«

»Kann stimmen, ein Stau gegen halb sechs«, bestätigte Micky.

»Das war aber auch so ziemlich das Einzige, was gestimmt hat. Zur Sicherheit hat die Rijksrecherche bei den Kollegen in Eindhoven die Aufnahmen von den Autobahnen angefordert«, sagte Molendorp. »Die Freundin haben sie auch überprüft. Das war so eine mit ultrakurzen Beziehungen zu je hundert Euro die Stunde. Damit wird alles schon fragwürdiger, denn für ein Scheinchen mehr erzählt so ein Mädchen alles, was der Kunde will.«

»Das beweist aber noch nichts«, wandte Katja ein. »Rumhuren und im Stau stehen. Damit schlagen so einige Männer ihre Zeit tot. Das macht einen noch nicht zum Verräter. Warum ist die Einheit nicht ohne den verspäteten Mann aufgebrochen?«

»Eine Frage des Teamgeistes, das hat jedenfalls der Leiter der Verhaftungseinheit behauptet«, antwortete Molendorp. »Vor allem aber deswegen, weil Sticht der inoffizielle Anführer ist. Er ist der Haudegen der Truppe. Der Härteste, der Schnellste, geht immer als Erster rein. So läuft das da.«

»Wie konnte die Verfolgung dann schiefgehen?«, fragte Micky.

»Kommunikationsprobleme«, antwortete Molendorp. »Der Leiter der Verhaftungseinheit behauptet, er habe das Kennzeichen des gesuchten Wagens durchgegeben und Sticht beauftragt, ihn zu verfolgen. Sticht dagegen schwört hoch und heilig, er habe den Auftrag erhalten, zu der Adresse zu fahren, die zu dem Kennzeichen gehörte. Er ist also in irgendeiner Wohnung in einem Nest namens Terblijt eingefallen. Die Bewohner haben sich zu Tode erschreckt, sie wussten natürlich von nichts, das Nummernschild war gestohlen worden.«

»Und der Leiter der Einheit selbst?«

»Er hat Carsten Roeder verfolgt«, sagte Molendorp. »Aber der war ebenfalls spurlos verschwunden.«

»Der hat also auch Fehler gemacht?«, fragte Micky.

»Da ist noch etwas«, fuhr Molendorp fort. »Ich habe mich

persönlich bei der Personalabteilung informiert. Dieser Pieter Sticht quittiert zum Ende des Monats den Dienst.«

»Was hat er vor?«

»Das weiß niemand. Vor zwei Jahren hat er seinen Abschied vom Kommandotruppen-Korps genommen. Und davor hat er bei der *Special Forces Task Group VIPER* in Afghanistan gedient.«

»Was hat er dort gemacht?«

»Im Prinzip unsere eigenen Soldaten beschützt. Offiziell war seine Truppe Teil der *Task Force Uruzgan*, doch in der Praxis operierten sie ziemlich selbstständig. Sie waren auf *Full Spectrum Special Operations* spezialisiert, was beinhaltete, dass sie weit weg von der Basis Informationen sammelten und feindliche Aktivitäten störten.«

»Ein knallharter Typ also, der eine ähnliche Aufgabe im zivilen Leben suchte. Wo ist unser Mann jetzt?«

»Da draußen«, antwortete Molendorp und zeigte durch das Fenster. »Ebenfalls in Bereitschaft. Bis er hereingerufen wird, um eine Aussage zu machen.«

Micky und Katja standen auf und sahen hinaus auf die gegenüberliegende Seite des Platzes. Auf einer langen niedrigen Bank saß ein einzelner Mann. In seiner leichten Funktionshose und der Weste mit zahlreichen Taschen glich er eher einem verirrten Touristen als einem erfahrenen Afghanistanveteranen. Nur die Art, in der er den unablässigen Strom von Bahnreisenden beobachtete, verriet professionelle Aufmerksamkeit.

»Noch weiß er von nichts«, erklärte Molendorp. »Er wohnt in der Nähe und glaubt, er solle bei einer Verhandlung aussagen.«

»Die werden sich aber etwas deutlich Besseres einfallen lassen müssen, um diesem Typen das Leben schwer zu machen«, sagte Micky.

Molendorps Handy dudelte die Melodie von Wagners *Ritt der Walküren*. Er meldete sich und lauschte ein paar Minuten ohne Unterbrechung. Die pompösen Trompetenklänge erwiesen sich als Ouvertüre zu einem Triumph.

»Wir haben etwas deutlich Besseres!«, sagte er, nachdem er das Gespräch beendet hatte. »Die Einzelheiten erfahren wir beim Briefing«, fuhr er ungeduldig fort. »Komm!«

Micky und Katja standen auf.

»Du nicht«, sagte Molendorp zu Micky. »Keine Zivilpersonen.«

Katja packte ihn am Abzeichen auf der Schulter.

»Micky hat auf dem Campingplatz ganz allein für die Verhaftungseinheit die Kastanien aus dem Feuer geholt«, empörte sie sich. »Und vor dem Kasino hat sie mir das Leben gerettet. Kümmere dich darum, dass sie dabei sein darf!«

Die Rijksrecherche hatte sich in Schnelligkeit und Entschlossenheit selbst übertroffen. In einem kleinen Konferenzraum wurden sie von einer Kommissarin empfangen, die sich als Francien Decorte vorstellte. Sie saß in einem Rollstuhl am Konferenztisch und hatte einen Laptop vor sich stehen. Molendorp stellte Micky und Katja kurzerhand als Mitglieder einer grenzübergreifenden Einheit vor.

»Ich teile Ihnen jetzt die inoffizielle Version mit«, erklärte Francien Decorte. »Wir haben unsere Ergebnisse mit den letzten Ermittlungsresultaten der Einheit abgeglichen, die in der Mordsache Carsten Roeder ermittelt.«

»Ich habe noch keine Gelegenheit gehabt, euch darüber zu informieren«, entschuldigte sich Molendorp leise bei Katja und Micky.

Francien Decorte lächelte. »Ich übernehme das für dich, Henk.«

Lächelnd akzeptierte Henk, dass ihm das Heft aus der Hand genommen wurde.

Francien wandte sich an Micky und Katja. »Wir nehmen diese Angelegenheit sehr ernst«, begann sie. »Von einem Krisenteam wie einer Verhaftungseinheit ist absolute Verlässlichkeit zu erwarten. Wir haben sämtliche Mitglieder der Einheit durchleuchtet. Euch übrigens auch, und sogar Henk.«

Molendorp neigte ergeben das Haupt.

»Der Verdacht lautete, dass der Zielort der Operation verraten wurde und die Verdächtigen Patrick Schmidt und Sascha Heidfeld dadurch Leuten zum Opfer fielen, die wesentlich weniger gute Absichten mit ihnen hatten. Mit den bekannten Folgen.«

»Deswegen liegt Patrick noch immer im Koma«, sagte Micky.

»Falsch, er ist heute Morgen wieder zu Bewusstsein gekommen«, berichtigte Molendorp.

»Indirekt haben wir dieser Sache auch das Chaos in Valkenburg zu verdanken«, ergänzte Katja.

»Darum bin ich auch sofort in Aktion getreten«, sagte Molendorp. »Wegen der entstandenen allgemeinen Verunsicherung der Gesellschaft ...«

»Spar dir deinen PR-Schmus für deine Fernsehauftritte«, kommentierte Francien, jedoch wieder mit einem so freundlichen Lachen, dass Molendorp entschuldigend die Hände hob.

»Der zweite Verdacht lautete, dass die Verfolgung der Täter absichtlich sabotiert wurde«, fuhr sie fort, »sodass die bereits gewarnten Männer auch noch entkommen konnten.« Francien lehnte sich zurück. »Normalerweise sind solche Indianergeschichten nur für den Reißwolf gut«, sagte sie. »Doch in diesem Fall konnten wir den Informationen von Henk entnehmen, dass wir mit relativ geringem Aufwand entweder die Beschuldigungen entkräften konnten oder Alarm schlagen mussten. Letzteres war der Fall.« Sie drehte ihren Laptop und zeigte ihnen ein Foto von Pieter Sticht.

»Sein Pech war, dass der Leiter der Verhaftungseinheit während der Vorbereitungen von der üblichen Vorgehensweise abwich. Sticht hat gegen 17.30 Uhr an jenem Abend den Leiter angerufen, um ihm Bescheid zu sagen, dass er den Stau hinter sich gelassen habe. Sein Vorgesetzter schlug deswegen vor, er solle unmittelbar zur Rezeption des Campingplatzes fahren, um sich dort dem Team anzuschließen. Der Leiter der Verhaftungseinheit glaubt, sich zu erinnern, dass er entgegen den Vorschriften sogar den genauen Einsatzort genannt hat.«

»Die Wanderhütte?«

Francien seufzte.

»Regel Nummer eins lautet, dass während einer Besprechung der Verhaftungseinheit die Handys ausgeschaltet werden müssen. Bei manchen Teams werden sie sogar eingesammelt, um zu verhindern, dass Informationen weitergegeben werden. Die anderen Mitglieder konnten wir also ausschließen. Das waren zwar noch keine harten Beweise, aber immerhin war es eine Spur. Glücklicherweise unterhalten wir gute Kontakte zu unserem Militärischen Abschirmdienst.« Francien schwieg einen Moment, als überlegte sie, ob sie konkreter werden solle.

»Wir haben also gegen Pieter Sticht ermittelt. Alter: sechsundzwanzig Jahre. Unverheiratet. Nach seiner Rückkehr aus Afghanistan konnte er durch ein beschleunigtes Verfahren als Seiteneinsteiger bei der Polizei anfangen und wurde sofort bei der Verhaftungseinheit eingesetzt. Inzwischen ist seine letzte Woche dort angebrochen.«

»Was will er anschließend machen?«, fragte Micky.

»Er will auch als eine Art Freiberufler arbeiten, aber nicht wie du«, antwortete Francien. »Er fängt bei der privaten Sicherheitsfirma *Secritor* an, ein Unternehmen, das sich auf den Schutz von Personen und Material an gefährlichen Orte wie Afghanistan spezialisiert hat.«

»Er kehrt also an seinen alten Einsatzort zurück?«, fragte Micky.

»Ja, und zwar für das Dreifache seines früheren Solds«, antwortete Francien. »Aber das ist noch nicht das bemerkenswerteste Ergebnis. Er schließt sich damit nämlich auch alten VIPER-Kameraden an. Die Herren Bart Baars und Michiel de Man sind zur gleichen Zeit ausgestiegen wie Sticht. Sie haben *Secritor* aufgebaut.«

»Aber das sind alles keine verdächtigen Aktivitäten«, gab Katja zu bedenken.

»An sich nicht. Aber *Secritor* hat sage und schreibe nur einen Auftraggeber«, antwortete Francien. »*Limbs bv.* Die beiden frischgebackenen Unternehmer sind in den letzten zwei Jahren mindestens acht Mal hin- und hergeflogen, um in Afghanistan Projekte der Firma zu betreuen. Sie sind verantwortlich für die Sicherheit der Roboter, die dort eingesetzt werden. Eine Art Blackwater, nur diesmal für ein niederländisches Unternehmen.« Sie ließ ihren Zuhörern genügend Zeit, um ihre Aussagen zu verarbeiten.

»Aber sie sind nicht nur dort aktiv«, fuhr sie fort. »Ihr Überwachungsauftrag erstreckt sich bis auf die Arbeitsplätze und die Entwicklungsabteilung in Maastricht.«

»Wo sind sie jetzt?«, fragte Micky.

»Nirgendwo«, antwortete Francien. »Will sagen, wir haben keine Adresse von ihnen. Wir wissen nur, dass sie vor drei Wochen auf Schiphol gelandet sind.«

»Und sind sie dann nicht bei der Arbeit erschienen?«

»Dort haben wir sie absichtlich nicht gesucht«, antwortete Francien.

Molendorp beugte sich nach vorne und legte seine Ellenbogen auf den Tisch. »Weil wir keine schlafenden Hunde wecken wollen«, erklärte er. »Wir haben bereits vor ein paar Tagen die Anruflisten aller Handys angefordert, die am Freitagabend zwischen sechs Uhr abends und sechs Uhr morgens in der Nähe der Grube 't Rooth registriert wurden. Das *Roeder*-Team hat die Daten analysiert und die Quellen ermittelt. Abgesehen von den Handys von Liebespärchen und anderen Abenteurern sind wir dabei auch auf eine Nummer gestoßen, die auf die Firma *Limbs* registriert ist.«

Micky schaute skeptisch. »So dumm sind die doch nicht, oder?«

»Natürlich nicht«, erwiderte Molendorp. »Die Nummer gehörte zu einem Mobiltelefon, das Mitarbeitern von außerhalb zur Verfügung gestellt wurde, wenn sie nur für kurze Zeit für die Firma tätig sind.«

»Wie zum Beispiel den *Secritor*-Direktoren Bart Baars und Michiel de Man?«

»Ja, aber in diesem Fall behauptet der Technische Service steif und fest, dass das Telefon an dem bewussten Freitagabend hinter Schloss und Riegel im Depot gelegen habe. Er konnte sogar unterschriebene Quittungen vorlegen.«

Francien drehte den Laptop wieder zu sich und tippte etwas ein. »Fakt bleibt, dass die Sendemasten diese Nummer registriert haben«, sagte sie. »Deswegen haben wir beim Provider nachgefragt. Es hat sich herausgestellt, dass ein zweiter Chip unter derselben Nummer angemeldet ist.«

»Daraufhin haben wir den Serviceleiter wieder abgeholt«, fuhr Molendorp fordert. »Der brauchte ein Weilchen, um dahinterzukommen, aber schließlich wusste er die Lösung. Die Duochips stecken in den Telefonanlagen der neueren Autos im Fuhrpark, wurden aber kaum benutzt, weil sich Freisprechanlagen mit einem Headset als praktischer erwiesen haben.«

»Unter anderem steckte so ein Zweitchip auch in dem Peugeot 4007?«, fragte Micky.

»Genau!«

»Wer hat den Wagen gefahren?«, fragte Katja.

Molendorp spitzte die Lippen und blickte zur Decke. »Der Wagen ist seit Freitagmorgen als gestohlen gemeldet und das Signal setzte am Samstag in den frühen Morgenstunden aus.«

»Und bald findet sich irgendwo ein ausgebranntes Autowrack.«

»Damit rechne ich auch«, sagte Molendorp. »Aber wir

konnten immerhin das Bewegungsprofil des Wagens während dieser ganzen Nacht mithilfe der Sendemasten rekonstruieren. Es führt vom Hauptsitz der Firma *Limbs* nach Valkenburg, von dort aus zur A 79, dann auf die A 76 …«

»Die Verfolgung von Carsten Roeder!«, unterbrach Micky.

»Von dort aus ging es weiter zum Testzentrum und dann zur Grube.«

»Es handelt sich um diese beiden Herren«, sagte Francien, während sie ihren Laptop wieder umdrehte, auf dem jetzt zwei Fotos zu sehen waren. »Obwohl wir uns natürlich nicht sicher sein können, dass sie diese Taten begangen haben.«

»Aber Heino kann das«, sagte Katja.

»Könntest du uns bitte eine Kopie schicken?«, fragte Micky.

»Gebt mir eure Handynummern, dann schicke ich euch das Foto.«

»Und jetzt?«, fragte Micky.

»Kümmern wir uns um unseren Freund, der da draußen jetzt noch die Sonne genießt«, antwortete Molendorp. »Zum vorläufig letzten Mal, wenn es nach mir ginge. Ein Paradebeispiel für einen korrupten Bullen.«

»Wird er uns zu Debriek führen? Oder ist das einen Schritt zu weit gedacht?«, fragte Micky.

»Schauen wir, wie weit wir kommen«, antwortete Molendorp.

»Dann fahren wir jetzt zu Heino. Soll er sich das Foto mal ansehen.«

Molendorp stand auf. »Ich bringe euch noch zur Tür«, kündigte er an.

Francien wünschte ihnen viel Erfolg.

»Gute Teamarbeit«, sagte Katja draußen im Flur. »Seid ihr auch privat ein Paar?«

»Fast richtig getippt«, antwortete Molendorp.

»Francien ist meine Exfrau. Wir haben eine gute Polizistenehe geführt, bis sie nach einem Autounfall querschnittsgelähmt blieb. Danach wollte sie unbedingt ihre

Selbstständigkeit beweisen. Sie lehnte es ab, von mir versorgt und abhängig zu werden.«

»Ist ihr offenkundig gelungen«, sagte Katja. »Und wie sieht's in Gegenrichtung aus?«

Patrick Schmidt lag mit geöffneten Augen auf der Intensivstation, gefesselt mit einem Gewirr von Schläuchen und Drähten. Er zeigte kein Zeichen des Wiedererkennens, als Micky und Katja an sein Bett traten. Nach einigem Drängen hatte ein Pfleger ihnen drei Minuten gegeben, um mit Patrick zu sprechen. »Er ist immer noch sehr schwach«, hatte er ihnen als Warnung mit auf den Weg gegeben. »Es ist auch nicht sicher, ob er schon wieder ganz klar ist.«

»Hallo, Patrick«, sagte Katja.

Sie warteten eine halbe Minute lang auf eine Reaktion. Patrick starrte auf den ausgeschalteten Fernseher über seinem Bett und gab keine Antwort. Auch die Anzeigen auf dem Bildschirm neben ihm zeigten keine Veränderungen.

»Heino, kannst du mich verstehen?«, versuchte es Micky. Sie blickte ihm aus nächster Nähe in die Augen. Die Leere darin war atemberaubend.

»Sieht so aus, als sei er wieder ins Koma gefallen«, sagte Katja. Sie beugte sich zu ihm hinunter. »Freddy lässt dich grüßen. Er liegt auch hier im Krankenhaus.«

Ein zuckender Muskel neben Patricks Mund verriet, dass ihre Worte irgendwo in seinem betäubten Gehirn angekommen waren. Auch sein Puls stieg um fünf Schläge pro Minute. Katja summte ihm ins Ohr. Patricks Gesicht entspannte sich ein wenig.

»Er kommt zurück!«, sagte Katja. Sie gab Micky ein Zeichen, ihr Handy herauszuholen, während sie ihm weiterhin leise die Melodie ins Ohr summte. Patrick blinzelte und ein zweites Zucken bewies, dass er versuchte zu lächeln. Plötzlich kehrte das Leben in seine Augen zurück und er drehte sie in Richtung der Geräuschquelle.

Katja nickte Micky zu, die ihm rasch das Handydisplay mit dem Foto von Bart Baars und Michiel de Man vorhielt.

»Sind die das gewesen, Patrick?«, fragte Katja.

Patricks Augen wanderten zum Display und dann wieder zurück zu Katjas Gesicht. Er stieß einen tiefen Seufzer aus.

»Du brauchst keine Angst zu haben, Patrick«, beruhigte ihn Katja.

Die Kurven auf dem Monitor zuckten. Patrick öffnete den Mund und stieß einen leisen Schrei aus, gefolgt von einem Chor alarmierender Piepstöne aus den Apparaten neben seinem Bett.

»Patrick, du bist hier in Sicherheit!«, wiederholte Katja.

Ein Ruck durchfuhr seinen Körper und zugleich kehrte sich sein Blick wieder nach innen.

»Das ist zu viel für ihn«, stellte Micky fest und klappte ihr Handy zu.

»Als juristischer Beweis unzureichend«, sagte Katja. »Aber für mich überzeugend.«

Der Pfleger erschien, forderte sie mit aufgehaltener Tür zum Gehen auf und schaute besorgt nach seinem Patienten.

»Wir sind schon weg«, sagte Katja.

Im Aufzug fragte Micky: »Was hast du da eben eigentlich gesungen?«

»*Ich hatt' einen Kameraden*«, antwortete Katja. »Ein deutsches Soldatenlied. Hat der echte Heino gecovert.«

»Francien bringt Pieter Sticht nicht zum Reden«, sagte Molendorp. »Er reagiert nicht, egal, was wir ihn fragen. Als redeten wir mit einem Komapatienten.«

Er war nach Maastricht zurückgekehrt und hatte Micky und Katja zum Mittagessen ins Präsidium eingeladen.

»Bei Heino war es genau dasselbe«, sagte Micky. »Aber Katja hat ihm ein Lied vorgesungen und da wurde er wach und hat die beiden sofort erkannt.«

»Oh, unser Mann ist auch anfangs aufgelebt«, berichtete

Molendorp. »Er hat uns von einer Auszeichnung erzählt, die er in Afghanistan erhalten hat, und die Überzeugung geäußert, jemand, der dort sein Leben aufs Spiel gesetzt habe, hätte eine bessere Behandlung verdient. Wieder so ein Hanswurst, der seine Abenteuerlust mit Vaterlandsliebe verwechselt. Dabei sind es Söldner, nicht mehr und nicht weniger. Wie auch immer. Als wir ihn nach seinen Kontakten zu seinen Kameraden und Debriek befragten, machte er sofort dicht.«

»Was kannst du jetzt noch tun?«

»Francien hält ihn noch ein paar Stunden fest, aber danach steht er wieder draußen auf der Straße.«

Katja legte geräuschvoll ihr Besteck nieder. »Damit er schnell seine alten Kameraden warnt! Und die uns endgültig entkommen!«

Molendorp winkte ab. »Wir leben nun einmal in einem Rechtsstaat.«

»Hast du schon einen internationalen Haftbefehl für die beiden rausgegeben?«

Molendorp schüttelte den Kopf. »Wir haben keinen konkreten Verdacht.«

»Können wir sie nicht ausräuchern?«, fragte Micky.

»Das muss dann aber schnell passieren«, antwortete Molendorp. »Und dann haben wir trotzdem erst die Hälfte der Hälfte, denn wir müssen sie noch mit Debriek in Verbindung bringen und Debriek als Auftraggeber entlarven.«

Mickys Handy klingelte. Sie stand auf und ging hinaus.

Als sie sich nach fast einer Viertelstunde wieder zu Molendorp und Katja gesellte, blieb es so lange still, dass Katja sie fragte, ob sie vielleicht auch noch ins Koma gefallen wäre.

»Das war Robert«, antwortete Micky. »Er hat ’nen Knall. Er glaubt, er hätte die Lösung für unsere Probleme. Und er ist auf dem Weg zu uns.«

»Debriek hat es ernst gemeint«, sagte Robert. »Er bot uns Hunderttausend!«

Katja sagte: »Wir wissen ja inzwischen, warum ihm dieser angebliche Farbsplitter so viel wert ist. Aber warum sollten wir ihn erpressen?«

»Weil er sich dann in die Karten gucken lässt«, antwortete Robert. »Und er wird seine Leibwächter mitbringen, nach denen ihr so verzweifelt auf der Suche seid.«

»Kein schlechter Plan«, meinte Molendorp. »Vorausgesetzt, er wird von Profis begleitet.«

»Nicht nur begleitet«, wand Katja ein. »Es dürfen überhaupt nur Profis eingesetzt werden. Keine Amateure.«

»Das wäre ideal«, erwiderte Robert. »Nur wird Debriek dann nicht aufkreuzen. Er wird kein Risiko eingehen und sich nur auf einen Deal mit mir einlassen. Gerade weil ich ein Amateurerpresser bin.«

»Und wo in Gottes Namen willst du die fingierte Übergabe stattfinden lassen?«, fragte Molendorp.

»Irgendwo, wo es ein Amateur für sicher hält. An einem öffentlichen Ort, der nicht zu belebt, aber auch nicht zu ruhig ist.«

»Du spinnst total«, sagte Katja. »Das muss von diesen Pillen kommen. Du spielst mit deinem Leben! Für diese beiden Typen bist du doch kein Gegner. Die killen dich bei der erstbesten Gelegenheit.«

»Ich muss ja nur einen Farbsplitter mitbringen und kontrollieren, ob er das Geld bei sich hat.«

»Du willst also in aller Öffentlichkeit hunderttausend Euro zählen?«

»Fünfhunderttausend«, erwiderte Robert. »Es muss ja echt wirken.«

»Und wann soll das vonstatten gehen?«, fragte Micky. »So eine Operation erfordert gründliche Vorbereitung.«

Robert sah Molendorp an. »Was meinen Sie, Commissaris?«

Katja sprang auf. »Jetzt hör schon auf, dieser Plan ist vollkommen wahnwitzig! Wir müssen wenigstens ein Double für Robert einsetzen. Micky, sag du doch mal was!«

»Es muss schnell passieren«, wiederholte Molendorp. »Also heute am späten Nachmittag. Noch bevor unser Mann in Den Bosch Alarm schlagen kann.«

Micky fragte Robert: »Warum musst du unbedingt den Helden geben?«

»Weil ich was dagegen habe, dass solche Typen die Welt immer wieder ungestraft als ihr Spielzeug missbrauchen dürfen«, antwortete er.

Micky wechselte einen Blick mit Katja.

»Okay, aber nur, wenn wir dir Rückendeckung geben dürfen«, beschloss sie.

30

»Alles gut?«, fragte Katja.

»Die Weste drückt«, antwortete Robert, ohne seinen Blick von den Menschenströmen abzuwenden, die sich zwei Etagen unter ihm an den Büchertischen im Erdgeschoss entlangschoben. Verkehrs- und Flussforscher hätten ihre wahre Freude an dieser Aussicht gehabt. Sobald die Leute auf geeignete Lektüre stießen oder, mit dem Kopf im Nacken stehen bleibend, die außergewöhnliche Einrichtung der Bücherkirche bestaunten, kam es zum Stau, und die Menschen suchten sich nach einer Weile wie Rinnsale neue Wege.

»Im Notfall wird sie dir das Leben retten.« Katja lehnte sich ebenfalls auf die Brüstung. »Wirklich unübersichtlich da unten«, meinte sie.

»Und genau deshalb der perfekte Ort«, beharrte Robert. Er nickte Micky zu, die sich neben dem Schalter für den Kundenservice platziert hatte und zu ihnen hochguckte. Auch sie war sichtlich angespannt.

Angesichts der Vehemenz, mit der Katja und Micky gegen die ehemalige Dominikanerkirche als Treffpunkt mit Debriek plädiert hatten, war Robert immer noch überrascht, dass

Molendorp seinem Vorschlag am Ende zugestimmt hatte. Aber Molendorp hatte gewusst, dass es seine letzte Chance war, Debriek an den Haken zu bekommen. Und das hatte ihm dabei geholfen, weniger die Risiken als die Vorteile dieses Ortes mitten in Maastricht zu sehen. Man konnte genügend Polizisten einsetzen, ohne dass es auffiel, und den Austausch von Geld und Code aus allen Perspektiven mit versteckten Kameras aufzeichnen. Und die Menschenmenge war für Robert ein Schutzschild, wenn sie in die heikelste Phase der Aktion eintreten würden.

Bisher konnten sie einen direkten Auftrag von Debriek an seine beiden Killer nicht sicher nachweisen. Bloß weil sie für ihn arbeiteten, musste er noch lange nicht die Entführung Carstens, geschweige denn seine Ermordung angeordnet haben. Wenn sie jetzt aber versuchen würden, Robert als lästigen Zeugen zu verschleppen, würde kein Gericht der Welt mehr im Zweifel für Debriek entscheiden. Dafür mussten sie die beiden allerdings nahe genug an Robert herankommen lassen.

Anders als Katja und Micky war er sich sicher, dass Debriek hier niemals eine wilde Schießerei zulassen würde. Es mochte ihm egal sein, was seine Roboter irgendwo in Afrika oder Vorderasien taten. Aber dass hier in seiner Heimatstadt, auf ehemals geweihter Erde und auf seine Anordnung hin ein Blutbad angerichtet würde, das würde er in seiner unheiligen Dreifaltigkeit als Katholik, Schreibtischtäter und ehrenwertem Mitglied der Maastrichter Gesellschaft nicht verantworten wollen.

»Du bist ein …«, hatte Micky angesetzt, aber Robert hatte ihn genervt unterbrochen. »Ja, ja, ein Romantiker, ich weiß. Das hör ich jeden Tag zwei Mal. Findet euch damit ab. Wenn ich schon den Lockvogel gebe, will ich auch selbst bestimmen, wo mir die Federn gerupft werden.«

Zuletzt hatte es Katja am frühen Nachmittag noch einmal probiert. Robert hatte mit Anouk über den *Magritte* gebeugt im Atelier gesessen, um mithilfe der vertrauten Arbeit seine Nervosität zu dämpfen. Während sie wie die Weltmeister Faden für Faden aneinanderklebten, klingelte sein Handy. Er nahm ab und verließ wie unabsichtlich beim Umherlaufen den Raum. Anouk musste nicht alles wissen.

Nachdem sie eine Weile die Diskussion des Vormittags wiederholt hatten, beendete Robert die Debatte sanft, aber bestimmt. »Katja, wir kennen uns jetzt lange genug. Ich will, dass es in der Bücherkirche geschieht. Es gibt keinen besseren Platz dafür. Und es bleibt bei halb sechs. Ich muss jetzt zurück, Anouk wird sonst noch eifersüchtig.« Er beendete das Gespräch und drehte sich um.

Da stand Anouk. Mit verschränkten Armen und spöttischem Blick. O Gott, wie musste sich dieses Gespräch für sie angehört haben. Wie eine Verabredung zu öffentlichem Sex?

Sie löste sich vom Türrahmen und ging ohne ein Wort stolz und aufrecht auf ihren hohen schwarzen Schuhen den Flur entlang zum Ausgang. Jeder Schritt ein scharfer Schuss. Seitdem hatte Robert nichts von ihr gehört außer der knappen Begrüßungsformel auf ihrer Mailbox. Dann würde er eben direkt nach der Aktion zu ihr gehen. Er musste ihr erklären, dass er für Katja noch nie mehr als Freundschaft und Sorge empfunden hatte. Aber warum musste er das eigentlich? Mit welchem Recht durfte Anouk so eifersüchtig sein?

Katja legte den Finger in ihre Ohrmuschel. Offenbar erhielt sie eine Nachricht über den kleinen drahtlosen Funkempfänger. Alle Einsatzkräfte waren über solch einen Ohrknopf und ein Mikro miteinander verbunden. Nur Robert musste darauf verzichten, weil Debriek ihm zu nahe kommen und die Technik bemerken würde.

»Er ist jetzt in der Servatiusbasilika und soll schlecht gelaunt sein«, gab Katja die neuen Informationen an ihn weiter.

»Lassen wir ihn noch etwas zappeln«, meinte Robert. Die

Idee, Debriek erst eine kleine Rundreise durch die Innenstadt machen zu lassen, verdankte sich dem Romantikvorwurf Mickys. Debriek sollte ihn für das halten, was er als echter Erpresser ja auch tatsächlich gewesen wäre – ein Dilettant.

An der ersten Station, dem Museumskeller des *Hotels Derlon*, hatte Robert Debriek angerufen und überheblich erklärt, dass er natürlich niemals so verrückt sein würde, die Übergabe in einer Mausefalle wie dieser durchzuführen. Dann hatte er ihn weiter in die Servatiusbasilika geschickt. »Und glauben Sie nicht, ich würde nicht checken, wenn in Ihrem Rücken plötzlich Ihre Leute auftauchten.« Das war hart am Rande der Parodie gewesen und Katja hatte ihre Augen hinter der Hand verborgen. Aber die Fassungslosigkeit Debrieks, solch einem Trottel ausgeliefert zu sein, war förmlich mit Händen zu greifen gewesen und ließ hoffentlich keinen Platz mehr für die Sorge, es könnte sich um eine Falle handeln.

»Lass ihn nicht zu wütend werden. Es darf nicht außer Kontrolle geraten«, warnte Katja.

Robert drückte die Wahlwiederholung. Gleich nach dem ersten Rufton meldete sich Debriek mit kaum unterdrücktem Zorn. »Wo sind Sie?«

»Okay, ich habe mich davon überzeugt, dass Sie alleine sind«, sagte Robert selbstgefällig. »Es sind nur noch ein paar Meter. Treffpunkt ist die Buchhandlung in der Dominikanerkirche. Zweite Etage. Sie nehmen den Lift. Und zwar ohne Mitfahrer.«

»Ich renne nicht mit einer halben Million durch die ganze Stadt, Patati. Wenn Sie wieder nicht da sind, breche ich ab.«

»Reden Sie keinen Unsinn. Sie brauchen den Code und ich will das Geld. Ich werde da sein.« Robert beendete das Gespräch.

»Sie sind auf dieselbe Weise vorgegangen«, fasste Katja zusammen, was sie im Funknetz gehört hatte. »Der eine der beiden Killer, de Man, folgt Debriek mit ein paar Metern Abstand, sein Spezi Baars wartet vor dem Eingang. Die beiden scheinen ihr Handwerk zu beherrschen. Ohne vorherige Identifikation wären sie kaum zu entdecken, sagen die Kollegen.«

»Klingt super«, brummte Robert.

»Sobald einer von ihnen in deine Nähe kommt, sind wir da«, versicherte Katja.

»Wenn ihr zu früh eingreift, wird alles umsonst gewesen sein.«

»Und wenn wir zu spät eingreifen, wird der Preis viel zu hoch sein.«

»Alle auf ihre Positionen und vergesst nicht, euch wie Buchkäufer zu verhalten«, ordnete Molendorp über die Miniempfänger an. Micky spürte, wie ihre Sinne von einem kleinen Adrenalinstoß geschärft wurden. Sie beobachtete, wie Katja, um deren Hals ein Schlüsselanhänger der Buchhandlung baumelte, von der Brüstung zurücktrat und zu einem Bücherwagen im hinteren Bereich der Etage ging, während Robert sich in der Nähe des Lifts bereithielt.

Im Stock darunter blätterte ein Kollege gleich neben dem vorderen der zwei Treppenaufgänge in einem Bildband. Um ihn herum war einiges los, wohingegen sich auf Roberts Etage nur eine Handvoll Kunden für die Bestände an Wissenschafts-, Rechts- und Managementliteratur interessierte.

Robert hätte ihr sicher von der Innenarchitektur vorgeschwärmt, wenn er jetzt neben ihr gestanden hätte, dachte Micky, während sie auf den langen, schwarzen Block aus Regalen, Stahlgerüsten und Lochgitterplatten schaute, der bis knapp unter das Gewölbe des Kirchenschiffs hochgezogen worden war.

Dieser frei stehende Einbau wirkte selbst wie ein Schiff, ein Kreuzfahrtschiff für Buchliebhaber, die über die Außengalerien wie an einer Reling entlangflanierten und ab und zu auf das kabbelige Meer neugieriger Menschenköpfe hinunterschauten.

Sie blickte zu den zwei Polizisten hinüber, die rechts von ihr die Notausgangstüren sicherten. Sie kamen aus Nordholland. Molendorp hatte nach Prüfung der Personalakten Mitglieder der dortigen Verhaftungseinheit angefordert, um die Aktion nicht durch alte limburgische Bekanntschaften mit Debrieks Söldnern zu gefährden. Die meisten waren im Erdgeschoss und vor der Kirche postiert. Zwei Kollegen sollten die Gäste im Café abschirmen, das in den Halbkreis des Altarraums eingebaut worden war. Auch beim Haupteingang hatten zwei Polizisten vor allem die Aufgabe, Unbeteiligte zu schützen. Sie und die Kollegen, die den Zugriff durchführen sollten, studierten scheinbar aufmerksam die Informationstafeln zu einem mittelalterlichen Wandgemälde über Leben und Werk des Thomas von Aquin, durchstöberten die Designbücherstapel auf den Ramschtischen und lasen die Klappentexte der literarischen Neuerscheinungen. Dieser Einsatz in Zivil war ein verkappter Bildungsurlaub.

»Zielpersonen treffen in einer Minute ein«, meldete Molendorp.

Endlich erschien Debriek. Micky erkannte ihn sofort an der Kleidung, deren Beschreibung das Observationsteam durchgegeben hatte, einem stahlgrauen Anzug mit hellblauem, kariertem Hemd. In der Hand hielt er eine kleine Tasche, die Platz genug für fünfzig Zwanzigerbündel mit Fünfhunderteuroscheinen bot.

Etwa in der Mitte der Kirche, nicht weit von Micky entfernt, scherte er aus dem Strom der Neuankömmlinge aus und orientierte sich. Micky sah, wie Robert und er Blickkontakt herstellten und Debriek den Aufzug ansteuerte. Inzwischen hatte auch de Man die Kirche betreten und sich so aufgestellt, dass er die Ausgänge des Lifts auf den Etagen beobachten konnte.

Die Aufzugstür glitt beiseite. Debriek betrat den Vorraum und schaute Robert geradezu enttäuscht an. »Ich hatte Sie für anständiger gehalten«, sagte er anstelle einer Begrüßung.

»Anständiger als Sie?«, fragte Robert zurück.

»Überprüfen Sie, wie anständig ich bin.« Debriek hielt ihm die Tasche entgegen.

Robert nahm sie nicht an. »Wir wechseln in die erste Etage. Gerne nach Ihnen«, sagte er und wies auf die Treppe.

»Und warum hier?«, fragte Debriek, als sie den unteren Treppenabsatz erreicht hatten.

»Ich habe es gleich ein wenig eilig. Termine, Termine, Sie kennen das ja.«

»Bringen wir es hinter uns«, sagte Debriek missmutig.

Robert hatte seine Sache bisher gut gemacht, fand Micky.

Er stand an der vereinbarten Stelle für den Austausch und setzte die Tasche auf dem Geländer ab, um den Inhalt zu prüfen.

Debrieks Bodyguard hatte inzwischen etwa drei Meter vor Micky Position bezogen, um seinen Chef besser im Blick zu haben. Wie er, sah auch Micky, dass Robert den Reißverschluss der Tasche wieder zuzog. Es schien alles in Ordnung zu sein, denn er fischte das Tütchen mit dem Microdot aus seiner Hemdtasche und übergab es Debriek.

Der zog ein Okular hervor, klemmte es in sein rechtes Auge und prüfte den Dot wie ein Juwelier einen Diamanten. Gut, dass Molendorp am Ende den echten Dot doch noch herausgerückt hatte. Robert und Katjas Kryptografieexperte hatten ihn überzeugt, dass auf die Schnelle weder die Farbscholle noch der Ausdruck des Codes gut genug zu kopieren waren, um Debriek täuschen zu können.

»Wir haben ein Problem«, unterbrach Katja plötzlich die Funkstille. »Fünf Meter vor dem Café. Die Frau im schwarzen Audrey-Hepburn-Kleid. Mitte dreißig, dunkles kurzes Haar, Größe circa einsfünfundsechzig. Das ist Anouk van

Berg. Eine Kollegin von Robert, Debriek hat sie engagiert. Sie ist anscheinend auf dem Weg zu uns.«

Von allen Seiten zog Anouk nervöse Blicke auf sich. Auch Michiel de Man hatte mitbekommen, dass da jemand deutlich schneller und zielstrebiger als alle anderen die Halle durchquerte. Er machte unwillkürlich einen Schritt nach vorn, stoppte aber wieder, offenbar genauso unsicher wie Micky selbst, ob ein Eingriff die Übergabe gefährden würde.

Robert und Debriek hatten noch nichts von der Unruhe ihrer Leute im Erdgeschoss bemerkt. Der *Limbs*-Chef nahm gerade das Okular aus dem Auge und nickte zufrieden.

»Sie ist jetzt fast an der mittleren Treppe. Was sollen wir tun?«, hörte Micky, aber ehe Molendorp antworten konnte, schaltete sich die hektische Stimme eines anderen Teammitglieds ein. »Sie hat eine Schusswaffe!«

»Robert, zur Seite!«

Instinktiv befolgten sowohl Robert als auch Debriek Katjas scharf gerufenen Befehl. Der Aufschrei einer Kundin lenkte ihren Blick zum Fuß der Treppe, an dem Anouk einen Augenblick innegehalten hatte. Sehr langsam, in eigenartig geschmeidigen, fast katzenhaften Bewegungen stieg sie ihnen nun entgegen. In ihrer Hand hielt sie einen Revolver, den Lauf zum Deckengewölbe gerichtet. Robert und Debriek, der halb versteckt im Außengang an der Wandseite hockte, starrten einander an. In beiden Gesichtern war die Überraschung echt.

»Die Waffe weg!«, rief Katja und richtete ihre Pistole auf Anouk. Doch die ging unbeeindruckt weiter.

Robert entdeckte ein feines weißes Kabel, das von einer kleinen Tasche an einem Gürtel seitlich an Anouks Kleid emporlief und in einen einzelnen Kopfhörer in ihrem Ohr mündete. Ihre Gespräche im Atelier schossen ihm durch den Kopf. Der Killer in *Diva!* Der Revolver von Breton! Zog Anouk hier nur eine große Show ab? Oder setzte sie gerade aus Eifersucht zu einem undurchschaubaren surrealistischen Amoklauf an? Er schaute verzweifelt zu Katja, die ein paar Stufen über ihnen auf der Treppe stand und Anouk mit ihrer Walther anvisierte. Sie zögerte. Vielleicht, weil auch sie unsicher war, ob Anouk diesen theatralischen Auftritt ernst meinte. Vielleicht aber auch nur, weil Anouk mit ihrem Revolver immer noch auf niemand zielte.

Molendorp hatte sofort neue Anweisungen gegeben. Katja und der Kollege im ersten Stock sollten Anouk van Berg ausschalten, die Polizisten am Ausgang die Kunden von der Treppe wegdrängen, während die beiden an den Notausgängen de Man und die Kollegen draußen Bart Baars übernehmen sollten.

Die Einsatzkräfte gaben ihre Tarnung auf und de Man checkte die Situation sofort. Micky verfluchte jetzt den Tag, an dem sie den Polizeidienst quittiert hatte. Ohne Waffe konnte sie nichts tun, obwohl sie es war, die am nächsten bei de Man stand.

Mit ein paar schnellen Schritten erreichte er den Regalblock. Das Publikum stob auseinander wie eine angegriffene Herde und er riss eine Frau, die nicht schnell genug gewesen war, als Schutzschild zu sich. Hilflos musste Micky zusehen, wie er den Arm um den Hals seiner Geisel legte und den Pistolenlauf hart gegen ihre Schläfe drückte. Dann steuerte er in kreiselnden Bewegungen auf die mittlere Treppe zu, um den Polizisten kein Ziel in seinem Rücken zu bieten.

Das Team draußen meldete exakt die gleiche Situation. Noch bevor jemand bei ihm sein konnte, hatte Baars sich ein Mädchen gegriffen, das gerade auf dem Weg in die Buchhandlung gewesen war.

Anouk hatte die Etage beinahe erreicht. Sie war bisher so sehr auf Katja und ihn fixiert gewesen, dass sie erst jetzt auch Debriek registrierte. An ihrem Gesicht konnte Robert ablesen, dass diese Konstellation absolut nicht in ihre Inszenierung passte und viel zu viele Fragen aufwarf. In ihrer Verwirrung ließ sie den Revolver sinken. Sie würde aufgeben, ganz bestimmt. Robert schöpfte Hoffnung.

Auch Katja entspannte sich etwas, bis am untersten Treppenabsatz Debrieks Bodyguard auftauchte. Mit ihrer gezückten Walther war Katja natürlich eine Gefahr für ihn. Und sie bot, frei auf der Treppe stehend, ein leichtes Ziel. Sie spürte, wie er sie in einer Hundertstelsekunde abcheckte, ehe er sich entschied, die Waffe an der Schläfe der Frau zu lassen.

»Jean, Rückzug! Vordere Treppe!«, brüllte er herauf und zog sich gleich wieder aus Katjas Schussfeld zurück in Richtung Ausgang. Und dann überschlugen sich die Ereignisse.

Robert hörte jemanden von unten Debrieks Namen brüllen und sah, wie Anouk davon heftigst erschreckt herumwirbelte und in der Bewegung unwillkürlich ihre Waffe hochriss. Im selben Moment trat ein Polizist auf dem vorderen Seitensteg aus der Deckung hervor. Die Mündung von Anouks Revolver war genau auf ihn gerichtet.

Roberts Schrei erstarb in zwei unglaublich lauten, schnellen Schüssen, die in seine Trommelfelle einschlugen und weiter durch die Kirche hallten. Alle Geräusche drangen nur noch dumpf zu ihm hindurch, sodass die schreckliche Szenerie in eine noch unwirklichere Ferne rückte.

Micky konnte von ihrer Position aus nur wenig erkennen. Der Polizist lief nach seinen Schüssen zu der Treppe, die Anouk hinaufgestiegen war. Robert musste sich irgendwo im hinteren Teil der Etage befinden. Und von Katja war nur ein Bein zu sehen, das ausgestreckt auf der Treppe lag.

»Debriek auf der vorderen Treppe«, meldete jemand über Funk. Micky sah, wie er mit der Geldtasche in der Hand auf der Treppe stehen blieb. Er hatte seine Chance genutzt, als sich alle Aufmerksamkeit auf Anouk gerichtet hatte. Aber jetzt standen zwei Polizisten mit gezogenen Waffen vor ihm. Er war zwar ziemlich bleich, dachte Micky, und wirkte doch erstaunlich kaltblütig.

»Wenn ihm etwas geschieht, ist sie tot«, rief de Man, der, die Geisel eng an sich gedrückt, an der Wand neben dem Ausgang stand. »Und noch drei mit ihr. Wir haben nichts zu verlieren.« Zum Beweis seiner Entschlossenheit drückte er der Frau mit dem Arm den Hals zu, bis sie röchelte.

»Wir lassen euch gehen, wenn du die Frau freilässt«, rief Molendorp.

»Nein, erst wenn wir draußen sind. Komm zu mir, Jean!«

»Nicht draußen. Hier!«, beharrte Molendorp.

De Man lachte. »Du solltest langsam wissen, dass wir keine Idioten sind. Los, Jean.«

Molendorp nickte grimmig. Die Polizisten vor Debriek zogen sich zurück. Unbehelligt ging er zu seinem Bodyguard hinüber.

»Hey, lasst die Leute hier. So etwas kriegen sie sonst nur im Kino geboten«, herrschte de Man zwei Polizisten an, die einige in Deckung gegangene Kunden aus der Gefahrenzone holen wollten.

»Wir brauchen dringend einen Notarzt hier oben«, hörte Micky den Kollegen aus dem ersten Stock in ihrem Ohrhörer. »Zwei Verletzte mit Schusswunden.« Das Team draußen meldete, dass Baars entweder über Funk oder Telefon mit jemandem sprach. Tatsächlich bewegte auch de Man ab und zu die Lippen.

»Ihr kommt hier niemals weg«, sagte Molendorp. »Wenn ihr aber jetzt aufgebt, wird man das positiv bewerten.«

Micky duckte sich innerlich weg. Hatten die Maastrichter denn keine geschulten Polizeipsychologen für solche Fälle?

De Man zog eine Miene, als hätte er diesen Mist schon viel zu oft gehört. »Wir brauchen einen Wagen. Mindestens einhundert PS. In fünf Minuten vor der Tür. Meinen alten

Freund Bart lasst ihr ans Steuer. Und ich will da draußen kein einziges Bullengesicht sehen.«

»Das geht nicht so schnell«, meinte Molendorp.

»Wenn ich in die Menge schieße, geht es dann schneller?«, fragte de Man. »Ich meine, ihr wisst doch, was wir in Afghanistan gemacht haben, oder?«

Molendorp schwieg.

»Hallo? Ich höre nichts. Was ist los mit dir?«, fragte Debrieks Mann scharf. Blitzschnell zog er die Pistole zur Seite und schoss einem der Kunden, die sich mehr schlecht als recht hinter einem Büchertisch versteckt hatten, in den Fuß, um seine Waffe danach schon wieder an den Kopf seiner Geisel zu halten. Ein furchtbarer Schmerzensschrei und ein nachfolgendes Gewimmer stiegen zum Gewölbe empor. Die Polizisten hatten sofort die Pistolen in die Höhe gezogen und zielten auf de Mans Kopf, nur auf ein Signal Molendorps wartend.

»Ganz ruhig, Jungs, schön locker bleiben«, rief de Man ihnen zu. »Ein lächerlicher Fuß lohnt kein Massaker, oder?«

»Bist du wahnsinnig?«, schrie Molendorp.

»Ich nicht. Also, was ist jetzt?«

»Gib mir zehn Minuten. Ich ordne an, dass man euch mit dem Wagen abziehen lässt. Den Schlüssel bekommt ihr im Gegenzug für die beiden Geiseln.«

»Genauso machen wir das.« De Man grinste.

Molendorp wandte sich ab und Micky hörte über den Ohrhörer die Anweisungen, die er leise in sein Funkmikro sprach. Eines der Zivilfahrzeuge sollte mit einem GPS-Sender präpariert und vorgefahren werden, kein Zugriffsversuch vor der Kirche, Aufbau eines Absperrgürtels, Anforderung eines Hubschraubers.

»Wir gehen jetzt«, kündigte de Man plötzlich an. »Jean bleibt Rücken an Rücken mit mir. Wenn ihr auf mich schießt, trefft ihr ihn und ich habe noch genug Zeit, ein paar von euch den Kopf wegzublasen, okay?«

»Der Wagen ist noch nicht da«, wandte Molendorp überrascht ein.

»Wir warten draußen. Da ist die Luft besser.«

An der Tür checkte de Man die Lage. Auf dem ansonsten menschenleeren Vorplatz standen Polizisten im Halbkreis um Baars herum und hielten ihre Pistolen auf ihn gerichtet.

»Die Bullen weg«, schrie de Man. »Sofort!«

Molendorp gab ein Zeichen und seine Leute zogen sich zurück.

De Man, Debriek und ihre Geisel bewegten sich wie siamesische Drillinge auf die Mitte des Vorplatzes zu. Baars folgte ihnen mit dem Mädchen.

Auch Micky und die Polizisten erschienen jetzt im Ausgang.

»Schön stehen bleiben!«, warnte Baars.

»Wo wollen die hin?«, fragte Molendorp. »Hey, was macht ihr? Der Wagen fährt direkt vor die Tür.«

»Mach dir keine Sorgen«, rief de Man, jetzt schon auf halbem Weg zur Straße. »Wir kommen gleich wieder. Und nicht bewegen, sonst ...« Er streichelte der Frau mit der Pistole über die Wange. Drei Motorräder schossen auf der Straße heran und bremsten am Rande des Platzes scharf ab. Debriek löste sich aus der Gruppe und lief zu einer der Maschinen. De Man und Baars zerrten die Geiseln schnell und grob mit sich und stießen sie, kurz bevor sie auf die Soziussitze der anderen Maschinen stiegen, fast synchron zu Boden. Die schwarz gekleideten Fahrer ließen die Motoren aufbrüllen und rasten gegen die Fahrtrichtung der Einbahnstraße zum Vrijthof.

»Das sind Trottel. Da kommen die nie raus. In einer Stunde sitzen sie auf dem Präsidium«, behauptete Molendorp, während sie auf die Straße liefen und den Motorrädern hinterherschauten. Aber die Bestürzung, so hinters Licht geführt worden zu sein, war ihm ins Gesicht geschrieben.

Anouk lag regungslos auf der Treppe. Sie war erst in sich zusammengesunken und dann kopfüber drei, vier Stufen heruntergerutscht. Blut sickerte aus einer Schusswunde knapp unterhalb der Rippen heraus, ein Teil lief durch den Ausschnitt ihres schwarzen Kleides zu ihrem Hals empor und zeichnete dort ein verzweigtes rotes Flussdelta auf ihre weiße Haut.

Robert sah schnell zu Katja herüber, die erschöpft auf die Treppe gesunken war, ihm aber mit hochgerecktem Daumen signalisierte, dass alles okay sei. Er lief zu Anouk, drehte sie vorsichtig, zog ihren Oberkörper zu sich heran und legte ihren Kopf an seine Brust.

Er redete mit ihr, versprach, dass der Arzt gleich da sein würde, aber Anouk reagierte nicht, ihr Atem war ein leises Rasseln. Der Kopfhörer saß noch in ihrem Ohr. Robert zog ihn vorsichtig heraus. »Das war aber ganz anders bei *Diva.* Das müssen wir noch mal üben«, sagte er in der einsamen Hoffnung, dass Anouk plötzlich lächeln würde.

Wie von einem weit entfernten Radio am Strand hörte er aus dem Kopfhörer ein Lied von *Get Well Soon*, das er selbst auf Anouks Player überspielt hatte. *»We are ghosts«*, sagte Robert und strich Anouk eine schwarze Locke aus der Stirn, »was für einen schönen, traurigen Soundtrack du dir ausgesucht hast.« Er streichelte ihr Haar, sang leise die letzten Verse des Songs mit: »Are we human? Or are we dynamite?« Ihr Atem wurde ruhiger, setzte manchmal aus. »And god is dead. And god is dead.« Dann zog ihn ein Sanitäter behutsam von Anouk fort.

Während Micky und Molendorp verfolgten, wie die Motorräder weit hinten auf den Vrijthof abbogen, hörten sie das schnell anschwellende Rotorgeräusch eines Helikopters.

»Unsere Jungs!«, triumphierte Molendorp. Er rannte wieder los, um vielleicht schon auf dem großen Platz zusehen zu können, wie die Flüchtigen gestellt wurden. Mit zwei

Laufschritten holte Micky ihn ein, doch an der Ecke, an der ein Haufen Jugendlicher eine imperialistische Frittengießerei belagerte, wurden sie von einer langen roten Bahn auf Rädern ausgebremst.

Molendorp ging nervös auf dem Bürgersteig hin und her. »Wartet nur, wartet nur«, murmelte er. Um den Vrijthof herum näherten sich von überall her Sirenen und weckten die Neugierde der Mädchen und Jungen. Dann endlich war die Stadtrundfahrtenbahn vorbeigezogen und sie liefen unter dem Gejohle der Jugendlichen über die Straße.

Molendorps Vorfreude zerfiel augenblicklich zu Staub. Der Helikopter, der mitten auf dem Vrijthof gelandet war und dessen Rotorblätter beinahe ungemindert weiterkreisten, trug keine Hoheitszeichen der Polizei. Während die ersten Streifenwagen aus den Seitenstraßen schossen und sich quer stellten, um den Vrijthof abzusperren, ließen die Motorradfahrer ihre Maschinen achtlos zu Boden fallen und kletterten kurz hinter Debriek und de Man in den Hubschrauber hinein, der sofort wieder abhob und davonfegte.

»Wo ist unser Helikopter?«, brüllte Molendorp in sein Mikrofon, um danach nur noch stumm auf den Vrijthof zu stieren.

Micky räusperte sich. »Schauen wir, wie es Katja und Robert geht. Die Motorräder werden deine Leute auch alleine sichern können.«

Auf dem Dominikanerplatz standen drei Krankenwagen. Der Mann mit dem durchschossenen Fuß wurde gerade herausgetragen. In der Kirche war der Ort, an dem ihn die Kugel getroffen hatte, abgesperrt worden und neben der Tür suchten Kriminaltechniker den Boden nach der Patronenhülse ab.

Micky und Molendorp stiegen über die vordere Treppe in den ersten Stock. Robert saß auf einem Papphocker und sah Anouk an, die auf einer Bahre lag, das Kleid aufgeschnitten, den Körper voller Blut. Der Arzt, der sie versorgte, hatte Schweißperlen auf der Stirn.

»Er hat gerade ihr Herz wieder zum Schlagen gebracht«, sagte Robert matt, als Micky ihm die Hand auf die Schulter legte.

»Wo ist Katja?«, fragte Molendorp.

»Drüben auf dem Außengang. Es geht ihr einigermaßen gut. Fleischwunde im Oberschenkel. Sie hat mich zu Anouk geschickt.«

Molendorp schaute auf die Treppenstufen und schob sich vorsichtig an dem Arzt vorbei. Als er wieder zurückkehrte, lag in seiner Handfläche auf einem Taschentuch Anouks Revolver.

»Ziemlich rostig«, meinte Micky.

»Ein Offiziersrevolver der belgischen Armee«, antwortete Molendorp. »Mein Vater hat so etwas gesammelt. Ein Brevet Nagant aus Lüttich. Muss mindestens von ihrem Großvater sein. Schießen konnte sie mit dem Ding jedenfalls nicht.«

»Wusste sie das?«

»Bestimmt.« Er zeigte auf eine Naht, an der der Abzugshahn mit dem Rahmen verschweißt war. »Ist nur noch was fürs Schaufenster.«

»Was wollte sie eigentlich?«, fragte Micky kopfschüttelnd.

»Mit Leib und Seele leben.« Robert schaute sie wütend an. »Verstehst du das denn nicht?«

Der Arzt erhob sich ächzend. »Versuchen wir es«, sagte er achselzuckend zu den Sanitätern. Sie lösten sich aus ihrer Warteposition und traten an die Bahre heran.

»Ich fahre mit«, sagte Robert und stand auf.

31

Henk Molendorps Bild von sich selbst war das eines Polizisten mit Leib und Seele. Das bedeutete zum Beispiel, dass er

Gewalt für ein notwendiges Übel hielt, mit Betonung auf Letzterem. Außerdem war er davon überzeugt, dass niemand sich das Recht auf Selbstjustiz anmaßen durfte. Und ebenso glaubte er, dass der Rechtsstaat, trotz aller menschlichen Fehler, die Voraussetzung für eine mehr oder weniger lebenswerte Gesellschaft bot. Daher wehrte er sich konsequent gegen den Zynismus, der bei Polizisten stets auszubrechen drohte, weil sie überdurchschnittlich viel Kontakt mit unterdurchschnittlich gutwilligen Mitbürgern hatten.

Allerdings hatte er im Laufe seiner Karriere eingesehen, dass all dieses edle Gedankengut mit praktischen Vorteilen einhergehen sollte, auch wenn er den Spruch ›Erst kommt das Fressen, dann die Moral‹ weiterhin ablehnte. Fressen und Moral waren für ihn vielmehr wie zwei gleich schwere Gewichte auf den beiden Schalen einer Waage. Ohne das eine würde das andere rasch untergehen.

Von dem Mann, der sich zwei Tage nach der katastrophal verlaufenen Erpressungsaktion in seinem Büro meldete, erwartete er mehr oder weniger dieselbe Haltung, weil er ansonsten kaum geglaubt hätte, dass sein Gegenüber wirklich ein Beamter des Innenministeriums war. Doch sein Glaube an die Polizei wurde zutiefst erschüttert.

Es war schon ein schlechtes Zeichen, dass sich der Besucher, der sich als Jan Anderman vorstellte, einfach nur ankündigte, ohne vorher höflich zu fragen, ob Molendorp Zeit für ihn habe. Außerdem verdonnerte er den Commissaris dazu, für das Gespräch ein gesondertes Zimmer zu wählen. Molendorp geriet in Versuchung, ihn in eine Arrestzelle führen zu lassen, verwarf die Idee jedoch wieder, als er erfuhr, dass er es mit einem ziemlich hohen Tier vom niederländischen Inlandsgeheimdienst AIVD zu tun hatte.

Jan Anderman kam um elf und kündigte an, dass die Besprechung eine halbe Stunde dauern würde. Er äußerte die Hoffnung, mit einer positiven Antwort nach Den Haag zurückkehren zu können.

»Den Haag?«, hatte Molendorp gefragt. »Ich dachte, Sie sitzen in Zoetermeer?«

»In Den Haag befindet sich der Sitz unserer Freunde«, erwiderte Anderman.

»Welcher Freunde?«, fragte Molendorp.

Statt zu antworten, holte Anderman eine nummerierte Akte aus einem Koffer. Er sagte: »Bevor wir dieses Gespräch zum Abschluss bringen, sollten Sie sich erst mit unseren Informationen vertraut machen.«

Bei dem Bericht handelte es sich um die zweite Kopie von insgesamt drei Exemplaren, so stand es auf dem Umschlag, direkt unter dem Stempel GEHEIM. Molendorp schob die beiden Ordner beiseite, in denen er die Protokolle seiner eigenen Ermittlungen aufbewahrte. Anderman blieb im Zimmer und checkte neue Mitteilungen auf seinem Handy, während Molendorp las.

Der Bericht enthielt eine Reihe von Ermittlungsergebnissen, auf deren Basis Molendorp gerne weiterrecherchiert hätte. Er begann mit einer Schilderung der Flucht Debrieks und seiner Bodyguards de Man und Baars in Begleitung von drei unbekannten Motorradfahrern. Molendorp wusste bereits, dass der Hubschrauber eine ganze Zeit lang stand-by auf dem Dach der Firma *Limbs* gewartet hatte. Debriek hatte offenbar mit der Möglichkeit gerechnet, dass man ihm eine Falle stellte, vor allem, nachdem er nicht mehr auf seine Insiderquelle innerhalb der Verhaftungseinheit zurückgreifen konnte. Ferner war rekonstruiert worden, wie der Hubschrauber sicher auf einem Sportplatz der Internationalen Schule in Brunssum gelandet war und die Insassen in aller Ruhe zur Rembrandtstraat spaziert waren, um dort in einen bereitstehenden Kleinbus zu steigen. Im Bericht hieß es, der mit Diplomatenkennzeichen ausgestattete Kleinbus sei noch einmal auf einer Straße namens Tolbaan gesehen worden, die einige Kilometer weiter die Grenze zu Deutschland bildet. Direkt dahinter liegt die NATO-Flugbasis Geilenkirchen.

Im Bericht wurde gemutmaßt, Debriek habe sich mit Anhang erfolgreich auf dem Luftweg in sicherere Gefilde abgesetzt.

Molendorp blätterte die erste Seite um.

»So, so. Dieser Fluchtweg scheint doch darauf hinzuweisen, dass sich die Amerikaner in eine innerniederländische Angelegenheit eingemischt haben«, sagte Molendorp zu Anderman.

»Könnte sein«, antwortete Anderman.

Molendorp las bei dem Absatz weiter, in dem die Abwicklung von Debrieks geschäftlichen Angelegenheiten in den Niederlanden beschrieben wurde. Seine gesamten Finanzmittel waren innerhalb von vierundzwanzig Stunden an die *Bank Capital One* überwiesen und die niederländischen Mitarbeiter entlassen worden. Die Büroräume des Direktionssitzes waren gekündigt worden und wie die Observationsteams meldeten, hatte man Archiv sowie Buchhaltung bereits mit Umzugs-Lkws abgeholt. Auch die Demontage der Fabrikgebäude, in denen die Roboter produziert worden waren, war in vollem Gange. Die Anlagenteile wurden größtenteils zur Militärbasis nach Geilenkirchen transportiert.

»Die Bewohner im Grenzgebiet werden wohl in Kürze über die Lärmbelästigung durch einen unerwarteten Frachtflug klagen.«

»Einer mehr oder weniger fällt doch gar nicht auf«, spielte Anderman auf die AWACS-Flugzeuge an, die regelmäßig die Nachtruhe störten.

Molendorps Blick flog weiter über die Zeilen. Er sagte: »Ich vermisse noch ein Gemälde. Was geschieht damit?«

»Darauf kommen wir noch«, antwortete Anderman.

Er sah auf die Uhr. Molendorp begann mit dem nächsten Abschnitt. Er handelte von den juristischen Konsequenzen polizeilicher Ermittlungen über die Aktivitäten der Firma *Limbs bv*, die in einer Schießerei in der Dominikaner-Buchhandlung kulminiert waren. Als die Sprache auf den internationalen Haftbefehl kam, stieß Molendorp auf seinen eigenen Namen. Der Bericht schloss mit der Feststellung, dass kaum eine Chance auf eine Auslieferung der Herren Debriek, de Man und Baars bestand, angesichts ihres geänderten Status.

»Äh … welchen *Status* haben Debriek und seine Handlanger denn inzwischen?«, fragte Molendorp.

»Die amerikanische Regierung ist extrem geizig mit ihren Staatsbürgern«, sagte Anderman. »Sie liefern prinzipiell keine eigenen Untertanen aus.«

Molendorp konnte einen Fluch nicht unterdrücken. Fressen und Moral kämpften offenbar einen ungleichen Kampf.

Der vierte und letzte Absatz ging näher auf die Geschäfte von *Limbs* sowie die Bedeutung ein, die die Firma für die US Army besaß. Vor einigen Monaten hatte *Limbs* einen Mega-Auftrag über die Lieferung von mehreren Hundert Landrobotern ergattert. Der Vertrag lief bis 2018 und in der Leistungsbeschreibung wurde eine neue Technologie erwähnt, deren Entwicklungskosten *Limbs* recht niedrig eingeschätzt hatte, wodurch sie auch die Roboter zu einem günstigen Preis anbieten konnten. Dennoch war die Gewinnmarge von über zweihunderttausend Dollar pro geliefertem Roboter mehr als üppig. Durch diesen Riesenauftrag würde *Limbs* auf dem Weltmarkt zu einem Player von Format avancieren. Auch das niederländische Militär konnte von diesem Knowhow profitieren, besonders bei Missionen in weit entfernten Kriegsgebieten. Dass *Limbs* die Produktion auf ein Testgelände in Nevada verlegte, war die traurige, aber unvermeidliche Konsequenz des Wachstums, das das Unternehmen erfuhr.

Molendorp legte den Bericht nieder. »Was soll ich Ihrer Vorstellung nach hiermit anfangen?«, fragte er.

Anderman nahm den Bericht sofort vom Tisch und steckte ihn ein. »Das Dossier ist geheim!«, betonte er. »Nichts davon dringt nach außen.«

Molendorp räusperte sich.

»Uns wäre daran gelegen, dass Sie nichts mehr unternehmen«, sagte Anderman. »Ich verstehe, dass Sie die Ermittlungen nicht sofort auf Eis legen können. Das wäre zu auffällig. Aber mit einem langsamen, sicheren Tod könnten wir gut leben.«

»Also schließen ›wir‹ die Augen vor Mord, Misshandlung, Entführung, Folter, Geiselnahme und Industriespionage?«, entgegnete Molendorp.

Anderman begnügte sich mit einem wohlwollenden Nicken. »Manchmal bedient sich die Politik unorthodoxer Mittel. Ich habe Ihnen diesen Bericht nicht zu lesen gegeben, weil es mir persönlich Genugtuung verschafft, Sie wissen zu lassen, wie das Spiel gespielt wird. Ich will Ihnen die Regeln erklären. 2010 beschloss die niederländische Regierung, sich aus Uruzgan zurückzuziehen. Die USA fühlten sich durch den Rückzug ihres Verbündeten im Stich gelassen und haben uns das seitdem immer wieder spüren lassen. Die Niederlande wurden nicht mehr zu den G20-Treffen eingeladen, der Aufbau eines militärischen Logistikzentrums in Rotterdam wurde abgeblasen, ach, es gab zahlreiche große und kleine Nadelstiche ...« Anderman hob die Hand, um einer Unterbrechung durch Molendorp zuvorzukommen. »Nein, die Polizeimission war für die nichts weiter als ein kleines Trostpflaster.«

Er stemmte die Ellenbogen auf den Tisch und dämpfte die Stimme, ließ aber eine leichte Aufgeregtheit durchklingen, als bezöge er Molendorp in die Vorbereitungen zu einer Überraschungsparty ein.

»Über Debriek haben wir eine Chance, uns mit den Amerikanern zu versöhnen. Verfolgen wir ihn weiter, gerät seine Firma in Gefahr. Wird die Firma gefährdet, gerät die Lieferung der Landroboter in Gefahr, und wenn das geschieht, müssen die Amerikaner noch länger ihre eigenen Truppen einsetzen ...«

»Landroboter aus Fleisch und Blut«, sagte Molendorp.

»Exakt«, antwortete Anderman. »Und dann haben wir ein Problem. Denn das sind wir indirekt verantwortlich für jeden getöteten US-Soldaten. Das nützt niemandem etwas.« Er lehnte sich zurück und gleich wieder nach vorn. »Lassen wir aber Debriek und seine Männer in Ruhe, retten wir rechtzeitig vielen Amerikanern das Leben«, sagte er. »Und das ist den aktuellen Regierungen in beiden Ländern sehr viel wert. Und Ihnen auch, hoffe ich. Erwarte ich.«

»Was bedeutet das konkret?«, fragte Molendorp.

»Immunität für Debriek und die Männer von *Secritor*«, gab Anderman locker zurück. »Es muss nicht unbedingt offiziell sein. Das Team, das gegen sie ermittelt, wird einfach möglichst bald aufgelöst ...«

»Wie soll ich das der Presse erklären?«, unterbrach ihn Molendorp.

»Sagen Sie einfach nur, dass jeder Polizeieinsatz leider irgendwann an seine Grenzen stößt«, schlug Anderman vor.

Molendorp schwieg.

Anderman schien sich nicht daran zu stören. »Die Akte verschwindet im Archiv und von dort aus in den Reißwolf. Alle elektronischen Daten werden gelöscht. Ein dummes Versehen«, schloss er. »Kurzum, die Ermittlungen werden aus Mangel an konkreten Resultaten eingestellt. Können Sie mir das garantieren?«

Molendorp ließ sich gegen die Stuhllehne zurückfallen. »Debriek wird also der neue Wernher von Braun? Zum Dank für seine wissenschaftlichen Erfolge verschließen wir die Augen vor seiner Vergangenheit?«

»Mal langsam, Debriek ist kein Nazi«, entgegnete Anderman. »Ich gebe ja zu, dass dieses Vorgehen ein wenig fragwürdig ist. Aber bitte, wer hat in diesem Fall schon eine weiße Weste?«

Molendorp räusperte sich und schaute so, als wäre er überrascht.

»Bei den Ermittlungen hat eine Privatdetektivin namens

Micky Spijker ausgiebig mitgemischt«, setzte Anderman an. »Eine Zivilinfiltrantin also. Das ist seit dem Bericht der Van-Traa-Kommission ein heikles Thema. Hatten Sie die Erlaubnis dazu oder haben Sie sie auf eigene Faust eingeschaltet? Und diese deutsche Polizistin, die in Wildwestmanier herumgeballert hat? Musste das sein? Und ist es nicht merkwürdig, dass ausgerechnet Ihre Exfrau ein Leck in Ihrer Behörde untersucht hat? Wie wollen Sie das alles begründen? Andererseits: Man muss ja auch nicht immer gleich nach jeder Mücke schlagen, oder?«

Molendorp zuckte mit den Schultern.

»Wenn nun alle Parteien einfach mal den Blick nach vorn richteten?«, schlug Anderman vor.

Molendorp erkannte, dass die Moral jetzt k. o. auf der Matte lag und das Fressen jubelnd durch den Ring tobte. Er nickte langsam.

Das genügte Anderman, um fortzufahren. »Dann wäre da noch die Sache mit dem Gemälde. Soweit ich weiß, wurde es beschlagnahmt. Es soll zusammen mit anderen Werken aus der Sammlung von Meneer Debriek verkauft werden. Er braucht das Startkapital für seinen Neuanfang in den USA. Ich bitte Sie daher, dafür zu sorgen, dass es baldmöglichst zurückgegeben wird.«

Molendorp legte die Fingerspitzen beider Hände zusammen.

»Sie würden mir einen großen Gefallen tun«, fügte Anderman hinzu.

Molendorp rührte sich nicht. »Verfahrenstechnisch ist das eine sensible Sache«, sagte er zögerlich. »Außerdem wird es zurzeit restauriert.«

»Ich werde mich kurz einmal in den Waschraum zurückziehen«, verkündete Anderman, stand auf und verließ das Zimmer.

Molendorp wählte die Nummer von Francien. Sie nahm erst nach viermaligem Klingeln ab, was lange genug dauerte, um zu dem Entschluss zu kommen, sie nicht mit diesem

Problem zu belasten. Er legte auf, ohne sich zu melden. Dann suchte er die Nummer der *Stichting Restauratie* heraus und ließ sich mit Robert Patati verbinden.

»Guten Morgen, Herr Patati«, begann er. »Schön zu hören, dass Sie wieder bei der Arbeit sind. Eine vielleicht etwas unbescheidene Frage: Wie lange werden Sie noch für dieses Magritte-Gemälde brauchen?«

Ungefähr zur selben Zeit betrat Micky das Büro von Carsten Roeder.

Michael Delgado, dem sie ihren Abschlussbericht überge ben wollte, ließ sie ein. Er trug einen glänzenden blauen Anzug und schien sich in seiner Rolle als stellvertretender CEO wohlzufühlen. Er nahm sie am Arm und führte sie auf den Dachgarten.

»Hier ist noch jemand, der Sie gerne sprechen möchte«, kündigte er an.

Es duftete schon weniger sommerlich als bei ihrem ersten Besuch bei Carsten. Dort, wo sie mit ihm gesprochen hatte, stand nun ein Rollstuhl, in dem eine ältere Dame im schwarzen Kostüm saß. Sie trug eine helle Sonnenbrille und stellte sich als Elisabeth Roeder vor.

»Ich bin die Mutter von Carsten und Ingrid«, sagte sie.

An den tiefen Furchen in ihrem Gesicht und den eingefallenen Wangen war abzulesen, dass diese Frau innerhalb von einer Woche ihren Sohn verloren und ihre Tochter ins Gefängnis hatte gehen sehen.

Micky sprach Elisabeth Roeder ihr Beileid aus und wusste anschließend nicht mehr, was sie noch sagen sollte. Deswegen holte sie den Bericht aus ihrer Tasche und fragte sich, wem sie ihn nun geben sollte.

Michael erkannte ihre Verlegenheit und nahm die Mappe entgegen.

»Der Abschlussbericht über den Brand im Labor und den Diebstahl des Gemäldes«, sagte er zu Frau Roeder. »Er enthält die Ergebnisse und Schlussfolgerungen zu den offiziellen wie inoffiziellen Fragen, die Carsten von Frau Spijker geklärt wissen wollte.«

»Inzwischen haben wir schon alles erfahren«, sagte Elisabeth Roeder. »Oder steht noch etwas Neues darin?«

Die Frage hätte verbittert klingen können, aber in ihrer Stimme hörte Micky das Echo von Carstens Herzlichkeit, weshalb sie unbefangen antworten konnte, dass sie ihre Expertise als Psychologin hinzugefügt habe.

Elisabeth Roeder streckte die Hand aus und Michael Delgado überreichte ihr die Mappe.

»Hast du alles gut überstanden?«, fragte er, während Frau Roeder den Bericht durchblätterte.

»Es waren stürmische Wochen«, antwortete Micky.

»Möchtest du etwas trinken? Vielleicht eine Tasse Kaffee?«

Auf dem Tisch stand ein Tablett mit Kaffee und Tee. Micky fiel auf, dass er sie duzte, und sie fragte sich, wo diese plötzliche Vertraulichkeit herkam.

»Ja, danke, Michael«, antwortete sie.

Er schenkte ein und bot ihr Rosinenplätzchen an. Aus den Augenwinkeln heraus sah Micky, dass Elisabeth Roeder bei ihrer Analyse des Verhältnisses zwischen Ingrid und ihrem Sekundanten Jens Hinrichs angelangt war. Die beiden habe ein starkes Verlangen nach einer Mutter und ein sublimierter Kinderwunsch miteinander verbunden, stand da.

»Wo ist Jens Hinrichs jetzt?«, fragte Frau Roeder.

»Er sitzt noch in Haft, aber meinen Informationen nach wird er bald wieder auf freiem Fuß sein«, antwortete Micky. »Er trägt eine Mitschuld an dem Hochtreiben des Preises für das Gemälde. Aber dieses Wirtschaftsdelikt wurde nicht zur Anzeige gebracht. Er wusste auch von dem Verkauf der Firmendaten, aber es ist die Frage, ob ihm das angelastet werden kann. Ingrid war seine Chefin und wahrscheinlich hat er geglaubt, ihr Handeln sei rechtens. Außerdem hat er dabei geholfen, sie zu überführen.«

»Wem gilt seine Loyalität?«, fragte Elisabeth Roeder. »Ingrid oder der Firma?«

»Für Hinrichs ist der Begriff Loyalität an Stabilität und Ordnung gebunden«, erläuterte Micky. »Wer ihm ermöglicht, seine Qualitäten als Wissenschaftler unter Beweis zu stellen, und keine anderen Forderungen an ihn stellt, als ›guten Tag‹ zu sagen und ›danke‹, wenn man ihm eine Tasse Kaffee anbietet, wird keine Probleme mit ihm haben.«

»Könnte er bei Roeder wieder eingesetzt werden?«

»Unter strenger Führung bestimmt.«

Frau Roeder klappte den Bericht zu. »Ich bin gespannt auf Ihre weiteren Schlussfolgerungen, aber jetzt muss ich hier retten, was zu retten ist«, erklärte sie.

Micky hoffte, dass ihre Beschreibung der schicksalhaften Dynamik im Verhältnis zwischen Carsten und Ingrid ihr nicht das Gefühl geben würde, als Mutter versagt zu haben.

»In Kürze erhalten wir die Daten zurück, die Sybille in Aachen versteckt hat«, sagte Michael.

»Bedeutet das, die Probleme mit der Rhein-Ruhr-Versicherung sind gelöst?«, fragte Micky.

»Sie haben wohl keine andere Wahl«, meinte Elisabeth Roeder. »Auf jeden Fall werde ich das Labor nach *Roeder Ost* verlagern. Wir werden uns wieder auf die Herstellung von Prothesen konzentrieren, wie früher.« Sie setzte die Sonnenbrille ab. »Außerdem erhalten wir eine Kapitalspritze von Ingrid«, verkündete sie. »Sie hat der Firma den Gewinn zur Verfügung gestellt, den sie mit dem Verkauf des Gemäldes erzielt hat.«

Geschickte Altersvorsorge, dachte Micky, und als Wiedergutmachung sicher das Mindeste. »Letztlich war genau das ihre Absicht«, bestätigte sie.

Frau Roeder wiegte den Kopf. »Wobei sie jetzt keine Bedingungen mehr daran knüpft«, sagte sie. »Ich fürchte, Ingrid wird eine ganze Zeit fort sein …« Ihre Stimme erstickte in Trauer.

Micky schwieg.

»Wir werden sie nicht allein lassen«, erklärte Elisabeth Roeder wieder etwas gefasster. »Wenn sie ihre Strafe verbüßt hat, steht die Tür für sie offen und sie kann ihren alten Platz wieder einnehmen.«

Micky dachte, dass Frau Roeder das nicht mehr erleben würde.

»Ich habe mich nicht genug gekümmert«, fuhr Elisabeth Roeder fort. »Und nicht bemerkt, wie viel Verbitterung sich in Ingrid angesammelt hat, während Carsten an ihr vorbei die Geschäfte bestimmte. Mit meinem Wissen und meiner stillschweigenden Zustimmung.«

Sie sah Micky an. »Es wird eine Zeit brauchen, bis ich das alles wirklich begreifen kann.«

Micky nickte, obwohl sie in ihrer Polizeizeit erfahren hatte, dass die meisten Beteiligten an einem solchen Drama mit einem Leben nicht auskamen, um zu akzeptieren, was geschehen war. Von Verstehen ganz zu schweigen.

»Aber wir machen weiter«, sagte Frau Roeder. »Wir müssen einen neuen Vorstandsvorsitzenden berufen.«

Micky realisierte plötzlich, dass bisher kein Wort über Carsten gefallen war. Das Lieblingskind blieb unerwähnt. Über Carsten zu sprechen, hätte die Unwiderruflichkeit seines Todes anerkannt und Frau Roeder vermutlich aller ihr verbliebenen Energie beraubt.

»Und es gibt noch weitere freie Stellen bei Roeder«, sagte Michael.

Micky betrachtete den Übergang zwischen seinem kurz geschnittenen schwarzen Haar und der blassen Haut an seinen Schläfen. Der ideale Direktor, dachte sie. Er besitzt die nötige Ruhe und Kraft für diese Aufgabe.

»Und Sie, kehren Sie jetzt wieder in die Niederlande zurück?«, fragte Elisabeth Roeder. »Unterwegs zum nächsten Auftrag?«

Über diese Frage hatte Micky während des größten Teils

der Nacht nachgedacht. Sie hatte die Geschehnisse der letzten zwei Wochen Revue passieren lassen und ihre Schlussfolgerungen waren fatal für den Fortbestand ihrer Einfraufirma. Sie war keine Einzelgängerin, sondern eine Teamplayerin.

»Nein«, antwortete sie. »Dieses Abenteuer ist vorbei. Ich habe vor, mir eine feste Arbeitsstelle zu suchen, mit Kollegen, meinetwegen sogar lästigen Kollegen, die tratschen oder bummeln. Es finden sich immer auch gute Leute unter ihnen. Und wenn es sein muss, nehme ich sogar einen Vorgesetzten in Kauf.«

»Sie sprechen ausgezeichnet Deutsch«, bemerkte Elisabeth Roeder.

»Ich war zwei Jahre lang mit einem Deutschen zusammen«, erklärte Micky.

Sie schwiegen einen Moment lang.

Dann fragte Frau Roeder: »Hätten Sie Lust, heute Abend mit Herrn Delgado essen zu gehen?«

Als Micky sie ungläubig ansah, musste sie lächeln. »Er möchte Ihnen einen Vorschlag unterbreiten«, erklärte sie. »Es ist überdeutlich, dass die neue Firma *Roeder* ein solides Sicherheitssystem aufbauen muss. Dabei könnten wir Sie gut gebrauchen. Ob befristet oder in Festanstellung, müssen Sie beide besprechen.«

»Wird er dann mein Chef?«

»Nein, ich«, erwiderte Elisabeth Roeder.

Micky fragte sich, ob sie sich Zeit zum Überlegen nehmen sollte. Bei Carsten hatte sie zu schnell geantwortet. Aber genau wie damals wusste sie auch jetzt, dass das Angebot zu verführerisch war, um es abzulehnen.

Sie warf Delgado einen Blick zu. »Ich werde heute Abend mit Michael über alles sprechen«, sagte sie.

»Dann werden Sie mich jetzt entschuldigen. Ich habe gleich einen Termin bei der Bank.« Sie reichte Micky die Hand, nickte Michael zu und manövrierte ihren Rollstuhl geschickt in das Gebäude hinein.

Ein paar Augenblicke lang blieben sie in der Stille stehen, die Frau Roeder zurückließ.

»Soll ich dich mal durch den Betrieb führen?«, fragte Michael schließlich.

32

Das letzte Weihnachtsfest, an dem Katja aufgeregt vor einer verschlossenen Tür gestanden und auf schöne Geschenke gehofft hatte, lag lange zurück. Und trotzdem und obwohl ja auch erst der zwanzigste Dezember war, erkannte sie das kribbelnde Gefühl sofort wieder.

Aber noch dauerte es. Die französischen Kollegen hatten einige Mühe damit, all die Schlösser zu knacken, mit denen die alte Garage in einem Hinterhof in Saint Cloud gesichert waren.

Neben ihr stand Pierre Hernot, der Commissaire der Pariser Polizeipräfektur, mit dem sie monatelang an diesem Fall gearbeitet hatte. Als das letzte Schloss überwunden war, traten die beiden fast feierlich einen Schritt vor. Gleich würde sich zeigen, ob sich der ganze Aufwand gelohnt hatte.

Die Polizisten zogen die schweren Holztüren auf und sahen dann gespannt in das Gesicht ihres Vorgesetzten. Katja und Hernot jedoch standen wie erstarrt da. Keiner von ihnen verzog eine Miene, nur ihr Atem stieg in kleinen weißen Wölkchen zum Schneehimmel empor. Verdutzt linsten die beiden Beamten nun selbst um die Tür herum in die Garage. Nach einer Weile sahen sie einander achselzuckend an.

Da endlich jauchzte Katja auf und fiel ihrem Kollegen um den Hals. Es war der reine, sprachlos machende Wahnsinn. Vor ihnen standen an die fünfhundert bronzene Giacometti-Skulpturen. Nach Art und Größe aufgestellt wie eine Armee. Im Hintergrund dutzende großer, stehender Frauen, davor über fünfzig schreitende Männer, dann eine Armada von Brustporträts und schließlich rechts und links davon Herden von Katzen- und Pferdeskulpturen. Das waren Objekte im Wert von achtzig, vielleicht mehr als einhundert Millionen Euro. Besser gesagt: im Marktwert. Denn eigentlich brauchte man für diese Fälschungen keinen Cent mehr zu zahlen als den Materialpreis.

Die beiden Polizisten spazierten durch die schmalen Gänge, die der Besitzer der Garage zwischen den einzelnen Abteilungen freigelassen hatte.

»Kaum zu glauben, wie mittelmäßig dieser Typ gearbeitet hat«, sagte Hernot.

»Um nicht zu sagen, grottenschlecht«, bestätigte Katja.

»Dafür waren die Herkunftsgeschichten umso perfekter. So klug ausgedachte und mit Stempeln und Aufklebern belegte Provenienzen findet man selten. Die Leute kaufen eben nur noch nach Katalog und nicht mehr mit den Augen.«

Der Satz hätte auch gut von Robert sein können, dachte Katja.

Sie verließen die Garage wieder, um den Kriminaltechnikern das Feld zu überlassen.

»Gratuliere, Mademoiselle Hellriegel, wir dürften gerade das weltweit drittgrößte Depot gefälschter Giacomettis ausgehoben haben. Und das verdanken wir vor allem Ihnen«, sagte Hernot feierlich.

»Es war einfach Glück, dass sich dieser Düsseldorfer Sammler an uns gewendet hat. Sonst hätten wir die Bande nicht so leicht erwischt«, sagte Katja bescheiden.

Aber sie strahlte. Kein Jahr zuvor hatte sie noch als Zuschauerin beinahe fiebrig verfolgt, wie die Kunstermittler des Stuttgarter LKA eintausenddreihundert Giacometti-Fälschungen sichergestellt hatten. Jetzt war ihnen ein ähnlich kapitaler Coup gelungen.

»Fahren wir?«, fragte Hernot.

Sie stiegen in seinen schwarzen Renault.

»Wissen Sie schon, wo Sie heute zu Abend essen?«, fragte

Hernot mit einem beeindruckend charmanten Akzent, nachdem sie eine Weile gefahren waren.

»Ich wollte vielleicht noch einen Freund treffen, der heute zufällig auch nach Paris kommt«, sagte sie zögerlich.

Hernot sah sie enttäuscht an.

»Aber bei einem so alten Freund wird es sicher noch genügend andere Gelegenheiten geben.« Sie lächelte ihn an. »Also, was schlagen Sie vor?«

Robert lehnte entspannt im Türrahmen und beobachtete, wie dem elegant gekleideten Herrn zum Dank für seine Großzügigkeit herzlich applaudiert wurde. Der schlanke Mittfünziger schien sich sehr geschmeichelt zu fühlen, gleichwohl er den Beifall der vielen hohen Gäste nach kürzester Zeit mit erhobenen Händen abwehrte. Ganz so, als hätte er doch nur etwas vollkommen Selbstverständliches getan.

Dabei wusste jeder, dass er in Köln gerade erst eine Menge Prügel dafür hatte einstecken müssen, mit seinem freigebigen Geschenk nicht seine Heimatstadt, sondern Aachen bedacht zu haben. Doch er hatte geradezu stoisch alle Vorwürfe ertragen und war bei seiner Entscheidung geblieben, die *Scheherazade* in jene Stadt zurückzuführen, in der sie so lange zu Hause gewesen war.

Oberbürgermeister und Museumsdirektor nahmen ihn für ein Fotoshooting in ihre Mitte, ehe das ersehnte Zeichen zum Wechsel in das Museumsrestaurant gegeben wurde, wo die Stadt zum Empfang lud.

Robert trat zur Seite, um der Prozession Platz zu machen. Der Stifter, der an ihrer Spitze angeregt mit dem Stadtoberhaupt plauderte, hatte beinahe die Tür erreicht, als er Robert bemerkte, der ihm freundlich zunickte. Für einen Sekundenbruchteil entgleisten ihm die Gesichtszüge und er blieb irritiert von Roberts Anwesenheit mitten im Satz stecken, sodass der Oberbürgermeister fragte, ob dieser Mann dort vielleicht ein unerwünschter Gast sei.

»Das ist nur der Restaurator, der unseren *Magritte* wiederhergerichtet hat«, hörte Robert den Museumsdirektor im Vorübergehen etwas respektlos sagen und der Stifter rang sich zu einem »Ach ja, natürlich« durch.

Robert blieb allein im Saal zurück. Noch einmal betrachtete er in aller Ruhe Magrittes, Anouks und seine eigene Arbeit, die nun prächtig ausgeleuchtet einen angemessenen Platz gefunden hatte.

»Diesmal waren ja wohl wir es, die die schöne *Scheherazade* vor dem Tode bewahrt haben.«

Robert zuckte zusammen. Anouk war ganz gegen ihre Art auf leisen Sohlen in den Saal getreten und stand knapp hinter ihm.

»Da bist du ja.« Er lächelte sie an. »Immerhin hat sie ihrem Ruf alle Ehre gemacht und uns eine spannende Geschichte erzählt.«

Sie schauten eine Weile gemeinsam auf das Bild.

»Mit dem neuen Rahmen muss man schon die Nase ans Glas pressen, um die Narbe noch erkennen zu können«, sagte Robert.

»Ich finde das nicht gut. Die Narbe gehört jetzt zum Bild. Es hat eine Menge durchgemacht, das schärft den Charakter.«

»Stimmt. Aber je mehr seiner Werke ich mir ansehe, umso überzeugter bin ich, dass Magritte die Zeit in seiner Malerei vollkommen auslöscht. Und dann darf auch die echte Zeit keine Spuren hinterlassen.«

»Eine gewagte These. Das würde ihn mir ja beinahe unsympathisch machen«, meinte Anouk. »Du hast mir übrigens noch nicht verraten, wie du *Limbs* überhaupt das Bild abgeschwatzt hast.«

»Ich erzähl's dir unterwegs. Wir müssen jetzt gehen.« Er tippte auf seine Uhr.

»... fahren. Ich habe das Taxi warten lassen.«

Auf den ersten Blick sah man Anouk nicht mehr an, dass sie vor einem Vierteljahr noch mit dem Tod gerungen hatte.

Aber bis sie wieder vollends hergestellt wäre, würde es noch dauern. Immer wieder musste sie kurze Pausen einlegen, um Kraft zu schöpfen.

»Wisch dir mal das Mitleid aus den Augen. Du siehst ja aus wie ein alter Dackel!«, rüffelte sie Robert auf halbem Weg.

Er grinste. Ansonsten war sie allerdings schon wieder ganz die Alte. Das hatten auch die Ärzte erfahren, die ihr zu einer psychiatrischen Behandlung geraten hatten.

»Soll ich so lange Medikamente fressen, bis ich so eindimensional bin wie Sie?«, hatte sie in Roberts Beisein gefragt. Doch wegen des Vorwurfs, mit der Waffe sich selbst und andere akut gefährdet zu haben, war es doch zu einer amtlichen Untersuchung gekommen.

Der Abschlussbericht diagnostizierte zwar eine Borderline-Störung auf leichterem bis mittlerem Symptomniveau, erkannte aber keine Notwendigkeit für eine Zwangseinweisung. Dafür besäße Anouk ein viel zu starkes Realitätsbewusstsein und außerdem wäre die Gewalteskalation bei ihrer eher künstlerischen Aktion vor allem auf eine Verkettung unglücklicher Umstände zurückzuführen.

Vor dem Museumseingang stießen sie beinahe gegen einen Mann, der vergeblich auf ein paar kostenlose Gläser Wein für alle Bürger gehofft hatte und nun freudlos herumstand.

Robert drückte ihm seine Einladung zum Empfang in die Hand. »Und grüßen Sie herzlichst Herrn von Dornberg von seinem alten Freund Patati!«, rief er ihm hinterher, ehe er Anouk die Taxitür öffnete.

»Von Dornberg?«, fragte Anouk. »Der Inhaber des Auktionshauses, das die *Scheherazade* versteigert hat?«

»Ja, und außerdem der edle Ritter, der unsere *Scheherazade* für fünf Millionen Euro aus dem *Limbs*-Gefängnis ausgelöst hat.« Robert konnte ein stolzes Grinsen nicht unterdrücken.

»Na komm, erzähl schon!«, Anouk kniff ihn.

»Offenbar versilbert Mijnheer Debriek seine Kunstsammlung. Als der Versicherungsagent und ich das Bild übergaben, kündigte jedenfalls der Prokurist an, man wolle es schnellstmöglich wieder verkaufen. Zum neuen Schätzpreis, den die Versicherung ermittelt hat, ohne den Umweg über eine Auktion. Ich habe einfach mal behauptet, einen Käufer an der Hand zu haben.«

»Und dann bist du zu Herrn von Dornberg gegangen und hast ihn gebeten, dir einen kleinen Gefallen zu tun.«

»Und dann bin ich zu Herrn von Dornberg gegangen und habe ihn gefragt, was er davon hielte, wenn ich überall verbreiten würde, dass er seinen Einlieferern erlaubt, den Preis über Strohbieter in den Orbit zu treiben. Und ob er dann wohl noch Käufer fände, die seinem Haus vertrauten.«

»Du hast ihn also richtig verbrecherisch erpresst?« Anouk warf einen dermaßen gierigen Blick auf Robert, dass er sich wie eine frische Zebrahaxe im Löwenkäfig fühlte.

»Nein«, widersprach er. »Ich habe ihm nur die Chance gegeben, genau das Geld, das er unredlich mit dem Verkauf des *Magritte* verdient hat, für eine gute Sache zu nutzen und so sein Karma zu verbessern.«

»Du bist ja ein echter Samariter.« Sie rückte näher an ihn heran.

»Ach, da ist ja schon der Bahnhof«, sagte Robert schnell und beugte sich vor, um den Fahrer zu bezahlen.

Als die nahende Ankunft des Thalys in Bruxelles-Midi angekündigt wurde, holte Robert Anouks kleinen rotledernen Koffer aus dem Gepäckfach.

»Ist ja federleicht«, wunderte er sich.

»Es ist nur das Nötigste drin. Seidenstrümpfe und so weiter. Alles andere wird angeliefert«, sagte Anouk, während sie aufstand und sich zu ihm in den Gang stellte. »Wenn du erst morgen nach Paris weiterfahren würdest, könnte ich dir noch meine Sammlung historischer Tierleime zeigen«, meinte sie mit todernstem Blick.

Robert kämpfte gegen ein Lachen an. »Historische Tierleime? Du wolltest mir bisher nicht mal deine Musiksammlung zeigen. Und jetzt öffnest du deine Restauratorenschatzkammer für mich?«

»Mindestens das.« Sie begann, mit dem silbergrauen Haar an seinen Schläfen zu spielen.

»Klingt sehr verlockend. Aber ich habe heute Abend in Paris noch einen wichtigen Termin.«

»Mit einer Frau?«, fragte sie enttäuscht.

»Ja, sie heißt Henri Murger.«

»Wie der französische Schriftsteller?« Sie sah ihn halb amüsiert, halb empört an.

»Ich habe ihr den Namen nicht gegeben«, er hob unschuldig die Hände.

»Du weißt nicht, was dir entgeht, mein Lieber«, sagte sie.

»Ich ahne es. Und glaub mir, es fällt mir alles andere als leicht. Aber ich mag dich zu sehr, um jetzt mitzugehen.«

Sie küsste ihn sehr weich und sehr nass auf die Wange und war schon fast an der Tür, als sie sich noch einmal umdrehte. »Du machst es einem wirklich leicht. So edelmütig, das ist mir viel zu gefährlich. Am Ende wird man dich gar nicht mehr los. Ich such mir lieber einen richtigen Gauner.«

»Au revoir, mon cœur«, rief Robert ihr hinterher und lachte kopfschüttelnd.

Als Anouk an seinem Fenster vorbeilief, warfen sie einander Küsse zu. Dann zog Robert sein Handy aus der Jackentasche, das jetzt wieder Empfang hatte.

Eine SMS von Katja. *Lieber Tati, kann heute Abend nicht. Jemand ist mir dazwischengekommen. Hoffentlich mehr am 25. beim Weihnachtsputer. K.*

Er seufzte. Hoffentlich würde es dieser Jemand auch wert sein. Katjas letzte Freunde waren eher ein Reinfall gewesen. Aber das war wahrscheinlich ein klassisches Vorurteil von

Vätern, selbst wenn sie nur Ersatzväter waren. Dann würde eben der Schiffsmakler mit ihm feiern müssen. Immerhin kassierte der ja auch eine ordentliche Provision, wenn die Besichtigung der *Henri Murger* überzeugend verlief. Achtzigtausend Euro, das war ziemlich günstig für ein neunzig Jahre altes, ausgebautes Binnenschiff von knapp dreiundzwanzig Metern Länge, selbst wenn Robert im kommenden Frühjahr noch einiges an der alten Dame würde tun müssen.

Es war nach Abzug seiner Schulden bei der Bank ein immer noch leicht zu zahlender Betrag. Denn Robert hatte soeben sein geliebtes Hinterhofhäuschen an Alex verkauft. Ehe er seinem Arzt und Nachbarn dieses Angebot unterbreiten konnte, musste Robert erst beherzt eine Menge Zweifel, Sorgen und Sentimentalitäten beiseitewischen. Aber es war an der Zeit, noch einen Schritt weiter zu gehen.

Micky, die inzwischen als *Roeder*-Sicherheitschefin ein Häuschen in Aachen bezogen hatte, hatte etwas von Midlife-Crisis gebrummt, als er ihr erzählte, im Frühjahr nach Paris oder Amsterdam umzuziehen, je nachdem, wohin ihn Restaurierungsaufträge und die *Henri Murger* führten. Aber wenn die Einsicht, für die Erfüllung seiner Wünsche und Pläne nur dieses eine Leben zu haben, wirklich Ausdruck einer Krise sein sollte, müsste man diese Krise dann nicht jedem wünschen?, hatte er gefragt.

Nach einer Weile des Schweigens hatte Micky verschnupft wissen wollen, ob er wenigstens seine E-Mail-Adresse behalten würde. Er hatte nur gelacht. Aber spät in der Nacht schickte er ihr eine Mail mit einer Einladung zum ›Dinner an Deck‹ im kommenden Sommer. Antwort erbeten unter der neuen Adresse Spijker-an-Patati@web.de. Robert musste lächeln, als er jetzt daran dachte.

Er steckte sich die Kopfhörer in die Ohrmuscheln, scrollte durch die Titelliste seines Players und entschied sich noch einmal für Lalo Schifrins *On the way to San Mateo.* Man musste seinem Schicksal eben manchmal eine zweite Chance geben, das Leben passend zur Schönheit der ausgesuchten Musik zu gestalten. Robert sah aus dem Fenster und genoss, wie sich die zunehmende Reisegeschwindigkeit des Zuges mit dem Swing des Songs verband und die Landschaft an ihm vorüberflog.

Er freute sich auf alles, was ihn nun erwartete.

Danksagung

Und wieder haben uns in den zwei Jahren, in denen wir dieses Buch schrieben, Menschen mit ihrem Wissen weitergeholfen, so zum Beispiel Jürgen Klüners, Peter Pichier, Michael Elvenich, Jesse van den Kieboom und Ottmar Korbmacher. Roland Meesters war so freundlich, uns in die Geheimnisse jener Betäubungsmittel einzuweihen, die in der Veterinärmedizin gebraucht werden, aber auch bei Menschen funktionieren. Martin Hohls sorgte dafür, dass Robert Patati das richtige Schmerzmittel erhielt, um erstaunliche Dinge sehen zu können. Und KHK Ernst Schöller vom *Dezernat Kunst und Antiquitäten* des LKA Stuttgart hat uns das Wissen der Daktyloskopen um die fachgemäße Sicherung von Fingerabdrücken auf Gemälden vermittelt.

Bei der Rettung der *Scheherazade* durfte sich Robert Patati erneut auf die umfassende Beratung durch Cornelia Weyer und ihre KollegInnen im *Restaurierungszentrum der Landeshauptstadt Düsseldorf* stützen. Auch Mia Vandekerckhove half diesbezüglich in einem informativen Telefonat weiter. In Maastricht schließlich öffneten René Hoppenbrouwers und seine Kollegin Bascha Stabik Robert gastfreundlich die Türen zur *Stichting Restauratie Atelier Limburg*.

Ihnen allen gilt unser herzlicher Dank!

Mehr von Thomas Hoeps & Jac. Toes

Thomas Hoeps/Jac. Toes

Nach allen Regeln der Kunst

ISBN 978-3-89425-337-0

In Mönchengladbach wird die Leiche einer Frau gefunden – versteckt in einer Kunstinstallation. Robert Patati, Restaurator am örtlichen Museum, ermittelt auf eigene Faust. Als wenig später in Arnheim eine weitere Frauenleiche auftaucht – kunstvoll arrangiert in einer ›Todesmaschine‹ –, reist Patati nach Arnheim, wo er auf die Profilerin Micky Spijker trifft. Ein dritter Mord, verübt im Park von Schloss Moyland, bestätigt ihren Verdacht: Ein Serienmörder geht um und mit jeder Tat werden seine Methoden grausamer – und künstlerischer.

Ein in jeder Hinsicht grenzüberschreitender Roman: Ein Niederländer und ein Deutscher schicken ihre Ermittler gemeinsam auf die Jagd nach einem Mörder, der auch die Grenzen der Kunst missachtet.

»Dass es auch in Deutschland Stoff für neue ›Da Vinci Codes‹ gibt, beweisen Thomas Hoeps und Jac. Toes mit ihrem Krimi.« MDR

Thomas Hoeps/Jac. Toes

Das Lügenarchiv

ISBN 978-3-89425-360-8

Es soll ein feuchtfröhliches Wiedersehen in Amsterdam werden, doch es wird tödlich: Der Kunstrestaurator Robert Patati muss mit ansehen, wie sein Freund und Kollege Wolfgang in dem von seinem Chef geliehenen Jaguar in die Luft gejagt wird. Der Verdacht fällt sofort auf eine Gruppe, die schon lange gegen die Geschäftspraktiken der Firma, für die der Tote tätig war, protestiert. Schlagen die Aktivisten jetzt vollkommen über die Stränge?

Obwohl sie sich gerade erst getrennt haben, kann Patati jetzt nur noch die niederländische Profilerin Micky Spijker weiterhelfen …

»Nach den irren Museumsmorden ihres ersten gemeinsamen Kriminalromans ›Nach allen Regeln der Kunst‹ haben der Krefelder Thomas Hoeps und der Niederländer Jac. Toes eine spektakuläre Fortsetzung vorgelegt. ... ›Das Lügenarchiv‹ ist ein hoch politischer Roman, ein fesselnder Krimi und am Rande eine äußerst verzwickte Liebesgeschichte.« Westdeutsche Zeitung

grafit

Polizeikrimis am Puls der Zeit

Sebastian Stammsen

Gegen jede Regel

ISBN 978-3-89425-379-0

Der 17-jährige Tobias wird in seinem Elternhaus hinterrücks erstochen aufgefunden. Markus Wegener und seine Kollegin Nina Gerling von der Krefelder Kripo müssen schnell erkennen, dass ihr erster Eindruck trog: Tobias war kein Außenseiter, sondern ein brillanter Musiker, gut vernetzter Computerfreak und – ein Frauenversteher. Auf seinem PC finden die Ermittler Sex-E-Mails von älteren Frauen und Hinweise, dass er sich in fremde E-Mail-Accounts eingehackt hat. Der Kreis der Verdächtigen wird immer größer und Markus Wegener muss sich mit einem Spiel vertraut machen, bei dem buchstäblich alle Regeln außer Kraft gesetzt werden.

»Einerseits bricht der Roman gekonnt mit gängigen Klischees, andererseits stellt er die traditionelle Ermittlungsarbeit auf erfrischend klassische Art in den Vordergrund. Für Liebhaber authentisch zeitgemäßer Krimis ist Stammsen damit der neue Geheimtipp.« Ostthüringer Zeitung

Sebastian Stammsen

Kettenreaktion

ISBN 978-3-89425-388-2

Markus Wegener und seine Kripokollegin Nina Gerling ermitteln in einem Fall, von dem sie nicht wissen, ob überhaupt eine Straftat vorliegt. Denn auch eine Obduktion kann nicht klären, woran der junge Elektriker David Krusekamp gestorben ist. Der Krefelder führte ein riskantes Leben – er arbeitete auf Montage in deutschen Kernkraftwerken, außerdem hatte er an jedem Einsatzort eine andere Geliebte.

Als Nina und Markus Krusekamps letzte Arbeitsstelle aufsuchen, geschieht das Unglaubliche: Das Kraftwerk wird besetzt. Was mit einem mysteriösen Todesfall beginnt, endet in einer atomaren Bedrohung für ganz Deutschland.

»Spannend und sehr aktuell.« Lübecker Nachrichten

»Ein authentischer Krimi mit einem sympathischen Ermittlerduo.« Neue Rhein Zeitung

grafit